［新装版］血と骨（下）

梁石日《ヤン・ソギル》

〔新装版〕　血と骨　（下）

14

その年の九月中旬に英姫は五条から大阪市大成通りの朝鮮人長屋に転居した。英姫の家屋は五軒つづきの二階建ての角家だった。前と後ろも五軒つづきの平屋が平行して建っていた。長屋の奥は弁天市場の建物にふさがれてどん詰まりになっている。向かいの高村の平屋は入口が即台所になっていて、二畳と四畳半の二部屋に六人家族が住んでいる。隣の二軒は空家だった。そしてどん詰まりの奥の平屋に姜老夫婦とその息子家族七人が住んでいた。ただでさえ狭い家屋の入口二畳の間を土間にして、そこで三匹の豚を養っている。したがって四畳半一間で七人家族がどのようにして寝起きしているのか想像できなかった。

それに比べて五軒つづきの二階家はまだしも広いといえる。英姫の隣の石原一家は寡婦《かふ》の母親が闇米《やみごめ》を売り、まとめ（背広などのボタンつけ）の仕事をしながら四人の息子を育てていた。夫は死亡したわけではなく、韓国で某大学の教授をしているのだそうだ。それが彼女の自慢だった。おしゃべりで陽気だがエキセントリックな性格だった。ソウルで別の女と暮らしている夫の陰口でも言おうものなら、たちまち彼女の自尊心を傷つけることになって大喧《おおげん》嘩《か》になるのだった。

石原の隣の家は日本人の坂本が住んでいた。朝鮮人長屋の中でたった一軒だけの日本人家族だった。近所の者は、五人家族の一番末っ子の遊ぶ姿を見かけることはあっても、その他の家族の姿をほとんど見かけたことがない。父親は家具職人で次男も勤めていたが、いつ出勤していつ帰宅するのかわからないのだった。もともと寡《か》黙《もく》な家族だったが、猥雑な朝鮮人長屋に住んでいるため、いっそう寡黙になったのかもしれない。その隣が高田で、奥には国本が住んでいた。国本の家は一階をぶち抜いて鋳物工場を営んでいる。裏の平屋は角から柳本、金海、呉本、金村、そして路地を挟んで豊村の鉄工所が並んでいた。路地が多いのは汲み取り式便所の汲み取り口になっているからである。裏の長屋の表玄関の前には二階家の汲み取り口がずらりと並び、たえず糞尿の臭《にお》いがたちこめていた。みんな日本名を名乗っているが、創氏改名のとき朝鮮名から日本名に変更した名前をそのまま使っているからだった。

娘夫婦は英姫の家から二百メートルほど離れた朝鮮人長屋に引っ越した。入りくんだ路地の奥の平屋で、娘夫婦の家を地図で教えるのは困難だった。

大空襲のとき、森町から中道にかけて、あるいは鶴橋《つるはし》や布施《ふせ》にかけて焼け野原となったが、この一帯だけはなぜか焼夷弾《しょういだん》をまぬがれていた。そういえば中道国民学校も焼けなかったのである。中道国民学校は鉄筋三階建ての立派な校舎だった。広い校庭にプールと体育館の設備があり、砂場に鉄棒もそなわっていた。当時、プールの設備のある国民学校はまれであった。

近所の子供たちは大成国民学校に通学していたが、中道国民学校に在籍していた花子と成漢は手続き上なにかと面倒なこともあって中道国民学校に復学した。本来なら花子は高等科一年、成漢は初等科四年になるはずだったが、引っ越しや疎開などで一年近く通学していなかったために一学年遅れの復学となった。

学校から帰宅すると、花子は掃除、洗濯、食事の用意にいたるまで家事全般をこなし、成漢は自転車に乗って鶴橋の闇市に走った。闇市には省線（環状線）の鶴橋周辺から疎開道路にかけてわれ先にと占有した掘っ建て小屋やら屋台やらが所狭しと並び、路地と路地が錯綜《さくそう》した迷路をうす汚い襤褸《ぼろ》をまとった復員兵、浮浪者、娼婦、やくざ、女子供にいたるまで押し合いへし合いしながらひしめいていた。闇市は朝鮮人がほとんど占有していて、戦争に敗北した日本人の出る幕はなかったのである。英姫はその混雑した狭い路地の一隅にリンゴ箱を置いて酒と肴《さかな》を売っていた。まだ物資統制の法令が有効だったので、酒と豚肉の肴は禁止されている。闇市に駆けつけた成漢は自転車を母親の側に止め、雑踏の中でアメリカ製のラッキーストライクやキャメルの煙草を売りながら警察の手入れを見張っていた。朝から晩までひきもきらぬ人々の流れはまるで大雨で氾濫《はんらん》した濁流のようだった。成漢は雑踏の中から目ぼしい相手を見つけて袖を引きアメリカ製の煙草を見せるのである。セロハンに包装された色鮮やかなアメリカ製の煙草は愛煙家の垂涎《すいぜん》の的だった。最初は誰かれなしに袖を引いていたが、そのうちこれという相手を特定できるようになり、一日に二、三十個売りさばいていた。胴元からは七、八人の子供たちと十人前後の女たちが煙草を仕入れていた。したがって縄張り争いが絶えない。一歩でも縄張りに入るとたちまち喧嘩になった。ときには徒党を組んで縄張りを荒らしにくる連中もいる。うかうかしていられないのである。中でも成漢と同じ年頃で朝鮮人の武夫は四人の子分をしたがえ、十四、五歳になる情婦を連れて歩き、成漢に対していつも挑発的な態度をとっていた。武夫は手に包帯を巻いていた。包帯にカミソリの刃を忍ばせているのだ。その手をちらつかせながら逆三角形の眼で睨《にら》み、自分の子分になれと威嚇《いかく》するのである。成漢はかたくなに拒絶していた。

「一人で縄張り守れる思てんのか」

まだ九歳か十歳だが、巻き舌を使ってしゃべる凶暴そうな顔はすでにいっぱしの極道少年だった。

「おまえ、オメコやったことあるか。ないやろ。わしとおまえの仲や。やりたかったら、こいつとタダでやらしたる」

と言って武夫は彼女のスカートをまくし上げて太腿《ふともも》を見せるのである。スカートをまくし上げられた彼女は目と唇に妖《あや》しげな笑みを浮かべて、だが成漢を小馬鹿にしたような態度で、ふっくらとふくらんだ胸を強調しながら近づいてくるのだ。鼻先にまで近づいてきた彼女のふっくらとした胸の匂いをかぐと成漢は息が詰まりそうになった。そんなとき、成漢は屈辱感と悔しさで、いつかおれも情婦を連れて歩いてやると思うのだった。

警察の手入れは事前に知らされるときもあれば、不意を突かれるときもある。そういうときに備えて英姫はすぐ近くの知り合いの店に、酒と肴を入れたリンゴ箱を預け、隠してもらっていた。とにかく闇市では毎日、何かの騒動がもちあがり、木刀や棍棒《こんぼう》や、中には包丁を持った男たちが血眼《ちまなこ》になって走り回っている姿をよく見かける。縄張りをめぐって新興暴力団の抗争が絶えないのだった。

ある日、朝鮮の乾物を売っていた露店商の呉大植とショバ代を要求してきた若い暴力団員とが争いになった。以前から腹にすえかねていた呉大植は暴力団員に喰ってかかった。

「朝鮮人のおまえが同じ朝鮮人からうわ前をはねようというのか。同じ朝鮮人から血と汗を流して稼いだ金をしぼり取ろうというのか。おまえのやっていることは植民地時代の日本人と同じだ。朝鮮は独立した。朝鮮ではおまえみたいな国を売った裏切り者を人民裁判にかけている。日本人もいま戦争犯罪者として裁判にかけられている。おまえもその一人だ。覚悟しておけ！」

呉大植の激しい口調に若い暴力団員はいきなりナイフで呉大植の腹を刺した。幸い呉大植は一命をとりとめたが、この事件をきっかけに在日朝鮮人の組織体が動きだした。いまだ固有の組織体ではなかったが、それまでの労働運動や人民戦線にかかわっていた者たちによる大きな流れの母体組織であった。それらの組織家たちが呼びかけ、それに応《こた》えて数百人の朝鮮人が呉大植を刺した暴力団組事務所に押しかけた。たかだか二十人前後の暴力団組事務所は数百人の朝鮮人に囲繞《いじょう》されて進退きわまった。棍棒を持った数百人の朝鮮人たちは口々に「裏切り者！」「売国奴！」「人殺し！」とののしり、嘲《あざけ》り、憎悪をむきだしにして暴力団組事務所に投石して火を放った。そして事務所から逃げ出してくる組員を数百人がよってたかって殴打した。彼らの憎しみはそれだけで収まらなかった。つづいて彼らは闇市に跋扈《ばっこ》している組事務所をつぎつぎに襲撃したのである。日本の警察は介入できなかった。というより傍観をきめ込んでいた。

渾沌《こんとん》とした状況が続いていた。外地からは日本兵や非戦闘員の日本人がぞくぞくと引き揚げてきたが、在日朝鮮人は逆に祖国へぞくぞくと帰って行った。周囲の同胞が郷《くに》へ帰って行くのを見て、英姫も帰るべきかどうすべきか迷っていた。しかし、郷へ帰ったところで、嫁いだ家を無断で飛び出して日本へ渡ってきた英姫に居場所はないのだった。夫であるはずの金俊平もいない。

日本の勝利を信じて疑わなかった韓容仁はしばらく落ち込んでいたが、最近は朝鮮人団体の一員になり、持ち前の弁舌と臨機応変な性格で青年部の幹部になっていた。暴力団組事務所に抗議行動を起こすための動員を仕掛けた一人である。その一方で韓容仁は商売に熱心だった。商売といっても資本金があるわけではなく、ブローカー仲間と一獲千金を夢みるような話に乗っては失敗をくり返していた。市電通りに面した弁天市場の三軒隣に住んでいる趙命真の二階家の一階を事務所にして、そこに集まってくるブローカー仲間や朝鮮人団体員たちとひねもす囲碁を打ったり、駄弁をむさぼっていた。その日暮らしの文無し連中の誇大妄想的な話を聞いていると、明日にでも大金がころがり込んできそうだった。架空名義で銀行に当座口座をつくり、決済のあてのない手形を乱発して喰いつないでいたのである。そして趙命真の日本人妻が経営するバーで飲み呆けていた。

英姫は娘夫婦の生活をも支えているようなものだった。三人目の子供を出産した春美は子供の世話に追われてまとめ仕事もままならなかった。まとめ仕事のわずかな賃金は子供の粉ミルク代に消えてしまう。英姫は三日おきに米や野菜や食事の残り物を成漢に運ばせていた。韓容仁は韓容仁で小遣いをせびりにくる。ときには仲間を連れて英姫の家に飲みにくるといった具合であった。解放された祖国のために何をなすべきか、といった議論と金儲《かねもう》けの話がごっちゃになっていた。祖国が解放されたのもつかの間、朝鮮は三十八度線で南北に分断されたが、そのいきさつについて知っている者はあまりいなかった。ただ抗日の英雄金日成を支持している点でみんなは一致していた。

十二月のある日、鶴橋の闇市で煙草を売って帰ってきた成漢を、姉の花子が表で待っていた。自転車で帰ってきた成漢を見るなり、花子は手招きして家の横へ誘った。顔が緊張している。

「なんやねん」

と成漢はいぶかしげに訊《き》いた。

「お父《と》ちゃんが帰ってきてん」

と花子は低い声で言った。

「えっ、ほんまか……」

とたんに成漢は体を硬直させた。

家を焼け出されたあと一人でどこへともなく消えてしまった父の金俊平が九カ月ぶりに帰ってきたのだ。何カ月も家を空けるのはいまにはじまったことではないが、帰ってくる月はきまって十二月だった。

「奥の部屋で寝てる」

と花子が言った。

成漢は足音を忍ばせて家の中に入ってガラス戸の隙間から奥の部屋をのぞいた。家の玄関は四畳ほどの土間で、二畳の板間と四畳半の部屋が続いている。裏の便所へ行くには部屋を通るか、あるいは台所になっている通路を抜けていくことになる。

四畳半のガラス戸が閉めてあったので金俊平の姿を見ることはできなかった。しかし、家全体にのしかかっている重圧感が電流のように成漢の後頭部を流れた。家から出てきた成漢は向かいの高村のアジュモニと目が合った。子供を負ぶったアジュモニは黙って腰をかがめてドブさらいをしていた。

「お母《か》ちゃんに言うておいで」

花子の指示に成漢は頷《うなず》いて自転車を走らせた。憂鬱《ゆううつ》だった。向かい風のせいもあってペダルが重かった。成漢は闇市の群衆の間をぬって英姫がリンゴ箱の上に酒と肴を置いて売っている場所にきた。二人の男が酒を立ち飲みしていた。

帰ったはずの成漢がもどってきたので、

「どうしたの？」

と英姫が訊いた。

「お父ちゃんが帰ってきた」

と成漢は母親に耳うちした。

英姫の顔色が曇った。

「もう一杯くれ」

と客の一人がコップを差し出した。英姫は愛想笑いを浮かべてコップに焼酎《しょうちゅう》をなみなみとついだ。つがれた焼酎を飲み、豚の内臓をほおばりながら、復員兵の客が言った。

「はじめて喰ったけど、豚の内臓もなかなかうまいな」

肉類がほとんど手に入らない復員兵にとって豚の内臓は得難い栄養食だった。

いつか帰ってくるのはわかっていたが、実際に帰ってくると英姫の心の扉がきしむのだった。抱かれるのが嫌だった。三人の子供を亡くしている英姫は、これ以上子供を産みたくなかった。もうそんな年ではないと思っていた。けれども迫ってくる金俊平を拒否できるだろうか。

二人の客が立ち去ると英姫は店じまいをした。酒はリンゴ箱に入れて近くの知人の店に預け、いたむおそれがある豚の内臓は持って帰った。帰り道、

「アボジはどないしてる」

と英姫は訊いた。

「寝てる」

「奥の部屋で？」

「うん、布団かぶって寝てる」

どうせ金がなくなり、行くあてもないので帰ってきたのだろう。五条で亡くした末子のことを追及されるのがおそろしかった。それを口実に無理難題をふっかけ、酒を飲んで暴力を振るうにちがいなかった。大阪拘置所に勾留されていたとき面会にきて金の隠し場所を追及されて額縁の裏の二百円を教えたが、その他にも二カ所に四百円隠してあった。その四百円で家を焼け出されたあと五条に疎開して今日まで喰いつないできたのである。そのこともおそらく根に持っているにちがいない。

家に帰ってみると花子は灯りもつけずに暗い台所の通路にしゃがみ込み、かまどに火をおこしてご飯を炊いていた。帰ってきた母親の姿に安心したのか、花子は台所の裸電球をつけた。英姫は裏の冷蔵庫から氷で冷やしてある豚肉を取り出し、さっそく食事の用意にとりかかった。豚肉と野菜とにんにく、唐辛子で煮込んだ料理にキムチ、みそ汁を一人用のお膳に載せて金俊平の寝ている部屋に花子が運んだ。

「アボジ、食事の用意ができました」

その声に眠っていた金俊平が目を開いて娘の花子を見た。花子はお膳をおそるおそる父の前に置いて引き下がった。間もなく起き上がった金俊平は布団の上に胡坐《あぐら》をかいて食事をとると、また横になった。花子が食事を終えたお膳を下げてきた。それから二畳の板間《いたのま》で家族三人が夕食をとった。何かに急《せ》きたてられるように三人はひと言もしゃべらず黙々と咀嚼《そしゃく》し、食器を片づけると二階へ上がって行った。この日から一階には金俊平が、二階には英姫と二人の子供が住むようになった。

金俊平と英姫はほとんど口をきかなかった。英姫が夫の金俊平を意識的に避けていることもあるが、金俊平も英姫に対して憎しみのこもった眼をむけるのだった。言いたいことがあると花子を通じて伝えていた。花子は両親の通訳と伝言板の役をになわされ、家事全般をきりもりしていた。十二歳の子供にとって、それは重荷であった。内気で神経質な花子は両親の顔色をうかがい、心の休まる暇がなかった。

しばらくは何ごともなく過ぎていったが、ある夜、したたかに酔った金俊平は表戸を蹴破って土足で階段を昇りガラス戸を開けた。英姫と二人の子供がいるはずの部屋はもぬけの殻だった。何度も経験を積んでいる英姫は二人の子供と一緒にいち早く物干し場から屋根伝いに隣家へ逃げていたのだ。肩すかしを喰った金俊平は腹いせに建具や家財道具や食器類を片っ端から壊し、怒声を上げた。驚いたのは近所の人たちだった。まだお互いろくに挨拶《あいさつ》も交わしていない英姫の夫が暴力を振るって怒り狂っているので、何かよほどのことがあったのだろうと近所のおかみさんたちは金俊平をなだめようとした。だが、そんなことで収まる金俊平ではない。近所のおかみさんたちの話をまったく受けつけない金俊平に裏の長屋に住んでいる金村が割って入った。四十前後の金村は腕に覚えがあるらしく胸板の厚いがっちりした体格を誇示しながら、

「いま何時だと思ってる。みんなが迷惑してるのがわからんのか。いい加減にしろ」

と金俊平をいさめるように言った。

「何だと、きさま」

自分より年下の人間からいさめられた金俊平は金村の襟首《えりくび》を摑《つか》んで引きつけた。金村の体が磁石のように引きつけられ、抵抗する間も与えられず金俊平の頭突きをまともに喰らった。金村は顔面を血に染めてどっと倒れた。問答無用であった。目の前で金俊平の凶暴な暴力を見せつけられて、近所の人々は尻ごみした。

「わしに文句のある奴は出てこい！」

虎が牙をむいて吼《ほ》えるように叫んだ。その獰猛《どうもう》な肉体を包んでいる毛皮の半コートからむかつくような瘴気《しょうき》が発散していた。

じつは金俊平は日本の敗戦の翌月、一人で釜山から大邱、ソウル、そして済州島を旅して朝鮮の様子をつぶさに見て回っていた。日本の敗戦によって解放された朝鮮へぞくぞくと帰国していく同胞たちに刺激されたのか、以前から機会があれば朝鮮に帰りたいと考えていた

のか、いずれにしろ金俊平は朝鮮で暮らしたいと思っていたのだ。そして朝鮮の各地を見て回ったが、混乱のるつぼにある朝鮮で暮らしていくのは至難であると判断した。済州島の村に帰ってみると、母親はとっくの昔に亡くなっており、わずかばかりの土地は売られて何一つ残っていなかった。親類縁者も離散しており、村は荒廃していた。もし朝鮮で暮らせる条件があれば、たぶん金俊平は大阪に家族を残したまま新しい生活をしていたかもしれない。この頃の朝鮮人の間では日本に家族を残したまま朝鮮で別の女と暮らしている例はいくらでもあった。

朝鮮で暮らすのを諦《あきら》めて日本へもどってきた金俊平は一度も顔を出したことのない五条に赴いた。けれども英姫と春美家族は五条を引き払っていた。自分を待たずに勝手に五条を引っ越した英姫は自分をないがしろにしていると思った。いったんそう思い込むと、金俊平の執念深い性格はいつまでもこだわるのである。

英姫を見つけ出すのは簡単だった。生活基盤のない大阪以外の土地で暮らしているとは考えられなかった。焼け出された中道へ行くと、バラック小屋を建てて住んでいた顔見知りの朝鮮人が英姫の家を教えてくれた。

大成通りの家の前に立ったとき、最初に目に留まったのは「金俊平」と書かれた表札だった。読み書きはできないが、自分の姓名がどういう字面《じづら》をしているかくらいはわかる。表札をちらと見て家の中に入ると台所にいた花子が見知らぬ人間を見るような眼をしていた。それからどぎまぎしながら父を奥の部屋に通した。少し見ぬ間に花子は大人びていた。

部屋に入った金俊平は布団を敷け、と命じた。花子が座卓に積み重ねてある布団を敷くと、金俊平は革カバンを置き、服を脱いでひと眠りした。

英姫と息子の成漢が帰宅して夕食をとったあと金俊平はまた横になったが、英姫は二人の子供と一緒に二階へ上がって行った。それが気にくわなかった。本来なら帰ってきた夫としとねを共にするのが妻のつとめであるのに、子供と二階へ上がって行った英姫の態度は夫を拒否していることを意味していた。四、五日待ったが英姫にしとねを共にしようとする意思のないことを知った金俊平は性の吐け口を求めて飛田《とびた》遊廓へ行って女を買い、酒を飲んで帰ってきた。子供たちまでが母親にいいふくめられているような気がした。特に息子の成漢の眼に敵意のようなものを感じた。

金俊平の暴力は日ごとに激しくなっていった。三、四日続くと一日休み、また三、四日続くといった調子だった。誰も阻止できなかった。家は破壊されるにまかせ、修理できないありさまだった。したがって破壊された表戸は昼も夜も開放されたままだった。もちろん泥棒の入る心配はなかった。もし泥棒が入ろうものなら、その泥棒は金俊平に叩《たた》きのめされるにちがいなかった。

「アイゴ、アイゴ、毎晩、毎晩、よくあんなに飲んだくれて暴れられるもんだわ」

近所のおかみさんたちはあきれて相手にしなかった。

英姫と二人の子供は、昼間家にもどってきて、奥の部屋で金俊平が眠っている間に家の中を片づけ、食事を作って一人用のお膳に金俊平の食事の用意をしておき、そして鶴橋の闇市で英姫は酒を売り、成漢は煙草を売っていた。状況がどうあれ、少しでも稼がねばならないのだ。

夜は家族と入れ替わりに金俊平が外出する。どこかで酒をくらって酔いが回ってくると、いつもの思考の堂々めぐりがはじまる。自分を拒否している英姫に対する憎しみの感情が金俊平の獰猛な肉体を駆けめぐる血と合流するのだ。

『あの女《あま》！』

自分を拒否し反抗しているのは英姫だけではない。二人の子供も近所の連中も世の中のすべてが気に入らないのだった。獰猛な肉体の暗い内奥《ないおう》に憎悪が地獄の業火《ごうか》のように燃えていた。自らかかえ込んでしまった憎しみの炎は世界をも焼きつくさずにはおかない黒い感情の塊りである。

金俊平が外出した夜は必ず酒に酔って帰ってくるのはわかっていた。それで英姫と二人の子供は服を着たまま防空頭巾《ずきん》をかぶり、灯りを消し、二階の部屋で体を寄せ合ってまんじりともせずに金俊平の帰りを待っていた。戦時中、みんなは敵機来襲に備えて灯りを消し、服を着たまま防空頭巾をかぶった恰好で就寝していたが、金俊平の家族は終戦後も戦時中となんら変わらない恰好で夜を過ごしていた。耳を澄まし、闇に眼を凝らし、風の音やちょっとした物音に体をびくつかせていた。なぜこんな目に遭わなければならないのか、それが子供たちには理解できなかった。もとより理解できるはずもないのだ。金俊平の暗い感情の奥で燃えつづける憎悪の炎は本人自身でさえわからない。だが、金俊平の憎しみの感情は形を変えて子供たちにも芽生えていく。

午前零時が過ぎ、一時が過ぎると、子供たちはいつしか母親の英姫にもたれて眠っていた。瞼《まぶた》を閉じると、かつて金俊平から逃れるために物乞いをしながら各地を転々としていた記憶が蘇《よみがえ》るのだった。また逃げようか……という思いが英姫の胸をよぎる。どこへ……。答えは同じだった。逃げるところなどないのである。二人の子供が成長するまで逃げるわけにはいかないのだった。

深夜に怪物がのし歩いてくるような足音が響く。金俊平の十七文もある短靴の音だった。その足音は独特の響きをもっていた。酔っている金俊平の平衡感覚を失った——しかし、泥沼を歩いてくるような憎しみのこもった響きだった。ずるずると何かを引きずっているような、あるいは死体でも引きずっているような感じを連想させる響きである。

英姫の胸の鼓動が張り裂けそうに高鳴る。英姫が眠っている子供を起こして、

「アボジがきた」

と小声で告げ、三人は裏の物干し場から屋根伝いに隣家へと逃れていった。

金俊平の暴力が収まってきたのは正月も近い十二月の終わり頃だった。物不足の時代にせめて正月だけは餅でも食べようと近所の人たちが餅米を持ち寄って餅つきがはじまり、厭世《えんせい》的な気分を払拭《ふっしょく》しようとする雰囲気に金俊平も影響されたのかもしれない。そして思いがけない人が訪ねてきた。高信義だった。中道の家が疎開で立ち退《の》きになって二階に住んでいた高信義一家は知り合いの家に移ったが、大空襲のあと音信不通になっていた。どこに住んでいるのか、生きているのか死んでしまったのかさえはっきりしなかった。終戦直後は高信義一家のことも気になっていたが、その後は忙しさにかまけて忘れていた。その高信義が訪ねてきたのである。痩軀《そうく》で浅黒い顔をしているが元気そうだった。高信義が訪ねてきたのも金俊平の気分転換になった。

「久しぶりだな。心配していた」

金俊平は訪ねてきた高信義を歓迎した。歓迎はしたが、家の中はめちゃくちゃに壊されていて座る場所さえなかった。金俊平はいささかばつの悪そうな顔で奥の部屋を片づけて座る場所をつくった。

誰よりも喜んだのは英姫だった。温厚で誠実な高信義の訪問は英姫の心をなごませてくれた。

「ほんとうに久しぶりです」

英姫はさっそく酒と肴の用意をした。

「久しぶりです。わしも心配しました。しかし、みんな元気で何よりです」

と言って家の中を見回し、相変わらず暴力を振るっている金俊平にひとこと苦言を呈そうかと思ったがやめた。苦言を呈すると金俊平は怒りだすにきまっていた。

「建物疎開のあと移った知り合いの家も焼け出されて、そのあと京都に行って、そこで終戦を迎えた。終戦後すぐに大阪へきて、いま生野《いくの》の御幸森に住んでる。女房が御幸森神社の近くでバラック小屋を借りて朝鮮の乾物屋をやってほそぼそと暮らしている。わしは仕事もないし、ときどき買い出しをやっているが、取り締まりが厳しくてなかなかうまくいかない」

高信義はコップにつがれた焼酎を半分ほど飲み豚の内臓をひと口ほおばった。

「今度、家へ遊びにきてくれ。アジュモニも遊びにきてください。女房が喜びます」

高信義を間に挟んで金俊平と英姫が向き合うのは奇妙な空間だった。この奇妙な空間は高信義が帰ったあと、ふたたび目に見えない厚い壁に遮られるだろう。一時的な安息と絶え間ない争い、人間の憎しみを増幅させる暴力の嵐、戦争は終わったが、人間の心の戦争に終わりはない。

正月はいろんな人が訪ねてきた。中道では近所に住んでいた良江や順明が子供たちを連れて訪ねてきた。高信義夫婦も子供たちと一緒に訪ねてくれた。金俊平の二人の甥《おい》も訪ねてきた。朴顕南が訪ねてきたのには英姫も驚いた。もちろん春美夫婦も三人の子供を連れて元旦の挨拶にきていた。女たちはチマ・チョゴリで着飾り、男たちは一張羅の背広を着ていた。英姫はなけなしの金をはたいてみんなをもてなし、子供たちにお年玉をやった。もちろん花子も成漢も訪ねてきた客からお年玉をもらっていた。こんなに賑《にぎ》やかな時間を過ごすのは何年ぶりだろうと英姫は思った。

男たちは奥の部屋で車座になって飲んでいた。金俊平も寛大で鷹揚《おうよう》に構えて楽しそうだった。女たちは二畳の狭い板間と台所の通路に立って積もる話に余念がない。子供たちは外で遊んでいた。ただ花子だけは母親の英姫が友達とおしゃべりしている間も一生懸命に手伝っていた。朝鮮語が飛び交っている。それも済州島語である。

「わしは一カ月前、命からがら日本へもどってきた。郷へ帰ろうと思って、とりあえずわし一人で様子を見に行こうと思ったんだ。もし住める状態だったら、すぐに家族を呼ぼうと思ったんだが、わしの乗った船が大阪港を出港して三時間後に沈没したんだ。嵐にあったわけじゃないのに、なぜ沈没したのかわしにもよくわからん。わしの考えでは、人や荷物をあまりにも乗せすぎたために横波を受けて傾いたんだと思う。船が傾いたものだから、人も荷物もみんな傾いた方向に集まり、それでひっくり返ったんだと思う。とにかく大変だった。女、子供、年寄りはほとんど死んだと思う。わしと二人の男は大きな板にしがみついて奇跡的に漁船に助けられたが、どれだけの犠牲者が出たのか、いまもってわからない。とりあえずわし一人が様子を見に行こうと思って家族と一緒でなかったのが幸いしたが、もし家族と一緒だったら、家族はみんな死んでいたと思う。いま思い出しても恐ろしい光景だった。溺れている女や子供を助けられなかった。どうすることもできなかった」

朴顕南は額に汗をかいていた。

朝鮮に帰国する途中の海で難破した船はこの数カ月の間に何隻もある。中には五十トンくらいの漁船を借り切って帰国しようとする者もいた。戦争で船舶を使い果たしていた日本では朝鮮へ帰国するための船を確保するのは困難な状況だった。そのために五、六十トンの漁船に容量を超える多くの帰国者と荷物を積み込み遭難する事故が多発していた。

「いま郷へ帰ったところで暮らせる状態じゃない。わしは終戦後すぐに朝鮮へ行って、ソウル、釜山、大邱、済州島を見て回ったが、住むところはおろか、食べ物さえない。日本も焼け野原になっているが、日本のほうがまだましだ」

今まで誰にも言わなかった話を金俊平は話した。

「朝鮮に行っていたとは知らなかった」

金俊平の素早い行動に高信義は感心した。

「いつ朝鮮へ行ったんですか。郷の様子はどうだったんですか」

と甥の金泰洙が訊いた。

「郷にはもう身内は誰もおらん。土地もない」

金俊平は憮然《ぶぜん》とした表情で答えた。

二人の甥は金俊平の言葉にがっくりと肩を落とした。帰るべきところがないとすれば、この先どうなるのか。済州島出身の人間にとって国といえば済州島のことである。昔から陸地(朝鮮本土)の人間に差別され人間あつかいされなかった済州島の人間にとって朝鮮を郷とはいい難いのだった。

「俊平の言うとおりだ。もう少し様子を見たほうがいい。もう少し落ち着いてから帰っても遅くない。いまは朝鮮も日本も混乱していて先のことがよくわからん」

郷へ帰りたい気持ちはみな同じだった。けれども帰りたくても帰れないさまざまの事情をかかえていた。日本人と結婚している朝鮮人もかなりいる。沈没した船から奇跡的に生還してきた朴顕南は、その恐怖から覚めていなかった。郷へ帰れると胸を膨《ふく》らませていた何人の同胞が犠牲になったことか。日本で辛酸《しんさん》をなめた同胞が帰国の途中海で死ぬとは。

「話は変わるが、俊平、蒲鉾《かまぼこ》工場をやらないか」

しめりがちだった朴顕南がまったくちがう話を金俊平に持ちかけた。

「蒲鉾工場……？　どうやってやるんだ」

酒と女と喧嘩に明け暮れている金俊平にとって工場を経営するということは考えてもみないことだった。

「わしは船が沈没して漁船に助けられたとき、漁師からある話を聞いたんだ。日本ではまだ物資統制が解除されてないから、蒲鉾は作れないんだって。だから闇で、つまりないしょで蒲鉾を作ってるらしいが、飛ぶように売れると言ってた。そういう連中が直接魚を買いつけにくるって話だ。物資統制は解除されていないが、もし役所から認可を受けることができれば大儲けできる。その証拠に大阪で蒲鉾工場をやっているのは、わしらが働いてた太平産業とかねてつだけだ。わしは調べたんだ。大阪にたった二つの工場しかない。どうだ、やってみる値打ちはあると思わんか。わしらは蒲鉾の職人だ。蒲鉾のことなら何でも知ってる」

そう言われてみると、金俊平も高信義も、そして朴顕南も腕のいい蒲鉾職人である。三人とも蒲鉾については熟知している。不可能な話ではない。しかし、資金をどうするのか。認可を受けるにはどうすればいいのか。はたして朝鮮人が認可を受けられるのか。ちょっと考えただけでも多くの疑問と難問に突き当たる。朴顕南の唐突な話に高信義はあまり乗り気ではなかった。ましてや人に使われたことはあっても人を使ったことのない飲んだくれの金俊平に会社を経営していく能力があるとは思えなかった。

朴顕南の話を要約すると、三人で資金を調達して、とりあえず闇で蒲鉾を作ろうというのである。

「そんなことをすれば、すぐに捕まる」

と高信義は反対した。

「だから事前に警察の連中を接待して目をつむってもらうんだ。いまは物不足の時代だし、戦争に負けて日本人はみな闇商売をしてる。警察の連中も闇米や闇物資を買ってるんだ。いまどき配給だけで生活できると思ってるのか。おまえはどうだ。おまえも闇商売をやってるんじゃないのか。こういっちゃあアジュモニに悪いけど、いま飲んでる焼酎も豚肉もみんな禁制品だ。わしらは泥棒をしようと言うんじゃない。ちょっと警察の連中に目をつむってもらって商売をしようと言ってるんだ」

現実的な意見ではある。闇商売は当たり前だし、警察と裏取り引きをして稼いでいる連中がいるのも事実だからだ。高信義は朴顕南の論理をくつがえすだけの現実的な論拠を明示できなかったが、闇商売と闇で生産することはちがうような気がしてならなかった。闇商売の主流は流通である。品物をAからBへ移動させて販売する。それらの品物の多くは生産を禁止されてはいない。はやい話が農作物は生産を禁止されてはいないのである。だが、蒲鉾は贅沢品とみなされており、その生産は認可制になっている。

「認可されてない物をつくるのと、闇商売とはちがうと思うんだがなあ」

と高信義は腕組みをして首をひねった。

「おまえはどうしてそう、ものごとを堅苦しく考えるんだ。いまの世の中は建て前だけでは生きていけんのだ。役人なんかはどんどん汚職をして甘い汁を吸ってる。わしらはそのおこぼれにあずかるだけの話だ」

生きるために闇商売をしているが、理に合わないことに対しては納得しない頑固な高信義は朴顕南の強引な意見を受け入れられなかった。

「俊平はどう思う」

朴顕南は金俊平の意見を求めた。

「うむー、問題がいろいろ多すぎる。いますぐというわけにはいかんだろう。できれば認可されてやるのが一番いいんだが」

賛成してくれると思った金俊平が煮えきらない返事をするので、朴顕南は舌打ちして蒲鉾工場の話を打ち切った。

戦争が終わってはじめて迎えた正月だったが、五日までの間に戦災でちりぢりになっていた友人や知人が訪ねてくれたので英姫は心強く思った。めでたい正月であり、友人や知人と歓談していることもあって、金俊平は酒に酔っても暴力を振るうようなことはなかった。

多くの来客であわただしい正月の五日が過ぎると、六日から英姫と成漢は鶴橋の闇市へ商売に出た。うどん、雑炊《ぞうすい》、むしパン、さつまいも、などの屋台の前には大勢の人々が群がっていた。古着の着物を持って一日中立っている老女もいる。アメリカ兵の着ていた茶色のセーターは高値で売れる。そのセーターを英姫は酒を売るかたわら売っていた。商売は上々だった。英姫はなんとかして鶴橋に店を持ちたいと考えていた。そのために闇市の顔役や有力者にたえず酒や肉や煙草を送っていたのだが、一月の十日、なんの予告もなしに（たいがいは予告が入るのである）警察の大掛かりな一斉手入れがあった。煙草を売っていた成漢がカブトをかぶり、警棒を振りかざして襲ってくる警官の姿に驚き、母親に知らせようと駆けつけてみると母親はすでに逮捕され、リンゴ箱と酒も押収されていた。警官の眼を逃れた五十くらいの男が猫か犬みたいに屋台の下に体をもぐらせて隠れている。だが尻はまる見えだった。その尻を警官に蹴飛ばされていた。闇市は大騒動だった。出店の品物を放置して逃げだしたので野次馬たちが略奪していた。

「うちは何もしてない！　うちは何もしてない！」

チョゴリ姿の朝鮮のおばさんが引ったてようとする警官に抵抗して出店の柱にしがみついたため、柱が傾き、トタン屋根が崩れてきた。警笛が鳴り、怒声が響く。指揮官が拡声器で呼びかけ、群衆を追い返そうとしているが、群衆の数は増えつづけていた。

成漢は連行されていく逮捕者の中から母親の姿を探そうと群衆を押しのけ、大人の股《また》の間をくぐり、警察がトラックを待機させている市電通りまできた。警官たちはまるで家畜を追いたてるように逮捕者をトラックに詰め込んでいた。その中に母親の姿があった。

「お母《か》ちゃん！」

と成漢は声を限りに叫んだ。その声に英姫が振り返った。振り返ったがすぐに警官にトラックの中へ押し込められた。悲愴感が成漢の胸にひろがり、涙が溢《あふ》れてきた。姉に知らせようと自転車置場にきてみると、ほんの二、三分の間に自転車は盗まれていた。母は逮捕されるし、自転車は盗まれるし、やり場のない怒りをかかえて成漢は家まで走った。

姉の花子は台所で食事の用意をしていた。父の金俊平はいなかった。息せききって家に帰ってきた顔面蒼白《そうはく》の成漢が、

「お母ちゃんが警察に捕まった」

と言った。

「えっ、ほんまか」

いつかはこうなるのではないかと予感していた花子は前掛けをはずし、義兄の韓容仁の家に走った。その後を成漢も追った。韓容仁の家までは二百メートルほどの距離である。玄関先でちょうど外出しようとしている韓容仁と出くわした。

「義兄《にい》ちゃん、お母《か》さんが警察に捕まってん」

と花子は意外に冷静な口調で言った。

外出しようとしていた韓容仁は少し考えていたが部屋にもどり、

「背広を出せ」

と春美に背広を出させて普段着からネクタイを締めた背広姿になった。それから花子に訊いた。

「どこの警察に捕まった」

どこの警察に逮捕されたのか花子と成漢にはわからなかった。

「鶴橋の管轄は生野署かな。それとも東成《ひがしなり》署かな」

生野区と東成区の境界線あたりをぬっている鶴橋の闇市は、どこの所轄なのか判然としない。

「たぶん生野署や」

韓容仁は一人合点して、背広の上からコートをひっかけて家を出た。

花子と成漢が家に帰ってみると父の金俊平も帰っていた。遅く帰ってくると思っていた父が帰っていたので花子は急いで夕食の仕度をした。夕食の仕度をしながら、花子は警察に逮捕された母のことを報告すべきか否か迷っていた。報告しないわけにいかないが、父がどういう反応を示すのか、それが怖かった。

食事の仕度ができた花子は父専用のお膳にご飯とおかずを載せて運んだ。そしておずおずと母が警察に逮捕されたことを報告した。

「けっ！　しょうこりもなく酒商売なんかやるから捕まるんだ」

金俊平はにべもなく言って、その大きな口でうわばみのように食事をたいらげた。それから何を思ったのか立ち上がって押し入れの板戸を開け、床下の大きな甕《かめ》に仕込んであったドブロクを外へ運び出してぶちまけた。ドブロク特有の酵母の匂いがあたりに充満した。向かいの高村のおかみさんが、

「なんてことをするんですか」

と無分別な金俊平の行為にあきれていた。花子は父に報告したことを後悔して泣きだしそうになっていた。

「英姫というわしの奥さんは、このわしまで巻き添えにしようとしてるんだ。こんなことをいつまでも続けてると、ろくなことはねえ」

高村のおかみさんに注意されたのが癪《しゃく》に障ったのか、金俊平は大きな甕を高だかと持ち上げて地面に叩きつけた。大きな甕は粉ごなに砕け散った。高村のおかみさんは深い嘆息をもらして家の中に入ってしまった。花子と成漢は父の理不尽な行為をただ茫然《ぼうぜん》と眺めていた。ドブロクをぶちまけ、甕を叩き割った金俊平はいったん家に入って毛皮の半コートを着るとどこかへ出掛けて行った。花子と成漢は急いで砕け散った甕の破片を拾い集め、地面に充満しているドブロクを水で流した。そして二人は今夜あたり酒に酔った父が襲ってくるにちがいないと思い、急いで食事をすませ、おにぎりを作って母の帰りを待った。

午後九時頃、英姫が娘婿《むこ》の韓容仁に付き添われて帰宅した。また刑務所に入れられるのではないかと案じていた二人の子供は、無事に帰宅した母親の英姫に駆け寄って抱きついた。

警察から義母の英姫をもらい下げてきた韓容仁を花子と成漢は尊敬の眼差《まなざ》しで見つめた。韓容仁自身もいかにも得意げだった。韓容仁が義母の英姫を警察からもらい下げてくるのに、それほどの苦労はいらなかった。韓容仁はいま自分が所属している組織の青年部幹部であることを誇示し、三十六年におよぶ日本の植民地状態から解放されて朝鮮独立の道を歩みはじめたことを強調するだけでよかった。それはとりもなおさず日本の敗戦を認めさせることであり、相互の立場のちがいを意識させることでもあった。

「あんた方はわれわれ朝鮮人から報復されても文句の言えない立場だ。もし義母を釈放しないときは、われわれにも考えがある」

　ほとんど恫喝《どうかつ》であった。韓容仁の言葉にはかつて日本を信じ天皇を信じて疑わなかった自分に対する苦い思いもこめられていた。おれは騙《だま》されていた、という思いである。その思いが憎しみに転じていた。もとより朝鮮の多くの若者は天皇を信じていたのである。韓容仁の友人の中には自ら志願して戦場へ赴いた者もいる。韓容仁の態度には、この際、ことを構えてでも警察との対決を辞さない気魄《きはく》がこもっていた。警察は一人の朝鮮人女のために事態を複雑にしたくなかった。そのことを韓容仁は見抜いていた。

　英姫は釈放されたが、金俊平の暴力が待っていた。青ざめている子供たちから、金俊平が押し入れの床下に仕込んであったドブロクの甕を外に持ち出して粉ごなに割ってしまったいきさつを聞かされて涙も出なかった。韓容仁は金俊平と英姫との夫婦の問題にかかわりたくなかった。夫婦にはそれぞれ個別の問題があり、第三者が口出しすべきではないと考えていた。英姫も自分の家族のために娘婿と金俊平が仲たがいしていがみ合うようになるのを避けたかった。

　この件を契機に数日、金俊平は荒れるだろう。英姫は覚悟をきめて花子の作ってくれたおにぎりを食べて腹ごしらえをすると、金俊平の帰りを待った。やがて真夜中に酒に酔った金俊平のけもののような怒声が響いてきた。英姫と子供たちは裏の物干し場から屋根伝いに隣家へと逃れて行った。身を切るような寒気の中を隣家へと逃れて行く途中、英姫は夜空を見上げた。夜空に燦然《さんぜん》と輝く星屑《ほしくず》が美しかった。

15

春はいろんな意味で世の中の動きを活発にする。冬の弱い陽射しに明るさと暖かさが増し、朝鮮人長屋の路地の奥にもほのかな陽の光が射し込んでくる。長屋の横にある空地で遊ぶ子供たちの姿が増えていた。もっとも子供たちは冬の間も家の中に閉じ籠ることはなかった。雨の日でさえ子供たちは長屋の空家でいろんな遊びに興じていた。子供たちの遊びに対する工夫は独創的だった。どんなことでも遊びの対象になるからだ。この頃流行していた遊びの中で、成漢をはじめ近所の子供たちが熱中していたのはバイ（べーゴマ）だった。ゴミ箱の上にござを敷き、擂《す》り鉢状に型を整え、凧糸で巻いたバイを二人の対決者が斜め上段から振り降ろすようにして旋回させるのである。すると二つのバイは擂り鉢状のゴザの中心に向かって下降し、激しく衝突して火花を散らすのだった。激しく衝突して一方が弾き飛ばされると負けである。また双方が同時にござから飛び出したときは、飛び出したバイを素早く捉えた者が勝ちだった。

バイにはそれぞれ形があり個性がある。重いバイ、軽いバイ、低いバイ、高いバイ、などなどあるが、鋭角にそった六角形のバイが強かった。もちろん鋭角な六角形にもいろいろあり、形と重心が絶妙のバランスをとっているバイが攻撃力と守備力をかねそなえていて他のバイをよせつけなかった。駄菓子屋では鋳型から作ったバイを売っている。そのバイを買って、子供たちは自分で鋭角な六角形にし重心の整ったバイに作り変えるのだ。

成漢は駄菓子屋で買ったバイを近所の鉄工所に行ってグラインダを借りて削っていた。高速回転しているグラインダで小さなバイを削るのは難しく危険だった。バイをしっかり握って高速回転しているグラインダに巻き込まれないよう力を入れなければならないが、ちょっとしたはずみに手をすべらせて人差し指や中指を削ってしまうのである。一瞬削られた指の肉が白くなり、つづいて血が溢れてくるのだった。その痛みは全身を貫き、どっと汗が噴き出してくる。それでも自分の気に入ったバイを作るために痛みを我慢してグラインダに挑戦していた。こうして作ったバイに「赤鬼」とか「青鬼」とか「巨人」という名前をつけ、勝負を挑む。手間暇《てまひま》かけて作ったバイが負けて相手に取られたときは悔しくて、まるで兄弟を失ったような気持ちになるのだった。そして相手に奪われたバイを取りもどすべく、どこまでも遠征していくのだ。

近所の子供たちの間では勝ったり負けたりして奪われてもすぐに奪い返せるが、他の地域から挑戦してきた子供たちのグループに奪われると容易に奪い返せないのである。そこで近所の子供たちはグループを組んで奪われたバイを奪い返すべく遠征していく。ときには金のやり取りもあり、強いバイは子供の小遣いにとって破格の値がついたりする。こうしてバイをめぐって地域内の子供たちのグループが対立し喧嘩になることがしばしばあった。したがって遠征するとき、子供たちは自転車のチェーンや鎖やベアリングの玉をポケットに忍ばせていた。

成漢は近所の子供たちのガキ大将だった。学校でも一年遅れの成漢は、他の子供より一歳年上だったのでリーダーになっていた。子供の頃の一歳の年齢差はかなりの力の差がある。当然ガキ大将はどんな相手に対してもひるむことなく先頭に立って戦わねばならない。臆病になったり負かされたりすると、みんなの笑い者になるからだ。それだけではなく女の子からも軽蔑されるのである。いわば遠征は縄張り争いであり、すでに子供の世界は大人の世界となんら変わらないのだった。

バイは遊びの中でもっとも戦闘的だったが、それ以外にベッタン、ラムネ、トランプなどがあり、すべての遊びに賭け金がかかっていた。東京のベーコンは円形だが、大阪のベッタンは長方形である。そのベッタンを三、四枚重ねて糸で縫い合わせ、縁に蠟《ろう》を塗って滑りやすくし、堅牢にする。ベッタンも使い古してくると年輪を刻んだ道具のように味わいが出てきて愛着が湧くのである。トンボ取り、探偵ごっこも魅力のある遊びだった。夕方になると子供たちは中道国民学校と大成通りの間の広大な焼け跡に集まり、夕焼け空を飛翔してねぐらへ帰って行くトンボを捕獲しようとする。五十センチほどの糸の両端に小さなネジや小粒の石を巻き、その上を赤や青や黄色のセロハンで包み、トンボめがけて投げると、餌《えさ》だと思って喰いついてくるトンボが糸にからまって墜落してくるのだ。糸にからまってくるくると舞い落ちるトンボの姿はまるで撃墜された飛行機のようでなんともいえない興奮を覚えた。そしてトンボが雌の場合は、その雌のトンボを糸で縛り、飛んでいる雄のトンボの周りで泳がせ、雄のトンボが交尾しようと雌のトンボにからみついてくるところを獲《と》り押さえるのである。

遊びは際限なくエスカレートしていく。探偵ごっこは夜の遊びである。夕食のあと誰とはなしに空地に集まった子供たちが二組に分かれて追う者と追われる者になる。もちろん金が賭けられていた。時間が決められ、その時間内に捕まった者と逃げきった者の人数によって金が支払われるのである。そしていったん探偵ごっこが始まると追う者と追われる者の凄まじいシーソーゲームが展開する。路地から路地を走り、どん詰まりの路地に追いつめられた者は危険をかえりみず何でも利用して屋根に昇り、ねずみ小僧さながらに逃げていく。追う者も屋根に昇って追いかける。屋根瓦が割れ、その音に驚いて家から飛び出してきた大人に、

「こら！　なにさらしてるんじゃ！」と怒鳴られようと子供たちは風のように夜の闇の中を疾駆していく。昼間なら高さを目測できる屋根から飛び降りるのを躊躇《ちゆうちよ》するが、追いつ追われつしながら夜の闇にまぎれ込んだ子供たちは大胆になっていた。この大胆さには何か名状し難い人間の本能を感じる。逃げきった者と逃げきれなかった者、捕らえた者と捕らえられなかった者の間におのずから力関係ができるのである。

遊びの中でも残酷な遊びは、焼け跡で行なう石合戦だった。二組に分かれた子供たちはゴミ箱の蓋を楯《たて》に一定の距離から手ごろな石を投げ合うのだが、合戦の最中に国本の息子で八歳になる明夫の額に成漢の投げた石が命中した。明夫は額を押さえてばったり倒れたが、間もなく起き上がり、額に血をしたたらせながらふたたび石を投げて応戦してきた。他の子供だったら泣いているはずだが、明夫は泣きもせずに不敵な面構《つらがま》えになって相手を威嚇するのだった。このことがあってから、明夫はグループの中で頭角を現してきた。

弱い者は強い者に貢《みつ》ぎ物をする。明夫より一歳年上の高田秀二は背が高く、見るからに強そうだったが、実際は臆病でいざというときついへっぴり腰になる性格であった。その秀二があるとき成漢に三本の鉛筆を献上した。

「これ、どないしたんや」

秀二に鉛筆を買う金がないのを知っている成漢は問い質《ただ》した。

「学校の前の文房具屋でパクってきてん」

と秀二は得意げに胸を張った。それから子供たちの間に万引きが流行《はや》りだした。六、七人の子供たちは徒党を組み、空巣でも狙《ねら》うように女や年寄りが留守番している店を狙って入り、四、五人がいっせいに「これなんぼ」「あれなんぼ」と店の者に質問攻めをしている隙に他の者が万引きするのである。あるいはザラ紙十円分を買い、店の者がザラ紙を数えている間に万引きするのだった。じつに巧妙な手口であった。しかし、いったん万引きの味を覚えた子供たちは文房具だけではもの足りず、玩具店、スポーツ店、はては心斎橋の百貨店にまで遠出して、ほとんどかっぱらいに近い万引きを働くようになった。追ってくる店員から数人の子供たちは探偵ごっこで鍛えた俊足で遁走《とんそう》する。店員はどの子供を捕まえればいいのか迷い取り逃がしてしまうのだ。しだいに遊びと万引きの境界がなくなり、子供たちは武器を持って闇市をのし歩いていた。子供たちは自己の存在を誇示するために、かっぱらい、恐喝、喧嘩を競い合い、何ごとも暴力で押しきろうとする。暴力の前で人は従順になり、ひざまずくのを知ったのである。その優越性と快感は悪への道と一直線につながっていた。もしこういう状態が続けば、何人かの子供たちは何年か先に間違いなく極道になっていただろう。

ところがひょんなことから、子供たちの興味は万引きやかっぱらいや喧嘩から知的ゲームへと移ったのである。

夏の日のある昼下がりだった。裏の長屋に住んでいる五十前後になる金村こと金書房《ソバン》（さん）が退屈そうに日陰で長椅子にぼんやり座っていた。女房と三人の子供に家出されて酒びたりになって誰にも相手にされない手持ちぶさたの金書房は日陰でぼんやりしていることがあった。その日も金書房は二日酔いの濁ったねむたげな眼をして、空地の共同水道でおしゃべりしている近所のおかみさんたちのむせかえるような体を日陰でぼんやり眺めていた。そこへ裏の路地から成漢を先頭に近所の子供たちの一団が帰ってきた。集団行動をしているときの子供たちは表通りを避けて裏の路地から出入りしていた。

子供たちは汗と埃《ほこり》にまみれて汚い顔をしている。長椅子にぼんやり座っていた金書房が、何を思ったのか通りかかった成漢を呼び止めた。そして立ち止まった成漢に、

「おまえ、将棋知ってるか」

と訊いた。

「そんなもん知らん」

誰からも相手にされない金書房を無視して通り過ぎようとする成漢を金書房は腕を摑んで執拗に引き止め、

「わしが教えてやる。ここへ座れ」

と摑んだ腕を離そうとしないのだった。

大人の力で腕を摑まれた成漢は身動きとれず、やむなく長椅子に座った。金書房は歯糞の詰まった歯を見せてにんまりすると家からベニヤ板に線引きした将棋盤と駒を持ってきた。

「これから駒の使い方を教えてやる」

長年土方をしている節くれた手で将棋盤に駒を並べる手つきがいかにも無器用だった。金書房はまず駒の並べ方を教え、つづいて一つ一つの駒の性格を説明した。長ったらしいその説明は一つの駒を説明するのに人生の局面を持ち出してたとえ話をしたり、駒と駒の関係についての長口上をえんえんと反復するので、それだけで日が暮れてしまいそうだった。

「おっさんの言うことはもうわかった」

痺《しび》れをきらせた成漢は金書房に教わった通り歩《ふ》を進めた。

「そうあせるな。人の話はよう聞いとくもんや。おまえはまだ子供やさかいわからんやろけど、人間いうのはやっかいなもんや。人の話をろくに聞こうともせん」

いちいち説教じみた言葉を吐きながら、金書房も４四歩とさした。

「ええか、歩はな、相手の陣地に入ったら裏返しになって金になるんや。歩を馬鹿にしたらあかん。あとでえらい目に遭うぞ。わかったか」

まるで自分のことを言っているようだった。

「ええか、桂馬《けいま》はほかの駒とぜんぜん跳び方がちがう。せやさかい桂馬をうまいこと使《つこ》たら、将棋は強なる」

暑い陽射しの下で、五、六人の子供たちが体半分を日陰に入れて汗をかきながら興味深げに二人の対局を観戦していた。どこからともなく蟬の鳴き声が聞こえてくる。樹木もないのにどこから聞こえてくるのか不思議だったが、その蟬の鳴き声が二人の対局に緊張感をもたらしていた。家族に逃げられて以来めっきり白髪《しらが》の増えた二日酔いの金書房の額から流れてくる汗が太い眉毛をつたって目にしみ込んでいく。しきりに汗をぬぐいながら金書房は目をしばたたかせた。どうもおかしい。たったいま駒の動かし方を教えたばかりの成漢を赤児の手をねじるように簡単に負かせられると思っていた金書房の顔色が変わってきた。首をひねり、腕組みをして金書房は長考に入った。

「はよいってんか」

と成漢は金書房を急かせた。大人を睨みつけるとは、小憎らしい小僧である。金書房は観戦している子供たちの手前、大人げない振る舞いはできなかった。しかし、頭が混乱し動揺していた。将棋盤の局面はあたかも金書房の人生のように絶体絶命の崖《がけ》っ縁《ぷち》に追い詰められていた。

「何してんねん、おっさん。はよいかんかいな」

悪ガキの成漢の声が金書房を容赦なく窮地に追い込んでいく。屈辱と恥辱と絶望にさいなまれた金書房の不精髭《ぶしようひげ》をはやした皺《しわ》だらけの顔が凝縮して、ついに駒を投げ出した。観戦していた子供たちの間からいっせいに歓声があがった。勝ち誇った成漢が満面の笑みを浮かべた。駒の動かし方を教えたばかりの十歳の子供に負けた金書房はうなだれて家の中に消えて行った。

「アホやで、あのオッサンは……」

と一人の子供が叫んだ。哀れな金書房に子供たちは残酷な罵詈《ばり》雑言《ぞうごん》を浴びせるのだった。子供たちは戦利品の将棋盤と駒を奪って、溜まり場になっている空家に引き揚げると、さっそく将棋をはじめた。覚えたばかりの将棋を今度は成漢がみんなに教えることになった。好奇心の強い負けず嫌いの国本明夫が対戦相手だった。二人は試行錯誤の末、成漢が勝ちを収めた。納得しない明夫は再度挑戦するのだった。

「おまえは負けたさかい、今度はおれの番や」

と主張して秀二が明夫を押しのけようとするが、明夫は将棋盤を摑んで離そうとしない。そのしつこさに秀二も諦めて、

「今度負けたら替われよ」

と譲った。

アラブの子供みたいなちぢれ毛と濃い眉毛の下の大きな瞳が成漢の一手一手を注意深く見

守り、長考に長考を重ねるのだった。駒を持って将棋盤に置きながらなかなか離そうとしない。成漢がつぎの駒を打つと、

「まだ手ェ離してない」

と言って別の手を考えるのである。

だが明夫の長考も二歳年上の成漢にはおよばなかった。負けた明夫は悔しさで唇を噛んでいた。秀二が明夫を押しのけて交替した。こうして四局か五局目の将棋を指しているところへ、朝鮮人長屋で唯一の日本人である坂本の長男が空家で騒いでいる子供たちの様子をうかがうように現れた。日頃めったに会うことのない坂本陽介が現れたので、子供たちは一様に驚いた。小児麻痺《しょうにまひ》を患って頸《くび》と顔が少し歪み、硬直した指先がそっていた。言葉は多少聞きとりにくかったが、歩き方は普通だった。二十歳前後になるがおとなしい性格でほとんど家に籠りきりの生活を送っていた。その坂本陽介が将棋を指している子供たちの仲間に入ってきたのである。そして成漢と秀二の対局をじっと観戦していた。勝負は二十分ほどでけりがつき、成漢の勝ちだった。

「わしにもやらせてくれへんか」

大人の坂本陽介が遠慮がちに言った。

子供たちは坂本陽介がなぜ不自由な体をかこっているのか理解できなかった。ましてや将

棋を指したいと言う坂本陽介の申し出は子供たちにとって意外だった。もちろん成漢は歓迎した。

「将棋しってんのか？」

と成漢が小生意気な口調で訊いた。

「しってる」

坂本陽介がやさしくほほえみかける。

将棋を覚えたばかりだが、連戦連勝の成漢は小児麻痺の坂本陽介をみくびっていた。子供たちも坂本陽介の駒を持つ不自由なまどろっこしい手つきを見ていると、はなから成漢が勝つと信じていた。ところが勝負は十分とかからなかった。成漢のあまりにもあっけない負け方に本人はむろんのこと他の子供たちも唖然《あぜん》とした。

「もういっぺんやろ」

名誉を挽回すべく成漢は慎重に構えて駒を進めた。だが、坂本陽介の駒は生きもののように動き、成漢は攻めることもできなかった。要するに手も足も出なかったのである。二局目も勝負は十分と持たなかった。完膚《かんぷ》なきまでに負かされた成漢はあらためて坂本陽介のやさしい表情に見入った。その眼は非常に知的だった。これほど知的な眼と出会ったのははじめてだった。成漢はそれまでとはまったくちがう人間と出会った気がした。勝ち誇るふうでもなく、かといって謙遜しているわけでもなく、ただ茫洋《ぼうよう》とした坂本陽介のやさしい笑顔は、子供たちにとって神秘的だった。この日から坂本陽介は子供たちの尊敬の的になった。

子供たちはある意味で知的なものに飢えていたといえる。ビタミンやカルシウム不足の体がそれらを要求するように子供たちは将棋に夢中になりだした。子供たちが将棋に夢中になっていたある日、今度は坂本陽介が家から折りたたみ式の碁盤と碁石を持ってきて、

「成漢、囲碁してるか」

と訊いたのである。

趙命真の事務所で大人たちが囲碁を打っているのを見かけたことはある。将棋よりはるかに目のこまかい広い碁盤の複雑そうな囲碁は大人のゲームで子供には無理だと思っていた。実際、囲碁を打っている大人たちは気難しそうな表情をしていたし、威厳さえ感じられた。その囲碁をやろうと言われて成漢は子供にできるのだろうかといぶかった。しかし、はじめて碁盤に向き合い、碁石を打ったときの新鮮さは格別だった。坂本陽介から手ほどきを受けた囲碁は将棋とは別の思考を要求されて、子供たちの知的好奇心を大いに刺激した。とりわけ負けん気の強い明夫の貪欲《どんよく》なまでの傾倒ぶりは他の子供たちをも刺激して長屋は囲碁道場の観を呈していた。この傾向は将棋や囲碁にとどまらなかった。石原の三人兄弟が本を持ち歩くようになったのである。それも何百ページもある厚い本を開いて読んでいた。近所の女

の子が、

「何読んでるの？」

と本をのぞいたりして、あきらかに石原の三兄弟に好意を寄せている感じだった。三兄弟の寡婦の母親は、

「うちの息子たちは将来、博士になる」

と近所のおかみさんたちに吹聴《ふいちょう》していた。三兄弟の末の息子はいつも鼻水を垂らしていたが、いまでは鼻水も垂らさず、近所の子供たちの中でもっとも聡明に見えた。そして石原の三兄弟は近くのソロバン塾にかよいはじめた。その費用を捻出するために石原の母親は闇米の値をつり上げた。


高等科一年になっていた花子は近所の子供たちと遊ぶことはなかった。韓容仁の勧めで花子は建国学校中等部に入学した。この学校は高等部まである韓国系の私立学校だった。戦前まで民族教育はおろか朝鮮語を話すことさえ禁じられていた朝鮮人にとって子弟の民族教育は焦眉《しょうび》の急を要する問題であった。その第一号が建国学校である。生徒の年齢もまちまちであった。高等部には所帯を持っている者もいた。

中学一年になった花子は、しかし学業に専念できなかった。金俊平と英姫はお互いを避け

るようにほとんど家にいなかった。以前からそうだが、花子は家事に追われて勉強どころではなかった。そのうち英姫は娘婿の韓容仁と地方へ買い出しに行くようになった。生活費を稼ぐためでもあるが、金俊平を避けるためでもあった。地方から海産物、果物、小麦粉などを送ってきた。韓容仁は組織の青年幹部の地位を利用して、闇物資を積んだトラックに乗って厳しい取り締まりの網を突破して品物を運搬していた。英姫が帰ってくるのは月に二、三回である。帰ってきて品物を売りさばくとすぐ買い出しに出掛けた。そんな英姫を金俊平は苦にがしげに見ていた。

ある日、四国から大量の塩が送られてきた。韓容仁は黒塗りの自家用車に乗り、塩を運搬しているトラックを先導して真夜中に帰ってきた。塩は専売公社の許可なくして売買はできない。統制物資の中でも特に厳しく取り締まられている。その塩を百俵も闇で仕入れてきたのだ。

韓容仁に起こされて表戸を開けた金俊平は、土間に積み上げられていく大量の塩に驚いた。家の土間は五十俵を積むのが限界だったので、残りの五十俵は斜向《はす》かいの空家に積むことにした。そして成漢に寝ずの番をさせた。

「明日からここで遊んだらあかん。三、四日したら品物は売れるさかい、それまで学校を休んで塩の番をしとくんや。わかったな。誰かに見つかったらオモニがえらいことになる」

オモニがえらいことになると言われて成漢はこわばった表情で頷いた。韓容仁は花子にも三、四日学校を休んで家の塩の番をするようにいいつけた。

不機嫌面をしている金俊平に、韓容仁はぬけめなく因果を含めた。

「アボジ（お義父《とう》さん）、この塩をさばけば少しは楽になります。アボジにも分け前をちゃんと渡します」

「何の分け前だ」

仕事を手伝ったわけでもないのに分け前をくれるというのは不自然である。

「ですから、三、四日、アボジに品物を管理してほしいんです。花子と成漢だけでは不安ですから。頼みます」

娘婿の頼みとあっては断わるわけにもいかなかった。

成漢は義兄の韓容仁の言葉を忠実に守って、その夜から空家の塩俵の上で寝ずの番をした。翌日、成漢は学校を休み、空家の表戸を閉めてその前の地べたに座り込んでいた。学校から帰宅して空家へくる子供たちを、

「今日からとうぶん、ここは使えん。よそへ行け」

と追い返した。

「なんでやねん」

と明夫が反発した。

「なんでもええやろ。はよよそへ行け。殴《なぐ》るぞ」

成漢の剣幕に意地っ張りの明夫も退散した。一日中空家の前に座り込んでいる成漢に近所のおかみさんたちは奇異なものを見るような目を向けて通り過ぎた。おかみさんたちの目線を気にしながら、成漢はオモニを守っているのだという使命感に燃えていた。花子は花子で表戸の隙間から外の様子をじっとうかがっている。金俊平は落ち着かないらしく家を出たり入ったりしていた。百俵もの塩はかなりの金額になるだろうと思った。その大金はどこから出たのか。たぶん英姫から出ているにちがいない。英姫はどこかに金を隠しているのだ。金俊平は自分のあずかり知らぬところで大きな取り引きがされていることに不満を持った。コケにされているように思えた。

その日の夜、韓容仁はブローカー仲間の二人の男を連れてきた。家の中の塩と空家の塩を見せ、商談に入った。商談は十分ほどで成立した。ブローカー仲間の一人がカバンから札束を取り出して数え、

「今日は半分だけ積んで行く」

と言って韓容仁に札束を手渡した。その様子を金俊平が見ていた。

二人のブローカーは空地に待機させていたトラックをバックさせて路地へ誘導して、空家

の塩を積み込んだ。

「残りの半分は明後日《あさって》運びにくる」

韓容仁と二人のブローカー仲間は暗闇で握手を交わして別れた。

「これで半分片づいた」

韓容仁はほっと肩の力を抜いてひと息して、

「アボジ、少ないですが三百円受け取ってください」

と金俊平に三百円を渡した。三百円を受け取った金俊平が、

「これだけか」

と不服そうに言った。

「あとでもう少し渡します」

ことを荒だてないためにもう少し金を渡さねばならないだろうと韓容仁は考えていた。

「あいつはどうした。あいつはどのくらい儲けた」

数万円の取り引きをしているのだから儲けも大きいはずだった。しかも闇取り引きである。

「オモニの儲けですか。オモニの儲けはこれからの資金に当てますから、最後になってみないとわからんですよ」

「最後だと？　それはいつのことだ」

「この商売にみきりをつけるときです。その間に、捕まって儲けた金以上に損をすることもありえますから」

韓容仁は言葉巧みに金俊平の邪推をはぐらかしてさっさと引き揚げた。韓容仁から手渡された三百円もけっして少ない金額ではない。がしかし、数千円の儲けを手にする英姫に比べると少なすぎると思うのだった。

二日後の夜、約束どおり二人のブローカー仲間がやってきた。その場で金を精算し、空地に待機しているトラックに塩を積み込んだ。金をもらった手前もあり、ことを早く終わらせたいこともあって金俊平も手伝った。

別れ際に韓容仁が言った。

「気をつけてな。途中巡査に止められても相手が一人か二人の場合は止まらずに突っ走れ。どうってことない」

二人のブローカー仲間がにんまりした。

トラックが去ったあと、韓容仁は金俊平に七百円を渡した。この前の金額と合わせて千円である。金俊平は悪い気がしなかった。しかし自分に千円もの大金をくれた英姫と韓容仁は相当儲けたにちがいないと思った。

八月の初旬に買い出しに出掛けた英姫は十月の中旬に帰ってきた。二カ月以上の長旅だった。久しぶりに帰ってきた英姫は両手に大きな荷物を下げていた。子供たちの下着や服や毛糸の手袋や、金俊平の背広上下を手土産に買ってきたのである。

花子は買ってもらった花柄の青のワンピースを試着して鏡台の前に立ち、何度も前後左右を点検しながら、

「うち、こんなん欲しかってん」

とあまり見せたことのない笑顔で喜んでいた。茶と黒の模様が入った高級な毛糸の手袋を成漢はさっそく近所の子供たちに見せびらかしていた。

「ちょっとおれにもはめさせてくれ」

と秀二が物欲しそうに言って手袋をはめると、近所の子供たちもつぎつぎに手袋をはめてうらやましがった。

英姫は近所のおかみさんたちに配る手土産も忘れていなかった。夜ごと屋根づたいに逃げて近所に迷惑をかけている返礼である。二日の間、英姫の家に集まってきた近所のおかみさんや子供たちでにぎにぎしかった。千円の効果があったのか、酒を飲んでいた金俊平も寛容だった。その間、金俊平と英姫はひとことも会話を交わしていない。そして三日目の午後、学校から帰宅した成漢に、英姫はにこにこしながら、

「あのな、自転車買うてやろか」

と言った。

「ほんまか！　自転車買うてくれるのか」

成漢は跳び上がって喜んだ。

「花子も大きくなったさかい時計買うてあげる」

「ほんまに……時計買うてくれるの。うれしい！」

花子は感激のあまり涙を浮かべていた。

英姫は二人をともなって市電通りの時計店に入った。ウインドウに陳列してある時計がきらきらと輝いている。花子はわくわくしながらどの時計を選べばいいのかわからず幻惑されていた。

「この時計ぐらいがええのとちがいまっか」

と時計店の主人が手ごろな時計を選んでくれた。その時計を腕にはめた花子は急に大人になったような気がした。

時計を購入した英姫は三軒隣の自転車店に赴いた。ところが売っている自転車はみな中古品だった。その中から一番新しいと思われる自転車を選んで買った。

「鍵は前と後ろにつけてちょうだい」

と英姫が注文した。

鍵を前と後ろにつけて家の中に保管して置いても盗まれることがある。高価な自転車は泥棒に狙われ易《やす》いのだ。

「必ず前と後ろに鍵を掛けて、家の中に入れておくんやで」

と英姫は成漢に念を押した。

「わかってるがな。絶対に盗《と》られんようにする」

闇市で一瞬の隙に自転車を盗まれた苦い経験を二度とくり返すまいと成漢は固く心に誓った。

二人の子供に時計と自転車を買い与えた英姫は、その足でふたたび買い出しに出掛けた。

「もういくの……」

と花子が寂しそうに言った。

「正月までには帰ってくる。その間、家のことは頼むわ。あんたら二人だけやったら、アボジも暴れへんと思うさかい」

まるで永遠の別れのような言い方だった。けれども時計と自転車を買ってもらった二人の子供は、その感激の余韻にひたっていた。

金俊平は不快だった。二カ月ぶりに帰ってきて近所のおかみさんや子供たちに散財して、三日目に買い出しに行った英姫の態度はあきらかに自分に対する当てつけのように思えた。

背広の上下を買ってきたのもあてつけのような気がする。

その日の夜、金俊平は酒に酔って家のガラス戸や家財道具を壊した。

「家をほったらかしにしやがって。何様のつもりでいやがる！」

子供たち二人だけなら、アボジは暴れたりしないだろうと言っていた英姫の判断は甘かった。英姫のいないいま、子供たちはかっこうの標的だった。逃げ遅れた花子と成漢は父の前に立ちすくんでいた。逃げようと思えば逃げられたが、父の恐ろしい眼に睨まれて身動きひとつできなかった。二畳の板間に胡坐を組んで座っている父の前に直立不動の姿勢で立っている花子と成漢は息もできないほど緊張していた。金俊平は焼酎の入った一升瓶を横に置き、コップに焼酎をなみなみとついで一気に飲み干すたびにカーッと息を吐き、そのたびに眼が据わってくるのだった。

「子供のくせに時計なんかはめやがって。贅沢な奴め。なんだこんなもん！」

金俊平は花子のはめている腕時計をもぎ取ると壁に向かって投げつけた。花子は体の一部をもぎ取られたような痛みを感じた。

「自転車がないと歩けんのか！　このガキ！」

花子の腕時計をもぎ取って壁に投げつけたあと、今度は土間に降りて自転車を高々と持ち上げると表戸めがけて投げつけた。表戸の割れる音とともに自転車が壊れた。それから金俊平は英姫が買ってきた背広の上下を引き裂いた。花子と成漢の胸は恐怖で灼《や》きついていた。

「そこへ座れ！」

と金俊平は二人に命じた。二人は板間に正座した。憎しみのこもった金俊平の眼が赤く濁っている。これほどまでに父の憎しみをかきたてる感情は何なのか、それが子供たちにはわからなかった。花子と成漢はひたすら沈黙を守っていた。誰か勇敢な人間が現れて助けてくれないだろうかと思った。

「きさまらの考えてることくらい、このわしにはちゃーんとお見通しだ」

そう言われると、花子と成漢は何か後ろめたい気持ちになるのだった。父を嫌っていないといえば嘘になる。その罰を受けているのかもしれない、と二人は疑心暗鬼になって体をこわばらせた。

「花子、きさまはこのわしを何だと思ってる。このわしはきさまの何だ。言ってみろ！」

考えてもみない質問であった。父であるという自明の理を問われて花子は言葉に詰まった。なぜ父であることを再確認しなければならないのか。そのことに花子は戸惑いを覚えた。

「言ってみろ！　このわしはきさまの何だ！」

問い詰められて花子は、

「わたしのお父さんです」

と小さな声で答えた。

「何だと、わたしのお父さんだと。心にもないことをぬかしやがって。わしはきさまのお父さんではない！　このわしはきさまの何だ！　言ってみろ！」

肯定と否定を同時に求める父の質問は悪意に満ちていた。答えのない答えを求める魔女裁判の大審問官に似ている。花子は感情の塊りが喉《のど》につかえて言葉に詰まった。

「言ってみろ！　このわしはきさまの何だ！」

花子の瞼の裏に涙が溢れてきた。つぎは自分の番だと思いながら、成漢は混乱している頭の中で質問の答えを探しあぐねていた。

花子が震える声で、そして勇気を奮い立たせるように父の金俊平を見つめて、

「わたしのお父さんでないとしたら、あ、あ、あんたは誰なんですか」

と言った。

「なんだと、きさま。あんたただと、このガキ……」

つぎの瞬間、金俊平の大きな手が花子の頰を打擲《ちようちやく》していた。花子は板間に叩きつけられた。鼻と口から血を流している花子をもう一度殴打すると、金俊平は髪の毛を鷲摑《わしづか》みにして土間へ投げ飛ばした。ベシャ！　という音がした。成漢は姉の花子が潰《つぶ》れたのではないかと思った。花子は壁際に気絶していた。

歯ぎしりしながら歯をむき、金俊平は向きを変えて成漢を睨んだ。成漢は恐怖に凍《い》てついて唾《つば》も飲み込めなかった。

「きさま、わしをなめやがって。きさまの考えてることくらい、このわしにはちゃーんとお見通しだ」

金俊平は一升瓶の焼酎をラッパ飲みした。

「言ってみろ！　このわしはきさまの何だ！」

またしても同じ質問である。一つしかない真実を否定することで虚偽を強要しているようなものだった。いや、そうではない。父という言葉を引き出すために、子供の全人格を否定しようとしているのだった。父が父でないとすれば、この人物は一体誰なのか？　成漢も姉と同じように、それでは一体、あんたは誰なのか問い返してみたいと思った。けれども目の前で姉が殴られ、投げ飛ばされるのを見せつけられている成漢は、

「ぼくのお父さんです」

と答えた。

日頃、お父さんと呼ぶ機会のあまりない成漢にとって、お父さんという発語は苦痛をともなった。

「お父さんだと……。心にもないことぬかしやがって。わしはきさまのお父さんなんかじゃ

ない。言ってみろ！　このわしはきさまの何だ！」

　絶対に逃れることのできない檻《おり》の中で拷問を受けている囚人のようだった。血縁という暴力、死ぬまで続く尋問、憎しみは愛と同じくらい強い絆《きずな》で結びついているのだ。金俊平が求めたもの、それは何よりも強い血の絆だった。血は血によってあがなわれる。では何によって血を証明できるのか？

　成漢は姉の愚をくり返すまいと、ひたすら沈黙の殻にこもった。

　金俊平はかたくなな成漢を冷淡に見つめていたが、おもむろに言った。

「包丁を持ってこい」

　包丁は隠してあったが拒否できなかった。板間に正座していた足が痺れていて、立ち上がったとき成漢は二、三歩よろめいた。よろめきながら隠してあった包丁を一本持ってきた。この包丁で何をするつもりだろう。姉と自分を切り刻むつもりだろうか？　極限にまで達した恐怖は冷たい汗となって皮膚の表面をおおっていた。切れば凝固した白い血が出るにちがいない。

　金俊平は上衣と下着を脱ぎ、上半身裸になった。刃物や鉤《かぎ》で刺され引きちぎられた無数の生なましい傷が獰猛な肉体に刻まれている。下腹部から臍《へそ》のまわりにかけて恥毛が群れており、ありとあらゆる汚穢《おわい》がぎっしり詰まったソーセージのような腹部がうねっていた。

金俊平は包丁を握っている成漢の腕をとって言った。

「わしが憎いか。このわしが憎いか！」

充血している眼が炎のようだった。成漢は伏し目になった。

「はっきり言ってみろ！」

と金俊平は怒鳴った。

「いいえ、憎くありません」

と成漢は口ごもった。

「嘘をつけ、このガキ。きさまの考えてることくらい、わしにはちゃーんとわかってるんだ。わしを殺したいくらい憎いだろう。憎かったら、その包丁でわしを突いてみろ。わしを刺し殺してみろ！」

金俊平は包丁を握っている成漢の手をとって刃物の切先を自分の腹部に当てた。血が赤い糸のように流れた。

「さあ、このへんを突いてみろ。このへんを突いてみろ！　それだけの度胸がないのか！」

金俊平は挑発するように腕を振り上げて殴ろうとする。成漢は思わず首をすぼめた。成漢を試しているのだ。息子の心の奥にひそんでいるかもしれない殺意と憎しみの感情をあぶり出そうとしているのだった。成漢のもの悲しそうな瞳から涙がこぼれた。

「度胸のない奴め！」

金俊平は成漢から包丁を取り上げて床に投げ捨てた。

「きさまがその気になったら、いつでもその包丁でわしを刺し殺せ。受けて立ってやる」

そう言って焼酎をラッパ飲みするとうがいをしてあたりに焼酎を霧状にまいた。

「あのくそ婆ぁが巫女《みこ》に頼んでわしを祈り殺そうとしている。この家の中には悪霊《あくりょう》どもがうようよいる。だが、わしはいつでも悪霊どもと勝負してやる」

金俊平は天井の四隅を睨み、煙草に火を点けた。そして石のように黙って硬直している成漢に命じた。

「座れ！」

成漢は命じられるがままに座った。

つぎは「立て！」と命じる。成漢は立って直立不動の姿勢になった。

「座れ！」「立て！」がくり返される。十回、二十回、三十回と続き、「このわしはきさまの何だ！　言ってみろ」と問い詰める答えのない永遠のくり返しと同じように「立て！」「座れ！」の命令が続く。いかなる要求にも絶対服従する条件反射的な訓練をしているようだった。記憶の底に恐怖を刻印しようとしているのだ。表裏一体になっている憎しみと恐怖は、いかなる力業《ちからわざ》をもってしてもわかつことのできないものであった。

百回以上も「立て！」「座れ！」を反復させられている成漢の表情に苦痛と絶望の色がひろがっていた。

「よし、そこまで」

と「立て！」「座れ！」の反復動作を止めて、金俊平は成漢の心の動きを読み取ろうとするかのように表情を探っていた。

「暑いのか。汗なんかかきやがって」

成漢は返事をしなかった。返事をすると、新たないいがかりをつけられるおそれがあるからだ。ひたすら耐えることだけに集中した。

「きさまは、あのくそ婆ぁにそっくりだ。だが、きさまはわしの骨《クワン》だ！　わかってるのか！」

沈黙は抵抗を意味していた。その沈黙の抵抗が母親の英姫と重なるのだった。

「バケツに水を汲んでこい」

と金俊平は命じた。成漢はバケツに水を汲んできた。その水を金俊平は成漢の頭から浴びせた。成漢は濡《ぬ》れ鼠《ねずみ》になり、板間が水びたしになった。

「きさまはそこから一歩も動くな。わしがよしというまでそこに立ってろ。もしちょっとでも動いてみろ、そのときはきさまの命はない」

そう言って金俊平は奥の部屋に移って畳の上にごろりと横臥《おうが》した。その巨体は何か得体のしれない怪物のようだった。

古い柱時計の振り子の音が時を刻んでいる。柱時計がボーン、ボーンと午後十一時を知らせた。夜明けまでにはまだ六、七時間ある。成漢は先程から小用を足したくて我慢していたが、絶対に動くなと命令されていたので便所へも行けず、とうとうその場で失禁してしまった。水を浴びせられた冷たい皮膚を生温かい尿が腿から足元に伝わり、板間にひろがった。成漢は下着とズボンをはいたまま尿を垂らしている自分を滑稽《こっけい》だと思った。そして何よりも父の金俊平が滑稽に思えるのだった。成漢の肉の隅々に刻み込まれた恐怖は、しかしけっして自分を変えることはできないだろうとひそかに自覚していたからだった。

壁際に倒れていた姉の花子が、うむーと呻《うめ》きながら体を反転させ、壁にしがみついて這《は》い上がった。鼻血を垂らし、唇を切り、壁に激突した目の縁が黒く腫《は》れていた。見るも無残な姿だった。花子は周囲の状況を確かめようと首を回して見渡し、板間に立っている成漢を認めた。そしてよろめきながら近づいてくる花子に成漢は人差し指で唇を押さえて、奥の部屋に父が寝ていることを知らせた。姉の花子が手招きして逃げようと言う。成漢はかぶりを振った。寝息の静かな金俊平は眠っているのか眠っていないか、わからないからだった。

傷を負っている花子は二階へ這い上がり、押し入れから布団を出して横になった。

成漢は何時間も立ちつくしていた。畳の上で大の字になっている父の寝息に耳を澄まし、注意深く様子をうかがった。意識的にガラス戸を蹴って音をたてた。だが、金俊平は微動だにしなかった。成漢はさらに大きな音をたてたが、口を少し開けて瞼を閉じている金俊平は深い眠りに陥っているようだった。成漢は足音を忍ばせて父に近づき、酒臭い息を吐いている父の寝顔を確かめた。それから成漢は金俊平が脱ぎ捨てた上衣の内ポケットを探り、数枚の札束の中から百円札を一枚抜き取った。成漢はわれながら大胆すぎると思った。発覚すれば、それこそただではすまないだろう。成漢は上衣を元どおりにして、今度は壁に投げつけられた姉の腕時計を探した。腕時計のガラスは割れていた。けれども耳にあてると機械は動いていた。成漢は腕時計をそっとポケットにしまい、明日時計店に修理を頼もうと思った。

問題は自転車である。自転車はハンドルが大きく曲がっているだけで、乗るぶんにはさしつかえなかった。ただ表戸の壊れた家に放置しておくと盗まれる可能性があった。そこで成漢は隣の石原のおかみさんに頼んで自転車を預かってもらうことにした。

「アイゴー、成漢も大変やなあ」

と石原のおかみさんは同情してくれた。

翌日、姉の顔は一段と腫れあがり、顔全体が痣《あざ》で黒ずんでいて、当分、通学できそうになかった。いつもなら姉が朝食を作ってくれるのだが、成漢は朝食抜きで登校することにした。

金俊平は明け方に寒けを覚えたのだろう。自分で布団を敷いて眠っていた。板間にあった上衣も奥の部屋の壁に掛けてあった。成漢は何くわぬ顔で学校へ行った。

放課後、成漢は父の上衣から百円札を抜き取ったことが発覚したのではないかと脅《おび》えながら帰ってきた。どんなに追及されても否定するのだ、と自分に言い聞かせていた。裏の路地から家に近づいて様子を探ろうと考えたが、かえって怪しまれるおそれがあるので普段どおり表から帰ることにした。家に近づくにしたがって成漢の心臓音は鼓膜を打ちつづけていた。『どうしよう……』家の前まできて臆している成漢に、向かいの高村のおかみさんがこっちへくるように目で合図していた。やはり父に発覚したのだ、と思って成漢は逃げる算段をめぐらせた。

「成漢……」

と高村のおかみさんが小声で呼んでいる。とにかく高村のおかみさんの話を聞こうと意を決して近づくと、

「アイゴー、ハナちゃんが猫いらずを飲んで自殺したわ。偶然、春美姉さんが訪ねてきて命拾いしたけど、いま警察病院に入院してる。はよいき」

と額に皺をよせて言った。

「えっ、自殺！」

臆していた成漢の思考がめまぐるしく錯綜した。

いったん家に入ってカバンを投げ出すと、成漢は隣の石原の家に預けていた自転車に乗って警察病院をめざした。家の奥の部屋をちらっと瞥見《べっけん》したが父の姿はなかった。病院へ行ったのだろうか。きっとそうにちがいない。父を恐れている場合ではなかった。自殺を図った姉の気持ちがわかるような気がした。自殺は父に対する復讐なのだ。昨夜、包丁で父を刺し殺してしまえばよかったと思った。恐ろしい感情の嵐が吹き抜けていく。内臓が煮えたぎっていた。

警察病院に着いた成漢は自転車を玄関の中に入れて前後の車輪に鍵を掛け、受付に行った。玄関から長い廊下の奥まで患者の列ができている。受付にも患者が並んでいた。成漢は患者の列に割って入り、受付の窓口に頭を突き出して、

「あの、金本花子の弟ですけど、姉さんの部屋はどこですか」

と訊いた。

「金本花子……ああ、猫いらずを飲んだ女の子……。ええと、二階の七号室にいはる」

死ぬか生きるかの境を彷徨している姉に対して、女子事務員の無神経な言葉は侮辱していると思った。

「あほんだら！」

と女子事務員に罵声を浴びせて成漢は階段を駆け上がった。なぜ成漢から罵声を浴びせられたのか理解できない女子事務員は、

「なんやの、あの子」

と頬っぺたを膨らませた。

古い病院の建物は廊下も壁も天井も汚れていて、裸電球の灯りも薄暗かった。消毒や薬品や病人の匂いが鼻を突く。看護婦が足早に押して行く医療器具を載せた台車の乾いた音に成漢は生理的な嫌悪を覚えた。

七号室は六人部屋だった。両壁際に三つのベッドが並べられている。のぞくと左の奥のベッドの傍《かたわら》に生後六カ月の赤ちゃんを抱いて春美が椅子に腰掛けていた。花子は眠っていた。腫れあがった痣だらけの黒ずんだ顔が死人のようだった。

「大丈夫かな」

と成漢が春美に訊いた。

「もう大丈夫や。いま安定剤の注射を打ってもろて眠てる」

春美は周囲の患者をはばかるように声を落として言った。

「うちがもうちょっと遅かったらハナちゃんは死んでたかもしれへん。虫の知らせいうか、あんたらどないしてるんやろ思うて、昼ごろ行ってみたら、あんのじょう表戸も中のガラス

戸も水屋も壊されてめちゃくちゃや。お父《と》さんは奥の部屋で寝てたわ。それで二階へ上がってみたら、痣だらけの顔をして倒れてるハナちゃんが苦しんでるやないの。どないしたんや、言うて訊いても返事せえへんのや。口から血出してるし。側に瓶があったわ。猫いらずの入ってる瓶やいうことはすぐわかった。子供の頃、見たことあるさかい。もうあわててしもて、電話はどこにもないし、うちは子供を抱いたまま市電の大成通りの停留所の前にある交番まで走って巡査に知らせたら、巡査はすぐに警察病院に連絡してくれて、それで助かったんやで。ほんまにどれだけ大騒動したか。お父《と》さんは恥さらしや言うて病院にくるかいな。自分の子供が死にかけてるいうのに他人《ひと》ごとみたいに知らん顔して、どこかへ出て行ったわ。また飲んでくんのとちがう」

子供の頃の記憶が蘇ってきたのか、春美は暗い顔をして金俊平を批難した。

「義兄《にい》さんに電報を打ったさかい、今夜遅くか、明日の昼までにはお母《か》さんと一緒に帰ってくるやろ。うちは家に子供がいるさかい帰るけど、それまであんたがハナちゃんをみといて」

成漢は頷いた。

春美は深い溜め息をついて病室を出て行った。

成漢は眠っている花子の痛いたしい顔を見つめていた。父に殴打されたとき止めに入れなかった自分を情けないと思った。暴力に立ち向かうためには勇気が必要だった。その勇気が自分にはない。父のあの鬼瓦のような顔を見たとたん金縛り状態になってしまうのだ。

成漢はポケットにしまってあった腕時計を取り出した。時計は正確に動いていた。その時計を成漢は姉の枕元にそっと置いた。

夜になって花子はようやく目を覚ました。朦朧《もうろう》としていたが意識をとりもどし、傍にいる成漢に気付いた。

「よう寝てたわ」

と成漢が笑顔で言った。

衰弱している花子は虚《うつ》ろな瞳を向けて、

「かんにんやで……」

と涙ぐんでいた。

いったん子供の世話をするために家へ帰っていた春美が病室にやってきた。春美の背中で子供がぐっすり眠っている。意識をとりもどした花子に、

「どうや、気分は？」

と春美は姉らしい言葉で訊いた。

「大丈夫やけど、あげそうや」

と花子は弱々しい声で言った。

「まだ元にもどってないのや。先生が、一週間ほどしたら元にもどる言うてた」

電報を打ってから九時間がたつ。

「遅いなあ。うちのひとに電報届いたんやろか」

静岡のある旅館に滞在している夫の韓容仁に電報を打ったが、はたして本人に届いたのかどうかさえわからない。今夜、帰ってこないときは、明日の朝一番にもう一度電報を打ってみようと考えた。そして十時になったので帰ろうと思って病室を出たとき、廊下を渡ってくる韓容仁と母親の英姫の姿を見た。

英姫が小走りに駆け寄って、

「花子は無事か」

と春美に訊いた。春美は頷いた。

病室に入った英姫は花子の傍に腰をおろして頭を愛撫した。

「かんにんやで、お母《か》さん」

花子の瞳から涙が溢れ、声を詰まらせた。腫れあがった痣だらけの花子の顔から金俊平の暴力が想像できた。花子の自殺行為が父の金俊平の暴力に対する最後の手段であったことは明白だった。内気な性格だが、それだけに自らを犠牲にしようとする意志が働くのである。

「まだ子供やのに、なんでこんなことしたの。死んだらしまいやで。もう二度と、こんな真似はしたらあかん」

叱るように言いながら、英姫はせつなさといとおしさで花子を抱きしめた。花子を妊娠していたとき堕胎《だたい》しようと旅館の二階から飛び降りた自分の罪を、花子は背負っているのだと思った。

春美と成漢は母が帰ってきたのでひと安心した。韓容仁は何も言わなかったが、金俊平に嫌悪をいだいていた。明日にでも金俊平と話し合う必要があると考えていた。話し合えばもめるかもしれない。しかし、この状態が続けば、今後さらに大きな災いをもたらすような気がした。

翌日の正午過ぎ、韓容仁は金俊平に会いにきた。表戸は壊れたままである。家の中も荒れ放題になっていた。まるであばら家同然だった。成漢は学校へ行っていたが、金俊平は奥の部屋で寝ていた。布団の側には一升瓶が四、五本ころがっていた。部屋に上がった韓容仁は一升瓶を払いのけて座り、

「アボジ」

と声を掛けた。

背中を見せて横になっていた金俊平が向きを変えて韓容仁を睨んだ。酒びたりになって銭

湯に入っていない金俊平の体からすえた臭いがした。

「少し話があります」

韓容仁がそう言うと金俊平は拒絶反応を示すように、

「わしに何の話だ」

と言った。

「花子のことですが……」

と言いかけた韓容仁の言葉を遮って金俊平は布団の上に胡坐をかき、煙草に火を点けた。

「あのガキは子供のくせに自殺の真似なんかしやがって。子供のやることか。死にたければ死ねばいい。それが寿命ってもんだ」

話をまったく受け付けようとしない。

「アボジは子供の気持ちを考えたことがあるんですか。いったい何のために毎晩酒に酔って暴れるんです。子供に何の罪がありますか。そんなにオモニと気が合わないのなら離婚すればいいじゃないですか」

言い過ぎたと思ったが、韓容仁はつい口をすべらせてしまった。

「なんだと、わしに説教するつもりか」

「説教じゃないです。ことの条理を言ってるんです」

「それが説教ってんだ！　離婚しろだと。きさま、娘婿のくせに、わしら夫婦の問題に口をさしはさみやがって。笑わせるな、この青二才め。とっとと帰りやがれ！　今日のところは見逃してやる」

感情が激昂《げっこう》してくると物を投げたり壊したりする癖のある金俊平とこれ以上話し合っても無駄だと思って韓容仁は部屋を出た。自分の出る幕ではなかったと後悔した。

一週間後に花子は退院してきた。顔の腫れは引いていたが痣は残っていた。家に金俊平はいなかった。金俊平は一度も見舞いに行っていない。花子が退院するのを知って避けたのかもしれない。近所のおかみさんたちがやってきて、英姫とあれこれ話し込んでいた。春美も子供を背負って様子を見にきた。学校から帰ってきた成漢は元気になった姉の姿に安堵《あんど》して、呼びにきた近所の子供たちと遊びに出掛けた。

近所のおかみさんたちが帰ったあと、英姫は銭湯の裏に住んでいる大工を訪ねて家の修理を頼んだ。

「またでっか。あんたの旦那は、よう家を壊しはりまんな。わしは仕事やさかいええけど」

人のよさそうな五十歳くらいの大工は苦笑いした。

今年もあと二カ月足らずである。英姫は静岡でやり残した仕事を続けるべきか否かを考えていた。元気になったとはいうものの花子はまだ精神的に不安定だった。もう少し花子の容態を見極めてからでないと大阪を離れるわけにはいかなかった。大阪にもどってきた韓容仁は組織の仕事に追われて静岡へは行けないと言う。静岡へ行けば、すくなくとも一カ月以上滞在しなければならないからだ。英姫は静岡の取り引きを諦めることにした。静岡の取り引きは諦めたが、安閑としてはいられなかった。物価は上昇し、多少の貯えが底をつくのも時間の問題であった。

花子の自殺未遂はさすがの金俊平にもショックだったらしく、それ以来、酒を飲んでもおとなしく寝ていた。花子が学校に通いだしたのは顔の痣がほぼ消えかけた一カ月後である。しかし、花子が父と母の狭間《はざま》にあって家事全般を手伝う構図に変わりはなかった。

16

　年が明けて十日後に英姫は一人で九州へ買い出しに出掛けた。家の表戸や部屋のガラス戸を新調し、崩れた壁を塗り直し、土間にセメントを敷き、かなりの出費が重なって二カ月以上収入の途絶えた家計は、じり貧状態になっていた。おとなしくなったとはいえ相変わらず飲んだくれて金をせびり、いつまた暴力を振るうとも限らない金俊平との生活に神経をすりへらしていたこともあるが、何よりも食べていくことが先決だった。

　娘婿の韓容仁はもっと大きな商取り引きをやりたいといって買い出しにみきりをつけていたが、ひねもす趙命真の事務所にたむろしているろくでもないブローカーたちと無駄話に拘《こう》泥《でい》しながら囲碁を打っているありさまだった。

　二月に入ると英姫からみかんやサツマイモが送られてきた。それらの品物を売るために花子と成漢は朝の五時に起床しなければならなかった。冬の午前五時はまだ薄暗く靄《もや》がたちこめている。セメントを敷いた玄関に飼っている鶏の啼《な》き声が起床の合図だった。いつの頃からか近所で鶏を飼うのが流行り、成漢も三個の卵を孵化《ふか》させて雄鶏一羽と雌鶏二羽を飼っていた。

子供にとって厳寒の午前五時の起床はつらかった。いつまでも床から離れようとしない成漢をしばらく寝かせておいて、花子はかまどに薪をくべ、一方の釜でサツマイモを蒸し、もう一方の釜でご飯を炊き、その間に煉炭に火をつけて板間の火鉢にくべるのである。そしてサツマイモが蒸し上がると、

「もうちょっと寝かせてくれ」

と布団にしがみつく成漢を強引に起こす。

「早よいかんと間に合わんやろ」

と布団をめくって成漢の腕を引っ張る。

半睡状態の成漢は階段を降りて冷たい水で洗顔させられて目を覚ますのだった。それから蒸し上がったサツマイモを籠《かご》に詰めて自転車の荷台に載せ、二人は鶴橋の闇市に向かった。

靄のかかった薄暗い早朝から鶴橋の闇市は大勢の人間でひしめいていた。まるで地底から湧いてくる昆虫のようだった。駅構内やその周辺には行くあてのない浮浪者たちが死体のように地面に寝ころがっている。中には本当に死んでいる者がいるかもしれないのに誰一人意にかいさない。襤褸を重ね着したいざりが群衆の足元を這《は》っている。雑炊を売っている屋台

の前でいざりは物乞いをしていたが、

「あっちへいかんかい！　踏み潰すぞ！」

と店の者に怒鳴られていた。

群衆の吐く息がさながら湯煙のようにけむっている。飢えた巨大な胃袋が鳴動していた。

花子と成漢は自転車を歩道に停めて商売をはじめる。籠の蓋を開けると蒸したてのサツマイモの湯気が立ち昇り、それだけで通行人が寄ってきた。

「さあ、蒸したての熱いサツマイモや、九州のサツマイモやで。早いもん勝ちや」

客に呼び掛けるのは成漢だった。花子は代金をもらってサツマイモを新聞紙に包む役である。

「一個五銭や、五銭」

子供の細い声がかなきり声のように響く。

「半分だけ売ってくれへんか」

と言う客が結構いるのだった。

成漢はナイフでサツマイモを半分に切って売った。こうしてサツマイモは一時間足らずで売り切れた。サツマイモが売り切れると二人は急いで家に帰り、成漢は登校時間ぎりぎりまで布団にもぐり込んで眠った。花子に眠る時間はなかった。家に帰ると食事の用意に追われた。父専用のお膳に食事の用意をして布きんをかぶせ、起床した金俊平がいつでも食せるように奥の部屋に差し出しておき、それからまた成漢を起こして食事をとり、二人は走りだした。

二人は一週間ほどサツマイモを売っていたが、そのつぎに送られてきたのはみかんだった。みかんは蒸す必要がなかったので、その時間だけ眠ることができた。それでも登校時間とのかねあいから、午前六時には起床しなければ間に合わなかった。二人はみかん箱を二つ自転車の荷台に積み、上六交差点の歩道で売ることにした。飢えた人間にとってみかんは贅沢品で腹の足しにならないので鶴橋の闇市では売れないのである。二人はみかん箱の上にみかんを並べ、目の前を往来する通行人の表情を観察していた。二人は凍てつく空の下で忍耐強く待った。成漢は景気づけようと声をかぎりに呼び込みをする。

「みかんいらんか、みかん！　和歌山のみかんやで。甘いおいしいみかんや。安しとくで。安しとくさかい買うてんか」

だが、みかんはほとんど売れなかった。

「あかん、売れへんわ。お母《か》ちゃんはなんでみかんなんか送ってくるんやろ。疲れるで」

と成漢は愚痴《ぐち》をこぼす始末だった。

「なんでも売らなあかんのや。文句いわんとき」

愚痴をこぼす成漢を花子はたしなめた。

「そない言うけど、売ったお金はみんなお父《と》ちゃんに奪《と》られるやろ」

「ほな、どないすんの。出せ言われて、出さんですむの。すむわけないやろ」

「半分だけ渡したらええのや」

「そんなことできるわけないやろ」

恐ろしい父の前で嘘をつくことなどできなかった。花子は父のあのハンマーのような腕を思い出しただけでぞっとした。

「ええもん見せたろか」

成漢はズボンのポケットから四つ折りにした百円札を出して往来の視線を警戒するようにそっと見せた。

「なんでそんなお金、持ってんの？」

花子は驚いた。いまどき大人でさえ百円札を持っている者は少ない。驚いている姉の花子をからかうように成漢は百円札をポケットに隠すとニッと笑った。

「言うてみ、なんでそんなお金、持ってんの！　盗んだんか？」

成漢の目が怪しく光った。

「そうや」

「どこで盗んだんや。誰から盗ったんや」

花子には想像できなかった。想像できなかったが、百円もの大金を盗むとはただごとではない。

「お父ちゃんから盗ったんや」

「なんやて、嘘やろ……」

花子は馬鹿げていると思った。近づくことさえ恐ろしい父から百円もの大金をどうやって盗めるのか。からかわれていることに気付いた花子は、しかし実際に成漢が百円札を所持していること自体不可解であった。

「ほんまのこと言うてみ、誰にもしゃべれへんから」

なだめるように言って、花子はことの重大さを成漢に認識させようとした。もし誰かから盗んだのだとすれば、元へもどすよう説得するつもりだった。

「ほんまのことや。お父ちゃんから盗ったんや。ハナちゃんが殴られたあと、おれは頭からバケツの水をかけられてずーと立ってたんや。そのうちお父ちゃんが寝てしもたさかい、お父ちゃんの脱いだ上衣から百円盗ったってん」

どうやら成漢の話は事実であるらしい。花子はそら恐ろしくなっていた。

「あんた、そんなことしてただですむと思てんの。お父ちゃんにわかったら何されるかわからへんで。殺されるわ」

花子の眼に恐怖の色が漂っていた。

「もう何カ月も前になるんや。お父ちゃんは気い付いてない。気い付いてたら、おれはとっくに殺されてる」

父から盗んだ金をいまになって内密にもどすのはかえって不自然すぎる。父が気付いていないのなら秘密にしなければならない。

「なんでそんなことしたん」

「罰金や。わしらをひどい目に遭わせた罰金や。このお金でハナちゃんの割れた時計のガラスをなおしたる」

「時計なんかなおしていらん。そのお金は絶対に使たらあかんで。このことは誰にも話したらあかん。お金はうちが預かっといたる」

「いやや。おれは家でるねん」

「あほなこと言わんとき。うちかて家でたいわ。せやけど、うちが家でたらお母ちゃんはどないなるの」

花子の目がうるんでいた。しかし、成漢は金を渡そうとしなかった。

売り上げは最低だった。朝の六時から寒気に身を晒《さら》しながら路上に立ちつくしていたが、登校時間が近づいてきたので二人はみきりをつけて引き揚げた。帰路の途中、花子は陰鬱な表情で成漢に何度も忠告した。

「誰にも言うたらあかんで。お金は絶対に使たらあかん」

「ほな、どないすんねん。お金が腐ってしまうがな」

「せやさかい、うちが預かっといたる言うてるやろ」

「いやや」

花子と成漢は押し問答をくり返していたが、うどん屋の角を曲がると口をつぐんだ。花子の胸はどきどきしていた。感情の変化が顔に出やすい花子は父と顔を合わせないようにした。

学校から帰ってみると、空地に近所の人たちが集まっていた。朝鮮人長屋以外の日本人たちも集まっていた。腕章をつけた隣組の組長が、

「みんな一列に並んで」

と呼び掛けている。

路上にジープが駐車しており、ひときわ背の高い四人のアメリカ兵が立っていた。ブルーの瞳に金髪のアメリカ兵や黒人兵もいた。はじめて見るアメリカ兵はおしゃれで陽気で愛想がよく、チューインガムを噛んでいる白い歯を見せて笑っていた。そしてＤＤＴをまかれた子供たちにチューインガムやチョコレートを与えていた。子供たちは腕を伸ばして一つでも

多くチューインガムをもらおうとしている。成漢もカバンを下げたままＤＤＴをまかれ、チューインガムをもらった。もちろんチューインガムを嚙むのははじめてである。

「成漢……」

と艶《つや》っぽい声で呼ばれた。振り向くと、成漢に将棋を教えてその場で負けた金書房の娘の安子だった。家出をして一年ぶりに帰ってきた安子はアメリカ兵の腕にぶらさがっていた。パーマネントをかけ、口紅を塗り、上等な服をまとい、ハイヒールをはいていた。花子と同じ年だが、腰をくねらせて歩く姿はとても十四歳には見えなかった。

「ちょっとめえへん間に、大きなったなあ」

と言って、安子は成漢を抱きしめた。香水の匂いが鼻を突き、ふっくらとした乳房の感触が成漢をどぎまぎさせた。

近所の子供たちが安子の周りに集まってきた。大人たちも遠まきにしている。安子は子供たちにチューインガムやチョコレートやビスケットの大盤振る舞いをしながら、

「うちなあ、ジョーンと一緒にアメリカ行くねん」

と誇らしげに言った。彼女の瞳は希望に輝いていた。「へえー」と子供たちの間から羨望の声が上がった。もらったビスケットをかじりながら、明夫は成漢に耳打ちした。

「安子はな、パンパンや。お母《か》ちゃんが言うてた」

「パンパン？」
漠然としかわからないが、何か淫靡《いんび》な響きがあった。それにしても安子はひときわ美しかった。ＤＤＴをまき終えたアメリカ兵たちは笑顔をふりまき、ジープに安子を乗せて去って行った。安子に抱きしめられたときの香水の匂いとふっくらとした乳房の感触は成漢の胸にいつまでも残っていた。これほど強く異性を意識したのははじめてだった。

闇商売はあまりかんばしくなかった。一段と厳しくなった取り締まりのため、送った品物を何度か没収されて英姫は損失を重ねていた。塩の闇取り引きで大金を手にしたときは闇商売で活路を見出そうと考えたこともあったが、所詮《しよせん》読み書きのできない非力を痛感させられる場面をいく度か経験させられた。大きな取り引きにはそれなりの人脈と資金と知識が不可欠であった。韓容仁は警察とのイタチごっこの闇商売を嫌っていながらブローカーたちとつき合い、一獲千金を夢みている。韓容仁の頭の中では一獲千金の話と政治談義が混線しているのだ。このまま買い出しを続けると、塩の闇取り引きで稼いだ金が底をつくおそれがある。その前に次の食いぶちを考えねばならない。買い出しをやめて、また酒商売をはじめようか、と英姫は考えたりする。今後、何をすればいいのか決めかねて、英姫は二月中旬にいったん帰宅した。

下着や靴下やセーター、その他、地方の特産物を買って帰ってきた母親の英姫と過ごす夜は二人の子供にとって幸せな時間であった。大きな暖かい懐にいだかれている安心感があった。もうずいぶん前から、一階の奥の部屋は金俊平の部屋で、二階は英姫と二人の子供たちの部屋と棲み分けられていた。酒に酔って暴れるとき以外、金俊平は二階に上がることはなかったし、英姫と二人の子供も食事のお膳を差し出すとき以外に奥の部屋へ入ることはなかった。

帰ってきたその日も金俊平が夜遅くまで帰ってこなかったので英姫と子供たちは不安になって灯りを消し、服を着たまま逃げる準備をしていた。だが、酒を飲んで帰ってきた金俊平はおとなしく就寝した。そんな日が何日か続くと逆に、

「どないなってるんやろ。病気とちがうか？」

と成漢は気にするのだった。

「アホ、病人が毎晩酒飲むか。病気のほうが逃げていくわ」

花子の言葉には実感がこもっていた。

「ほんまや。病気のほうが逃げていくわ」

と成漢はおうむ返しに同意して、

「誰かお父ちゃんを殺してくれへんかな」

とそら恐ろしいことを言うのだった。

「あんた、言うてええことと悪いことあるで。何考えてんの」

倫理にきびしい花子はとんでもないことを口走る無神経な成漢を批難した。

そして何ごともなく数日が過ぎたある日、しらふの金俊平が、

「おい、ちょっと話がある」

と階下から英姫を呼んだ。

こんなことはめったにないことだったので、英姫と子供たちはおののいた。何か不始末をしでかしたのではないかと身の回りの出来事をふり返った。成漢は父の上衣から盗んだ百円の件が、いまになって発覚したのではないかと脅えた。

『なんやろ……』

英姫は不安の色を浮かべて、それでも呼ばれた以上、下へ降りていくしかなかった。英姫は性交を強要されるのではないだろうか、と体をこわばらせた。

金俊平は板間の火鉢の前に座って煙草をふかしていた。下へ降りてきた英姫は金俊平と少し距離をとって台所の通路を背にして座った。とっさの場合、台所の通路から裏口へ逃げるためである。金俊平は煙草の煙を追うように目線を斜に託し、英姫はうつむきかげんになって二人とも視線を避けていた。不意に金俊平が咳払《せきばら》いをしたので英姫は逃げ腰になった。金

俊平はもどかしげに喉仏に詰まった痰《たん》でも吐くように言葉をつないだ。

「蒲鉾工場をやろうと思う」

うつむいていた英姫は顔を上げて金俊平を見た。それからまた視線を落とした。その先の話はおおよその見当がつく。金である。

「金がない。金を用意してくれ」

あまりにも勝手ないい種《ぐさ》に英姫はむしょうに腹だたしかった。今日まで家族に加えてきた酷薄なまでの仕打ちを棚に上げて、蒲鉾工場をやるから金を工面しろと言う。いまあるわずかな金は家族の命綱である。そのことを金俊平はまったく理解していない。

「いつまでも飲んだくれておれん。わしもこのへんで何かやろうと思う。わしにできることは蒲鉾しかない。腕には自信がある」

英姫は自分の耳を疑った。たとえ天変地異が起きようと、金俊平の凶暴で冷酷な性格を変えることはできないと思っていたが、いったいどういう心境の変化だろう。一緒になってこのかた見せたことのない殊勝な態度は英姫を警戒させた。人生の後半にさしかかって自らを戒めたのだろうか。あるいは世間体をはばかって突然自意識に目覚めたのだろうか。そんなことはあり得ない。疑心暗鬼の英姫は金俊平の真意がどこにあるのかを知りたいと思った。けれども金俊平の真意を知ったところで、それが何になるだろう。問題は金俊平の頼みを断われないことであった。頼みを断われば果てしない暴力の恐怖に晒されることになる。むろん頼みを聞き入れたからといって、金俊平の暴力がおさまるとは限らない。この両極の狭間にあって英姫は苦渋を強いられた。それに蒲鉾工場の設備に必要な資金調達が難問だった。無頼漢の金俊平にその資金を調達できる信用と能力はなかった。

視線を避けていた英姫が顔を上げて、意を決するように訊いた。

「いくらいるんですか」

金俊平の概算によると、向かいの二軒の空家を購入するのに一万円、改築費五千円、設備投資二万円、運転資金五千円、計四万円（現在の約三千五百万円）である。

「必ず返す」

と金俊平は真剣な表情で言った。

英姫の手元には四千円ほどある。だが、金俊平を信じていない英姫は四千円を提供するわけにいかないのだった。その金はあくまで保持しておく必要があった。したがって四万円を調達しなければならない。

「わかりました。なんとか都合つけます。四、五カ月待ってください。そのかわり必ず返済してください」

「わかってる」

英姫に念を押されて立場が逆転した金俊平は語気を荒らげた。それから表情をほぐして金俊平は英姫の手を握ろうとした。その手を払いのけて、英姫は毅然《きぜん》とした態度で立ち上がって二階へ行った。

四万円の大金を調達するのは至難の業《わざ》である。なぜ四万円もの資金調達をその場で引き受けたのか、英姫は自分でも判然としない。ただ四万円の大金を調達することによって金俊平の長年にわたる暴力を封じ込められるのではないかと考えたのだ。そしてもし成功すれば家族に対する態度が変わるかもしれないと思った。何度も煮え湯を飲まされていながら、この機会をおいて家族が平穏に暮らせる道はないと信じたのである。金俊平は調達した資金を返済しないかもしれない。それは大いにありうることだった。しかし、どのみち断われない英姫は希望を、一点の光を失いたくなかった。

英姫が資金調達を引き受けてくれたので金俊平は上機嫌だった。向かいの空家に入って内部を念入りに調べて改築の図面を考えたり、中央市場へ行って魚のセリを観察したりして結構忙しい毎日を過ごしていた。そのせいか人当たりもよくなったように感じる。問題は蒲鉾製造の認可を得られるかどうかであった。物資は厳しく統制されており、新たな認可を得るのはきわめて困難だった。単に市当局へ行って書類を提出すればいいというものではなかった。その証拠に大阪市内で蒲鉾を製造している工場は二つしかない。他の業者はいまだに参入できないのだった。このことを裏返して考えると、認可を得て蒲鉾を製造すれば大儲けできるということでもある。以前、朴顕南が一緒に蒲鉾工場をやろうと言っていた話を金俊平は一人で実行しようとしていた。

ある夜、金俊平は菓子包みを持って娘婿の韓容仁を訪ねた。めったに訪ねてきたことのない金俊平が訪ねてきたので春美は驚いた。ちょうど夕食をしていた韓容仁も巨漢の金俊平が狭い家の中にぬっと入ってきたので何事かと思った。次男は寝かされていたが、お膳の前に座って食事をしていた五歳と三歳になる長男と長女の二人の孫は大男の祖父を見上げて、飯粒のついた口をあんぐりさせていた。

春美があわてて金俊平を座らせ、

「食事はすみましたか」

と訊いた。

「すませた」

いつになく静かな金俊平の態度に春美は戸惑いを覚えながら、

「お酒の用意をします」

と台所に立った。

　金俊平は二人の孫を見やり、買ってきた菓子包みをお膳の上に置いた。自分の子供に買い与えたことのない菓子を買ってきたので『どないなってるんやろ……』と薄気味悪かった。用件があって訪ねてきたはずなのに、人に用件を頼んだことのない金俊平は煙草をふかしているだけでなかなか用件を切り出そうとしない。そこで韓容仁が、

「何か話でもあるんですか」

　と問いかけた。

「うむ、実はおまえに相談があってきた。なんとかわしの力になってくれ」

　と頼むのである。

　暴力を振るうことしか知らない金俊平が人に頼みごとをするとは信じられない光景だった。春美は運んできた酒を危うく落とすところだった。韓容仁も目の前にいるのが、あの金俊平だろうかと首を傾《かし》げずにはいられなかった。そもそも菓子包みを持ってくること自体考えられないことだった。

「相談といいますと、どういう相談ですか」

　韓容仁は胸騒ぎを覚えた。よほどの事情があるにちがいないと思った。

「実は、蒲鉾工場をやろうと思ってる」

「蒲鉾工場？」

飲んだくれの野蛮人が経営者になろうというのだ。韓容仁は内心唖然としながらも、

「それはいいことだと思いますが、資金はあるんですか？」

と訊いた。

「資金は英姫が工面する」

「オモニが……」

信じられない。韓容仁と春美は顔を見合わせた。

「オモニはいったい幾らの資金を工面するんですか」

「四万円だ」

「四万円！」

韓容仁と春美は驚愕した。

「オモニはそんな大金をどこで工面してくるんですか」

「わからん。しかし、工面すると言ってる。あいつは、いったん口にしたことは守る女だ」

無謀も甚《はなは》だしい容易ならざる事態である。春美は気が遠くなりそうだった。母は気がちがってしまったのだろうか？　父の手前、春美は黙っていたが、すぐにでも母の気持ちを確かめたいと思った。とり返しのつかない禍根《かこん》を残すことになるのを春美は恐れた。

韓容仁も春美と同じ気持ちだった。ただでさえ不仲な夫婦に金銭問題がからむと決定的な

何かが起こるにちがいない。できることなら止めたいと思った。

「それで相談というのはどういう相談ですか」

とりあえず金俊平の話を聞いた上で、忠告すべきことは忠告しようと考えた。

「おまえの力で認可を取ってほしい」

つまり在日朝鮮人の組織の青年幹部である韓容仁に組織の力を背景に大阪市当局へ圧力をかけて認可証を取得してもらいたいというのである。敗戦国日本は朝鮮に対して大きな負い目がある。植民地時代、日本は朝鮮をほしいままにしてきた。そのために朝鮮は塗炭《とたん》の苦しみを強《し》いられ、計り知れない犠牲を払ってきた。そのツケを日本にほんの少し支払わせるだけでことは穏便にすむはずだという。そして金俊平は事業計画の内容について長ながと説明した。金俊平の説明を聞いていた韓容仁の脳裏から、はじめにいだいていた疑念がじょじょに払拭されていくのだった。金俊平は飲んだくれの野蛮人にちがいないが、鋭い観察力の持ち主であった。

銀行員の初任給が二百二十円の時代に蒲鉾は一枚二十二、三円もした。当時、蒲鉾は高級な食品だったが、日本人のもっとも好む食品でもあった。この蒲鉾の製造を独占できれば間違いなく一財産築けるだろう。

「認可を取ってくれたら、悪いようにはしない」

日がな一日、ブローカー仲間と一獲千金の夢を見ている韓容仁にとって金俊平の事業計画は現実的だった。認可証を取得するためには困難をともなうが、それだけの価値はあると思った。金俊平の説明にいちいち頷いてみせる夫の韓容仁の態度に、春美は食事を終えていつしか眠っている子供たちを布団に寝かせながらやきもきしていた。まさか金俊平の相談に応じたりはしないだろうと思っていたが、どうやら韓容仁はその気になっている。春美の心配をよそに二人の話は、すでに事業の具体的な内容にまで踏み込んでいた。

「わかりました。早急にやってみます」

最後に韓容仁は納得して認可証取得のために積極的に動くことを約束した。金俊平は満足して帰って行った。金俊平が帰ったあと、春美は心配顔で、

「大丈夫やの……」

とかすれた声で言った。

「やってみないとわからんが、認可が取れたら成功する」

そう言って、酔いの回った韓容仁はその場で春美におおいかぶさった。

英姫が資金調達を引き受けたときに賽《さい》は投げられたのだ。英姫は頼母子講《たのもしこう》の親をやることで資金を調達しようと考えた。長年つちかってきた信用と人間関係を最大限に活用して人を

集め、いくつかの頼母子講の親になるのだ。小さな頼母子講から大きな頼母子講までいくつかに区分して、広く金を集める方法をとった。たとえば一口十円の頼母子講に二十人が参加すると二百円になる。この小口の頼母子講は健全性をアピールするためのいわば見せかけの頼母子講である。そして段階的に一口二百円、三百円の大きな頼母子講を構成していくのだ。頼母子講は集まった金を最初に親が無利子で使うことができる。それが頼母子講の親に与えられた特権だった。そのかわり店子《たなこ》に不祥事が発生した場合は親が肩替わりしなければならない。したがって一つ間違えば全体が崩壊する危険性があった。いかにして不祥事を防ぐかが親の手腕であった。だが、もっとも危険なのは英姫自身である。幾つもの頼母子講をやりくりして無から有を創りだす手品のような資金調達は一瞬にして崩壊する可能性があり、多くの人間に甚大な損失を与えることになる。しかし、四万円という大金を調達する方法は頼母子講以外に考えられなかった。

頼母子講は戦前から多くの在日朝鮮人の間で相互扶助のシステムとして活用されていた。そのため在日朝鮮人の間で頼母子講は抵抗なく普及していた。戦後、家を焼け出されたり疎開したりして離散していたために頼母子講は一時的に中断されていたが、敗戦の翌年から復活のきざしをみせていた。じつは英姫も五十円の頼母子講に二口入っていたのである。

英姫は精力的に行動した。近所はむろんのことちりぢりになっていた友人、知人を訪ね歩き、闇市でしこたま稼いだ連中をも誘い、その連中の親類縁者、友人、知人を紹介してもらい芋蔓《いもづる》式に拡大していった。一カ月目に十円の頼母子講を開き、二カ月目は五十円の頼母子講を開き、三カ月目には一気に三百円の頼母子講に手をつけ、四カ月目に五百円の頼母子講を開いた。そして五カ月後には四万円の資金が調達できたのである。英姫の精力的な実行力と信用の高さに、金俊平は目を見張った。一カ月に幾つもの頼母子講を開くのでにわかに家の出入りが激しくなった。

英姫は頼母子講で出入りする店子を相手に、ふたたび酒商売をもはじめた。頼母子講で出入りする店子を接待する目的もあったが、同時に頼母子講の運転資金を確保する必要に迫られていたのである。店子の中には集まってきた店子たちにピダン（絹）や朝鮮の鍮器《ちゆうき》や雑貨類を売りつける者もいた。頼母子講を開く日は、英姫の家はちょっとした青空市場の観を呈していた。こうした開催日が一月に六、七回あり、そのつど家の中はごった返していた。家事を手伝わされていた花子は学校を休むこともあった。

集められた金で金俊平は向かいの二軒の空家を購入した。それから平屋だった空家に二階を増築した。二カ月をかけて改築した工場に機械が設備されると、近所の人や頼母子講の店子たちが見学に訪れた。厚さ三十センチ、幅二メートル、長さ四メートルもある大きな俎板《まないた》に訪れた者は一様に驚くのだった。

「たいしたもんだ」

と店子の一人が感嘆していた。

金俊平は周囲の者にあまり説明しなかった。ただ蒲鉾工場をやるとだけ言っていた。

金俊平は中央市場との取り引き交渉を進めていたが、中央市場側は蒲鉾製造の認可証が取得できるのかどうか半信半疑で交渉は難航していた。

「近いうちに必ず認可される。そのときはすぐに魚を出荷してくれ。これは手付け金だ」

と言って金俊平は相手を信用させるために千円を積んだ。千円の手付け金を積まれると中央市場側も文句は言えなかった。

工場の改築が完了し、機械が設備されると、金俊平は生野の御幸森神社附近に住んでいる高信義を訪ねた。このあたりは戦災をまぬがれていたが、古い家屋がもたれ合うように並び、路地が迷路のように交錯していた。一条通りから御幸森神社に通じる道路の両側には朝鮮人が営んでいる織りもの、鍮器類、雑穀類、香辛料、魚介類などの店が雑然と並び、周辺の住人もほとんど朝鮮人だった。高信義の家をはじめて訪ねる金俊平はかなり道に迷った。家屋を勝手に建ててできた路地はもつれた糸のようになっていて、どこにつながっているのかわからない。子供たちが溢れ、母親のかなきり声が飛び交っている。夫婦喧嘩の声、子供の号泣、零細企業の機械が謝肉祭的な狂騒曲を奏《かな》でている。

金俊平は裸で遊んでいる高信義の子供を認めた。子供もときどき小遣いをくれた巨漢の金俊平を覚えているらしく、ぽかんと口を開けて金俊平を見上げていた。

「お父《と》ちゃんはいるか」

と金俊平は訊いた。

子供は「うん」と頷いた。

「家はどこや」

と訊きながら金俊平は子供に小遣いを与えた。小遣いをもらった子供は小走りになって家に案内した。

無数の路地が交差している角のバラック小屋が高信義の仮の住まいだった。そこで高信義の女房が朝鮮の雑貨類や食料品を売っていた。子供に案内されて訪ねると、高信義が退屈そうに店番をしていた。

「ずいぶん探した」

金俊平が声をかけると、ぼんやりしていた高信義が、

「ああ、俊平か、よく訪ねてくれた」

と顔をほころばせた。少し見ぬ間に急に老けた感じだった。店の奥に四畳半一間がある。

「アジュモニはいないのか」

金俊平は家の中の様子をうかがいながら訊いた。どんな場合でも金俊平は周囲の状況を把握しようとする習性が身についている。

「仕入れに行った。こんな商売、仕入れなんかしてもしょうがないんだが」

自嘲的に言って高信義は笑ってみせた。

「何もないが一杯飲むか」

高信義は奥の部屋から焼酎の入った一升瓶とコップを二つ持ってきて、メンテ（太刀魚《たちうお》の乾きもの）を肴に飲みだした。

「ところで何か用があるんだろう」

と高信義が朝鮮語で切り出した。

昔から金俊平は用もないのに人を訪ねるようなことはしないのだ。

「まあな、相談がある。わしは蒲鉾工場をやることになった。工場も機械設備もできている。あとは職人を集めるだけだ」

「噂は聞いている。たいしたもんだ。アジュモニが大きな頼母子講をいくつもやっている噂も聞いた。このへんでも評判になっている。アジュモニはやり手だと言って」

皮肉ともとれるような高信義の言葉だった。

蒲鉾工場の資金は頼母子講で調達した金だということをみんなうすうす知っていたが、金

俊平はそれに触れられたくなかった。金俊平が不快な表情をしたので、高信義は、

「それで職人は集まったのか」

と訊いた。

「これからだ。そこでおまえに相談なんだが、わしのところで働いてくれないか」

と言った。

「くれないか」という遠慮がちな表現は珍しかった。もとより高信義に断わる理由はない。それどころか妻の雑貨屋の店番をしている高信義にとって金俊平の依頼は渡りに船だった。それに自分をまっ先に訪ねてくれたのが嬉しかった。

「もちろん働かせてもらう」

高信義の快諾に金俊平は友情を感じた。

「最初は四人で始めようと思う。当分の間、わしも一緒に仕事をする」

と金俊平が言った。

「ところで認可されたのか？」

と高信義が訊いた。

「まだだ。認可の件は娘婿の韓容仁にまかせてある」

「いつ認可されるんだ」

「時間待ちだ。容仁はあとひと押しだと言ってる」

「認可されないと機械を動かすことはできない」

「わかってる。わかってるが、今月の末までに認可されないときは機械を動かすつもりだ。これ以上待つわけにはいかんのだ」

　今月末までに認可されない場合は既成事実をつくって対抗しようという腹づもりだった。資金調達の方法といい、認可証の取得方法といい、まるで綱渡りである。なにがなんでも中央突破しなければならないのだ。失敗したときは都落ちするしかない。金俊平にとって蒲鉾工場は一世一代の賭けであった。

　金俊平の意を受けて韓容仁は市当局と交渉を続けているが、食糧統制は国の方針であり、許認可権を持っている自治体といえども国の方針を無視できないというのである。しかし、何度か交渉しているうちに「検討する」という返事が返ってきた。韓容仁はあとひと押しで認可されるだろうと楽観していたが、それから二カ月経過した現在も「検討する」という返事だった。今月末までに認可されないときは機械を動かすと金俊平から急かされており、何よりも頼母子講の資金操作が限界に近づいていた。もはや手をこまねいて交渉している場合ではなかった。非常手段に訴えるしかない。韓容仁は組織の仲間たちに協力を頼み、在日同胞三百人を動員して市当局にデモをかけた。その一方で韓容仁は市当局と交渉を続けていたが、市当局は強い拒否反応を示していた。

「わたしどもが圧力団体に屈したとなれば、市当局の面目は丸潰れです。わたしどもは圧力団体に屈するわけにはいきません」

担当課長が嫌悪をあらわにして交渉を打ち切ると言いだした。

「われわれは圧力団体ではない。われわれは在日同胞の生活と権利を擁護する組織だ。われわれの組織に参加している在日同胞は六十万人いる。その六十万人が参加している組織を無視するというのか。植民地時代に日本はわれわれに何をしたか。われわれは日本政府に賠償請求ができる立場にある。それを考えれば許認可の一つや二つに何の問題があるのか。認可されるまで、われわれは毎日デモをする。明日は五百人、明後日《あさって》は千人、そのつぎは一万人のデモを動員する。場合によっては血をみるかもしれない。その責任はすべて市当局にある」

ほとんど恫喝である。デモのスローガンも許認可とは何の関係もない主張だった。「在日同胞の生活と権利を守れ」「賠償金を払え」「戦争犯罪者を裁判にかけろ」といった調子であった。一九四六年五月三日から開始された「極東国際軍事裁判」が日本人に大きな衝撃を与えている時期でもあった。

しかし、市当局は認可しようとしなかった。むしろ拒否反応を強めていった。一個人の蒲鉾工場の認可をめぐって、しだいに不穏な動きがひろがりだした。政治問題へと発展していったのである。明日は五百人、明後日は千人、そのつぎは一万人のデモを動員すると市当局に豪語していたが、実際は千人の動員も難しいと考えていた韓容仁の思惑とは反対に、日がたつにしたがってデモ隊の数は膨れあがり、共産党や社会党の支持母体まで合流して、デモ隊は数千人規模へと拡大していったのである。当然、市当局は警察に機動隊の出動を要請し、数千人のデモ隊と機動隊が対峙する局面を迎えた。もはや韓容仁の意思をはるかに超えて、事態は収拾のつかない方向へと流れていた。

「大変なことになってきた」

韓容仁は食事も喉を通らないほど緊張していた。

なぜこんなことになったのか？　問題を整理してみたところであとの祭りであった。何かに向かって動きだした民衆のエネルギーは巨大なカオスとなってあらゆるものを呑み込んでいこうとする。一年前の「食糧メーデー」の再現を彷彿《ほうふつ》させるデモである。デモ隊の中に復員兵たちの姿が目だつのも奇異な光景であった。市庁舎を包囲しているデモ隊は口々に「食糧をよこせ！」とシュプレヒコールしている。このシュプレヒコールはくしくも蒲鉾工場の認可と結びつくような気がした。ぬけ目のない韓容仁は単身市庁舎に乗り込み、「重大な話がある」と市長との面談を求めた。動揺している市庁舎側は、このデモを煽動した張本人である韓容仁を市長に面談させて事態を収拾したいと考えた。

韓容仁が助役や部長、課長にぎょうぎょうしく案内されて市長室に入ると、机の前に座っていた市長は憮然としていた。

韓容仁は儀礼的にうやうやしくお辞儀をして名刺を差し出した。その名刺を受け取って市長は若い韓容仁を睨んだ。

「いったいどういうつもりで、こんなデモを煽ってるのかね。デモ隊と警官隊が衝突したら、どうするつもりだ」

一個人への認可をめぐって、事態がここまで危機的な状況に拡大するとは考えてもみないことだった。かなり興奮している。助役や部課長も韓容仁に批難の目を向けていた。

「わたしは何度もこうなることを課長さんに忠告してきました。しかし、あなた方はまったく聴く耳を持たなかったでしょ。われわれの切実な問題にまったく無関心だった。やむを得ずわれわれは実力行使に出たのです」

「君たちの切実な問題とは何かね。許認可のことかね」

「そうです。許認可のことです。認可してくれますね」

韓容仁はここぞとばかり市長に詰め寄った。

「馬鹿ばかしい。何が許認可が切実な問題だ。あきれてものが言えん。認可すればデモを解散するというんだな」

「そうです。デモは解散します」

「わかった。部長、認可したまえ。もう、うんざりだ」

市長は不潔なものでも見るように韓容仁をちらと見て、この男を早くここから追い出せと課長に目くばせした。

市長から御墨付《おすみつき》をもらった韓容仁は課長に追い出されるまでもなく、自分からさっさと市長室を出た。そしてデモ隊にもどって在日同胞のデモを引き揚げさせた。あとはどうなろうと韓容仁の知ったことではなかった。火付け役は韓容仁だったが、尻ぬぐいをさせられるのは市庁舎側であった。在日朝鮮人のデモが引き揚げたあとも共産党や社会党の労働組合のデモ隊は要求貫徹を叫んで解散する気配がない。一年前の「食糧メーデー」はマッカーサーの強い意向によって沈静化したが、その雪辱を晴らそうとしているかのようだった。ところがこのデモは公安当局にかっこうの口実を与えた。公安当局は夜中に組合幹部をつぎつぎに逮捕し、一夜明けると舵《かじ》取りを失った船のようにデモは雲散霧消した。

場当たり的なデモは何ら有効性を持てなかった。一年前の「食糧メーデー」のときも労働組合は天皇をいまだに最高権力者として崇《あが》め、天皇に直訴した「上奏文」を送っている。徳川時代に死を覚悟で農民の惨状を幕府に直訴する感覚と共通している。何のためのデモなのか、その戦術的意識がほとんど希薄だった。デモは解散したが、組合に対する警察の追及は厳しかった。だが、在日朝鮮人の組織に警察の手がおよぶことはなかった。日本の敗戦によって解放されて間もない朝鮮人を刺激するのは賢明ではないと考えたのだろう。

十日後、韓容仁は市庁舎を訪れ、その場で課長から認可証を手渡された。課長は軽蔑的ないまいましい表情で韓容仁を睨んでいた。

認可証の取得は不可能だと言われていただけに金俊平は大喜びだった。これで天下晴れて蒲鉾工場の営業ができる。

「いやあ、よくやってくれた。おまえはたいした男だ」

人をめったに誉《ほ》めたことのない金俊平だったが、このときばかりは韓容仁を誉めたたえ、将来は大物になると太鼓判を押すのだった。

「少ないが小遣いにしてくれ」

と金俊平は百円札を一枚韓容仁に渡そうとした。

韓容仁は心中穏やかでなかった。在日同胞を動員し、日本の労働組合まで煽動して、あわや機動隊と衝突するところまで危険を冒して手に入れた認可証を金俊平はどう考えているのか。認可証の価値は数万円に値すると韓容仁は思っていた。何よりも認可証がなければ営業できないのである。子供の使いじゃあるまいし、百円札一枚を出して小遣いにしてくれとはあまりにもしみったれている。韓容仁は自尊心を傷つけられた思いで、金俊平が差し出した百円札を受け取ろうとしなかった。一度出したものを引っ込めるわけにもいかず、金俊平はばつの悪そうな顔で、側にいた春美に、

「これで子供の服でも買ってやれ」

と言った。

夫の韓容仁が受け取らなかった金をもらっていいものかどうか躊躇したが、受け取らないわけにはいかなかった。

「いただきます」

春美は素直に百円札を受け取ったが、その場の不自然な雰囲気は解消されなかった。立ち会っていた英姫は、この結果がどうなるのか、その影響を恐れていた。酒の用意をしようとする英姫に、

「これで帰ります」

と韓容仁が立ち上がると、子供を背負っている春美も夫の後を追うように腰を上げて英姫の家を出た。

「あの態度は何だ！　偉そうにしやがって。何さまのつもりだ！」

金俊平は認可証を破りかねない形相《ぎょうそう》をしていた。

頼母子講の資金操作が限界に近づいている英姫は薄氷を踏む思いで毎日を過ごしている。一日も早く操業を開始して、調達した資金を返済してもらわなければ身の破滅である。金俊平と韓容仁のささいな感情のしこりが大事にいたらなければよいがと気をもんでいた。小遣いだといって百円札を韓容仁に渡そうとした金俊平の気がしれなかった。韓容仁の恩義にむくいる方法は他にあったはずである。韓容仁が何を期待していたかは知らないが、百円を受け取らなかった気持ちもわかるのだった。おそらく金俊平は軽い気持ちで百円を渡そうとしたのだろう。読み書きのできない金俊平は、今後の経営について韓容仁と相談しようと思っていたにちがいない。しかし、ささいな感情の行きちがいによる誤解は大きな溝をつくっていった。

家に帰ってきた韓容仁は春美を叱責した。

「なぜ金を受け取った。子供の使いじゃあるまいし。わしは金が欲しくて奔走《ほんそう》したんじゃない。みんなが少しでもよくなればと思ってやったんだ。それを、なんだ。図体は大きいが蚤《のみ》の金玉みたいな男だ。今日ほど腹が立ったことはない」

韓容仁は義父の金俊平をさんざん罵倒した。

「じゃあ、どうすればよかったの。お金を受け取らなかったらよかったというの。受け取らなかったら、どうなっていたか」

「どうなっていたか、だって？　このわしに手を掛けていたとでも言うのか。飲んだくれの暴力を振るうことしか能のない無頼漢に何ができる。おまえの親父は血も涙もない人間だ」

そのとき春美は苦痛にみちた声で叫んだ。

「わたしのアボジ（父）じゃない！」

春美の鋭い声に背中の子供が驚いて泣きだした。心の奥から発した鋭い声には金俊平に対する積年の怨《うら》みがこもっていた。

春美が金俊平の子供でないことは知っていた。春美との見合いの段階で仲人から聞かされていたが、そのことを気にかけたことはない。一目見て韓容仁は、美しく気だてのやさしい春美をぜひ妻にしたいと望んだのだ。事実、春美は気だてのやさしい女だった。他人の陰口を言ったり、貧乏をしていても愚痴ひとつこぼしたことがない。金俊平に対する春美の態度は実の娘以上に思いやりがあった。その春美が突然、「わたしのアボジじゃない！」と叫んだのだった。それは会ったこともない実の父親を思い続けていた証左にほかならなかった。

春美は泣いている子供を背中から胸に抱きかかえて母乳をふくませ、その場に座って思わぬ言葉を口走った自分に驚いていた。そして涙を流していた。

17

操業開始の日、金俊平は朝四時に起床して茶色のシャツに茶色のズボンをはき、後ろのベルトに桜の棍棒を差し、中折帽をかぶり、鉤を持って食事もとらずに中央市場へ出掛けた。まるで戦場へでも赴く感じだった。始発電車を乗りつぎ、中央市場に着くと、金俊平は魚河岸のセリをしばらく見物していた。セリを呼び掛けるしわがれ声が金俊平にはたまらなく魅力的だった。どこか朝鮮の乱塵《らんじん》（青空市場）に似ていると思った。しかし、金俊平はセリには立ち会わず、東邦産業に勤めていた頃からのつき合いである「浪速屋」に魚の仕入れを一任していた。大量に仕入れるので、そのほうが双方の手間がはぶけて効率的だった。セリに掛けずに漁船と直接契約していて、そのほうが仕入れ価格も安かった。運搬も「浪速屋」が引き受けてくれた。三輪トラックに魚を満載して、金俊平は助手席に乗って帰路を急いだ。

家を出るときはまだ薄暗かった空が真っ青に輝いている。大正区あたりは見渡す限り焼け野原だった。その焼け野原のあちこちに掘っ建て小屋が点在していた。ぼろ布をたらしただけの掘っ建て小屋の前で七輪に火を起こしている男が、魚を満載した三輪車を見送っていた。三輪トラックの助手席に乗ってゆっくり街を眺めてみてはじめてわかるのだが、街にまともな建物は一つとしてなかった。類焼をまぬがれた建物も焼け野原にぽつんと建っていて異様な印象を与える。どこもかしこも飢えた群衆が溢れている。鶴橋の闇市にさしかかると群衆の数は数倍に膨れあがり、三輪トラックは立往生した。鶴橋の駅を中心にひろがっている闇市と連動しながら魚介類や練り物の卸問屋は別の一区画にあった。運搬自転車、リヤカー、中には馬車までが細い迷路に侵入してくる。

「そのへんに車を停めて待っとけ」

駐車できそうな道幅の道路はどこにもない。やむをえず運転手はバックで市電通りまで出るしかなかった。

三輪トラックから降りた金俊平は事前に挨拶してあった卸問屋に、今日から操業を開始する旨《むね》を伝えて回った。

「よう認可されましたな。たいしたもんですわ。真田屋はんも美河屋はんも認可してもらお思うて役所にお百度踏んだけど、門前払いされましてな、金本はんがどないして認可されたのか、不思議がってましたで。何はともあれめでたいことですわ。これからはよろしゅう頼んます。なんせ品物がおまへんよってに、うちに優先して回しとくなはれ。頼んまっせ。ほんまに」

老獪《ろうかい》な目付きで大和屋の主人は前金を積んだ。売れるかどうかは操業してみなければわからないと思っていたが、前金を積まれて金俊平は相好《そうごう》を崩した。前金を積んだのは大和屋だけではなかった。真田屋も美河屋も、その他の卸問屋もみな前金を積んで品物を回してほしいと頼むのだった。操業はこれからだというのに八軒の卸問屋を回って積まれた前金は四千円だった。金俊平は震えが止まらなかった。十円を稼ぐのに四苦八苦している世の中で、一日に四千円の大金を相手から差し出してくる商売が他にあるだろうか。金は附加価値の高いものに集まってくる。大多数の人間が飢えていようと、当時贅沢な食品だった蒲鉾を嗜好《しこう》してやまない金持ちもいたのである。大阪に蒲鉾工場が二軒しかないという品不足が蒲鉾の附加価値をいっそう高めていた。闇でしこたま儲けた連中が通う高級料理店は金に糸目をつけず、高級な蒲鉾を買い求めた。

工場に帰ってきた金俊平は一人で数十箱の魚の積荷を降ろした。疲れなかった。懐《ふところ》の四千円が疲れを感じさせなかった。

魚の積荷を降ろしてから、金俊平は食事をとってひと眠りした。そして午後二時に起きて工場にきてみると、真新しい俎板の上に果物や餅や花を飾り、機械や運搬車や便所に酒をまきながら巫女が厄払いをしていた。英姫が工場の門出《かどで》に巫女を呼んで拝んでもらっていた。

神仏や鬼神をまったく信じない金俊平だったが、縁起をかつぐ英姫の気持ちを汲みとって黙認していた。

巫女の厄払いが終わった頃、高信義が出勤してきた。工場内に積まれた魚を見て、

「さあ、今日から仕事だ。包丁を握るのは何年ぶりかな」

と新聞紙に包んだ包丁を三本取り出した。そして包丁を念入りに点検した。

「おまえに頼んでおいた名前は考えてくれたか」

と金俊平が言った。認可証は取得したが会社の名前は韓容仁と気まずくなって、そのままになっていた。

「考えた。『朝日産業』というのはどうだ。日の出の勢いという意味もこめて」

「日の出の勢いか。悪くない」

四千円の前金が懐にある。まさに日の出の勢いだと思った。金俊平は紙片に「朝日産業」という字を高信義に書いてもらい、さっそく自転車に乗って運河のたもとにある「一心堂」という表札や印鑑をつくっている工房で看板を書いてもらった。その看板を工場の入口にかかげて、金俊平は満足げに眺めた。金子勇こと金勇と木村正行が出勤してきた。四角い顔にずんぐりした体型の金子は二日酔いに悩まされていた。工場にくるなり水道の蛇口に口をあてて水を飲み、頭から水をかぶるのだった。

「また二日酔いか。そんな調子で仕事ができるのか」

と高信義が文句を言った。金子を紹介したのは高信義だった。

「大丈夫。おれはいつでも二日酔いだから」

と金子は妙な論理を楯に抗弁した。

「包丁はどうした？」

手ぶらの金子に高信義が訊いた。

「すまん。包丁はないんや」

と金子は首をすぼめて自己卑下した。

「包丁がない？　博打《ばくち》のカタに取られたんだろう。ちがうのか」

金子は面目ないといった表情で頭を掻いた。

「あきれた奴だ。包丁がなくて蒲鉾職人が務まるのか」

普通、蒲鉾職人は自分専用の包丁を三、四本持っており、つねに手入れをしていた。高信義も昨日、仕事にそなえて三本の包丁を入念に手入れしていた。包丁のない金子は仕方なく工場にそなえつけの包丁を使うことになった。

木村正行は金俊平が連れてきた日本人職人である。山口県のある部隊に所属していたが出撃を間近にひかえていたとき終戦になって大阪へ帰ってきた。そして一カ月ほど前、偶然、鶴橋の闇市で金俊平と出会ったのである。金俊平と木村正行は博打仲間だった。短気だが、仕事の腕は確かだった。

四人の職人がそろい、仕事が始まった。魚を俎板にぶちまけ、内臓を処理していく。内臓を処理された魚は水洗いされて身落とし機にかけられる。仕事は手順よく捗《はかど》り、フル回転の軽快な新しい機械音はここちよかった。炭は備長炭《びんちょうたん》である。味のきめてとなる炭火に金俊平は思いきって最上級の備長炭を使った。職人たちの食事は午後六時と午前零時と午前五時である。それら三度の食事の用意に英姫と花子は追われた。学校のある花子は午前零時の食事まで手伝って就寝した。

仕事の途中、金子が何度もドブロクを飲みにきた。包丁を片手に持った金子はどんぶりになみなみとつがれたドブロクを一気に飲み干すとキムチを一口つまんで仕事にもどっていく。そして二時間もするとまた飲みにくるのだった。ほとんどアル中であった。そして仕事が終わるころにはかなり泥酔していた。これが金子の仕事のスタイルだった。もっとも他の職人たちも仕事の途中に一、二杯のドブロクを飲んでいた。いったん仕事が始まると休憩のない厳しい労働が続くので、職人たちはドブロクを飲むことで気をまぎらわせていたのだ。

午前四時頃から問屋への運搬が始まる。金俊平は熟睡している成漢を叩き起こした。

「成漢、起きろ！　起きるんだ！」

突然起こされた成漢は寝呆《ねぼ》け眼《まなこ》で父の金俊平を見上げた。

「計算するんだ」

「計算？　何の計算やの」

「とにかく帳面と鉛筆を持ってこっちへこい」

成漢は父の命令に従ってノートと鉛筆を持って降りた。

台所では母の英姫が職人たちの食事の仕度に追われていた。外は工場以外に灯りのついている家屋はなく真っ暗である。成漢は錯覚して眠りについた時間を思い出せなかった。

工場では職人たちが蒲鉾を箱詰めしているところだった。

「眠たいやろ。大変やのう、成漢」

と酔っぱらった金子が言った。

「わしの言うとおり書け。美河屋、二百枚、一枚につき二十二円や。それでなんぼになる」

成漢は父に言われた通りノートに二百枚掛ける二十二円は四千四百円と記入した。その記入されたノートをちぎって金俊平は運搬を担当している木村正行に渡した。

「ええな、名前と数字を別のところにひかえとけ」

金俊平のずさんなやり方に高信義は注意したかったが、どうやら金俊平は金銭に関することを他人にとやかく言われたくないらしかったので黙っていた。

木村は箱詰めにされた蒲鉾を運搬車の荷台に堆《うずたか》く積み上げ、ロープをしっかり掛けるとノートに記入された請求書なるものを懐に入れて出発した。大成通りから鶴橋までは往復十二、三分の距離である。問屋に積荷を降ろして帰ってくるまで二十分以上かかり、八軒の問屋を回ると二時間以上を要した。運搬に二時間以上もの時間を費やすのは疲れる、と木村がぶつぶつ文句をもらした。やむをえず金俊平は運搬車をもう一台購入することにした。

問題は他にもあった。電話である。魚の取り引きは浪速屋に一任しているが、日によって魚の種類が異なり、結局毎朝、金俊平は中央市場へ赴くことになる。電話があれば電話でことは足りるのだが、電話局に申し込んだ配線の取りつけは一年か一年半先だった。そんな先まで待てない金俊平はべらぼうな価格の闇電話を買うことにした。なんだかんだと出費は重なるが、売上げは急速に伸びていった。

金俊平は毎朝、成漢を叩き起こして請求書を書かせ、学校から帰宅した成漢を集金に連れて行き、領収証を書かせていた。ときには成漢一人に集金させることもあった。

「まだ子供やのに、ぼんは偉いな。せやけど気いつけなあかんで。そんな大金持ってたら誰かに狙われるで」

と大和屋の主人は集金のたびに心配していた。操業を開始してから一カ月後には一日の集金額は四万円を超えていた。この売上げ高を他の製造業と比較してみると従業員六、七十人規模の企業に匹敵する数字であった。

日を追うごとに注文の量は増え、三カ月後に二人の職人を雇ったが、それでも追いつかなかった。さらに三カ月後に三人の職人を雇った。狭い工場内は動きがとれないほど魚と製品で埋めつくされ、炭の保管場所として家の横に小さな細長い倉庫を増築した。家主は金俊平を恐れて何も言わなかった。もはや工場の拡張以外に魚や製品を積んで置く場所はなかったが、工場の拡張は新たに工場を建設することであった。金俊平は職人たちの意見を聞き入れなかった。そして魚を工場の周囲に積んでいった。箱詰めにされた魚を二重、三重に積み上げ、細い路地を占拠し、魚の臭いが充満していた。とうとう我慢できなくなった路地の奥の豚を飼っている姜氏が文句を言うと、豚の餌にしろ！　と十箱の魚を姜氏の家の玄関にぶちまけた。それ以来、近所の者は沈黙の陰に身をひそめて何も言わなくなった。

蒲鉾の増産につぐ増産は英姫と花子にとって苦役《くえき》以外の何ものでもなかった。大食漢の職人たち九人の食事を三度用意するのは並みたいていのことではない。おかずは主に蒲鉾に使う魚を利用していたが、毎日同じ献立を出すわけにもいかないのである。献立の食料品の購入はもとより、午後の三時から始まって翌朝の五時までに三度の食事を用意しなければならない英姫はろくに睡眠もとれなかった。このままではいつか倒れるのではないかと思った。しかし、不平をこぼせなかった。調達した資金を完済してくれるまでは歯をくいしばってでもやり遂げねばならないのだった。ときには花子を夜中まで手伝わせた。

仕事の途中、ドブロクを飲みにくる高信義が、

「大丈夫ですか」

と心配そうに訊く。

「ええ、大丈夫です」

と英姫は笑ってみせる。

もう若くはない英姫の体が疲労を訴えていた。このまま老いさらばえていく人生を変えることは不可能に思われた。いつかあの世へ旅立つための準備をしておかねば……と考えていた。あの世には極楽浄土があるのだろうか。観世音菩薩の慈悲にすがり、この世の苦役から解き放たれるのだろうか。その日はいつくるのか……。疲れの溜まっている英姫はかまどの前で薪をくべながら、いつしか居眠りをしていた。

いくつもの頼母子講は週に一度の割合で開かれていたが、一つの頼母子講に二十人前後の店子が集まってきた。狭い家の中は一階も二階もごった返し、店子たちの雑談や笑い声でこの日ばかりはお祭り騒ぎだった。英姫は店子たちをもてなし、蒲鉾を一枚ずつ贈った。高価な蒲鉾は店子たちに喜ばれた。

「ほんまに奥さんは幸せやわ。旦那さんの仕事が成功して。うらやましいわ」

と店子の一人がねたましげに言う。

「ほんまや。あんな飲んだくれが、こんなに成功するとは思わなんだ。英姫は苦労したかいがあったわ」

外部から見ると英姫は羨望の的らしい。金俊平は百万長者になって英姫は左扇で暮らしているとの噂だった。だから頼母子講に加入したいという人が増えていた。しかし、英姫は頼母子講をこれ以上増やす気はなかった。むしろ一日も早く清算したかった。すべての頼母子講が終わるのは三年後である。いまのところ金俊平は調達した資金を順調に返済してくれているが、いつ気が変わって返済してくれなくなるかもしれないのだ。金俊平の性格を熟知している英姫は、そのことを懸念していた。その兆候ともとれる現象が起きているからだ。

蒲鉾工場を始めてから金俊平は酔い潰れるまで酒を飲まなくなったし、暴力も振るわなくなった。仕事に忙殺されて飲んでいる時間がなかったといえるが、何よりも一生に一度の機会を成功させようと自重していたのも確かであった。ところが半年もして仕事が軌道に乗ってきた頃から、金俊平の金銭に対する異常なまでの執着心が家族を畏縮《いしゆく》させていた。大食漢の職人たちは一日に三斗もの米をたいらげる。野菜やその他の食料品の量も膨大である。米は隣の石原の寡婦から一回につき十斗を仕入れていたが、最近米代や野菜代を請求すると、金俊平は顔をしかめて、

「もう米がないのか！」

と怒鳴るのだった。

この傾向は食料費に対してだけでなく、子供たちの学費に対しても同じだった。学費や給食代や学用品代を要求するたびに必ず文句を言われるのである。

ある日、奥の部屋にいた金俊平に花子がおそるおそる学費をくださいと言った。すると金俊平は、

「金、金、金、わしに金の成る木でもあると思ってやがるのか！」

と怒鳴り、札を丸めて花子に投げつけた。花子は丸めて投げつけられたお金を拾いながら涙を流していた。そして花子は自分で退学届を提出して学校を辞めてしまった。母親の英姫は学費を出すからせめて中学を卒業するよう説得したが、花子はかたくなに拒否した。それは自殺を図ったときと同じように、退学することで花子は父への抵抗の意志を示そうとしたのだった。

英姫はそれまで生活費を要求したことがない。ただ職人たちの食料費は生活費とは別の費用であるはずだった。給料や材料費と同じように食料費も会社の経費に含まれるべき性質のものである。しかし、金俊平は儲けた金をよってたかって喰い潰されていると思い込んでいた。金俊平には家族を養うという観念がまったくないのだった。子供たちに下着や運動靴や

衣服を買い与えたことがないのだ。その下着や運動靴や衣服の代金をいまになって自分がなぜ出さねばならないのか。金俊平が金を出すときの手つきが、そのことをよく表している。出しかけた金を引っ込めて、しばらく相手をじっと見つめ、この金は自分が出すべき金なのか否かを考えていた。そういうときの金俊平の表情には奇妙な戸惑いがあった。金を受け取る英姫や子供たちもある種の後ろめたさを覚えるのだった。なぜなら金俊平との家族関係は金を受け取るときだけ唯一つながっていたからである。この関係は耐え難いものだった。金俊平は米の消費量が大きい原因は英姫がドブロクに使っているからだと疑っていた。

「職人に食わせる米でドブロクなんか造りやがって」

あらぬ疑いをかけられた英姫は米代の請求を二回に一度の割合にし、ついには米代を請求しないことにした。当然、英姫に大きな負担がかかってきた。続くはずのない負担を引き受けた英姫の家計は火の車となった。金俊平とのいさかいを避けるために英姫は二カ月ほど職人たちの食料費を自己負担してみたものの結果はかえってよくなかった。持続できなくなった英姫は何もかも放棄したのである。間に立たされた花子はただおろおろするばかりであった。この頃から金俊平はふたたび酒を飲んで暴力を振るいはじめた。だが、以前のように酒を飲んで暴力を振るうことで溜飲《りゅういん》を下げることはできなかった。金俊平はいまや九人の職人を使っている経営者であり、そのことを思い知らされるのだった。職人たちの食事は一日たりともおろそかにできる問題ではなかったのだ。酒を飲んで暴力を振るい、家を壊したところで職人たちの食事を作れるはずもないのである。それどころか、家の中の物を壊すことで食事に必要な用具をも壊してしまい、翌日には不必要な出費をしなければならなかった。

何もかも放棄して朝鮮の衣類や陶器や雑貨の行商をはじめた母に代わって、中学校を退学した花子は自ら進んで犠牲になろうとしていた。それ以外に選択の余地がないかのように花子は昼も夜も職人たちの飯炊きに従事した。自らを酷使している花子は誰の眼にも、そのうち倒れるだろうと映った。その意固地な態度が金俊平には憎らしく思えた。見かねた近所のおかみさんが手伝ってくれることもあった。

成漢は学校から帰宅すると手提げ鞄を持って鶴橋の問屋を回って集金してくるのが日課になっていた。いまでは問屋のおやじと世間話をするほど余裕のある態度で接していた。このせち辛い世の中で、大金を集金している子供の成漢が襲われないのが不思議だった。

成漢は集金した金の中から二、三十円を誤魔化していた。一日に四、五万円もの売上げの中から二、三十円を誤魔化すのはそれほど難しいことではなかった。父の金俊平は読み書きができないので、伝票を少し操作すればよかった。成漢は誤魔化した金で近所の子供たちに大盤振る舞いをし、ときどき、姉の花子にも小遣いを渡していた。花子は成漢が売上げの中から金を誤魔化していることをうすうす知りながら受け取り、その金を職人たちの食事のおかず代に当てていた。わずかだが、誤魔化した金の一部は還流されていたのである。

この頃になると、それまで配給制度だった外食券が廃止されて食堂やうどん屋が自由に商売をできるようになった。市電通りの角にあるうどん屋の主人が、うどんを食べにきた成漢に、

「あのな、成漢ちゃん。蒲鉾をわけてくれへんか。蒲鉾をわけてくれたら、成漢ちゃんにはいつでもうどんをタダで食べさせたるわ」

と言うのだ。

それ以来、成漢は毎日、蒲鉾を四、五枚持ってきた。

インフレが進行し、物価は急騰していた。昭和十九年頃、一杯六銭程度だったうどん代がいまや十五円にもなっている。それでも四、五枚の蒲鉾は成漢が食べるうどん代をまかなって余りある。家での食事は職人たちと同じ中身であった。ごった煮の食事にあきあきしている成漢は、毎日うどん屋で食事をとっていた。そのうち成漢は伝票を誤魔化すかたわら、うどん屋の主人を通して蒲鉾を半値で十枚、二十枚横流しするようになった。金俊平のいない隙を狙って、蒲鉾を堂々と持って行くのである。職人たちは誰も詮索《せんさく》しなかった。金俊平に告げ口する者もいなかった。金俊平に告げ口しようものなら、成漢は足腰が立たぬほど殴打されるにちがいないからであった。こうして伝票を誤魔化し、蒲鉾を横流しして貯め込んだ

三千円の大金を成漢は持ち歩いていた。そして三千円の札束を花子に見せて、

「ハナちゃん、いつでも家出できるで」

と言うのだった。

「うちもあんたみたいに気楽になりたいわ」

内気な花子は成漢をうらやむのだった。


蒲鉾工場は門前市をなすほどの盛況ぶりだった。午前四時頃になると鶴橋以外の卸問屋からも現金を積んで蒲鉾を買い求めにきた。中には職人たちと事前に取り引きをして、一枚につき二円を上乗せして蒲鉾を確保してもらう業者もいた。このため職人たちは蒲鉾を隠匿《いんとく》し、後で業者からバックマージンを受け取って飲み代にしていた。職人たちは金俊平を恐れていたが、共犯関係にある職人たちは巧妙な手口で小遣い稼ぎをしていた。職人たちの中で業者と結託していないのは高信義を含めて三人くらいである。高信義は同僚を訴える気になれず、見て見ぬふりをしていた。利益を損なうようであれば見過ごすわけにいかないが、価格は守られているのだ。この一年の間に金俊平は莫大な利益を得ているのであり、これからもその数倍の利益を得るだろう。それを考えると職人たちのささやかな飲み代を稼ぐ行為を悪いとは思えないのだった。実際問題として職人たちの給料は安すぎるのである。何度か賃金の値

上げ交渉を試みたが、金俊平は頑として受け付けなかった。そしてその日の夜は必ず酒を飲んできて、

「きさまら、文句のある奴は前に出ろ！　勝負してやる！」

と怒声をあげて包丁を俎板に突き立て職人たちを睨みつけるのだった。辞めることもできなかった。なぜならこの不況の時代に辞めて他の仕事につける保証は皆無だった。「朝日産業」は金俊平の恐怖に支配されていた。

ある日、金俊平は一人のみすぼらしい女を連れてきた。二十二、三になるその女はよれよれのシャツにモンペ姿をしていた。短くしている髪型が内にこもった細い目と団子鼻をきわだたせ、風呂敷包みをかかえている痩《や》せたコンパスのような腕をしきりに掻いていた。

台所にいた花子に、

「今度、職人の飯を作ってくれる賄《まかな》い婦だ」

と金俊平は紹介した。

女はおどおどした態度で、

「お世話になります」

と頭をぺこりと下げた。けっして相手と視線を合わせようとしない。女の瞳孔は焦点の合わない眼鏡のようだった。髪の毛がべとついていて、たぶん何日も入浴していないのだろう。

女は通勤なのか、それとも住み込みなのか、どちらだろうと花子は思った。もし住み込みなら、どこに寝かせるのか。その答えは翌日判明した。金俊平は大工に依頼して、玄関口に二畳の部屋を増築させた。増築に三日かかり、その間、木賃宿に泊まっていた女が四日後の正午にやってきた。

英姫は女をひと目見て、嫌悪を覚えた。言葉を交わすのも不潔に思われた。金俊平と関係を持っていると直感したからだった。

女は入浴して新しい服を着ていた。英姫につくり笑いを浮かべた女の歯は短く、歯茎が露出した。どこで拾ってきたのかわからないが、この種の女は巷《ちまた》にうろうろしている。金俊平は身よりのない飢えた女を飯炊きとして連れてきたのだろう。金俊平の目的ははっきりしていた。賄い婦とは名目だけで、英姫との夫婦生活が断絶している金俊平は性の対象として女を連れ込んだのだ。いわば英姫へのあてつけでもあった。

女はみさ子と言った。みさ子は午前零時と午前五時の食事の用意をし、花子は午後三時の食事の用意をするだけでよかった。職人たちの三度の食事を用意していた花子が、その重荷から解放されたのは確かであった。それと引き替えに家の中は父と女との交情の場となった。

みさ子は盛りのついた牝犬《めすいぬ》みたいに、いつでもどこでも金俊平の期待に応じていた。家に住み込んだその日の夜から奥の部屋でよがり声を上げていた。そのよがり声は近所中に聞こえるのではないかと思えるほどだった。二階にいる英姫は耳をふさぎたくなるほどの羞恥心《しゅうちしん》を覚えながら、絶頂に何度も昇りつめる女の呻き声に嫉妬すら感じるのだった。忘れていた性の快楽が体の奥から蘇ってくるのだった。それは屈辱であり、女であることの苦痛であった。それにもまして子供たちはどう受け止めるだろう、と眠っている子供たちの寝顔をそっとのぞいたりした。

花子はそれが大人たちの性の営みであることを知っていた。みさ子の獣のような呻き声に花子は父が女をいじめているのだと思って同情すらした。しかし、みさ子の呻き声は虐待されている呻き声ではなく、どう聞いても感極まった喜びの声に聞こえるのだった。

金俊平は昼も夜もみさ子を抱いていた。みさ子はどこから見ても醜い容姿の女だったが、金俊平に昼も夜も抱かれているせいか、どこか艶っぽく見えるのである。特にどんより曇っていた目の色が光沢をおびていた。無口で人と目線を合わせようとしなかったみさ子が職人たちと立ち話をしながら笑いころげたりする。下品な笑いとガニ股で歩く尻の動きが職人たちの性的興味をそそるのだった。

「豚のケツにそっくりや」

アル中の金子が卑猥《ひわい》な眼でみさ子の変形した尻を追っていた。

「いっぺん誘ってみたらどや。みさ子は誰にでもやらせてくれる女や」

と木村がけしかけた。

「あほぬかせ。そんなことしたら、親っさんに殺されるわ」

と言いながら金子はまんざらでもなさそうに含み笑いを浮かべた。

住み込みのために造った二畳の部屋にみさ子はほとんどいなかった。職人たちの夜食の用意をしている間をぬって、みさ子は金俊平に抱かれていた。そしてそのまま金俊平の部屋で眠っていた。一つ屋根の下に妾をかこっているようなものだった。

みさ子は昼過ぎに起きる。洗顔のあと、みさ子は手鏡に顔を映して化粧をはじめる。長い時間をかけてみさ子は顔全体に厚化粧をほどこしていく。まるで壁を塗っていく左官のように白粉《おしろい》を塗りたくるのである。そして真っ赤な口紅を塗って仕上がった顔を見つめてニッと笑ったかと思うと眉をひそめて哀しそうな表情をした。ほほえんだり、哀しそうにしたり、媚《こび》を売るような仕草をしたりして、しきりに演技をしていた。金俊平の気に入られようといろいろな場面を想定して表情の変化を研究していた。そして実際に涙をこぼすのだった。それから浮きうきしながら鼻歌を歌い、食事の材料を買いに出掛けた。

みさ子は職人たちの前で、金俊平の女であることを強調するかのように、

「親っさん、うち下駄が欲しいねん。今度下駄買《こ》うて」

と玩具をねだる子供みたいに甘えるのだった。職人たちは金俊平の反応を確かめようと興

味をつのらせる。みさ子は若い肉体を誇示してはばからなかった。変に色目を使って職人たちの関心を引こうとするのである。

金俊平は苦りきった表情で、

「あっちへいっとれ！」

とみさ子を追い払うが、本気で怒っているのではなかった。職人たちの手前、みさ子の厚顔無恥を叱責してとりつくろっていた。

ときたま家の中や外で英姫とばったり出くわすことがある。そんなときみさ子はぷいと顔をそむけて英姫を無視する。日ごとにみさ子の態度は横柄《おうへい》になっていき、花子に食料品の買いつけを命じたりするのだった。

「花子ちゃん、卵買うてきてくれへん」

手鏡で髪をとかしながら花子に卵を買いに行かせ、もどってきた花子に今度は、

「豆腐買うてきてくれへん。ついでに白菜とネギも買うてきて」

と言いつける。

いまやみさ子は食料費の会計を握っていた。献立はみさ子の采配するところとなり、花子は口出しできなかった。

「なんでうちが、あんな女のいいなりにならなあかんの。許されへんわ。お母《か》ちゃんはいつ

までこんな生活を続けるつもり。うちはいやや。辛抱でけへん。恥ずかしいて、道よう歩かんわ。成漢が家出しよう言うてたけど、ほんまに家出したいわ」

悔しさのあまり花子は母親の英姫を責めた。感受性の強い年頃になっている花子は母の態度が理解できなかった。たとえ父との関係が険悪であっても、家族の間に割り込んできた他人をどうして追い出せないのか。

「もう、ええのや。あんたは洋裁学校に行きたい言うてたけど、お金はオモニが出したるさかい洋裁学校へ行き。女も手に職ないとオモニみたいになるさかい。オモニはあんたらが大きくなるのが楽しみやねん」

答えになっていなかった。また花子の悔しさに答えられるはずもなかった。金俊平の女関係はいまに始まったことではない。ただ同じ屋根の下で女と暮らしている異常な状態には英姫も耐えられなかった。だが、金俊平の性格から推《お》して、この状態がいつまでも続くとは考えられないのだった。みさ子はまだ金俊平の気まぐれで冷酷な恐ろしさを知らないのである。何者も金俊平の内面に立ち入ることはできない。一歩踏み込んだが最後、金俊平の暴力に直面して気も狂わんばかりの恐怖を味わうことになるだろう。英姫は増長してきたみさ子が、金俊平の逆鱗《げきりん》に触れるのは時間の問題だろうと思っていた。

夏の強い陽差しが道路を焦がしている。日陰にいても灼けついた道路の表面から熱が立ち昇っていた。あちこちで水まきをしているが、まかれた水は一時間もすると湿気を含んだ熱となって人々の肌にへばりつくのだった。

英姫は朝早くから行商に出掛け、成漢は近所の友だちと自転車に乗って大和川まで泳ぎに行った。金俊平は月に二、三度、支払いをかねて仕入れる魚の種類や相場を話し合うために中央市場の取り引き先へ赴いていた。

みさ子が就寝したのは今朝の七時頃である。職人たちの食事を用意して工場に運び、食事が終わって食器類や鍋を下げてきたのが六時頃だった。最近みさ子は、下げてきた食器類や鍋を洗おうとしなかった。それらの仕事は花子に押しつけていた。みさ子は布団を敷き、寝巻きに着替えて金俊平がもどってくるのを待った。仕事を終えてもどってきた金俊平は必ずみさ子を抱くからである。仕事が一段落してもどってきた金俊平は、自分から腰の紐《ひも》を解いて股を開いているみさ子を見下ろした。そして金俊平も裸になってみさ子の体をまさぐった。弾《はじ》けるような若い体がいつしか貪欲なまでに性の快楽を求めていた。金俊平の物がみさ子の体内に入った瞬間、みさ子は体を弓なりにしてのけぞり「あー」と呻いた。

「うちはだんだんようなってくるわ。親っさんのせいやで」

肉の襞《ひだ》のようなぶ厚いみさ子の唇が蛭《ひる》のように金俊平の胸に吸いついた。金俊平が蠕動《ぜんどう》運動をくり返すたびにみさ子は絶頂感に達していた。

「もうあかん。これ以上いったら死んでしまうわ」

とうわごとのように言いながら、みさ子は両手で金俊平の腰をしっかりかかえていた。

「後ろからやって。後ろから抱かれたらいやらしい気がして感じるねん」

若いみさ子は性に対しても積極的だった。その積極性が金俊平を満足させるのである。

外の共同水道では近所のおかみさんたちが水汲みをしたり洗い物をしていた。大通りを市電やバスが走っている。市電やバスが走るたびに古い長屋は小刻みに揺れて、はじめの頃、みさ子は地震かと思って外へ飛び出したことがある。

セックスの終わった二人はぐったりした。みさ子ははだけた寝巻きをそのままに眠ってしまったが、金俊平はひと眠りすると服を着替えてふたたび中央市場へ出かけた。

陽は真上に輝いていた。昼どきの不思議な静寂の中で、金魚売りの透きとおった声が遠い記憶の奥から聞こえてくるようだった。路地には人の気配がなかった。工場から出てきた金子が何くわぬ顔でそっと英姫の家の中に入った。台所の通路を抜けて裏に出た金子は奥の部屋をのぞいた。二畳の板間と奥の部屋のガラス戸は閉ざされていたが、裏のガラス戸は風を通すために開放されていた。布団の上にははだけた寝巻きのまま股を開いてみさ子が眠っている。みさ子の黒い茂みがまともに見えた。その砂丘の上層には豊満な乳房が脈打っていた。金子は四つん這いになって部屋に上がると裸になり、みさ子の黒い茂みに舌を這わせた。ぐっすり眠っていたみさ子だったが、しかし異変に気付いて目を覚ました。そのとき何かがみさ子の体内に深く侵入してきた。みさ子は体をよじっておおいかぶさっている相手を押しのけようとしたが、みさ子の体内に深く侵入した相手の物は鋳型のようにがっちりと組み込まれ、みさ子は強い力で押さえ込まれていた。

「わしや、金子や」

金子はしっかりと抱きかかえているみさ子の顔を見た。みさ子は驚いて、

「やめとき」

と忠告した。

「こんなこと親っさんに知れたら殺されるで」

「大丈夫や。親っさんは夕方まで帰ってけえへん」

「そんなこと言うたかて、バレたらどないすんの」

「バレるわけないやろ。わしはおまえが好きやねん。惚れてるんや。な、わかるやろ。わしの気持ち」

そう言って金子はみさ子の口に舌を挿入した。みさ子は金子の舌を拒否しなかった。二人の唇から唾液が溢れてくるほどの長いキスだった。しだいにみさ子の息づかいが激しくなってきた。

「ほんまにうちが好きやの？」

とみさ子は金子の目を見た。

「ほんまや、嘘やない」

金子はゆっくり腰を動かし、みさ子の反応を誘った。それにともなってみさ子の腰も動きはじめた。

「ほんまにうちのことが好きやの？　はじめてやわ、そんなこと言われたの」

信じられない。みさ子は、しかし信じようとしていた。

「ほんまや。おまえが好きやねん」

とどめを刺すように金子はみさ子の耳もとで囁《ささや》いた。みさ子ははやくも昇りつめていた。

「ほんまか……ほんまにうちが好きか」

猜疑心《さいぎしん》と感激の入り混じったよがり声はほとんど哭《な》き声に近かった。

家にいた花子が二階から降りてきた。食器類や鍋を洗い、三時の食事の用意をするためだったが、真っ昼間から聞こえるただならぬ呻き声に誘われてでもあった。板間と奥の部屋をしきっているガラス戸は格子《こうし》のすりガラスだったが、最上段のガラスは透明になっている。花子はその透明なガラス戸から部屋の中をそっとのぞいた。四つん這いになっているみさ子を背後から金子が羽交《はが》い絞《じ》めにしていた。花子は息が詰まり、めまいがした。犬の交尾のような二人の姿態はみだらで汚らわしいけもののようだった。花子は外へ飛び出した。太陽の光が花子の瞳孔を射ぬいた。網膜の裏に灼きついた光と犬の交尾のような二人の姿態がめまぐるしく交錯した。なぜあんなふうにするのだろう。大人はみんなあんなふうにしてるのだろうか。それにみさ子はなぜ金子とセックスをしているのか。父の女とばかり思っていたが、みさ子は金子の女だったのか。そうではない。みさ子は浮気をしているのだ。父を裏切っているのだ。なぜか父を裏切っているみさ子が許せないと思った。だが、誰にも言えない秘密だった。見てはならないものを見てしまったが、秘密を守るしかないと思った。

間もなく家の中から出てきた金子が何くわぬ顔で工場にもどっていった。みさ子はどんな顔をしてるだろう。本当は顔を見るのも汚らわしいと思ったが、花子は家に入って洗い物をした。洗い物をしている音に気付いてみさ子が台所に現れた。いつ買ったのか、ゆかたを着ていた。

「ごめんね。うちが洗うから」

洗い物を押しつけて花子を邪険にしていたみさ子が、急にやさしい態度で洗い物をしようとする。

「いいの。あっちへ行って」

花子はしゃがみ込んだまま体を硬直させてみさ子を近づけようとしなかった。

「そうお、ほな、うちは食事の買い出しに行ってくるわ」

赤い鼻緒《はなお》の新しい下駄をはいたみさ子は、市場籠を下げて裏口から出て行った。食器を洗っている花子の脳裏から犬の交尾のような二人の姿態が離れない。花子は父の金俊平に二人の関係を明らかにして何もかもぶち壊してしまいたい衝動にかられていた。

夕方近く金俊平が帰宅した。少し酩酊《めいてい》していたが取り引き先との話がはずんだらしく機嫌がよかった。

「お帰りなさい」

と、ゆかた姿のみさ子が赤い鼻緒の下駄を鳴らして金俊平に駆けより、いかにも愛らしい仕草をして迎えた。花子は工場に食事を運んでいたが、すずしげな顔で金俊平によりそっているみさ子を憎にくしげに見つめた。同時にみさ子に騙されている父の金俊平が滑稽に思えた。みさ子には赤い鼻緒の下駄を買い与えておきながら、子供の自分はいまだかつて下駄はおろか靴下一足買ってもらったことがない。学費をくださいと言ったとき、紙幣を丸めて投げつけられたのだ。花子はみさ子に騙されている父に対していい気味だと思うのだった。

夜中と明け方の食事を運んでいるみさ子は以前にもまして職人たちと冗談を言いながらはしゃいでいたが、金子とは目線を合わせることさえ避けていた。職人たちにちょっとでも悟られて金俊平に感づかれるのを極度に恐れていた。にもかかわらず二人は黒い欲望につき動かされるままに金俊平の眼を盗んで逢瀬《おうせ》を重ねていた。たいがい酔って外出から帰ってくる金俊平を、みさ子は言葉巧みにさらに酒を飲ませて眠らせるのである。そして金俊平が眠ったのを注意深く確かめてからそっと家を抜け出し、弁天市場の裏のゴミ捨て場の横にある物置き場でみさ子は金子を待つのだった。

金子は一杯飲んでくると言って仕事を中断して出掛ける。酒好きの金子が飲みに行くのを怪しむ者は誰もいなかった。以前は目と鼻の先の英姫の家でドブロクを飲んでいたが、英姫が酒商売をやめたので一キロほど先のドブロク屋へ自転車で行かねばならなかった。そのことでかえって時間を稼げた。ゴミ捨て場の横の物置き場でみさ子と金子は立ったまま下半身だけを晒してあわただしくことをすませるのだった。ゴミの悪臭が漂う狭い物置き場での短い逢瀬が二人の情欲をますますかりたてるのである。しかし、どんなに慎重に行動しても人間の挙動には不自然さがともなうのだ。それは金俊平に抱かれているときのみさ子の反応に表れるのだった。好きな男に抱かれているときとそうでないときのみさ子の感情の流露が微妙にちがっていた。金俊平とのセックスはいつしか義務的なものになっていた。みさ子の微妙な変化を金俊平は見逃さなかった。セックスのあと金俊平は煙草をふかしながら、

「体でも悪いのか」

となにげなく訊いた。

「いいえ、べつに……」

　とみさ子は答えたが、金俊平に疑われていると思った。証拠を摑まれたわけではないが、いったん金俊平の胸にひろがった疑念を払拭することはできないのだった。いつもどこかで監視されているような気がする。目に見えない重圧感がひしひしと伝わってくる。心の中を見抜かれているような金俊平の鋭い眼光に出会うと、つい自分から何もかも告白しそうになるのだった。

　深夜、いつものようにゴミ捨て場の横の物置き場で金子と会ったとき、みさ子は金俊平に疑われている、と話した。

「ほんまか。気のせいやろ」

「気のせいとちがう。絶対に疑われてる」

　金子が深刻な表情になった。今夜あたりが危険かもしれないと思った。

「親っさんは寝てるのか」

「うん」

　とみさ子は頷いた。

　だが、油断はできない。

「どないしよ」

みさ子の声が震えている。

金子は物置き場から外の気配を感じとろうと息を殺して耳を澄ました。ゴミの腐った臭いが鼻を突く。二人は金俊平の影に脅えて物置き場から一歩も動けなかった。金子はいまになってみさ子を誘惑したことを後悔した。そう思うと急にみさ子の顔が醜悪に見えた。

「おまえはいったん家に帰っとけ」

と金子はみさ子を帰そうとした。

「いやや。もうよう帰らん。帰ったら親っさんに何されるかわからん」

「ほな、どないせえ言うねん。このまま逃げるのか。金もないのに、どこへ逃げるんや」

「お金やったら、うちが少し持ってる。親っさんから預かってる食料費を持ってる」

「なんぼあるねん」

「千二百ある」

みさ子は着物の帯にしまってあった財布を出して千二百円を見せた。

こうしている間にも金俊平が目を覚まして追ってくるような気がした。迷っている場合ではなかった。もとよりみさ子と一緒になる気のない金子は、とりあえず千二百円あれば二、三カ月やり過ごせるだろうと考えた。

空は曇っていたが、月は雲の間を出たり入ったりしていた。二人は月が雲におおわれてあたりが暗くなるのを待って動きだした。二人は鶴橋駅をめざしていた。深夜だというのに鶴橋の駅周辺には浮浪者たちが黒い塊りとなって闇市のゴミを漁《あさ》っている。歩きながら金子は西へ行こうか、東へ行こうか迷っていた。とにかく一刻も早く大阪を離れることだった。

「どこへ行くの？」

とみさ子が不安そうに訊く。

「わからん。東へ行こか。東京へ行こ」

「東京？」

「そうや。田舎は仕事がない。東京やったら、何か仕事があるやろ。それに親っさんも東京までは追ってこんやろ。東京は人が多いさかいな」

鶴橋駅に着いてはみたが、始発電車まで二時間ほど待たねばならない。

「始発電車まで二時間以上ある。ここは危ない。玉造《たまつくり》か森ノ宮まで歩こ」

二人は始発電車の時刻と合わせるために二時間ほど歩き、京橋駅に着いた。京橋駅周辺にも闇市がひろがり、浮浪者たちがうろついていた。乳飲み子を抱いた女が道端にへたり込んでいる。その側にころがっている痩せた男は生きているのか死んでいるのかわからなかった。

みさ子は大阪駅までの切符を二枚買って改札口をくぐった。ホームには三、四十人の客が始発電車を待っていた。みんな買い出しに行く客だった。着のみ着のままの手ぶらは金子とみさ子だけだった。やがて電車が到着した。金子とみさ子は買い出しに行く客にまぎれて電車に乗った。

18

「わからんもんやな。男と女は。親っさんの目を盗んで、二人はいつの間にできとったんかな」

四十二歳になる谷本は魚のはらわたを処理しながら首をひねって感心していた。

「わしはどうもおかしい思とったんや。酒飲みに行ったはずの金子が酒屋におらんことがあったんや。そのときはどこ行ったんかな思て、気にもせなんだけど、みさ子とできてたんやな」

魚のミンチをバケツに受けて、それを擂潰機《らいかいき》にぶちまけて塩と砂糖と小麦粉を調合している柿崎が謎解きでもするように言った。

「せやけど、あの二人はどこでやってたんやろ」

若い孫文世はそれが不思議だった。

「やろう思たら、どこででもできるもんや」

年配の谷本がさも経験者らしい言いかたをした。

「ほな、道端でやってたんかいな」

孫文世があからさまに言う。

「やろう思たら道端でもやれんことない。わしにも憶えがある」

柿崎が先輩面をして孫文世の無知を揶揄《からか》った。

「金子もようやるで。わしやったらあんなブスとようやらんわ」

孫文世が負けおしみでも言うように金子とみさ子の関係をあげつらった。

「あほ、おまえはほんまにようわかってないな。女を見かけだけで判断したらあかん。持ちもののよしあしは顔と関係ないんじゃ」

柿崎に一蹴されて孫文世は黙ってしまった。

「あほなこと言うてやんと、はよ仕事をせえ。親っさんに聞こえたらえらい目に遭うぞ」

軽口を叩いている職人たちを工場長の高信義は注意した。

金子とみさ子が駆け落ちしてからというもの、金俊平は毎晩のように飲んだくれていた。

実際、世間のもの笑いの種になっていた。酔っぱらって帰ってきた金俊平は工場に行き、

「きさまらも腹の中でわしのことを笑うてるやろ。わしにはちゃーんとわかってる」

と職人たちを見回し、積んである箱詰めの魚の荷を崩してばらまき、蒲鉾を焼くための炭

火を素手で摑んで職人たちに投げつけるのだった。

「親っさん、やめとくなはれ」

と叫びながら職人たちは逃げだし、仕事にならなかった。

翌日、卸問屋の主人たちがきて、二日酔いで寝ている金俊平に詰め寄るのだった。

「たのんまっせ、金さん。商売があがったりでんがな。金さん一人の問題やおまへんのや。女の一人や二人、どうってことおまへんやろ」

美河屋の主人が金俊平を辛辣《しんらつ》に批判するのも当然であった。商人が個人的な事情で仕事を投げ出すのは許されないことだった。美河屋の主人は損失を補塡《ほてん》せよ、と言わんばかりの口調であった。

「なんやったら女を世話しまっせ」

と真田屋の主人が真顔で言うのである。

厳しい商人たちの前で金俊平は恥じ入るしかなかった。いまや金俊平も商人のはしくれである。商売に暴力が通用しないのは明らかであった。

惚れていた八重に騙されたときは鋭利な刃物で胸をずたずたに切り裂かれたような痛みを覚えたが、みさ子に対しては何の感慨もなかった。ただ『金を預けるんじゃなかった』と、そのことばかりを後悔していた。金を預けなければ駆け落ちもできなかったはずだと思っていた。

卸問屋の主人たちからさんざん批難されて、さすがの金俊平も自重せずにはいられなかった。濡れ手で粟《あわ》の商売を投げ出す馬鹿がいるだろうか。その気になれば女はいくらでもいる。巷には飢えた女たちが物欲しげな眼差しで金のある男を待ち望んでいるのだ。この世の中に金で買えないものはない。心斎橋の橋の上に、「私の命を売ります」という大きな札を首からぶら下げていた男がいた。命を売ってまで得た金を男は何に使おうとしているのか。だが、命を売ってでも男は金を必要としていたのだ。

工場の管理は工場長の高信義にまかせきりだった。高信義は職人たちからも信頼されており、唯一心の許せる親友である。その高信義と仕事のあと一杯くみ交わすのは久しぶりだった。みさ子に駆け落ちされて意気消沈している金俊平を高信義は慰めていた。

「わしもあんたも、もうすぐ五十になる。人生五十年という言葉があるが、あんたは成功したんだから、このへんで家族のことを考えて落ち着いたらどうだ」

だが、金俊平には家族を養うという観念がない。金俊平にとって家族とはやっかいな所有物だった。女は性の対象でしかなく、子供は成長するにしたがって金のかかる無駄な投資先に思われた。所詮人間は一人である。家族の絆《きずな》も利害関係の結果でしかないのだ。甘い顔をするとすぐにつけ込まれるだけである。

「考えてもみろ。わしに金がなけりゃ誰が声をかけてくれる。わしに金がなけりゃ子供だって見向きもしないさ。その気になれば子供はいくらでもできる。しかし、このわしがくたばっちゃあ、おしまいだってことよ」

金俊平の自己中心的な考えは徹底している。何ものも信じようとしない。神も仏も鬼神も金俊平にとってはただの幻想であり、たわごとにすぎないのだ。人生とは何か？　人は何のために生きているのか？　そんなことは金俊平の知ったことではなかった。大多数の人間は生きるために生きており、やがて死ぬだろう。それだけである。そこに深遠な意味があるとはとうてい思えなかった。人間の喜怒哀楽も刹那《せつな》的な一過性でしかない。金俊平にとってはおのれが消滅すれば世界も消滅するのである。

衰えを知らない金俊平の肉体の前で高信義は圧倒されるだけだった。いつかは亡びる肉体だが、その肉体を信じて生きている金俊平に、どんな言葉も意味がないように思われた。

金子とみさ子が駆け落ちして一時は荒れていた金俊平も落ち着きをとりもどし、商売も順調にはかどり、何ごともなく過ぎていった。

金子がいなくなったので高信義は見習い工を一人補充した。二十歳になる元吉男は蒲鉾職人としての経験が浅く、当分雑役に従事させることにした。箱詰めにされた魚の荷の積み下ろし、あらの処理、工場の清掃、製品の運搬など、雑役の仕事はかなり忙しかった。この頃、屠殺場に勤めていた金俊平の甥の金容洙が西成《にしなり》で養豚場を営んでいて、毎朝豚の餌になるあらをドラム缶に入れ自転車に連結したリヤカーに積んで運んでいった。本来あらは清掃業者に金を払って処理してもらうのだが、豚の餌としてあらを運んでいく甥の金容洙から逆に金を取っていた。

「あら代を取るのはやりすぎだ」

と高信義が勧告すると、

「あいつは豚を売って稼いでるんだ。餌代を取って何が悪い」

と金俊平は聞き入れなかった。

「あらや食堂の残飯を運んでやるとみんな喜んでくれます。叔父さんだけです、金を取るのは」

金俊平に面と向かって抗議できない金容洙は高信義にぶつぶつ文句を言っていた。かといってあらの運搬をやめると、なぜあらの運搬をやめた、と金俊平に因縁《いんねん》をつけられるのはわかりきっていた。

「豚一頭売っていくらになると思います？　餌代がただだからやっていけるんです」

あらや残飯の腐った悪臭のしみ込んだぼろをまとっている金容洙はしょぼくれた顔で訴え

るのだが、高信義にはどうすることもできなかった。

夏になると、金俊平は甥の養豚場から二十五貫（約九十三キロ）前後の豚を仕入れてきた。人間でいえば、ちょうど青年期に当たる豚で、肉と脂肪がひきしまっていて一番食べごろなのである。金容洙にしてみれば仔豚を出産させてから出荷したいところだが、養豚場を営むとき、金俊平から資金を借りており、その資金の利息として毎年豚一頭を提供することになっていた。

縄で脚を縛られた豚はトラックで運ばれてくる。その豚を金俊平は一人で肩に担いでセメントを敷いてある家の裏の台所に運ぶのだった。そして近所のおかみさんや子供たちが見守る中、成漢にアルミ製の大きなタライを持ってこさせ、暴れる豚を膝で押さえ込み、刺身包丁の切っ先を豚の喉に突き刺した。喉から鮮血がどっと噴き出し、豚は断末魔の悲鳴をあげて狂ったように暴れる。その豚の喉から噴き出す血を成漢はタライに受けた。それは血の煮えたぎる光景だった。

腕のいい蒲鉾職人である金俊平は豚を巧みに解体していく。豚は一滴の血にいたるまで捨てるところがない。ネギ、玉ネギ、塩、コショウ、ニンニク、ショウガなどの調味料や野菜のみじん切りを血に混ぜて腸詰めにする。この日は英姫と花子はもとより豚肉にありつこうと近所のおかみさんたちも手伝いにきていた。金俊平が他人に大盤振る舞いするのは珍しいことであった。むろん職人たちの食事にも豚肉がふんだんに使われた。そして残った豚肉を金俊平は独自の料理法で貯蔵しておくのである。薄く切った豚肉を一斗缶に一枚ずつ積み重ね、その間にいろんな薬草を挟み、ニンニク、ショウガ、唐辛子、その他の調味料を加えて裏の日陰に保存しておくのだ。豚肉をぎっしり詰めた一斗缶が三つ並べられ、肉が腐爛《ふらん》するのを待つのである。二、三日もすると腐った肉と薬草と調味料の混在した強烈な臭いがあたり一面に充満してくる。ハエが群がり、やがて雲霞《うんか》のように湧いた蛆虫《うじむし》が這い出してきた。日陰に並べてある一斗缶から汲み取り式の便所までの距離は一メートルと離れていない。そして糞便に湧いている蛆虫も便所から這い出し、一斗缶と便所の間を蛆虫の大群が往来していた。家に訪ねてきた者はその強烈な異臭に目がちかちかして五分といられなかった。その腐爛した豚肉を金俊平はドブロクを飲みながらうまそうに食べていた。肉についている蛆虫をふっと吹き飛ばして食べるのである。この特製の料理は夏バテを防ぐための料理であった。どのような効能があるのか誰にもわからなかったが、いかなるゲテモノ喰いといえどもこの料理を口にできる者はいないだろうと思われた。

「あんな腐った肉をよう食べるわ。わしは見ただけでぞっとして吐きそうになった」

「あんなものを食べて平気なんやさかい、どんな胃袋しててんのかな。鉄でできてんのとちがうか」

「普通の人間やったら病気になって死んでる」

職人たちは金俊平の奇怪な料理に対して嫌悪をあらわにしていたが、金俊平の奇怪な健康法はこれにとどまらない。近所の出産間近い妊婦に頼み、生まれたばかりの赤ちゃんの最初の糞便をもらってきて、それを水に三日ほど浸けて飲んだり、野良犬を捕獲した保健所へ行って犬の関節を百頭分くらいわけてもらい、その関節をこれまた三日くらいぐつぐつと煮込んで、その汁を飲んだりしていた。そして煮込んだ犬の関節を粉ごなに砕いて日干しにし、その粉を体に塗りたくって冷水マッサージをしていた。夕方になると弁天市場の漬け物屋に行き、ゴミ溜めに捨てた大根の葉を拾ってきて洗い、その葉をしぼって一升瓶にたくわえて喉が渇くと飲料水がわりに飲むのだった。鹿の角、それも中国北東部やシベリアの酷寒の地に棲息している産毛《うぶげ》のはえた角や、虎の睾丸《こうがん》、オットセイの性器、スッポンの血、などなど、およそ精力を喚起させるものは何でも飲み、それ以外に薬草を自分で調合していた。まるで中世の魔法使いか錬金術師みたいだった。そのせいか金俊平の顔はいつもピンク色をしており、傷を負ってもすぐに回復するのである。金俊平に食べられないものはない。毒を飲まされても効きめがないのではないかと思えるほどであった。

見習い工の若い元吉男は人並みはずれた腕力の持ち主で凶暴な性格をしていた。その凶暴な性格はいかつい顔に表れている。頭の回転が早く、よく働く男だったが、いったん機嫌をそこねると職人たちの手に負えなかった。その元吉男も金俊平の前では借りてきた猫のようにおとなしくなるのだった。

ある日、運搬車に蒲鉾を積んで問屋へ行った元吉男が歩いて帰ってきた。

「どないしたんや」

と高信義が訊くと、

「運搬車を盗られましたんや」

とうなだれた。

運搬車は品物を運ぶのに欠かせない乗り物で、八千円以上する代物《しろもの》だった。

「弱ったな」

と高信義は頭をかかえた。

金俊平の逆鱗に触れるのは間違いなかった。元吉男もそれを恐れていた。しかし、金俊平に報告しないわけにはいかなかった。

「すんまへんけど工場長からあんじょう言うてくれまへんか。わし一人やったら何されるかわかりまへんよってに」

ただではすむまい。一人で行けば腕の一本も折られて足腰の立たないくらい殴打されるかもしれない。気の重い仲介役だったが、見放すわけにもいかず、元吉男と一緒に金俊平の部屋に行った。仕事の終わった午前六時頃で、金俊平は就寝したばかりだった。

「俊平、ちょっと話があるんやが」

高信義は静かに声をかけた。

眠りについたばかりの金俊平は高信義につきそわれてひかえている元吉男を見た。そして布団の上に胡坐を組んで灰皿を引きよせ煙草に火を点けた。こういうときの金俊平の癖である。

「じつは、吉男が運搬車を盗られたんや」

あとは高信義の釈明を聞こうとはしなかった。

「なんだと、運搬車を盗られた？　ええ加減なことぬかすな！　博打のカタにとられたんやろ！　このガキ！」

金俊平は枕元にあった大きなソロバンを摑んだかと思うと、高信義の後ろにひかえていた元吉男の額を思いきり叩いた。

「勘忍しとくなはれ、親っさん」

逃げようとする元吉男の足を摑んで引きずり、金俊平はいま一度額に大きなソロバンを振り降ろした。ソロバンがばらばらに解体した。元吉男の額が割れて鮮血が流れ、顔中血だらけになっていた。

「勘忍してやってくれ。誰にでも間違いはある」

止めに入った高信義にまで手をかけるわけにもいかず、金俊平は座り直してまた煙草に火を点けた。顔中血だらけの元吉男は恐怖と憎悪の目で金俊平を見つめた。

「月づきの給料からさっ引くから、そのつもりでおれ」

頑強な肉体を誇示してははばからない気性の激しい元吉男は唇を噛みしめて屈辱に甘んじていた。

「親っさんに殴られてもしょうがない。おまえは運搬車を盗られたんやから」

元吉男が逆恨みするのを懸念して、高信義は釘をさした。

大きなソロバンで殴られた元吉男は額を七針も縫った。


認可制だった蒲鉾工場も二年後にはかなり緩和されて東成区や生野区に数軒の蒲鉾工場ができた。この緩和策は二年後にひかえた自由営業の前倒しでもあった。それと同時に職人たちの引き抜きがはじまった。始業時間になってみると職人が一人いないのである。

「くそ！　引き抜きやがったな。ぶっ殺してやる！」

歯ぎしりして地団駄《じだんだ》を踏む金俊平の怒りをよそに、二カ月の間に四人の職人が辞めていった。夜逃げ同然に辞めていく職人たちを四六時中見張っているわけにもいかず、金俊平は世の中の移り変わりを痛感させられた。敗戦後の四年間に物価は十数倍になり、それに比例して賃上げ要求の労働争議は激しさを増し、労働者の給料も十倍以上になっていた。それにひきかえ金俊平は安い給料で職人たちをこき使っていたのである。そこへ蒲鉾工場の認可制が緩和されて、たちまち大阪のみならず全国に蒲鉾工場ができ、不足している職人たちの引き抜きがはじまったのだ。当然、給料の高いところへ職人たちは流れていく。またたくまに職人たちの給料は数倍になり、金俊平も職人たちの給料を引き上げねばならなかった。しかも蒲鉾の値段は上げられないのだった。問屋が猛反対するからである。

「これでこの商売も終わりだ」

と金俊平は高信義に蒲鉾工場にみきりをつけるかのように言うのだった。

「他の物に比べて、いままでが高すぎたんだ。蒲鉾はこれからも儲かる」

この二年間に蒲鉾製造を独占して稼いだ金はおそらく二千万円を下るまい、と高信義は計算していた。営業を開始してからの一年間は成漢に伝票を書かせていたが、午前三時頃から叩き起こされる成漢を見かねて、高信義が伝票整理を手伝うことにしたのである。だから高信義は金俊平がどれだけ稼いでいたかがわかるのだった。過当競争になってきたとはいえ、需要に対して生産はまだまだ追いつかない。その証拠に「朝日産業」の売り上げは伸び続けている。多いときは一日に九万円ないし十万円を突破する日がある。会社の利益に対して、数倍になったとはいえ職人たちの給料はまだ低いと高信義は思っていた。

会社には収支を整理した帳簿がない。その場限りの伝票を切ってその日の午後に集金するだけである。この先、税務対策が必要になってくるが、そのことをいくら説明しても金俊平は理解できなかった。

「汗水たらして稼いだ金を、なぜ国に納めるんだ。馬鹿なことをぬかすな。そんな法律はわしに関係ない」

利益を上げた企業は、その利益に見合った税金を納める義務があり、もし納めなかったときは懲罰を受けることになる、と言っても納得しない。

「上等じゃねえか。刑務所でもどこでも入ってやる。わしの金はわしのものだ」

金俊平は稼いだ金を、たとえ誰であろうとびた一文渡すまいと固く心に誓っているようだった。職人たちの食事の用意は、いまでは花子がすべてをまかなっていた。みさ子の件があってから、金俊平は花子に食料費を一日ごとに渡していた。一日の米代はいくら、一日のおかず代はいくら、といった具合である。

中学校に進学した成漢は父から学費をもらうのが嫌で、母にもらっていた。ときには金俊平の眼を盗んで蒲鉾を箱ごと問屋に横流しして金を工面することもあった。成長してきた成漢は金俊平の弱点を見抜き、それなりに悪知恵が働くようになっていた。花子とちがって成漢は、つねに逃げの態勢で金俊平に対処していた。金俊平が飲んで暴れた翌日、成漢は数日、ときには二、三週間家を空けることがある。小学生の頃から放浪癖のあった成漢は、中学生になってからますます放浪するようになり、朝カバンを下げて学校へ行く途中、ふとどこかへ行って何日も帰ってこないのだった。はじめの頃は母親の英姫と花子は大騒動していたが、最近ではほとんど諦めていた。

「あいつは何を考えてるのかわからん」

しだいに自分の手の届かないところへ逃げていく成漢を金俊平はいまいましげに見ていた。つい先日も酒に酔った金俊平が二階で勉強していた成漢を襲ったところ、成漢は牛若丸のように物干し場からさっと身をひるがえして地面に飛び降り、ゆうゆうと逃げていった。そして四日も帰ってこなかった。

成漢はかつての疎開先を放浪していた。奈良の五条、東京の上野、岡山、九州の宮崎、などを放浪しながら気が向くと農家や漁師の家で仕事を手伝ったりして何日も居候《いそうろう》するのだった。愛嬌があって要領のいい成漢はどこへ行っても可愛がられた。どこからきたのかと訊かれると、大阪からきたと答え、自分が朝鮮人であることを隠したりしなかった。それで成漢は親に捨てられたのだと思われて同情してもらえるのだった。

何日も放浪している間は当然休学していた。頻繁に休学するものだから、ある日、担任の先生が訪れた。不意に担任の先生が訪れたので、金俊平はどう対応していいのかわからず戸惑っていた。先生ができの悪い生徒の親を訪ねてくるというのは金俊平にとってこのうえない不名誉なことであった。学校の先生という人間に対面するのははじめてなので、三十代の若い先生だったが、金俊平は神妙にしていた。成漢も神妙に座っていた。

花子がお茶を出すと、

「ありがとう」

と先生は礼を述べた。

それだけの挨拶だが、何か威厳を感じた。

先生は正座している成漢をちらと見て言った。

「小学生のとき金本君は優等生でしたから頭はいいと思います。活発で運動神経も発達してますし、やればなんでもできる生徒です。しかし、入学してからすでに二カ月休学してますからね。これでは学業についてこれません。成績が悪くなるのは当たり前です」

大男の金俊平は体を小さくして恐縮していた。

「へえ、申しわけありません」

「お父さんはお酒をよく飲まれるそうですが」

なぜそんなことを聞かれるのか、金俊平は心外に思った。

「へえ、まあ……」

曖昧《あいまい》に答える金俊平に若い先生は単刀直入に質問するのだった。

「金本君から聞きましたが、お父さんは毎晩酒に酔って暴れるそうですが」

金俊平の顔色が変わった。返答に窮して金俊平は煙草に火を点けた。正座している成漢が小気味よさそうに先生から追及されてしどろもどろになっている父をちらと見た。

「子供の勉強には環境が大事です。金本君は勉強のできる状態ではないと言ってます。家にいるのがいやで、それで何回も家を空けるのだと言ってます。これが本当でしたらお父さんに考えてもらわねばなりません。お酒を飲むのを自重してください。子供は父親の背中を見て育つといいます。このようなことが続きますと決していい結果にはなりません。息子さんはいま一番多感なときですから」

先生の説教じみた話を聞いていた金俊平は、先生の家庭訪問を要請したのは成漢であることがわかってきた。金俊平に意見をしてもらうために家庭訪問を要請したのだ。あるいはそのようにしむけたのかもしれない。恥をかかされている金俊平の腹の中は煮えくり返っていた。

「今後、金本君が欠席をせずに学業に励めば、きっといい成績をとるようになると思います。高校進学のこともありますし、二学年からは勉強に集中できるようにしてください」

「へえ、申しわけありません」

金俊平はひたすら頭を下げて、申しわけありません、をくり返すのみであった。まるで裁判官の前で罪状を認めているような感じがした。朝鮮人家庭をはじめて訪問した若い先生は、何かしら使命感のようなものを持っていた。巨漢の魁偉な金俊平に親としての自覚をうながそうと、かなり紋切り型の言葉を並べたてた。

先生の家庭訪問は一時間ほどで終わった。帰りがけに金俊平は先生に上等の蒲鉾を十枚包んだ。若い先生は喜んで受け取った。

「それでは」

と先生が家を立ち去ると、すぐに金俊平は、

「成漢、こっちへこい！」

と呼んだ。

板間の火鉢の前に正座した成漢は、いつでも逃げられる態勢で父の一挙手一投足を見守った。

「親の悪口を先生にぺらぺら、ぺらぺら喋りやがって。わしは今日ほど恥をかいたことはない。きさまに焼きを入れてやる」

金俊平は火鉢の中の炭火を親指と人差し指で挟むと、成漢の頬に近づけた。ジュ、ジュ、

ジュ、ジューと肉の焦げる音がして指から煙が上がっている。成漢の全身に電流が走り、頬が痙攣《けいれん》していた。成漢は反射的に飛び跳ねて台所の通路を走って裏口から逃げ出すと、長屋の路地を曲がって探偵ごっこをやっていた頃の秘密の抜け穴から屋根に登って追ってくる父の様子を眺めていた。あっという間に姿を消してしまったすばしっこい成漢を捕り逃がした金俊平は、

「くそ！　今度とっ捕まえたら、鶏みたいに首をひねり潰してやる」

と歯ぎしりした。

そしてその夜、酔っぱらった金俊平は例によって暴れ、表戸やガラス戸や家財道具を壊し、二階に上がって勉強机や教科書やノートを外へ放り投げた。家の中はむろんのこと、窓から投げ出された机の脚は折れ、教科書やノートが散乱し、惨憺《さんたん》たる状態だった。金俊平は板間で一升瓶の焼酎をラッパ飲みしている。母と姉は逃げていた。思いあまった成漢は近くの交番へ行った。だが警官に父を訴えるのはどこか後ろめたい気持ちだった。交番の前を往ったりきたりしていると、

「どないしたんや、こんな夜中に。はよ帰って寝《ね》んか」

と机に向かって書類を書いていた警官に声をかけられて、成漢は事情を説明した。事情を聞いた警官は、今度は迷惑顔になって、

「うむー」

と腕組みをした。

「家にきて、なんとかしてください。お願いします」

と成漢はお巡りに何度も頼んだ。

「お母《か》さんと姉さんが殺されてるかもしれん」

あまり乗り気でない警官を刺激するために成漢はぶっそうなことを言うのだった。そこまで言われて警官も動かないわけにはいかなかった。成漢に案内されてやってきた警官は、道端に放り出された机や教科書やノート、それに破壊された表戸やガラス戸や家財道具を見て、ただごとではないと思ったらしく、つかつかと家の中に入って行った。そして板間で一升瓶の焼酎をラッパ飲みしている眼のすわった巨漢の金俊平に一瞬たじろぎ、

「何をしている！」

と叫んだ。

金俊平はゆっくりと警官に視線を転じた。金俊平の恐ろしい目付きに警官は警棒に手をかけた。

「きさまはなんだ！」

金俊平のだみ声が響く。

「わしは警官や。このありさまは何ごとか」

金俊平は警官の言っている意味がよくわからないらしく焼酎を一口ラッパ飲みした。そもそも目の前に警官がいること自体理解できなかった。

「奥さんと子供はどこにいる」

母と姉は殺されているかもしれないという成漢の言葉が気になるのか、警官はしきりに部屋の中を探している。

「みんなおらん！　きさまは何のためにここにきたんだ。人の家庭のことに口出しするんじゃねえ！　帰りやがれ！」

酔っているが意識ははっきりしていた。

「おまえの息子に頼まれてきた。母親と姉はどこにいる。無事なのか」

「なんだと、息子に頼まれてきただと……あのガキ、親を平気で警察に売り渡しやがって。末恐ろしい奴だ。見つけしだい、ぶっ殺してやる！」

と金俊平は一升瓶を叩き割った。

壊れた表戸の陰から様子をうかがっていた成漢は一升瓶の割れる音に驚いて一目散に逃げた。そしてまた一週間ほど放浪していた。

家族の状態はモグラ叩きのゲームに似ていた。槌《つち》を持った金俊平が穴から顔を出した英姫や花子や成漢を叩いていた。しかし、最近では金俊平の振り降ろす槌より早く逃げるので、金俊平のいらだちは日ごとにつのるのである。特に成漢は何かあるとすぐに家を出て何日も帰ってこない。槌を振り降ろそうにも振り降ろせないのだ。どこをほっつき歩いているのか知るよしもないが、問い詰めたところで反抗されるだけだった。日常生活の中でも成漢は父を避けてほとんど家にいなかった。友達と遊び回り、夜こっそりと帰ってくる。だからいつ家を出て、いつ帰ってきたのかわからないのだ。そんな日が続いて久しぶりに成漢と出会ったりしたとき、金俊平は内心どきっとすることがある。ほんの数日顔を合わせていないだけなのに、背丈が急に大きくなり、逞《たくま》しくなったような気がするのだった。頬と顎《あご》の骨が張り出し、ひと重瞼《え》の細い目の奥に若いエネルギーがたぎっていた。

「わしはあいつの育てかたを間違えた。くそ婆ぁが甘やかすから、あのガキはつけあがってわしに反抗的になりやがる。もう手遅れだ。今度息子が生まれたときは、わしが育てる」

家族を一顧だにしなかった金俊平が子供の教育について語るのを聞いていると、高信義にはまったく別な世界について語っているように聞こえた。昔から金俊平はシェパードを飼っていたが、唐突に子供の教育について語る口調はシェパードの飼い方を語る口調に似ていると思った。金俊平は成長したシェパードに買い手がつくと、ためらわずに売ってしまった。もし子供に買い手がつけば売り飛ばしてしまうのではないかと思われた。そして「今度息子が生まれたときは、わしが育てる」とはどういう意味なのか。断絶している英姫との間に子供が生まれる可能性はほとんどない。では誰に子供を産ませるのか。おそらく誰かに子供を産ませようと考えている節がある。多くの女と同棲し、中には手ごめにした女もいる。そうした女との間に子供の一人や二人いても不思議はなかった。この先、誰かに子供を、もちろん男児を産ませようと考えている金俊平の思惑とはうらはらに、十一月半ばを過ぎたある夜、一人の男が金俊平を訪ねてきた。

外はどしゃぶりの雨だった。家の台所では英姫の頼んだ巫女が厄払いをしていた。かまどにローソクの火を立て、鍮器に盛った米の上に巻き糸を載せ、果物を飾り、巫女は鈴を鳴らしながら低い声で祈禱していた。英姫と花子も両手を合わせて祈っていた。巫女が米の上にお金を載せるよう催促している。そのお金が巫女の実入りになるのだ。英姫は百円札を十円札にくずさねばならなかった。そこで二階から降りてきた成漢に両替を頼んだ。金俊平は奥の部屋で一人飲んでいた。向かいの工場からどしゃぶりの雨の音に混じって機械の音が聞こえてくる。妙に平静な夜だった。

英姫から両替を頼まれた成漢が近所の駄菓子屋へ行こうと玄関を出たとき、軒下で雨やどりをしていた男に呼び止められた。背の高い体格のがっちりした男だった。ワイシャツに作業ズボン姿の男は、素足にゴム草履《ぞうり》をはいていた。若いがみすぼらしい恰好をしている。

「おやじさんいるかい」

と尋ねられて、

「うん」

と答えて、成漢はどしゃぶりの雨の中を傘もささずに駄菓子屋へ駆けて行った。そして両替をして帰ってみると、軒下で雨やどりをしていた男が奥の部屋で金俊平の前に正座していた。誰だろうと思って両替してきた紙幣を英姫に渡して二階へ上がろうとしたとき、少し酩酊している金俊平に呼ばれた。成漢はおそるおそる部屋に入った。

「そこに座れ」

と言って金俊平は成漢を男の横に座らせた。そして金俊平は男と成漢の顔を何度も見比べるのだった。胡坐を組んだ股間《こかん》に両手を突っ込み、何度も見比べて口をへの字に曲げていたが、

「これはおまえの兄貴だ」

と言った。

青天の霹靂《へきれき》だったが、いまひとつ、ぴんとこなかった。成漢はあらためて男の顔を見た。正座している男は緊張していたが、角刈り頭に色の白い端正な顔は金俊平と似ていなかった。あえていえば鋭い目付きと大きな骨格が似ているといえなくもない。年齢は二十六、七、成

漢と十二、三歳の開きがある。

金俊平はたて続けに焼酎を二、三杯ひっかけた。台所にいた英姫は、突然、降って湧いたような腹ちがいの息子の出現に狼狽《ろうばい》していた。どうしていいのかわからず祈禱もうわの空だった。玄関を入ってきた男を見たとき、英姫は一瞬、自分の眼を疑った。男は朴京華という女に生き写しだった。済州島にいた頃、英姫は話したことはないが遠くから二、三度朴京華を見たことがある。朴京華は島一番の美人といわれていた。実際、女が見てもほれぼれするような美人だった。英姫は男を一目見て、朴京華の息子であると思った。金俊平と一緒になって間もない頃、英姫は友達の誰かから金俊平と朴京華の間に子供がいるという噂を聞いていた。だが、そのときは金俊平と朴京華の間に男と女の関係があるとは考えられなかった。島にいた頃、朴京華には夫がいたし、金俊平より十歳も年上だった。しかし、噂は本当だったのである。

かなり酔ってきた金俊平は、いったんは男を息子であると認めたものの、顔や身体的特徴に自分との共通点を見出そうと何度も見つめ直していた。

「名前は何という」

息子の名前さえ知らない金俊平に対して、

「武《たけし》です」

と男は冷ややかに答えた。

「たけし……いま何歳だ」

「二十七です」

金俊平は二十七年の歳月を反芻《はんすう》するかのように歯ぎしりした。二十七年後のいまになって父を訪ねてきた息子をどうあつかうべきか困惑しているようであった。

「もういい。おまえはあそこの二畳の部屋で寝ろ」

そう言われて立ち上がった武の身長と体格は金俊平に見劣りしない大きさだった。

みさ子を住み込ませるために増築した部屋を武が使うことになった。朝鮮の家庭ではたいがい新しい寝具の一式か二式を備えている。英姫は武のために、その新しい布団を用意した。

「すみません」

と武はお辞儀をした。

夫である金俊平の息子とはいえ、あまりに突然すぎて、どう処遇してよいのか、英姫はおろおろしていた。武の突然の出現で、ただでさえ狭い家の中がいっそう息苦しくなり、体内に何かの異物が侵入してきたような感じを受けた。

「ほんまにお父《と》ちゃんの子供やの」

花子は声をひそめて母親の英姫に訊いた。

「子供やと思う」

確信のない英姫の返事に花子は質問した。

「ほな、うちらの兄さんになるわけ？」

「アボジの子供やさかい、おまえたちの兄さんにもなるのとちがうか」

奥歯に物の挟まったような母親の言葉に花子はじれったそうに訊いた。

「ほな、お母《か》ちゃんの子供になるわけ？」

巫女が呪文を唱えている。その声が英姫の心の扉を叩いているようだった。朴京華の亡霊が扉を叩いているような気がした。英姫はゆらめくローソクの炎に霊気を感じ、両手を合わせて一心不乱に祈った。

その夜、床に着いた金俊平は長い間忘れていた暗い過去の記憶を思い出していた。朴京華は同じ村に住んでいた。金俊平は十五歳で朴京華は二十五歳の大人の女だった。白いチマ・チョゴリを風になびかせて村の小径《こみち》を夫と歩いている美しい朴京華に金俊平は憧れていた。金俊平は手のつけられない悪童だったが、道端で朴京華に出会ったりすると、軽く挨拶をするだけで胸のときめきを覚えた。切なく、ねたましい情念に悩まされて眠れぬ夜もあった。それから間もなく朴京華は夫とともに日本に渡り、金俊平も島を出て陸地を放浪しながら五年後に日本へ渡ってきた。大阪、和歌山、兵庫の飯場と賭場《とば》を渡り歩き、尼崎《あまがさき》の蒲鉾工場に就職した。だが、酒と喧嘩と賭博《とばく》に明け暮れる毎日だった。結局三カ月ほどで蒲鉾工場を辞めて広島の港湾工事の飯場に行った。そこで朴京華の夫の権忠益と偶然出会ったのである。偶然というよりある意味では必然だったかもしれない。当時広島港は軍港を拡張するための工事を急いでいて、阪神工業地帯に集中している朝鮮人労働者を高賃金で募集していた。金俊平も権忠益もその一人だった。

村にいた頃、金俊平と権忠益は挨拶をする程度の知人だった。年齢もちがっていたので、それ以上親しくなることはなかった。けれども日本という他国で出会った二人は同郷のよしみもあって急速に接近していった。現場で出会ってから五日後に権忠益は金俊平を自分の長屋に案内した。五棟の古いハーモニカ長屋だった。金俊平を迎えてくれた朴京華の容姿は以前にもまして美しく思われた。小学三年になる九歳の男の児がおり、貧乏をしているが明るい家庭だった。

「何もないけど、魚だけは豊富なの」

白い歯を見せてほほえむ朴京華の手料理をご馳走になりながら、金俊平の思いはつのっていくのだった。

眠れぬ夜が続いた。朴京華を抱く夢を見て射精した。どうしても朴京華を抱きたいという強い欲望が日ごとに高揚するのだった。夫の権忠益を人知れず殺害しようかと考えたりした。

それとも朴京華を拉致《らち》しようか。黒い欲望が途方もない想像をかきたてるのだ。酷薄な運命の歯車が軋《きし》みながら、しだいに一つの方向へとかみ合っていく。権忠益は病で倒れた母を見舞うために一人で十日ほど帰郷することになった。それを知った金俊平はある予感を、悪魔の告知を全身で感じた。この機会をおいて他に朴京華を抱くことはできないだろう。

権忠益が帰郷した翌日の夜、酒に酔った金俊平は一升瓶を持って朴京華の家を訪れた。あたかも権忠益と一緒に飲もうかというように焼酎の入った一升瓶を下げて。

「義母《はは》が病気で倒れたので、夫は昨日郷へ帰りました。十日ほどでもどってくると思います」

「そうですか、今夜は一緒に飲もうと思って焼酎を持ってきたのに残念だ」

「わざわざきていただいてすみません」

夫の留守をあずかる朴京華は玄関口で応答しながら金俊平を部屋に上げようとはしなかった。また男が夫のいないときに女の部屋に上がるのは朝鮮人の倫理観から逸脱する行為であった。だから朴京華は金俊平をそれほど警戒していなかったが、金俊平が一歩踏み込んで表戸を閉めたとき、朴京華は唖然とした。無礼にもほどがあると思いながら、同時に朴京華は金俊平の意図を読みとって、

「何をするんです！」

と声を荒だてた。その口の中へ、金俊平はズボンのポケットから取り出したハンカチを詰めた。そして朴京華の両腕を紐で後ろ手に縛った。朴京華自身、何をされたのかわからない早さだった。

子供は奥の部屋で眠っていた。そこで金俊平は玄関口の部屋に朴京華を押し倒し、チマをまくし上げてパジ（パンツのようなもの）を剝《は》ぎ取った。抗《あらが》おうともがいたが金俊平の圧倒的な力になす術《すべ》がなかった。金俊平は朴京華の膣《ちつ》に自分の唾液をたっぷりと吸い込ませて一物《いちもつ》を挿入した。朴京華は瞳孔を大きく見開いたまま息を止めた。金俊平の太い肉の塊りが朴京華の体の奥へ侵入してくる。朴京華の絶望的な瞳からみるみる涙が溢れてきた。

思いをとげた金俊平は後ろ手に縛った紐を解いた。朴京華は口のハンカチを金俊平に投げつけ、

「人でなし！」

とののしった。

「ぎゃあぎゃあ騒ぐんじゃねえ！　今夜からおまえはおれの女だ。わかったか！」

「勝手なこと言わないで！　あとで思いしらせてやる！」

「おお、上等じゃねえか。明日の夜もきてやるから、待っとれ！」

気も狂わんばかりに泣き伏している朴京華に未練を残して、金俊平は夜の闇に消えた。そ

して金俊平は広島を去った。

　おぞましい出来事の結果、武が生まれたのである。出産のあと朴京華は重い病を患い、金俊平とのいまわしい夜の出来事を何もかも夫の権忠益に告白して間もなく他界した。武は金俊平の子供であると告白されて、権忠益の憎しみは武に向けられた。死ねばいいと思い、ろくに乳も与えなかった。見かねた近所の人が権忠益を説得して、生後三カ月になる武を里子に出したのだった。

　その武が二十七年ぶりに金俊平を訪ねてきたのだ。なぜ二十七年後のいまになって訪ねてきたのか？　みすぼらしい恰好から推測して、喰いつめたので訪ねてきたのか。あの眼は普通の人間の眼ではない。内に凶暴な感情を秘めている眼だ。疑心暗鬼の金俊平は武の眼の奥に潜んでいる謎を解こうと夜明けまで眠れなかった。

　昼過ぎに金俊平は武をともなって外出した。顔はあまり似ていないが、後ろ姿は金俊平にそっくりだった。まるで金俊平が二人歩いているのではないかと錯覚するほどであった。

　金俊平は鶴橋の洋服店に入った。そこで背広とオーバーをあつらえ、つぎに靴屋に入って靴を買おうとしたが寸法の合う靴がなく、やはりあつらえることになった。それから金俊平は当座の小遣いにしろ、と言って千円を手渡した。めったにないことである。二十七年間、一度としてかえりみることのなかったわが子に対する贖罪《しょくざい》の意味がこめられているのだろう。

英姫も武に何かしなければと考え、大枚をはたいて腕時計を買い与えた。

「ありがとうございます」

と武は腕時計を素直に受け取った。

武の存在はその日のうちに周囲の人間の知るところとなり、職人たちや近所の人たちが何くわぬ顔で家にやってきた。二、三日もすると噂は生野、城東、淀川あたりにまで広がって、武をひと目見ようと何人もの人がわざわざ訪ねてくるのだった。

奥の部屋で金俊平と酒をくみ交わしていた西山春夫こと張春夫が、

「なかなかいい男じゃないか。急に二十七歳の息子ができた気分はどうだ」

と冷やかしていた。

みんなが騒ぎたてるので、金俊平は面《おも》はゆい反面、不快だった。思い出したくない過去を暴かれているような気がした。二畳の部屋に閉じ籠っている武はまるで檻の中の動物みたいにみんなの見世物になっていた。訪ねてきた男たちは奥の部屋で飲んでいたが、女たちは二階にたむろしていた。

裏長屋の金海のおかみさんが、

「これであんたの旦那も二十七年ぶりに訪ねてきた息子の手前、暴れなくなるんじゃない」

と言った。

「そうだよ。かりに暴れても新しい息子が止めてくれるわよ」

向かいの高村のおかみさんは妙に嬉しそうに言った。

「そうなればいいんだけど」

近所のおかみさんたちの無責任な臆測を信じたわけではないが、金俊平に優るとも劣らない体格の武の存在は、もしかして金俊平の暴力をはばんでくれるかもしれないという淡い期待を英姫にいだかせた。

武がどういう事情で生まれた息子であるかは公然の秘密だった。しかし、そのことを口にする者は誰一人いなかった。問題は二十七年間かえりみなかった父親と息子が、この先、何ごともなく一つ屋根の下で暮らしていけるのかどうかだった。口さがない連中は、そのうち殺し合いになるのではないかと噂していた。実際、二人の大男が狭い家の中にいるだけで英姫は重圧感を覚えた。食事は金俊平専用のお膳を奥の部屋に運び、一緒になることはなかった。それでも眼に見えない感情の息づかいに二人の葛藤がひしひしと伝わってきた。食事が終わると、

「ごっつぁん」

と言って武は二畳の部屋の万年床《まんねんどこ》に寝そべっていた。身長のある武は脚を伸ばすことができず、斜めに寝そべっていた。毎日手もちぶさたの武は成漢に週刊誌や雑誌を買ってきても

らい、それをひねもす読んでいた。金海のおかみさんが言っていたように、金俊平は酒を飲んでもおとなしかった。もっとも金俊平は武を避けているようでもあった。母親に生き写しの武を見ると、朴京華を思い出すからかもしれない。

武は突然現れた腹ちがいの兄だったが、それでも成漢にとって力強い存在だった。武にいつかって成漢は週刊誌や雑誌、ビールや酒の肴を買いに走り、つり銭を小遣いにもらったりしていた。武はじつに気前がよかった。いつしか武の部屋に遊びにくるようになっていた元吉男におしげもなく百円、二百円の小遣いをやっていた。元吉男は「兄貴、兄貴」と武をしたって弟分を気どっていた。金俊平から手渡された千円など一カ月もたなかった。

やがて一人の女が訪ねてきた。紫のスーツに紫のハイヒールをはき、ベージュのコートを着て、ワニ革のバッグを持っていた。最高級の品々を身につけている。一見して普通の女ではないことがわかる。厚化粧の顔をほころばせて、

「ごめんください」

と言って家に入ってきた。

その声に玄関口の二畳の部屋にいた武がガラス戸を開けて、

「きたか、遅いやないか」

と言った。

「早よきたかったんやけど、いろいろあって、ごめんなさい」

甘えるように言って、女がハイヒールを脱ごうとしたとき、金俊平が帰ってきた。そして派手な姿の厚化粧をした女を足の爪先から頭のてっぺんまでじろりと一瞥した。

武がすかさず、

「おやじ、おれの嫁さんです」

と紹介した。

女はコートを脱ぎ、あらたまった姿勢でお辞儀をして
「早苗です」

と挨拶した。

「嫁さん……？」

金俊平は狐につままれたような顔をして、帰ってきたばかりなのに、踵《きびす》をかえして出て行った。

19

始業時間まで二時間ほど間がある。金俊平は自転車に乗ってゆっくりペダルを漕ぎながら女の容姿を思い浮かべた。いまどきあれだけ上等な衣服を身につけていられるのは金持ちの女か、あるいは高級なクラブのホステスか、特別な収入のある者に限られている。金俊平の経験から判断して、女は水商売関係にちがいないと思った。媚を売る表情や姿勢は水商売女に共通しているものだった。二人はあの狭い部屋で一緒に住むつもりなのか、いや、そうではあるまい、あんな狭い部屋で二人一緒に住めるわけがない、と金俊平は反芻していたが、ふと気付くといつしか御幸森神社近くにきていた。考えごとをしながら金俊平は高信義の家の近くまできていたのだが、路地を一本間違えていた。金俊平はいつもこのあたりで路地を間違えるのだ。

まだ睡眠をとっていると思って高信義を訪ねてみると、奥さんの明実が出てきて、

「うちの人はさっき集会に行きました」

と言った。

「集会……何の集会です」

と金俊平は訊いた。

「朝連の地区集会です」

と明実は答えた。

その年の六月二十五日の未明に勃発《ぼっぱつ》した朝鮮戦争を糾弾する集会だった。だが、無関心な金俊平には関係のない集会だった。

「集会が終わったら、その足で工場へ行く言うてました。何か急用でも」

金俊平が始業時間前に訪ねてくることはめったにないので、何か急用があったのかと思ったのだ。

「いや、べつに急用じゃない。近くまできたので、ちょっと寄ってみただけだ」

高信義がいれば、むしゃくしゃしている気持ちを吐露《とろ》したかったのだが、金俊平は自転車の向きを変えて引き返した。もの思いにふけりながら、くねくねと曲がっている小腸のような路地をゆっくり走らせていた金俊平は、いつしか疎開道路に出ていた。そこでついでに鶴橋の問屋に寄って集金でもしようかと道路を横断したとき、勝山方面から行進してきたデモ隊に遭遇した。トラックを先頭に、かなり大きなデモ行進だった。トラックの荷台に乗っている十数人の若者がプラカードを振りかざし、拡声器で煽っていた。

「米軍は朝鮮から出て行け！」

「売国奴、李承晩一派を許すな！」

「吉田内閣打倒！」

「白頭山の虎、金日成将軍万歳！」

日本語と朝鮮語によるシュプレヒコールのスローガンが街に響き、沿道で見物していた人たちの中からデモに参加する者もいた。金俊平は自転車を止めて、はじめて見るデモを珍しそうに見物していた。朝鮮が南北に分断されて戦争が勃発していることは知っていた。しかし、何が原因で分断され戦争しているのかは知らなかった。金俊平にとってそんなことはどうでもよいことだった。金俊平に国家や祖国という概念などない。生まれ故郷である済州島に対する思いはあるが、郷と国家や祖国とでは金俊平にとってまったくちがう規範であった。昔、釜山をはじめソウル、大田、大邱の各地を五年間放浪したことがある。陸地の人間からさげすまされ、差別されて、ろくに仕事もできず苦労した。済州島語をしゃべると笑われ、あげくは豚の鳴き声をしてみろと言われた。

済州島は豚の特産地である。もちろん殴り合いの喧嘩になった。ある意味で金俊平の腕力を鍛えてくれたのは彼らだったのかもしれない。

目の前のデモ行進には、チマ・チョゴリを着た女たちも混じっていた。拳を揚げてシュプレヒコールを叫んでいる女たちの姿は金俊平の目にじつに奇妙に映った。デモ隊の両側から規制している警官たちの眼が周囲をも警戒していた。

「なんでそんなに押さえつけるの」

一人の女が金切り声で警官に抗議している。デモ隊がちょっとでもはみ出すと、警官は容赦なく警棒で押しもどした。

デモ隊の中に高信義がいた。地区の集会に行き、そのあとデモに参加したのだろう。いつもの温厚な顔とちがって、凜々《りり》しかった。正しいと信じていることを自己主張している人間の顔は厳しくもあり美しくもあった。その厳しくもあり美しくもある顔の裏に憤怒《ふんぬ》がたぎっていた。デモ隊は真田山《さなだやま》公園をめざしていた。そこで解散する予定だった。ところが突然、対向車線から走ってきたトラックがデモ隊の先頭に立って誘導していたトラックに突っ込んだのである。その衝撃でトラックの荷台に乗っていた十数人のうち、二、三人が地面にころげ落ちた。突っ込んできたトラックの後ろに、さらに二台のトラックがつらなっていた。そして三台のトラックの荷台から木刀や棍棒や角材を持った数十人の男たちが地面に飛び降り、デモ隊を襲った。阻止しようとする警官をも攻撃の対象にされ、制止できなかった。

金俊平は目の前で何が起こっているのかよくわからなかった。しかし、いたたまれない気持ちだった。高信義は大丈夫だろうか。白いチマ・チョゴリを血に染めて女が倒れている。デモ隊は見物していた群衆の中にまぎれて逃げだした。高信義は唇から血を流しながらもプラカードを持って応戦していた。

「大丈夫か、信義！」

と金俊平が声をかけた。

高信義は金俊平の姿に驚いていた。

「俊平、なんでこんなところにいる」

高信義は金俊平が襲ってきた暴力団の一人かと思った。

「偶然だ」

「偶然？」

「おまえの家に寄っての帰りだ。いったいどうなってるんだ、これは？」

「襲ってきた連中は李承晩一派が雇った暴力団だ」

そのとき一人の男が金俊平の頭上に角材を振り降ろした。その角材を金俊平は腕で受け止めた。ベギッ！　と音がして角材は真っ二つに折れた。角材を振り降ろした男は巨漢の金俊平を見上げるようにしていたが、

「ヒョンニム（兄貴）」

と驚いた声をあげた。

「昌佑、こんなところで何をしてる」

「へえ、ちょっと頼まれやして」

金昌佑は唇から血を流し、顔を殴られ痣をつくっている高信義をちらと見た。

「二人ともこっちへこい」

乱闘が続いている現場から二人を連れ出して、金俊平は近くの商店街の喫茶店に入った。

敵対していた高信義と金昌佑は口をきこうとせずにふてくされていた。

金昌佑は金俊平とは本貫《ほんがん》が同じ金家である。十五歳年下の金昌佑にとって金俊平は大兄になるのだった。金昌佑は終戦直後から大阪駅前、京橋、鶴橋、天王寺《てんのうじ》の闇市一帯で抗争をくり返しながら勢力を拡大してきた新興暴力団の最右翼であった。梅田に事務所を構え、三十人の若衆をしたがえている「金本組」の組長である。その組長も金俊平には頭が上がらなかった。同じ本貫で十五歳年下ということもあるが、何よりも金俊平の恐ろしさを知っているからだった。同じ中道の近所に住んでいた戦時中、十数人の極道を相手に大立ち回りを演じていた阿修羅のような姿がいつまでも脳裏に焼きついていた。徒党を組まず、どんなときでも一人で行動し、自分以外の人間を信用しない、その徹底した生きざまが不気味だった。金昌佑自身、組を拡大するために何度も修羅場をくぐってきた強者《つわもの》だったが、金俊平に睨まれるとつい目を伏せてしまうのだ。

椅子に座って運ばれてきた熱いコーヒーを一口飲んだ金俊平は、その苦い味に顔をしかめて言った。

「昌佑、おまえは高信義を知らんのか」

中道に住んでいた頃、見たような気もするが漠然としていた。

「いいえ、知りません」

と言いながら金昌佑は高信義の横顔を見た。鼻筋の通った顎の細い上品な顔をしている。

金俊平は煙草を取り出して火を点けた。

「高信義のお袋の妹は、おまえのおやじの兄さんの嫁さんだ」

「え、本当ですか」

ずいぶん昔の、それも世代のちがう話なので金昌佑は思い出そうにも思い出せないのである。高信義も知らなかった。

「ということは、わしらは従兄弟《いとこ》になるのか」

高信義も金昌佑の顔を見た。

丸顔だが濃い眉毛をしており、厚い唇に髭をはやしていた。済州島のあちこちにあるトルハルバン（守護石神）に似ている。

「わからんもんや、こうして会ってみんと」

大阪弁でしゃべりだした高信義は長者の特権を行使して、腹だたしげに言った。

「今日はなんでまた、わしらを襲ったんや。無抵抗なわしらを木刀や角材で襲うのは同じ同胞として許されんことや。女のひとも殴られてたがな」

唇の血をぬぐい、脚腰や肩をさすりながら金昌佑たちの暴力を批難した。

「頼まれましたんや」

金昌佑は正直に言った。金俊平の前で嘘は通用しないと思ったのだ。

「李承晩を支持してる団体から頼まれたんかいな。この戦争を仕掛けたのはアメリカ軍と李承晩や。あんな非道な連中に味方してえのかいな」

高信義はいつの間に組織のシンパになったのか、高揚した声で金昌佑を責めるのだった。

「わしには政治のことはわかりまへん。せやけどわしらに頼んできた団体の連中は攻めてきたのは北や言うてます」

「アホなこと言うな。なんで北が南を攻めなあかんねん。アメリカ軍と李承晩が金日成を潰すために先制攻撃を仕掛けたんや。奴らは一週間で北を占領する言うとったけど、半年たっても戦争はまだ続いてる。中国軍が参戦したさかい、ソ連軍も参戦して、アメリカ軍と李承晩は負けるやろ。わしらの国は一つや。一つにならなあかん」

いつになく熱弁をふるう高信義が別人のように思えた。

「そんな話をいまここで何時間やってもしょうがない。もうすぐ仕事の時間や」

金俊平は腕時計を見て時間を気にしながら、

「ところで昌佑、おまえはその筋に詳しいと思うが、武という男を知らんか」

と訊いた。

「タケシ……？　名前だけではわかりまへん。名字は何ですか」

金俊平の息子だから、本来なら金を名乗っているはずだが、朴京華の夫の権を名乗っていたかもしれない。

「金か、あるいは金本や。それとも権か、木山を名乗っていたかもしれん」

しばらく考えていたが、

「そういう名前の極道は、わしの知ってる範囲にはおりまへんな」

と金昌佑は答えた。

「人を探してるんでっか」

と事情のわからない金昌佑は聞き返した。

「いや、探してるわけやない。まあええ」

高信義はいつもの寡黙な自分にもどっていたが、なぜ金俊平は武のことを調べているのかと思った。

別れ際に金昌佑は、

「暇なときにでも梅田の事務所へ遊びにきとくなはれ」

と金俊平に言った。

「そのうち、行けたら行く」

乗馬ズボンに地下足袋《じかたび》をはいているハッピ姿の金昌佑の後ろ姿を見送りながら、

「あいつも信用できん奴や」

と金俊平は自分のことを棚に上げて言った。

疎開道路の乱闘は終わっていた。デモはどうなったのかわからない。道路には角材やプラカードが散乱していた。

「わしは家に帰って顔を洗ってから工場へ行く」

と高信義が言った。

「そうか。じゃあ、わしは鶴橋の問屋に寄ってから帰る」

そして自転車に乗ってペダルを踏みかけた金俊平に高信義が思い出したように言った。

「わしに何か用があったのか」

「用があったわけじゃない。ちょっとむしゃくしゃしてたからな。あいつに女が訪ねてきた。

普通の女じゃない。どうも気になる」

武は女がいてもおかしくない歳である。ときどき訪ねてくるぶんにはいいが、もし部屋にいつくようにでもなれば、ことは面倒になるだろう。方法は一つしかない。狭い家の中に二人の大男が同居していること自体に無理があるのだ。この際、武に家を借りてやることだった。だが、金俊平にその気がないのは明らかであった。武のために無駄金を使う気はないのである。たとえいさかいが起きようと、自分を譲ろうとしないのが金俊平の性格だった。寛容さは金俊平にとって弱さと同義語なのだ。寛容さが何かを解決したためしなどないというのが金俊平の信念だった。高信義は助言したいと思った。しかし、助言はつねに金俊平の反発をかい、助言しようとしまいと金俊平は自分の思い通りにやるのである。

十一月に一度訪ねてきた早苗は十二月になると頻繁に訪ねてきた。例の厚化粧に笑顔をつくって挨拶し、英姫、花子、成漢たちに土産を買ってきて、金俊平には舶来のウイスキーを持ってきた。むろん金俊平は受け取らなかった。早苗を追い返したいところだったが、武から嫁さんであると言われて追い返すこともできなかった。二十七年間かえりみなかった息子の嫁を追い返すことができるだろうか。本来なら金俊平が結婚させてやるべき相手である。親の了解なしに勝手に女を連れ込むとは何ごとか、と普通なら言えるが、二十七年間捨て児にしていた武に、そんなことを言える義理もなかった。

武に可愛がられていた成漢は学校から帰ってくると二畳の間に入りびたりだった。それがまた金俊平の気に入らなかった。小遣いを与えて成漢を籠絡《ろうらく》していると思うのだった。花子も武に好感を持っているらしかった。家の中に居場所を失った金俊平は夜ごと飲み歩いていたが、帰ってきても武という不可解な存在——金俊平にとって武は突然現れた朴京華の幻影のような存在——に暴力を振るうこともできないのだった。いわば武は二十七年前に手ごめにした美しい女、済州島の村にいた頃から憧れていた人妻で、七年後、暴力で思いをとげて死に追いやった朴京華の亡霊でもあった。

大晦日《おおみそか》を境に早苗はとうとう武の部屋に居つくようになった。二人は芋虫みたいに万年床に寝そべり、布団の上に小さな折りたたみ式のテーブルを載せ、成漢と花子に買い物に行かせ、昼間から刺身を肴にビールを飲み、果物を食べ、気が向くと武は金俊平にあつらえてもらった背広とオーバーを着、早苗は真っ赤なドレスに黒のコートをはおってどこかへ出掛けて行く。そして夜中にしたたかに酔って帰ってくると、早苗はコートとドレスを脱ぎ、スリップ姿で金俊平の部屋を横ぎって便所へ駆け込むのである。そんなとき、金俊平は幻覚を見たのではないかと自分の目をこすったりした。

早苗は飲むとやたらに小用が近くなって便所へ駆け込む癖がある。台所の通路から裏へ回ればいいものを、我慢しきれなくなってつい金俊平の部屋を横ぎるのだった。それもたいがいスリップ姿だったので、金俊平は目のやり場に困って居ても立ってもいられなくなる。

昼間から布団の中でちちくり合い、夜は夜で早苗のよがり声が聞こえてくる。あの激しいマンボのリズムに乗って踊り狂っているようなよがり声だった。たまりかねた金俊平が、ある日、布団の中で寝そべっている武と早苗を怒鳴りつけた。

「いい加減にしろ！　朝から晩までちちくり合いやがって。やりたかったら旅館へ行ってやれ。それにシミーズ一枚の恰好で便所へ行くのはやめろ！　ここは遊廓じゃねえんだ。非常識な女め。おまえたちはどういうつもりなんだ。何を考えてんだ！」

勘忍袋の緒が切れた金俊平の怒りも二人には通用しなかった。

「ごめんなさい、お父さん。これからは気をつけます」

早苗はスリップ姿で正座して三つ指をついて謝るのだった。その芝居じみた態度が金俊平の神経を逆撫《さかな》でした。

「だったらおやじ、おれに家を買ってくれよ。こんな狭い部屋じゃ身動き一つとれないぜ」

あきらかに挑発していた。二十七年間捨てられていたのだから、家の一軒くらい買ってくれても罰《ばち》は当たるまい、と暗にほのめかしているのだった。

「なんだと、家を買ってくれだと。そんな金がどこにある。おまえに家を買う金などびた一文ない。ルンペンみたいな恰好できた奴が、よくぬけぬけとぬかしやがる。この恥しらずめ！　ここが気に入らなかったら、どこへでも行きやがれ！」

早苗の豊満な肉体がスリップからはみ出している。金俊平は見るのも汚らわしいといった調子でガラス戸を荒々しく閉めて外出した。

「金の話をしたら顔色が変わってたな」

と武が言った。

「腐るほど金があるくせに、あんたにはびた一文使いたくないのよ。二十七年間ほったらかしにしておいて、よくもあんなことが言えるわね」

早苗は側にあったウイスキーをラッパ飲みして、そのウイスキーを武に口うつしした。

英姫はまったく干渉しなかった。また干渉できる立場でもないと思っていた。ただ金俊平と武の関係がこの先どうなっていくのか予断を許さないように思えた。父子とはいえ、二十七年の空白はあまりにも大きすぎるのだった。それに武はどこか得体のしれないところがある。

ある日、二人の男が武を訪ねてきた。二人とも二十五、六になるが、一見してそれとわかる風体《ふうてい》の男だった。座布団代わりに布団の上に座り、額をつき合わせるようにして話し合っていた。いつもなら成漢か花子を買い物に行かせるのだが、この日は早苗が酒や刺身やハムを買ってきて二人の男をもてなしていた。武と二人の男は外部に声がもれないように話し、早苗はまるで見張りでもするように部屋の外に立っていた。二人の男は一時間ほど話し込んで帰って行った。

その後、二人の男はたびたび訪れ、密談でも交わすように話し込んで帰って行く。金俊平に出会うと、

「お邪魔してます」

と鄭重《ていちょう》に挨拶していた。

金俊平は見て見ぬふりをしていた。二人の男が何者であるかを承知の上で、しかし武の人間関係に触れるのを避けた。それは金俊平のあずかり知らぬ世界であり、無関係だった。もとより金俊平は極道の世界を知りつくしている人間だったが、同時に距離を置いている一匹狼だった。武がその世界に足を踏み入れた遠因は金俊平にある。母を亡くし、父に見捨てられた子供に選択の余地は少なかった。そのことを金俊平が知らないはずはなかった。だからこそ金俊平は夜中に寝首をかかれるのではないかと武を警戒していた。家に入れるのではなかったと後悔しながら、いつか必ずどこかで出会わねばならなかった宿業《しゅくごう》の時が、あの雨の夜だった気がするのである。そしてつい最近わかったことだが、武を呼んだのは職人の宮本晴男だった。宮本晴男は権忠益の息子で武とは父親ちがいの兄だったのだ。なぜ宮本晴男は武を呼んだのか？　職人の中でもほとんど目立たない生真面目《きまじめ》な男である。宮本晴男は途中

採用した職人だが、そもそも人を介し金俊平に雇われたこと自体、偶然とは思えないのだった。異父兄弟の二人はしめし合わせて何かを企《たくら》んでいるような気がしてならなかった。だが、金俊平は黙って二人を見守っていた。

いつものように学校から帰ってきた成漢はカバンを投げだして無遠慮に武の部屋の戸を開けた。部屋には武と早苗と元吉男が座っていた。その日は工場の休日だった。日頃から武をしたっている元吉男が興奮している。それもそのはずだった。武は布団の上で解体した拳銃を手入れしていた。油紙で銃身と弾を磨き、輪胴を回転させて銃の重心の調整をすると、壁に向かって狙いを定めて引き金を引いた。カチッという乾いた音がした。武によりそっていた早苗がうっとりしている。

「兄貴、おれにも拳銃を触らせてくれ」

と元吉男が興奮した眼を輝かせて言った。

武は冷たい笑みを浮かべて拳銃を元吉男に握らせた。ずっしりと重みのある拳銃を握った元吉男は武を真似て壁に狙いを定めて引き金を引いた。

「凄いなあー」

元吉男は鈍い光沢をたたえた拳銃に魅せられていた。

「ぼくにもちょっと触らせて」

と成漢がせがんだ。

「おまえは駄目だ」

と武が言った。

武によりそっていた早苗が、

「いいじゃないの。触らせてあげたら」

と面白がって言うのだった。

元吉男から手渡された拳銃を持った瞬間、成漢の全身に戦慄《せんりつ》が走った。それは太陽の光を浴びて一瞬めくるめき、意識が遠ざかっていく快感に似ていた。同時に殺伐《さつばつ》とした感情に襲われた。成漢は思わず手から拳銃を離した。

この日から成漢にとって武は非現実的な別の世界に生きている人間だった。けれども拳銃を握った感触はいつまでも成漢の手に残っていた。成漢は武が間もなくこの家から出ていくだろうと思った。拳銃を手入れしていたのは家を出ていくための準備に思えたからだった。そして成漢の予感は的中した。

武が家を訪ねてきた日と同じようなどしゃぶりの夕方だった。武は家を出るので金を貸してほしいと金俊平に頼んだ。

「金を貸してくれだと。どこに金がある。わしには一銭の金もない」

金俊平の口癖である。金俊平は誰に対しても、わしには一銭の金もないと言っていた。もちろん金俊平が、この三年の間に蒲鉾の生産を独占して莫大な利益をあげているのはみんな知っていた。しかし、わしには一銭の金もないと言い張るのである。

「金はみんなあのくそ婆ぁが持っていった」

工場をはじめるにあたって資金を調達した頼母子講に、儲けた金は全部吸い取られたと言うのだった。実際は大きな頼母子講の支払いは済ませているが、小さな頼母子講は金がないと言って払っていなかった。それが金のない証拠だというわけだった。そのために英姫は金のやりくりに四苦八苦していた。何ごとも頑として主張すると、その主張が本当に思えてくるが、英姫も金俊平は本当に金がないのではないか、と錯覚するほどであった。

借金の申し込みを断わられた武は何を思ったのか、つかつかと奥の部屋に入って崩れかけた壁を補強するために張ってある壁紙を勢いよく剝いだ。すると壁の中から百円札を百枚ずつ束ねた数百万円の札束が出てきた。

「おれの眼は節穴じゃねえんだ。こんなところに金を隠しやがって。あきれるぜ。おれをいままで見捨てていたんだから、おれに百万や二百万の金をくれたって罰は当たるまいに」

そう言って武は壁の中から札束をもぎ取ろうとした。

「この盗っ人野郎！」

たちまち凄まじい格闘がはじまった。四つに組んだ二人の大男が体ごとガラス戸に体当たりし、そのまま水屋を倒して玄関にころげ落ちた。憎悪の塊りとなった二人の肉と肉、骨と骨のせめぎ合いが物の壊れる音とともに鈍い軋轢《あつれき》音となって響く。歯をむき、唸《うな》り声をあげ、二人は組みついたままどしゃぶりの外へ飛び出した。早苗の顔が引きつっていた。成漢は学校の帰りに映画を観に行っていなかった。英姫も留守だった。花子が工場へ職人を呼びに走った。その間、武は金俊平の頭をどしゃぶりの雨で溢れている溝の汚水の中に押し込んでいた。溝の汚水の中でもがいていた金俊平は武を跳ね返し、頭突きを一発喰らわした。武の顔が鼻血で染まり、均衡を失ってのけぞった。

「イノム・ケセツキ（この犬野郎）！　殺してやる！」

そして今度は金俊平が武の頭を溝の汚水の中に押し込んだ。駆けつけてきた九人の職人たちが二人を引き離そうとしたが、恐ろしい力業で互いに引きつけあった二人を容易に引き離せなかった。やっと引き離された二人は互いに睨み合い、口汚くののしり合った。

「出ていけ！　どこの馬の骨だかわからん奴が！」

金俊平は武を——自分の息子であることを否定した。

「いつか必ずお袋の怨みを晴らしてやる！」

武の言葉には怨念《おんねん》がこもっていた。

前もって家を出る用意をしていた早苗が、ずぶ濡れになっている武を着替えさせるために、金俊平にあつらえてもらった背広を差し出した。その背広とオーバーと靴を、武はどしゃぶりの雨の地面に叩きつけて、傘もささずに早苗と立ち去った。

金俊平のはらわたは煮えくり返っていた。武を呼び寄せた張本人である宮本晴男の胸倉を摑んで言った。

「きさまは権忠益の息子だろう。わしは前から知っていた。なぜあいつを呼んだ。わしにはちゃーんとお見通しなんだ。わしの財産を狙って呼んだんだろう！」

おとなしい宮本晴男は体を硬直させて、

「ちがう。武を実の父親に会わせたかっただけだ」

と目に涙を浮かべていた。

「二人で芝居をしやがって。あいつがわしの息子だという証拠がどこにある。きさまもさっさと出ていけ！」

宮本晴男もまた、作業服のままどしゃぶりの雨の中へ傘もささずに去って行った。

人の噂はまちまちだった。金俊平の考えに同調する者もいれば、宮本晴男に同調する者もいた。どしゃぶりの雨の中に武と早苗を追放した情容赦のない金俊平に対して元吉男は、

「二十七年もほったらかしにしておいて、また追い出すやなんて親のやることとやないで」

と批難していた。

「あの二人がいつかこうなることはみんなわかってたはずや。この程度で済んで、むしろよかったとわしは思うてる。親っさんの言うように宮本と武が組んで芝居を打ったとは思わんが、宮本が武を呼んだのは間違いやった。はじめから父子の縁がなかったんや」

熟練した手つきで板に蒲鉾を盛りながら、高信義はふと、武が最後に言った言葉を思い出した。『いつか必ずお袋の怨みを晴らしてやる！』いつか必ず……それはいつのことだろう。そしてどんなふうに怨みを晴らすというのか。宮本が武を呼んだのは間違いだったが、呼ばなくても武は金俊平に会いにきていたにちがいない。

花子と成漢は父との防波堤が急になくなって無防備な状態にもどされたような気がした。英姫は複雑な気持ちだった。血のつながりのない武に理解を示すことが必ずしも愛情につながるわけではなかった。愛情のない理解は誰も求めたりはしないし、かえってしらじらしい人間関係に陥るのは明らかであった。英姫は無関心を装い、冷淡だった。せめて武がどこかで幸せになってくれることを願うほかなかった。そう願っていた英姫の心情も空しく、どしゃぶりの雨の中を去って行った武は、十日後にあっけなく死んだのである。

武の死は新聞の三面記事に載っていた。高信義が新聞を持ってきて知らせてくれた。その記事には《広島の暴力団同士の抗争は大阪にまで飛び火か》と書いてあり、死亡した武の写真が掲載されていた。

《×日の午後十時頃、宗右衛門町《そえもんちょう》のクラブ『櫂』で飲んでいた広島の山城組の幹部新井武こと朴武は、店に入ってきた二人組の男にいきなり拳銃を七発撃たれて死亡。二人組の犯人は、そのまま逃走した》

武は母親の姓を名乗っていた。

高信義の話によると武は広島の暴力団山城組の幹部だったという。そして一年ほど前から広島、四国、九州にまたがって暴力団同士の抗争が拡大していき、武はヒットマンとして対立する組の幹部と組員三人を殺傷して逃走した。当然、相手の組員は武を追った。武は変装しながら半年ほど逃げ回り、異父兄弟の宮本晴男に呼ばれて金俊平を訪ねてきて、ほとぼりがさめるまで身を隠すことにしたのである。ところがここも危険になってきたので家を出たのだった。これらの事情を高信義は内密に宮本晴男から打ち明けられていた。これが事実である。だが、この事実の裏に、母親の怨念を晴らしたいという気持ちが武の内面に隠されていたのも事実であった。武は拳銃で金俊平を殺害すると兄の宮本晴男に言っていた。それを宮本晴男は必死に止めたのである。もちろん高信義はこれらの事情を金俊平に話してはいない。話したところで金俊平を激昂させるだけだからだ。

高信義から新聞記事の内容を知らされた金俊平は、

「あんな奴、生きていても世の中のためにならん」

と吐き捨てるように言った。

それを聞いていた成漢は、父こそ生きていても世の中のためにならないと思った。


武の衝撃的な死はしかし一過性の出来事にすぎなかった。二、三日もすると武がこの世に存在していたことすらみんなは忘れていた。死者ほど忘れ去られる者はない。人々はその日の糧《かて》を求めて働き、職もなく雨露をしのぐ場所もない者は飢え死にした。朝早く共同水道場に水を汲みにきた金海のおかみさんが、空地の隅の黒い塊りに二頭の野良犬が牙をたてているのを見て何だろうと思い、よく観察してみると人間の死体だったので悲鳴をあげた。男はひところ鶴橋の闇市をうろついていたいざりだった。襤褸を何重にもまとい、手と膝に巻いていた布はぼろぼろになって、そこからすり切れた肉がはみ出していた。二月の厳寒の夜の底で、男は石のように硬く凝固していた。男の死は三面記事にすらならなかった。

「いやな世の中だ」

魚の頭を落とし、はらわたを処理しながら高信義が言った。

「明日は給料日だから、飛田でやりまくるか」

と若い元吉男が言った。

「その前に、博打のツケを返せよ」

と金勇が言った。

「博打をやるのもええし、女を買うのもええやろ。せやけどたまには戦争で殺されてる同じ同胞のことも考えたらどや。朝鮮では毎日何千人の同胞が殺されてるんや。なんとも思わんのか」

酒と女と博打にしか興味のない職人たちのあまりにも無知で無関心な態度に高信義はつい説教してしまうのだった。

「ほな聞くけど、わしらに朝鮮へ行って戦争せえ言うんかいな。かりにわしが朝鮮へ戦争しに行ったら、誰がわしの家族の面倒みてくれるんや。高さんが面倒みてくれるんでっか」

金勇の意見に大方の職人たちは同調した。

「いつわしが朝鮮へ戦争しに行け言うた。わしはそんなこと言うてないやろ。戦争しに行けるわけないし、行く必要もない。ただわしは、ここにいてもわしらにできることがあるのとちがうか言うてるんじゃ」

短絡的な金勇の屁理屈に腹を立てて高信義はものごとの条理を説こうとした。

「ここにいて、わしらにできることて何でんねん」

と金勇が箱詰めの魚を俎板にぶちまけて言った。

「明日、生野の勝山公園で集会がある。そこへ行って、この戦争は何のためにやってるのか、誰が悪いのか、どないしたら戦争を終わらせることができるのか、それをみんなで考えることや。考えてわしらにできることがあれば、やることや」

組織の地区委員になってからの高信義は、この種の話が多かった。どうすれば職人たちを一人でも多く集会に参加させることができるのか、という課題に腐心していた。

「あほくさ。そんな時間あったら寝てるわ」

と元吉男が言った。

「若いのに情けないこと言うな。同じはらからの兄弟が毎日殺されてるのに、黙って見てるのか」

元吉男の細い目が笑っていた。

「殺されてる言うけど、朝鮮人同士が殺し合うてんのとちがうんでっか」

と金勇が言った。

「ちがう。アメリカ軍に殺されてるんや」

「ほな、アメリカへ行って戦争おっぱじめるか」

と金勇が茶化した。

そこへ金俊平が現れた。少し酩酊している。職人たちを見渡し、誰かを殴り倒そうとしている顔だった。職人たちは口を閉ざし、仕事に集中した。

「きさまら、宮本が辞めたくらいで蒲鉾の数を減らしやがって。人手は余ってるはずだ。わしを舐《な》めやがって。いままで通りの数を納品しろ。わかったか！」

金俊平はベルトの後ろに差している桜の棍棒を握りしめて俎板を叩いた。元吉男が反射的に一、二歩さがった。運搬車を盗まれたとき、大きなソロバンで額を殴られた記憶が蘇ったのだ。

宮本晴男が辞めたあと、蒲鉾の生産高が十パーセントほど落ちたのは確かである。金俊平は人手が余っているというが、実際は人手不足だった。かなり無理をして従来の生産高を維持していたのだが、宮本晴男の辞職で無理をしていた生産の流れに穴が開いたのである。これ以上無理をして従来の生産高を維持しようとすれば残業を重ねることになり、辞める職人が出るかもしれない。工場長の高信義はそれを恐れていた。

金俊平が工場から出て行くと、職人たちの間から不満の声があがった。

「これまでも無理してきたのに、これ以上どない無理せえいうねん。人を殺す気か」

仕事を投げ出すように谷本は包丁を俎板の上に突き立てた。

「谷本、その態度は何や。親っさんに見つかったら、ただではすまんぞ」

と高信義が注意した。

「残業代はどないなりまんねん。残業しても、ろくに残業代を払《はろ》てくれたことおまへんやろ。前と同じ数を造れということは残業せえいうことですわ。工場長は残業代を保証してくれるんでっか」

谷本の要求は正当なものだった。他の職人たちも口々に谷本の主張を支持した。高信義は職人たちの残業手当を認めてやりたいと思っていた。

「親っさんに話してみる」

話してみるとは言ったが、残業手当を認めさせられるかどうかは約束できなかった。

「明日、親っさんを勝山公園に連れて行ったらどないだす。そしたら親っさんの考えも少しは変わるのとちがうか」

谷本は皮肉をこめて言った。

「そうや。親っさんが行ったら、わしらも行くわ」

勝山公園の集会に金俊平は絶対に行かないという前提で揶揄ってみせる金勇だったが、残業手当を絶対に認めない金俊平の性格を知らなかった。

翌日、高信義は職人たちとの約束の手前、残業手当をせめて半分だけでも認めてやってほしいと訴えた。

「残業代だと？　蒲鉾の職人は昔から残業代なんかもらったことがない。時間に関係なく、蒲鉾の職人は腕によって日給いくらと決まってるんだ。たいした腕でもない奴らが、聞いてあきれるぜ」

そう言われると、高信義は返す言葉がなかった。蒲鉾の職人は昔から残業手当をもらったことがない。経営者にも職人にも残業という観念がなかったのだ。

高信義が金俊平の意向を伝えると、職人たちの間に不満がくすぶり続けた。中にはやむを得ないと思っている職人もいたが、谷本や金勇や元吉男は納得しなかった。夜中に酒に酔った金俊平が工場にやってきて仕事をしている不平分子の谷本、金勇、元吉男を睨みつけて威嚇するのだった。鉤で魚を引っ掛けて投げつけたり、五寸釘を素手の拳で板に打ちつけたり、焼き溝の炭火を素手で摑んでみせたりして職人たちに恐怖を与えるのだった。

夜明け前だった。路地が騒然としていた。何人かの人間が騒いでいた。ときどき怒気を含んだ鋭い声が聞こえた。その声と雰囲気に眠っていた成漢が目を覚まして物干し場に出た。近所の人や職人たちが息を呑んで見守る中、酩酊している金俊平と若い元吉男が対峙していた。元吉男の両手には数本の包丁が握られていた。

「吉男、やめろ！　やめるんだ！」

と高信義が呼び掛けている。だが、間に割って入ることはできなかった。割って入れば吉男に刺されるおそれがあった。

「きさま、わしに歯むかう気か！」

はらわたに響くような金俊平の怒声が朝靄のかかった路地を圧した。

「親っさんもくそもあるけえ！」

背は低いが逞しい体格をしている元吉男の凶暴な顔に殺意がみなぎっていた。元吉男は両手に持っていた包丁を金俊平めがけてつぎつぎに投げつけた。しかし、包丁は金俊平の毛皮の半コートにさえぎられて刺さらなかった。元吉男は最後の一本の包丁を握りしめて、じりじりと距離をつめていった。血の煮えたぎる光景だった。そのとき物干し場にいた成漢が、

「はよやらんかい。ばっさり殺《や》ってしまえ！」

と叫んだ。

その声に金俊平は物干し場をゆっくりと振り返った。その隙をぬって走ってきた元吉男が金俊平のどてっ腹を突き刺した。金俊平の巨体がぐらりと揺れた。金俊平は足をふんばり、刺された包丁を左手で摑み、右手でベルトの後ろに差してある桜の棍棒を持って元吉男の頭を殴った。何かがへしゃげるような音がして「うわっ！」という血へどを吐くような声を発して元吉男はのけぞった。そして金俊平もよろよろと後退しながらどおーと倒れた。

「えらいこっちゃ」

金勇がおろおろしている。高信義が金俊平の腹部に突き刺さっている包丁を抜いた。酔っ

ている金俊平は「うむー、うむー」と唸っていた。元吉男は殴られた頭をかかえて悶《もだ》えている。職人の木村正行が警察に電話を掛けた。近所の人たちは怖いもの見たさに血だらけになっている金俊平と元吉男を取り囲んでのぞいていた。英姫と花子はどうしていいのかわからず、高信義の指示を待っていた。

「アジュモニ、布を持ってきてください。とにかく出血を押さえないと」

英姫は二階に上がって敷布を持ってきた。その敷布を高信義は引き裂いて金俊平と元吉男の出血を押さえさせた。

「アイゴ、アイゴ、恐ろしいことじゃ」

豚を飼っている姜家の老人が曲がった腰に後ろ手を組み、おぼつかない足どりで帰って行った。

「二人とも死ぬかもしれん」

傍観していた谷本が、いまになって興奮していた。

物干し場から、それらの様子を成漢はじっと見つめていた。

救急車と自転車に乗った三人の警官がきた。金俊平と元吉男はすぐに救急車で警察病院に運ばれたが、三人の警官は職人や近所の人たちから事情聴取をしていた。事情聴取は一時間ほど続けられたが、成漢のことは誰も口にしなかった。

英姫は病院へ持って行く金俊平の下着類を風呂敷に包んでいた。そして机の椅子にぼんやり座っている成漢に訊いた。

「おまえはなんであんなこと言うたんや」

成漢はそのことをずっと考えていたのだ。なぜあんなことを口走ったのか。

「わからへん」

英姫はそれ以上訊かなかった。成漢の表情から苦痛が読み取れた。

「オモニはこれから病院へ行くさかい、あんたも一緒においで」

と英姫が言った。

「いやや」

「何がいややの」

「ぼくは家を出る。アボジに殺されるかもしれん」

「アホなこと言わんとき。病院へ行って、アボジに謝り」

いつになく厳しい母親の声に成漢は胸の張り裂ける思いがした。

成漢は自転車の荷台に母親を乗せて今里ロータリーの近くにある警察病院へ走った。父の金俊平は生きているだろうか。もし死ぬようなことにでもなれば、おれの責任だ、と病院に着くまでの間、成漢は向かい風に体重を前にかけて自転車のペダルを踏みながら自分を責めていた。物干し場にいる自分を振り返ったときの父のあの驚いたような眼が忘れられなかった。

病院に着くと成漢は受付の窓口に行き、いま救急車で運ばれてきたはずですがと金俊平の名前を告げた。

「息子さんですか」

と受付の看護婦が訊いた。

「そうです。こちらは母です」

と成漢は答えた。

「これから手術が始まりますけど、その前に書類に本人の住所、氏名、年齢、職業を記入してください」

成漢は書類に金俊平の住所、氏名、年齢、職業を記入した。

手術の準備に追われている医師や看護婦が廊下をあわただしく歩いている。早朝だったので他の患者は一人もいなかった。間もなく高信義が駆けつけてきた。

「手術はまだですか」

と高信義は長椅子に座っている英姫に訊いた。

「これからです」

英姫は冷静だった。

五十前後の執刀医がきて、

「君が息子さんか」

と成漢を見た。

「はい」

成漢は頷いた。

「おやじさんが呼んでる。かなり酔っぱらって、どうしようもない。背丈があるから手術台から頭と足がはみだしてる。頭を支えてくれ」

太い眉毛と大きな眼の、いかにも外科医らしい顔つきをしていた。

医師の後について手術室に入ると、手術台に寝かされている金俊平が成漢を見た。酔っているので麻酔があまり効かないらしく、金俊平の意識ははっきりしていた。成漢は手術台からはみだしている金俊平の頭を支えた。

手術が始まった。執刀医が金俊平の腹部にメスを入れて胃のあたりから下腹部まで一直線に切った。にじんでくる血を看護婦がガーゼで素早くぬぐった。医師は二度、三度とメスを入れて腹部の厚い肉を切っていく。やがて切断された肉の内部に腸が見えた。三重の層を形成している肉と脂肪は豚肉にそっくりだった。医師は無造作に腸を取り出した。取り出された腸は呼吸のたびに膨らんだり縮んだりしている。医師は吸引器で内出血している血を吸引した。

「まだか、はよやらんか、やぶ医者」

なかば朦朧としている意識の中で金俊平は手術を急がせるのだった。

「うるさい！　黙っとれ。どうしようもない患者や。体中傷だらけや。よう生きとったな」

「はよやらんか、やぶ医者！　うむ、うむ、おまえはわしを殺したかったのか。わしを殺したいのか。うむ、うむ」

仰向けになっている金俊平は頭を支えている成漢を上目で睨みながら、うわごとのように言う。

「わしを殺したいのか。殺したかったら、いつでも殺せ。相手になってやる。そのときはおまえも覚悟しろ。うむ、うむ、おまえはわしを殺したかったのか。返事をしろ！」

手術の最中に穏やかでない言葉を吐き続ける金俊平に医師はあきれていた。

「ここが突き抜けてる」

医師は包丁の切っ先が突き抜けている腸を縫合した。そしてまた腸を無造作に腹部にもどした。

手術は二時間ほどで終わった。その間、金俊平の頭を支えていた成漢は精神的に参っていた。手術の終わった金俊平は二階の個室に運ばれた。

「大丈夫ですか」

と英姫は執刀医に訊いた。マスクをはずした医師は口髭をはやしていた。

「あんたの旦那さんみたいな患者ははじめてや。あの体力は普通やない。すぐ回復しますわ」

問題は元吉男だった。元吉男の頭蓋骨《ずがいこつ》は陥没していた。

「元吉男はどないですやろ」

と高信義が心配そうに訊いた。

「あの男のほうが回復に時間がかかるな。しかし、命に別状ないし、後遺症も残らんと思う」

「手術はしないんですか」

「手術はせんでもええ」

医師の明快な返答に高信義は胸をなでおろした。谷本が『二人は死ぬかもしれん』と言ったとき、高信義もそう思ったからだ。

入院中、英姫は二日に一度下着類を持って見舞ったが、お互いにひと言も言葉を交わさなかった。花子と成漢も二度見舞いに行ったが、ひと言もしゃべっていない。まるで透明な厚い壁に遮られているようだった。高信義は二日に一度、仕事をかねて金俊平を見舞い、ついでに元吉男をも見舞っていた。

医師が言ったように金俊平の回復は驚くほど早く、十日後に歩いて退院してきた。多少やつれていたが、以前とあまり変わらなかった。職人や近所の人たちは、その強靭《きょうじん》な体力に畏《い》怖《ふ》の念をいだいた。ところが退院してきた金俊平は家に入らず、工場の中二階の部屋に移った。職人たちの食事は通いの賄い婦を雇って用意させた。実質的な別居であった。

20

退院してきたその足で金俊平が旅行カバンを一つ持って工場の中二階へ移ってきたので、周囲の者は驚いた。何かが起きる前兆かもしれない。緩慢な日常生活の中にあって、金俊平の身辺だけはつねにただならぬ強い磁場を発生させていた。その強い磁場に人々は巻き込まれるのである。

魚の頭を落としていた金勇が言った。

「上の部屋に親っさんがいる思うと、なんやこう、頭を押さえつけられてるみたいで仕事がやりづらいわ」

「ほんまや。今日は出かけてるけど、おってもおらんでも、監視されてるみたいで、疲れる」

指先を焦がすのではないかと思えるほど短く吸った煙草を離そうとせずに柿崎は最後の一服をふかすと、煙草の火を魚の目に押しつけた。

「なんで親っさんは中二階に移ってきたんやろ」

と谷本が言った。

「そんなことしるか。親っさんの考えてることは誰にもわからん」

木村が言うと、好奇心まる出しの金勇が声をひそめて言った。

「武が壁紙を剥いだら、中から何百万円もの現金《げんなま》が出てきたそうやけど、親っさんは金をどこに隠してるんやろ」

「どこかに埋めてるんちがうか。なんせ銀行も信用せえへんらしいから」

柿崎の臆測を高信義が即座に否定した。

「金は銀行に預けてある。勝手なこといわんと、はよ仕事をせえ」

工場長の高信義にとがめられて、職人たちは黙ってしまった。しかし、木村の言うように同じ村の出身であり、長年つき合ってきた友人だが、高信義にも金俊平が何を考えているのかなかなか理解できなかった。けっして胸襟《きょうきん》を開いて話し合おうとはしない。金俊平の眼窩《がんか》の中心の黒い点の奥にもう一つの眼が光っているような気がするのだった。そのもう一つの眼がたえず人の心を探っていた。求めていながら拒絶しているのだ。それは恐ろしいほどの孤独の世界にちがいない。

退院したその足で工場の中二階へ移った金俊平の行動をもっとも測りかねていたのは英姫

だった。自分たちが家を追い出されることはあっても、金俊平自ら家を出て行くことはありえないと思っていた。それまでのようにカバンを持ってふらりと旅に出かけるのとはちがうのである。この際、離縁しようと考えているのだろうか。もしそうだとすれば、英姫に異存はなかった。長年金俊平の影に脅《おび》え、金俊平から逃れようとあがいてきた英姫にとって離縁は、ようやく金俊平の呪縛から解き放たれることであった。家を出たとはいえ工場の中二階へ移っただけである。それでも同じ屋根の下に住んでいないという解放感は得がたいものだった。家の中で家族が気がねせずに話し合えるからである。

しかし、これによって金俊平の暴力がなくなりはしなかった。不意に酒に酔った金俊平が表戸を蹴破って踏み込んできた。事態は以前となんら変わらなかった。それどころか向き合って住んでいるため、不自然で奇妙な緊張感が高まるのである。英姫は金俊平のことを考えないようにした。それより逼迫《ひっぱく》した生活に追われていた。朝鮮の絹や鍮器や装飾品などの行商で喰いつないできたが、じり貧状態から抜け出せなかった。借金は増える一方で、早晩破産しかねない状態だった。花子は洋裁学校へ行きたいと言っているし、成漢も来年は高校への進学を決めている。考えあぐねた末、英姫はふたたび酒商売をはじめることにした。金俊平に襲われる危険はあるが、それを覚悟で酒造りに専念した。そして酒商売をはじめると、まず職人たちが仕事の最中に金俊平の眼を盗んで酒を飲みにきた。それから娘婿の韓容仁が組織の活動家たちを連れて飲みにきた。その他、昔の友人、知人たちがやってきた。案ずるより産むが易しであった。金俊平が工場の中二階へ移ったこともあって、それまで来づらかった人間が訪ねてきた。

見るからに栄養不良のしょぼくれた洪炳生は、訪ねてくると必ず三、四日泊まっていった。彼は地方の旅館で近在の百姓や漁師を相手にいかさま賭博をして日銭を稼ぎ、家族を栃木に置いたまま全国を転々としていた。たまに稼ぎのよいときは家族に仕送りをしていたが、実際は自分一人の喰いぶちを稼ぐのがやっとだった。金のないときは寺や農家の納屋で雨露をしのぎ、大阪にきたときは英姫の家で三、四日休養していくのである。その間、洪炳生の飲み喰いは英姫が面倒をみていた。いかさま博打が発覚して地元の極道におとしまえをつけさせられ、両手の小指をつめている。旧制大学を出ているとのことだが、それが洪炳生の唯一の誇りだった。けれどもまた、それがみんなから馬鹿にされる要因でもあった。

いま一人、英姫の家に居候している六十前後の男がいる。堺で十人の子分をかかえた暴力団組長だが、他の暴力団組織から借りた金を返済できずに雲隠れして英姫にかくまわれているのだ。かくまわれて一カ月以上になるが出ていく気配がない。ひねもす洪炳生と暴力団組長の伊藤こと尹尚根は世間話をしながら座布団の上で花札賭博をしていた。もちろん賭ける金などあるはずもない。ただ暇潰しに花札賭博に興じているだけだった。そして夜になると勝手に甕のドブロクを飲んでいた。こういう連中がつぎからつぎへと訪ねてきた。尹尚根がやっと出て行くと、今度は若い活動家たちの溜まり場になった。物不足でインフレが猛威をふるい、しかも若い活動家たちは無一文で泊まるところもない。いつも腹を空かしている若い活動家たちは飢えた犬みたいにいつも食べ物の匂いをかぎまわっている。英姫の家でたえず会議を開き、英姫のいないときは甕のドブロクをどんぶり鉢で勝手にすくって飲み、冷蔵庫の豚の内臓を肴にし、ときには花子と成漢の食事までもたいらげてしまう。そして成漢に若い活動家の一人は言うのだった。

「いいか、マルクスは言ってる。宗教は麻薬みたいなものだ。社会主義社会が建設されると宗教はなくなる。あと五十年もすれば宗教はこの世から亡びる」

得意げに知識をひけらかし、ただ酒、ただ飯をくらって当然のように思っている若い活動家たちが、成漢にはこのうえなく無知に思えた。この無知で傲慢な連中に、はたして革命などできるのだろうか。朝鮮戦争は三年目を迎えていた。彼らの議論はたいがい朝鮮戦争に集中していた。

「李承晩政権を支持している組織から五百人の在日朝鮮人が志願している。奴らは日本の右翼とつながっている暴力団だ。われわれの組織からは一人も志願していない。いまからでもわれわれは志願して祖国のために戦うべきではないのか」

酒が回ってきた活動家の朴が言う。

「君の主張は正しい。しかし、どうやってわれわれは共和国軍に参加できるのだ。奴らは佐世保からアメリカ艦船に便乗して朝鮮に送り込まれているが、われわれにはその方法がない」

活動家の姜がいらだちながら言った。

「北海道からナホトカに渡り、ソ連と中国を経由して豆満江へ行ける。奴らが五百人なら、われわれは五千人、いや一万人の志願者を動員できるはずだ」

意気軒昂《けんこう》な活動家の朴に対して活動家の白は異議を唱えた。

「君の気持ちもわかるが、どうやって五千人や一万人の志願兵が北海道からナホトカに渡れるのか。日本の警察や自衛隊が眼を光らせているのに、五千人や一万人の志願兵を北海道からナホトカへ渡らせることなど不可能だ。それよりわれわれは日本でやるべきことがあるはずだ。アメリカ帝国主義に反対し、李承晩カイライ政権に反対し、戦争協力者であり再軍備に血道をあげている吉田内閣に反対し、大衆を動員して、奴らを粉砕することだ。場合によっては武力闘争も辞さない覚悟でやれば必ず勝利する」

口角泡《こうかくあわ》を飛ばし、彼らの議論は深夜にまでおよぶ。そんな若い活動家たちを英姫は頼もしく思っていた。翌日になると二日酔いで昼過ぎまで寝ていた若い活動家たちが起きてきて、

「何か食べるもんはないかな」

と水屋や冷蔵庫を開け、何もないときは迎え酒だと言ってまたドブロクを飲んで出て行くのだった。

たえず出入りする多くの客たちのほとんどは素寒貧《すかんぴん》であり、商売にならなかった。英姫に残された選択は酒商売を廃業して他の商売をするか、働きに出ることだった。しかし、行商では生活できなかった末に酒商売をはじめたのではなかったのか。そして五十歳を過ぎた在日朝鮮人を雇ってくれるところがあるだろうか。そんなとき、張贇明という四十四、五の男が英姫の家にころがり込んできた。張贇明は昔、金俊平に追われたときと、空襲のあと英姫の家族と韓容仁の家族が一時世話になったことのある淀川べりのバラック小屋に住んでいる張夫婦の叔母の息子だった。もの静かで教養のある紳士だったが、ヒロポンの密造容疑で警察に追われる身となり、朴芳子に頼まれてかくまうことになったのである。皮肉なことに、かくまった張贇明からヒロポンの密造に誘われ、背に腹はかえられない英姫はヒロポンの密造に手を出した。ヒロポンの密造は家族ぐるみで行なわれた。子供に手伝わせるのは反対だった英姫も、張贇明に説得されて手伝わせることにした。子供なら疑われないし、どのみち家族が秘密を保持しなければならないからであった。酒商売は続けることにした。酒商売を急に辞めると何をして生活しているのか怪しまれるからだった。

ヒロポンの密造は二階で行なわれた。手の器用な花子と成漢はヒロポンの製造にたずさわり、英姫は張賛明の指示に従って原料を仕入れ、でき上がったヒロポンをある場所に届けていた。ヒロポンは主に船員に売られていた。一回の密売高は数万円にもなり、一カ月に二、三回密売しただけで英姫の借金はほとんど返済できた。この時点でヒロポンの密造を止めることができただろうか。英姫の胸に邪悪な希望がひろがったのは確かである。張賛明は一歩も外出しなかった。週に一度、彼の妻が下着類を持って訪ねてきた。彼と同じように妻も寡黙で、下着類を届けると挨拶もそこそこに去って行った。このもの静かな紳士は毎日読書にふけっていた。彼の読むのは社会主義に関する書物だった。マルクス、エンゲルス、レーニン、スターリン、毛沢東、金日成といった読書傾向だった。成漢はすくなからず張賛明の影響を受けていた。理解はできないものの、正義は社会主義にあると確信するにいたっていた。中学生にとってこの確信は決定的である。ヒロポンの密造と社会主義の関係になんら矛盾はなかった。なぜなら、何よりもまず飢えた胃袋を満たす必要があったからだ。この危険な日々は奇妙な充実感にみちていた。官憲の眼を恐れながら、つねに自己抑制しなければならない苦痛と秘密を守ることの困難さは、ある種の意志を問われるのである。それはまた秘密を守ることでつちかわれる人間の信頼関係が自己犠牲をともなうものであることをも教えるのだった。ところが不思議なことに、近所の者は英姫の家族がヒロポンの密造に関与していることを知っていた。同じく酒を飲みにくる客たちも知っていた。だが、彼らはけっしてそのことを口にしなかった。そして三カ月も過ぎた頃、張賛明は突然、

「大変お世話になりました。わたしは今日ここを出ます。わたしが出たあと、証拠になるようなものはすべて処分してください」

と言って、きたときと同じように手ぶらで真昼の幽霊のように消えていった。

英姫は何がなんだかわけがわからず、しかし張賛明が去ったあとあわてて証拠になるようなものをすべてかまどにくべて燃やした。それから英姫の家族はまるで悪夢から覚めたように互いの顔を見合わせてほっとした。英姫は胴巻に入れていた札束を取り出して、本当にこの札束は自分のものだろうかと何度も数えていた。

数日後、朴芳子が張賛明をかくまってくれた礼を述べに訪れた。

「むしろわたしのほうこそ感謝したいくらい。捕まるのを覚悟でやったけど、何も起こらず本当に助かった。でも急に出て行ったから、すごく心配してたの。家に帰ったわけじゃないでしょ。どこへ行ったの？」

朴芳子は多くを語りたくない様子だったが、

「たぶん、もう日本にはいないと思う」

とひとこと漏らした。

「日本にいないって、じゃあ、どこへ行ったの？」

「わたしにもわからないけど、日本にはいないと思う」

いわくあり気な朴芳子の言葉に、英姫はそれ以上訊かなかった。

側で話を聞いていた成漢はふと、北朝鮮へ行ったかもしれないと思った。そう考えると、なぜか張賛明という人物のイメージとぴったり符合するのだった。


その年の夏、金俊平は通りの角に面した古い二階家を購入した。英姫の長屋から表通りへ出るには、この角家の前を通ることになる。金俊平はこの角家を全面的に改築して移った。英姫の家との距離は三十メートルと離れていない。せめて通り道を避けるなり、二、三百メートル離れた場所の家を購入すればいいものを、よりによって目と鼻の先の家に移り住む金俊平の気がしれなかった。何か思惑があるのだろうか。工場の中二階へ移ってから金俊平と家族はまったく口をきいていない。したがって道端で金俊平とばったり出くわした家族はどうしていいのかわからず逃げだしたくなるのだった。しかもこれからは表通りへ出ようとするたびに金俊平と出くわす可能性がある。花子と成漢は金俊平と出くわすのを避けるために裏口から弁天市場の裏を迂回《うかい》して市電通りに出た。

夏も終わりに近いある日、金俊平の家に三十五、六になる女が自転車に乗って颯爽《さっそう》とやってきた。富士額の髪を真ん中から分けて後ろにたばね、べっ甲の櫛《くし》でとめている。美人ではないが色白で目の細い、教養のありそうな女だった。白のブラウスに黒のスカートのシンプルな姿がどこかあか抜けしていてセンスの良さを感じさせた。共同水道にたむろしていた近所のおかみさんたちが、

「誰やろ……」

といっせいに瞠目《どうもく》した。

「俊平の女とちがうか」

と金海のおかみさんが背中にしがみついてくる子供をあしらいながら言った。

「まさか。本妻が目と鼻の先にいるのに、妾が堂々と乗り込んでくるようなことはせえへんで」

野菜を洗っていた手を止めて、呉本のおかみさんが言った。

「本妻にわからんように囲っとくさかい妾やがな。本妻にわかったらえらいことになるで」

立っていた豊村のおかみさんはチマをまくし上げてしゃがみ込んだ。

「そない言うけど、うちの知ってる六十になるオッサンは四人の妾を囲ってるけど、みんな近所で仲よう暮らしてるで」

金海のおかみさんは妾に間違いないと断定した。

「せやけど見たところ女学校を出ているような教養のある日本の女が、あんな飲んだくれの癖の悪い男の妾になると思う。うちやったら絶対ようならんわ」

金村のおかみさんの意見に、いあわせたおかみさんたちは異口同音に、

「ほんまやわ」

と同意した。

女は一時間ほどで家から出てくると、自転車に乗って颯爽と去って行った。黒のスカートが風になびき、おかみさんたちをうらやましがらせた。この頃、自転車に乗っている女性は珍しかった。女は二、三日に一度、自転車に乗って訪れた。そのたびに衣装がちがうので、近所のおかみさんたちは金持ちの寡婦かもしれないと噂していた。それにしても金持ちの寡婦がなぜ金俊平のような男を訪ねてくるのかが問題だった。戦争で多くの男を失っている日本の女は男を漁っているのだという意見まで出る始末であった。

「うちのオッサンでよかったら貸したるわ」

と冗談とも本気ともつかない豊村のおかみさんのいい種にみんなは大笑いしたが、女は近所のおかみさんたちの下世話な噂を無視するように毎日通い、ある日から金俊平の家に住みはじめたのである。

英姫は内心穏やかではなかった。金俊平が女と同棲するのはいまに始まったことではない

が、問題は、女がくるとまだ残暑の強い昼間から表戸はもとより二階の窓をも閉めきり、いつはてるともない性交にふけっていることだった。閉めきったガラス戸の隙間から、むせび泣くような女の呻き声がもれてくるのだった。近所のおかみさんたちはそれとなく聞き耳をたてていた。

子供を出産したことのない三十五歳になる山梨清子の張りのある体は金俊平の逞しい腕に抱かれて何度も絶頂に昇りつめた。軽々と腰をかかえて彼女の体内に押し入ってくる強い力に清子は、暗い穴へ墜落していくような感覚を味わうのだった。犬の交尾のように体内に深く深く侵入した金俊平の一角獣は彼女の体の一部となっていた。金俊平の長い熱い手が膣から肛門へと伸び、肛門から膣へと自在にめぐりながら乳房へと這ってきたとき、彼女は乳首を噛み切ってほしいと思った。そして口と膣を塞《ふさ》がれ、彼女は呼吸困難に陥り、半狂乱状態になって「死ぬ！」と叫んだ。実際、体の中を巨大なエネルギーが突き抜けて空っぽになり、死ぬのではないかと思った。

終わったあと体をぐったりさせて、

「こんなこと毎日続けたら、ほんまに死ぬのとちがう」

と言いながら、彼女は毎日金俊平を求めて通いつめ、一緒に暮らすようになった。

山梨清子を金俊平に紹介したのは卸問屋の真田屋の主人だった。酔った金俊平が長年英姫との間に夫婦生活がないことを真田吾平につい愚痴ったのがきっかけだった。山梨清子は真田吾平の遠縁に当たる男の嫁だった。寺田町で洋服の仕立て屋をしていた清子の夫は昭和十七年に召集され、翌年フィリピンで戦死した。わずか三年の夫婦だった。幸い家は焼けずに残ったが、生活のめどがたたなかった。夫の仕事を手伝っていた清子は多少の技術を身につけていたが、洋服を仕立てるまでにはいたらなかった。婦人物のスカートや子供のズボンやシャツ程度は作れたが、それで生計を立てるのは難しかった。買い出しに行ったこともある。だが、警察の手入れを二度受けて挫折した。空いている二階の部屋を人に貸したこともある。このときも部屋代をもらったのは最初の一カ月だけで、あとは十カ月もの間部屋代を滞納され、あげくは留守の間に虎の子の二十円を盗まれて逃げられた。何をやるにしても女一人で生きていくのはきわめて厳しい時代であった。あとはおきまりのケースである。歳をいつわってミナミのキャバレーに勤めた。キャバレーの収入だけでは食っていけず、ときどき客とねんごろになって小遣いを稼いでいた。それでも生活は楽にならなかった。困ったときは真田吾平に借金を申し込んだ。その借金がしだいに嵩《かさ》み、いつしか真田吾平の囲い者になっていた。週に一、二度家にきて、三時間ほど過ごすと帰っていく生活が三年ほど続いた。別れることになったのは真田吾平の妻に関係が発覚したからであった。家に乗り込んできた真田吾平の妻に髪の毛を引きずられ、鋏《はさみ》で洋服や着物をずたずたに切り刻まれた。それ以来、真田吾平とは一度も会っていなかったが、ある日、真田吾平が訪ねてきた。

復縁を迫られるのかと思っていた清子に、

「あのな、ええ話があるんや」

とにやけた顔で話しだした。

「一人暮らしをしてる蒲鉾工場の親っさんがいるんやけどな、ごっつい金持ちで、二、三千万円は持ってるんちがうか。嫁はんはいることはいるんやけど、いま別居してて、そのうち別れる言うとった。歳は五十過ぎてるけど、四十前後にしか見えん。そらええ体してるで。昔は極道も怖がったくらいの男や。せやけどいまは歳も歳やし、一人暮らしで寂しいらしい。気だてのええ女がいたら紹介してほしい言われてな、おまえにどうか思うてきたんや」

要するにとりあえず妾になってはどうかという話である。

巷に飢えた人間が溢れているご時世に、三十五歳の寡婦に残された選択肢は限られていた。年寄りの後妻か、妾の口があればむしろ幸いかもしれなかった。真田吾平の言葉を鵜呑《うの》みにはできないが、五十万円で結構な家が買える時代に二、三千万円の資産といえば大変なものである。

「奥さんはどんな人ですか」

と清子は訊いた。

「会うたことないさかい、ようわからん。せやけど別居してるんやさかいどうてことないがな。子供も二人いるけど、二人とも大きいさかい問題ない。あとはおまえの気持ち次第や。腹をくって後釜に座るこっちゃ。こない言うたらなんやけど、歳がちがうさかい、相手が先に死ぬのは間違いない。そしたら財産の半分はおまえのもんや。親っさんにあんじょう可愛がってもろたら、男ちゅうもんは、その気になる。おまえはまだまだええ体してるし、あっちのほうも上手やさかい、気に入られるはずや」

真田吾平のやにさがった目が清子の体を舐めるように眺めた。そして清子の手をとってにじりよった。

「な、ええやろ。これが最後や。親っさんから手付金として五万円預かってる。これで当分しのげるはずや」

真田吾平は五万円を清子に握らせ、清子のスカートの奥に手を忍ばせた。清子は後ずさりしながらも握らされた五万円の札束の感触に抵抗できなかった。押し倒されるようにして仰向けになった清子の上にのしかかった真田吾平が股の間をまさぐり、パンティを剝がした。

「ほんまはな、おまえと別れとうなかったんや。別れとうなかったけど、どうしようもないやろ。わしはな、おまえをあんな男にやりとうないんじゃ。わかるか、わかるか、わしの気持ちが」

妾になることを勧めておきながら自分を抱き、身勝手な論理でくだをまいている真田吾平に嫌悪を覚えた。清子はただ真田吾平が終わるのを待っていた。

「明日の昼過ぎに行ってくれ。相手が待ってるさかい。相手に逆らわんようにするんや。なんせ長いこと夫婦の関係がなかったらしい。ええか、わしの言うことがわかるか。わしはおまえのためを思うて言うてるんや」

息をはずませながらしゃべっていた真田吾平は、やがてがっくりと肘《ひじ》を折って死体のように清子の上に倒れた。

翌日、清子は真田吾平が書いていった住所と地図をたよりに自転車に乗って金俊平の家を探した。市電通りからうどん屋の角を曲がって脇道に入り、ゆっくりとペダルを踏みながら表札を確認していたが、改築された新しい表戸の上に「金俊平」と書かれた表札を見つけた。そしてその家の裏に並んでいる長屋の猥雑な雰囲気に圧倒された。空地の隅にある共同水道で洗い物をしている三、四人の女たちの好奇心に満ちた視線を浴びて清子はいささかひるんだ。しかし清子は矜持《きょうじ》を持って周囲の視線を無視した。ここで引き揚げるわけにいかない清子は、運命の扉を開くように金俊平の家の表戸を開けて入った。

セメントを敷いた三坪ほどの玄関と二畳の間があり、その奥に便所と炊事場があった。便所と炊事場は二畳の間の横の通路でつながっている。炊事場から裏口を出ると英姫の家は十メートルも離れていなかった。

　金俊平は二畳の間に座って待っていた。そして玄関に入ってきた清子を見てかすかにほほえんだ。真田吾平から体格のいい男だと聞かされていたが、実物の金俊平は想像以上の巨漢だった。かすかにほほえんでいるがその眼は鋭く、厚い唇と発達した顎の筋肉を太い首が支えていた。五分刈りの頭髪から額にかけて、鋭い爪あとのような傷が喰い込み、潰れた右耳と顎のあたりの肉がケロイド状に盛りあがっている。扁平《へんぺい》な鼻腔《びこう》が欲情した馬のように大きく膨らんでいた。筋肉質の太い腕と顔の色つやは五十過ぎには見えなかった。圧倒されて立ちすくんでいる清子に、

「ようきてくれた。まあ上がってくれ」

と言って金俊平は階段を上がった。その後から清子も二階へ上がった。

二階には四畳半の部屋が二間あった。長屋の住まいにしては広いほうである。階段を上がった部屋の座卓の上にはすでに刺身や煮物や漬け物や果物が用意されていた。金俊平がこんなふうに客をもてなすのは初めてのことである。

　座卓の前にどっかと腰をおろした金俊平は清子に座布団を差し出し、

「まあ、楽にしてくれ」

　といつになくやさしい声で言った。

清子はすすめられた座布団に正座して遠慮がちに改築された部屋を見た。隣の部屋には布団が敷いてある。清子は目線をそらせて伏し目がちになった。

人を接待したことのない金俊平は照れるように、

「何もないが、箸《はし》をつけてくれ」

と座卓の料理をすすめて、自分で一升瓶の酒をつごうとした。すると清子が一升瓶を持って金俊平に酒をついだ。

「あんたも飲むかね」

と金俊平が言った。

清子がこっくり頷いた。今度は金俊平が清子に酒をつぎ、二人は挨拶がわりのように酒を一口ふくんだ。

清子は共同水道にたむろしていた近所の女たちの服装や金俊平の言葉使いのイントネーションから朝鮮人であることを察知した。もちろん朝鮮人と接するのははじめてである。清子に朝鮮人に対する差別的な先入観があったのは確かだが、実際のところ朝鮮人について何も知らないのだった。そのことがあまり抵抗を感じさせなかった。清子は金俊平を一人の男として観察していた。確かに一般的な男とはちがうと思った。金俊平の内面から溢れてくる精気は他を圧倒していた。それは性的なエネルギーをも感じさせる。清子はすでに金俊平の大きな両手の中に捕われた小鳥のようだった。

「あんたがわしの世話をしてくれたら、わしにも考えがある。女房とは別居しているが、そのうち別れるつもりだ」

女房にするとは言わず、言外に暗示するような言い方であった。

久しぶりに酒を一口飲んだだけで清子の顔がほてっていた。初対面でもあり、朝鮮人と日本人との体質的な違和感もあって、二人の会話はとぎれがちだった。あとは金俊平に抱かれるのを待つだけであった。金俊平の表情がそれを望んでいた。清子は少し酔ったふりをして額に軽く手をあてた。金俊平がその手をとって引きよせると、清子の体は金俊平の両腕の中におさまっていた。清子はそのまま金俊平の胸に顔を埋めた。厚い鋼《はがね》のような胸だった。金俊平は清子を抱きかかえるようにして寝具のある隣の部屋へと移った。そして瞼を閉じている清子の衣類を脱がしはじめた。

「やさしくしてください」

と清子は消え入るような声で言った。その声を封じるように金俊平は唇を重ね舌を入れた。むっとする強い香辛料の匂いに息が詰まりそうになったが、混じり合う唾液は性的な匂いに変わっていた。唇から乳房へ、乳房から下腹部へと唇を這わせていた金俊平は姿勢を変えて自分の物を清子にくわえさせた。太い幹のような金俊平の力の象徴が清子の口の中でそり返っていた。しだいに高揚してくる感情の嵐が清子の暗い深い奥底から湧き溢れてくる愛液となって金俊平を求めた。つぎの瞬間、金俊平の野蛮な力が清子の体を引き裂いた。清子は思わず叫んだ。その叫び声は自分の声とは思えぬ淫乱な呻きだった。同時に清子の体を貫通していくエネルギーによって何もかもが奪い去られていく快感を味わった。喘《あえ》ぎ、しがみつき、自分でも信じがたい呻き声をもらし、放心状態になって歓喜にうち震えていた。

気が付くとあたりは暗くなっていた。清子は全裸のまま眠っていたのだ。

服を着ているところへ階下から金俊平が上がってきた。

「飯でも喰うか」

と金俊平が訊いた。

「いいえ」

あのとき自分はどういう姿態をしていたのか、またどういう声をもらしていたのか、清子はあまり覚えていなかったが、体の奥に残っている快楽の疼《うず》きに羞恥心を覚えた。

「二日後にきてくれ」

入口まで送ってきた金俊平が言った。

「はい」

と清子は頷くと自転車に乗って帰って行った。

それから清子は二、三日に一度訪れ、一カ月後に家屋を売って一緒に住むようになった。清子は目と鼻の先に住んでいる英姫と出会わないわけにいかなかった。外出の帰りや玄関を掃除しているときや裏口を開けているときなど、英姫と目線が合ったりすることがある。英姫はきわめて冷静な表情をしていた。当然、花子と成漢とも出会うことになる。しかし、二人の子供もきわめて冷静だった。あの冷静さは何だろうと思ったりした。職人たちはほとんど訪ねてこなかった。したがって職人たちと口をきいたことがない。ときたま工場長の高信義が仕事の件で訪ねてきたり、金俊平に呼ばれて飲んだりするが、必要以上に訪れはしなかった。たぶん英姫に気を使っているのだろう。会えば挨拶するだけである。

あれほど酒癖の悪かった金俊平が清子と住むようになってから暴力を振るうようなことはなかった。ほとんど毎晩清子を抱き、性的に満足しているからかもしれない。自転車の荷台に清子を乗せて、鶴橋へ夕食の仕入れに出かけることもある。まるで新婚夫婦のような金俊平の変わりように、職人や近所のおかみさんたちは驚いていた。

「やっぱり若い女がええねんて」

共同水道の井戸端会議では、男は若い女にうつつをぬかすという点で意見が一致していた。その点では職人たちもおかみさんたちと同意見だった。

英姫に嫉妬心がまったくないといえば嘘になるだろう。目の前で若い女と暮らし、満ち足りた金俊平を見ていると、長年にわたる自分との確執は何だったのかとやり場のない哀しみがこみあげるのだった。蒲鉾工場をはじめるときの資金を調達したのは英姫だった。蒲鉾工場の認可を取得したのは韓容仁である。花子は中学校を辞めてまで職人たちの食事の用意をしてきたし、成漢は早朝から叩き起こされて伝票を書かされていた。家族の協力なくして蒲鉾工場の存続はありえなかった。その果実を家族に分け与えようともせずに金俊平は一人占めしたのである。金俊平の莫大な資産は家族のものであり、家族に権利がある。その資産を、いま日本の女に奪われようとしている。それが我慢ならないのだった。若い日本の女が周囲の眼を無視して金俊平の妾になり、あわよくば正妻の座につこうと考えているのも財産目当て以外の何ものでもないのは明らかであった。だが、どうすることもできないのだ。誰かの仲介で話をつけようと考えたりしたが、誰が金俊平に話せるだろうか。英姫は諦めの心境だった。諦めることで今日まで生きてきたのだ。

何よりも金俊平の暴力に脅えずに過ごせる日々をよしとしなければならなかった。入れ替わり立ち替わり酒を飲みにくるいろんな人たちと世間話をできるのがせめてもの慰めであった。占い師や巫女たちと夜遅くまで語り合えるのも英姫にとって心の支えだった。涙は絶望を洗い流してくれる清らかな川のようなものだった。涙することでかろうじてこの世の苦痛に耐えていた。やがてあの世へ旅立つための準備をしておかねばならない。英姫はＡ４判のモノクロの肖像画を描いてもらい、それを額縁に入れた。そして真新しい下着類と足袋、朝鮮式の靴、絹の衣装、櫛、金の指輪、それにいくばくかのお金を袋に入れて、それらを行李《こうり》に詰めた。地獄の沙汰《さた》も金次第というが、極楽浄土へ行くにも金が必要だった。英姫はその金をせっせとたくわえていた。

事件が発生したのは金俊平が清子と暮らすようになってから一カ月も過ぎた夜だった。毎年、金俊平は夏バテ防止のあの奇怪な料理を作っていたが、今年は時期を逸して少し遅れた。少し遅れたが、夏バテは秋にやってくるといって、金俊平は甥の養豚場から一頭の豚を運んできた。そして裏の炊事場で四肢を縄で縛った豚を押さえ込み、包丁で喉を突き刺して半日がかりで解体し、例の料理を作ったのである。多少涼しくなってはいたが、三、四日もすると家中に異様な腐臭が充満しだした。清子はあまりの腐臭に吐き気がして、便所へ行く以外は戸を閉めきって二階の部屋に閉じ籠っていた。その清子をよそに、金俊平は一人二畳の部屋で焼酎を飲みながら腐爛した豚肉をうまそうにほおばっていた。ところが二日目の夜、寝ていた金俊平が突然苦しみだし、呻き声をあげて胸を掻きむしり、七転八倒した。映画などで、毒を飲まされて、苦しみ、もがき、のたうつ場面にそっくりだった。清子は動転してうろたえた。

「医者を呼べ、医者を呼ぶんだ！」

のたうちながら金俊平はしぼり出すような声で訴えた。

「は、はい。いま呼んできます」

清子は寝巻きの上に羽織りを引っかけ、近くの内科医院に走った。表戸を激しく叩き、何度も声をかけたが、深夜でもあり、医師はなかなか起きてこない。

「先生、お願いします。うちの人が苦しんでいます。起きてください。先生、先生、お願いします」

清子の声に医院の隣の家の灯りがつき、そして医院の灯りもついて一人の老女が表戸の白いカーテンを開けた。

「夜分すみません。うちの人が苦しんでるんです。お願いします。先生にすぐきてほしいんです」

清子の訴えに対してもの言わぬ老女は黙って引きさがり、間もなく老医師が現れて表戸を開けた。清子から状況を聞いた老医師は、とりあえずカバンを持って往診することにした。歩いて三、四分の距離だが、その間、老医師はぶつぶつ文句をつぶやいていた。

金俊平の家に入った老医師は異様な腐臭に、

「なんだ、この臭いは?」

と息をつまらせた。

「なんでもありません。患者は二階にいます」

と清子は手で鼻と口をふさいでいる老医師を二階へ案内した。そして二階の部屋に入った清子と老医師は驚愕した。金俊平は上下の歯が全部抜け落ち、血に染まった口を真っ赤にしていた。老医師の手に負える状態ではなかった。いったい何が起こったのか老医師には見当もつかなかった。歯が全部抜け落ちたせいか、金俊平の苦痛はおさまっていた。

翌日、大学病院で精密検査を受けたが、なぜ突然、上下の歯が全部抜け落ちたのかわからなかった。ただ脳神経に歯の抜けた原因による障害のあることが判明した。担当医師によると、歯の抜けた原因である菌が脳神経を冒した可能性があるというのだ。しかし、金俊平に脳神経を冒されているような兆候は見られなかった。

「とにかく入院して様子を見ましょう」

と担当医師は言った。

原因不明の奇怪な症状は、あの腐肉の料理にちがいないと清子は考えていた。

この日から、金俊平の半年におよぶ闘病生活が始まった。不死身のはずの金俊平が半年もの入院生活を強いられたのだ。その影響は時間とともに周囲にひろがっていった。一、二カ月もすると職人たちが辞めていき、問屋も鞍替《くらが》えしていった。大阪には数十軒の蒲鉾工場があり、過当競争の時代であった。金俊平の入院によって先が見えた「朝日産業」に職人や問屋もみきりをつけたのである。

ときどき見舞いにくる高信義は金俊平に自分の非力を謝っていた。

「工場にはわしと木村しかいない。その木村も辞めると言ってる。すまん」

気の弱い高信義は責任を感じて恐縮していた。

金俊平は外見上、これといった症状に悩まされている様子もなく、普通に話していた。ただ眠れないのだそうだ。適度の睡眠薬を服用しているが、それでも眠れないのである。そして眼を開けたまま夢を見るのだそうだ。どんな夢なのかは覚えていない。だが夢を見るという。医師によると、それが金俊平の症状であると言うのだった。本人は自覚していないが眠っており、眠っている間に見ている夢と現実の境を区別する感覚が冒されているというのだ。

金俊平は歯の抜けた口をもぐもぐさせて、

「工場は閉める」

と言った。

歯の抜けた顔の筋肉が口元に収縮して七十歳くらいの老人に見えた。脳神経科に入院していたが、歯科の診療も受けて、入れ歯の調整をしていた。

「すまん。わしがだらしないばっかりに」

自分のふがいなさを責める高信義に、

「気にするな。どうせ止めようと思ってたんだ」

と金俊平はあっさり断念した。むろん工場を閉鎖したからといって困るわけではなかった。遊んで一生暮らせるだけの財産を稼いだ金俊平は、これが潮どきかもしれないと思ったのだろう。朝早く起床して魚の搬入に立ち会い、眠っている職人を叩き起こし、魚のあらにまみれて荒らくれどもを相手にがなりたて、昼も夜も気の休まるときがない。入院してみて、人間関係のわずらわしさがよくわかった。どいつもこいつもおれを避け、陰口を叩いているのだ。おれが死のうと生きようと誰も知ったことではないのだ。また誰が死のうとおれの知ったことではない。たとえ親子であろうと、死んでしまえば三日で忘れてしまうだろう。

「死ねばおしまいだ。どんな人間も。三日で忘れさられる。そんな人間がこの世にいたのかと思うさ」

金俊平のベッドの横にしょんぼり座っている高信義に持論を吐いていた。

「そんなことはない。息子がチェサ（法事）をやってくれる」

「ふむ、わしは息子の育て方を間違った。母親に甘やかされて骨抜きになってしまった。成漢はもう見込みがない。このつぎはわしの手で息子を育てる」

しょんぼりしていた高信義が驚いた表情をした。このつぎはわしの手で育てるということは、これから子供をつくるということである。もちろん精力絶倫の金俊平なら相手が若い女であれば子供をつくれるだろう。しかし、子供を育てることの難しさをわかっていない。側にいた清子が寂しい笑みを浮かべていた。清子は石女《うまずめ》だったのである。そのことを金俊平は知らないのだった。

症状は明確な形で現れず、進行しているのか回復に向かっているのか判然としない。金俊平は退院すると言いだしたが、心の不安はぬぐえず医師に説得されて入院を続けた。完成した入れ歯は口になじまず、咳をしたり、物を食べている最中に上の入れ歯が飛び出したり、下の入れ歯が飛び出したりした。しゃべっているときも、ちょっと語気の強い発音をすると入れ歯が飛び出すのだった。まったくやっかいだった。

「はやくなれてください」

と歯科医は言う。

鶏の骨や硬い肉を嚙み砕いていた頑丈な歯がいまはない。好きな物が食えなくなったのだ。腹を立てると奥歯を嚙みしめて歯ぎしりする癖のあった金俊平だったが、それもできない。歯を嚙みしめて顎に力をこめることで全身のエネルギーを集中できるのだが、それができないと腹筋に力が入らず間の抜けた状態になるのだった。これは金俊平の闘志に大いなる影響をおよぼしかねないのである。

半年ぶりに退院してきた金俊平は、まず閉鎖された工場を見た。薄暗い工場はひんやりして魚の臭いが漂っていた。機械は錆び、蒸し器の板に亀裂が入っていた。職人たちが住み込んでいた二階はきれいに掃除してあった。万年床の寝具はすべて処分されていて押し入れの中は空っぽだった。工場をひと通り見て回った金俊平は何か納得したような顔をしていた。退院してきた金俊平に近所の人たちが、

「大変でしたね」

と挨拶してきた。工場が閉鎖になったのを同情しているふうだった。金俊平が入院した頃から飼っていた国本の犬が、大男の金俊平に吠えたてている。ブルドッグと雑種犬の合いの子のような足の短い犬である。

英姫は二階の窓から金俊平の姿をおそるおそる眺めていた。入院中、一度も見舞わなかったので、今夜にでも報復されるのではないかと脅えていた。英姫は高信義に何度か、見舞いに行くべきか否かを相談したが、清子が看護している病室へ見舞いに行くのは当てつけに受け取られるから行かないほうがいいでしょうと言われていた。しかし、見舞いに行かなかったことにある種の後ろめたさを感じていた。せめて子供だけでも見舞いに行かせるべきだったと後悔したが、子供たちは絶対に行かないと拒否していたのである。

半年間入院していた金俊平の体はかなり痩せ衰えていた。体の衰えを回復させるために金俊平は毎日自転車に乗って十キロほどの距離を走っていた。それからあちこちの建築現場を

探し回って廃材をリヤカーに積んで家に運んできた。そしてその廃材を家の横の壁に堆く積み上げていった。空地があるからいいものの、廃材を道幅いっぱいに積み重ねているのである。そして朝の六時になると金俊平はそれらの廃材を大きな斧《おの》で割るのだった。カーン、カーン、と廃材を斧で割る音が毎朝響く。その音で午前六時であることがわかるのだった。近所の人たちはその音で目を覚まして朝食の用意をした。

ひと汗かいた金俊平は一升瓶に入った青みどろの液を飲んで喉をうるおした。その青みどろの液は、弁天市場の漬け物屋がゴミ溜めに捨てた大根の葉っぱを拾ってきて洗い、布に包んで絞ったエキスであった。喉が渇くと金俊平はそのエキスを飲むのである。金俊平は漢方薬店に行き、いろいろな漢方薬を買い求めて、それらを調合して飲んでいた。またしても金俊平の奇怪な錬金術的な健康法が始まった。炊事場の棚に並べられた、それら数々の漢方薬や薬味類に、清子は薄気味悪がって近づこうとしなかった。

体を回復してきた金俊平の食欲は旺盛《おうせい》だった。入れ歯をものともせず、口を大きく開けて食べ物を放り込み咀嚼していた。肉類はこまかく刻み、呑み込んでいた。その食べっぷりは豪快だったが、仕留めた獲物に牙をむいてしゃぶりついている野獣にそっくりだった。

清子は夜がくるのをうとましく思いはじめていた。めくるめく絶頂感のあと、際限のない金俊平の欲望に応えるのはもはや苦痛以外の何ものでもなかった。翌日起きることができないほど体力を消耗しきって、食欲もなくなるのである。そのうち精気を吸いつくされるのではないかとさえ思えてくるのだった。退院してから三カ月すると金俊平はもとの体力にもどっていた。銭湯の大鏡に全身を映し、体の隅々の筋肉を点検していた。体に刻まれている無数の傷は他の入浴者を威圧した。背中に入墨をしている極道も金俊平の前では色あせて見えた。

「凄い体してまんなあ」

と羨望の声とともに極道が金俊平の背中の刀傷を触った。すると「触るな！」と一喝されて極道は感電でもしたように手を引いた。

入院中酒を断っていた金俊平が酒を飲みはじめた。澱《おり》のように溜まっていた憤懣《ふんまん》が酒の勢いをかりて表出してくる。入院中、見舞いにもこなかった英姫と英姫にたぶらかされた子供に対する憤懣だった。父親の存在を無視する英姫と子供たちにいま一度、自分が誰であるかを思い知らせる必要があった。

『わしを舐めやがって……』

酒に酔った金俊平は英姫の家の表戸に立った。放し飼いにしてある国本の足の短い、しかし獰猛な顔付きの犬が金俊平に向かって吠えた。金俊平は犬を蹴飛ばした。それでも吠えたてる犬を摑まえると犬は金俊平の腕に嚙みついた。犬の牙が金俊平の腕に喰い込んだ。金俊平はかまわず犬の首を絞めつけ、首をねじ曲げてしまった。体長八十センチほどの犬は舌をだらりと出して、まだ呼吸をしていた。その犬の頭を十七文の短靴で踏み潰すと、踵を返して英姫の家の表戸を蹴破って二階へ上がった。英姫と花子はすでに逃げたあとだったが、成漢が机に向かって座っていた。逃げていると思っていた成漢が逃げずに机の前に座って本を読んでいるのだ。成漢の眼が敵意に燃えている。金俊平はまるで期待を裏切られたかのように、

「きさま、わしと勝負する気か!」

と怒声をあげた。

つぎの瞬間、成漢は開いている窓から物干し場に出て軽がると身をひるがえして地面に飛び降り逃げて行った。その身軽さと小馬鹿にしたような態度は金俊平にとってショックだった。少し見ぬ間に、成漢は大きく成長していたのだ。金俊平はもう一人の自分を見る思いがした。胸の中で何かが弾けるのを感じた。それは成長する者と年老いていく者との軋轢音のようだった。

21

成漢は大阪府立高津《たかつ》高校定時制に進学した。都島《みやこじま》工業高校に進学して将来は機械製作の技術者になりたかったが、成漢の実力ではもっとも競争率の高い都島工業高校に合格するのは無理だった。都島工業高校を不合格になった成漢は急遽定時制の二次試験を受けて、かろうじて高校に進学したのである。定時制に進学した成漢はすぐに鶴橋の闇市のあとにできたバラック建ての商店が所狭しと軒を並べている中の靴屋の店員になった。花子は念願かなって二年制の洋裁学校を卒業して家のミシンで内職をはじめた。酒商売を続けている英姫の家には相変わらず若い活動家やいろんな人たちが出入りしていた。

それに対して金俊平の家には人の出入りがほとんどなかった。ときたまやってくる者は金俊平に金を借りるためであった。この頃になると金俊平は金貸しとして商売人の間に知れ渡っていた。中には百人の従業員を使っている会社の社長もいて、金俊平に平身低頭して金を借りていた。極道にも金を貸していた。預かった証文や手形は清子が管理していたが、読み書きのできない金俊平はそれらの証文や手形の金額と返済期日を全部覚えていた。その記憶力には驚くべきものがある。女のように過去のどんな些細《ささい》なことでも憶えていた。金俊平の執念深い性格が抜群の記憶力をもたらしているのだった。

金俊平から金を借りた者は、たとえ極道であろうと返さずにはいられなかった。返済期日の三日前になると、金俊平は相手の家の周囲を自転車でゆっくり周回して返済日が近づいていることを知らせるのである。その示威行為は三日間続くのだった。そして自転車で家の周囲をぐるぐる周回している金俊平の姿を見て、債務者は震えあがった。それは極道に対しても同じだった。もっとも極道には博打に賭ける程度の金しか貸さなかった。

金融業は金俊平にとって天性の職種であった。資金繰りに追われた者は金俊平の非情さを知りながら、泣きごとを並べ、土下座をしてまで金を借りようとする。また返済できないときも返済期日を延期してもらうために泣きごとを並べ、土下座するのだった。金の前で人間は無力だった。金は力であり、人間の内面を映し出す鏡でもあった。嘘をつき、同情をかい、ときには開き直る。金貸しになってから金俊平の猜疑心はますます強くなり人を信用しなくなった。

そんな中でただ一人、高信義だけは例外中の例外だった。蒲鉾工場を閉鎖したあと再就職できなかった高信義は、御幸森附近の入りくんだ路地の一角の狭いバラック小屋で雑貨類を売っている女房の手伝いをしていたが、それだけで親子五人の生活を維持できるはずもなかった。思いあまった高信義は金俊平に借金を申し込んだのである。

「あんたの入院中に工場を閉鎖してしまったわしとしては、こんなことを言えた義理じゃないんだが、なんせあんなちっぽけな、それも裏通りの店ではどうにもならんのだ。それで家内が前まえから表通りに店を持ちたいと言ってたんだが、ちょうど手頃な店の権利が売りに出ててな。一条通りから朝鮮市場に入って五、六軒目の店が空いてるんだ。ときどき日銭を稼ぐために土方に行くこともあるが、この歳では土方の仕事はキツくて、体がもたん。子供らは大きくなって、金は出る一方だ。なんとかしないと、いま住んでいるところにも住めなくなる。だからこの際、朝鮮市場の表通りに面した店を手に入れて、そこでわしら夫婦がふんばってみたいと考えてるんだが、悲しいかな先立つものがない。そこであんたに相談にきたわけだ。力を貸してくれないか。わしの代で返済できないときは子供たちに返済させる」

寡黙な高信義の熱弁を聞かされたのははじめてだった。

酒を飲みながら高信義の話を聞いていた金俊平がすっくと立ち上がった。そして見上げている高信義に、

「これから、その店を見に行こう」

と言った。

善は急げである。高信義は自転車に乗って金俊平を案内した。

御幸森神社の朝鮮人市場は金俊平の家から二キロ弱の距離である。一条通りは朝鮮人たちがもっとも多く往き交う道路だった。往来している通行人の半数以上が朝鮮人ではないかと思われるほどであった。一条通りは朝鮮市場に近づくにしたがって商店の数が増す。そして一条通りを右折して朝鮮市場に入ると独特の匂いがたちこめていた。強い香辛料の匂いとともに朝鮮語が飛びかっている。通りを歩いているのはほとんどが郷の人間だった。まぎれもなくこの一角は朝鮮そのものであった。久しぶりに訪れた金俊平は懐かしい気分に誘われた。少し見ぬ間に朝鮮市場はかなり衣替えをしていて、それなりに商店街としての外面を整えていた。高信義が手に入れたいと言っていた店は一条通りを曲がって角から六軒目であった。間口二間、奥行き六間のかなり大きな二階家である。外装もタイル張りで、一階の奥に六畳の間と台所があり、二階は短い廊下を挟んで、三部屋あった。親子五人が商いと生活をするにはうってつけの建物だった。

「なかなかいい店だ」

と金俊平が言った。

「高望みしすぎていると思うが、この場所なら、何とかやっていけるのではないかと思ったんだ」

高信義は金俊平に断わられるのを恐れながら将来の見通しを力説した。

「わかった。それでいくらいるんだ」

高信義は固唾《かたず》を呑んで言った。

「四十万円」

「四十万……権利だけで四十万円か。土地は別か」

「土地は別だ。権利だけで四十万だ」

「うむー、いい値だな。しかし、この物件ならそれくらい言うかもしれん」

金俊平はよほど気に入ったらしく、空家になっている店を何度も眺めた。

「わかった。明日金を渡す。わしはおまえから利息を取るつもりはない。ただし証文はもらう。元金の返済は好きなときにしてくれ」

なんという寛容さだろう。断わられるかもしれないと思っていた高信義は金俊平の寛容さに夢ではないかと思った。悪名高い守銭奴で家族にさえびた一文使わない金俊平が自分には無利子で、しかも返済期限を切らずに四十万円もの大金を貸してくれるのだ。このときばかりは金俊平に後光がさしているように見えた。

「家に寄ってくれ。家内がどんなに喜ぶか」

と高信義は感謝と喜びを全身に表して金俊平を誘った。

「いや、わしは帰る」

そう言って金俊平は自転車にまたがって来た道を帰って行った。角を曲がるまで金俊平の後ろ姿を見送っていた高信義の胸はなぜか疼いた。どこまでも孤独の影を引きずっていく金俊平の大きな背中が痛ましく思えたのだ。金俊平にとって高信義はあとにも先にもただ一人の親友である。その友情に応えようとして無条件に四十万円もの大金を貸してくれるのだが、その心情はあまりにも寂しすぎるのだった。本来なら家族と幸せな生活を営めるはずの金俊平が、なぜ愛し愛されることを拒否しつづけるのか。おそらく金俊平はその方法を知らないのだろう。癒《いや》すことのできない孤独が暴力となって自らをも喰い亡ぼそうとする。高信義はふと、金を借りていいものかどうか考え込んでしまった。金俊平から金を借りることは、とりもなおさず金俊平の孤独にいっそう深い影を落とすことになるのではないだろうかと自問した。だが、金俊平から金を借りる以外に手だてはないのだった。

朝鮮戦争は休戦協定が結ばれ、それまで特需による好景気に沸いていた日本経済も急速に冷え込みだし、倒産する会社が相ついだ。その打撃を真っ先に受けるのは中小企業や零細企業である。金俊平から金を借りていた債務者も例外ではなかった。利息がとどこおり、元金返済の見通しのたたない債務者が続出した。金俊平の厳しい取り立てがはじまった。

その夜は嵐だった。九州に上陸してきた恒例の台風が関西方面に迫っていた。台風の圏内に入った大阪港では風速三十メートルを記録していた。街路樹の枝がしなり、樹葉は暗い夜空を舞っていた。長屋では台風にそなえて窓に板を打ちつけていた。瞬間的にゴオーッと空《くう》を切る風の音が不気味だった。

先刻から五十前後の小柄な男が金俊平の二階の部屋で畳に頭をこすりつけて哀願していた。金俊平は一升瓶の焼酎をコップについであおっていた。隣の部屋で清子はことのなりゆきに息をつめていた。風が唸りをあげるたびに清子は体をこわばらせて戸の隙間から隣の部屋の会話に耳を澄ました。金俊平は鬼瓦のような顔をしている。焼酎をあおるたびに凶暴な顔がますます凶暴になるのだった。

「それで、どうするってんだ！」

金俊平がだみ声で怒鳴った。

「ですから、もう四、五日待ってください。得意先にもお願いしてますし、あちこち手を打っています」

男の声が震えている。畳に頭をこすりつけて金俊平の恐ろしい目線を避けていた。

「もう四、五日待ってくれだと。この前も、その前も三日待ってくれと言ってたな。今日は四、五日待ってくれか。四、五日したら、また四、五日待てってってんだろう。いつまで延ばす気だ。わしを舐めやがって！」

金俊平はいきなり飲んでいたコップを嚙み砕くと、左腕のシャツをまくし上げ、その太い腕を欠けたコップの切っ先で真一文字に切り裂いた。鮮血がどくどくと噴き出した。その鮮血をコップが一杯になるまで受け、

「さあ、この血を飲め！　わしの金を喰う奴は、わしの血を吸うのと同じだ。わしの血を飲め！」

と男の目の前に突き出した。

あまりの恐ろしさに男は体の震えが止まらず歯をがたがた鳴らしてしゃべることさえできなかった。

「わ、わ、わかりました。あ、あした、か、かならず清算します」

とどもりながら言うのがやっとだった。

金俊平はタオルで腕を縛って出血を止め、残りの焼酎をラッパ飲みして、カーッと息を吐いた。その息はありとあらゆる汚穢にまみれているように思えた。清子は失神しそうだった。

債務者が帰ったあと、さすがの金俊平も真一文字に切った腕の痛みに唸っていた。出血が止まらず、医者を呼ぶはめになった。嵐の中を往診にきたのは例の近所の七十歳になる老医師だった。ぱっくり開いた傷口を見て、

「この傷はわしの手には負えん。すぐに出血を止めて縫わんとえらいことになる」

老医師はとりあえず痛み止めの注射を打ち、傷口を消毒して包帯を巻き、応急手当てをして引き揚げた。金俊平は朝まで待つことにしたが、傷口が熱をおび、その熱が全身にひろがっていた。金俊平はまた熱で脳神経がやられるのではないかと不吉な予感にとらわれた。

「無茶なことしなさんな。また脳神経がおかしなったら、どないしはるんです。歳を考えてください」

出血が止まらずガーゼはみるみる血に染まっていく。そのガーゼを取り替えながら清子は訴えた。

「わしの金を喰う奴は誰であろうと許さん」

熱と痛みにうなされながら、金俊平は不義理をしている債務者をののしるのだった。

「明日は李達玟の返済日のはずや。証文を調べてみろ」

熱にうなされながらも金俊平は借金の取り立てに憑《つ》かれていた。清子が証文を調べると、確かに李達玟の返済日は明日だった。

「利息が一カ月遅れとる。舐めやがって。明日の出方次第ではただですまんからな。腕の一本もへし折ってやる」

実際にやりかねない金俊平の剣幕に清子の不安はつのるばかりだった。

大阪に上陸すると思われた台風は勢力が衰え、明け方に伊勢湾から太平洋に抜けて行った。まんじりともせずに朝を迎えた金俊平は以前切開手術をしてもらった警察病院へ行った。口の悪い荒っぽい医者だったが、金俊平はどうやらその医者を気に入っているらしかった。そして今度もやはり切開手術した。同じ外科医が担当だった。付き添ってきた清子から事情を聞き、真一文字に裂かれた傷口を見ながら、

「ええ歳して、ようやるのう。頭がおかしいんちがうか。なんやったら片腕をばっさり切ってやってもええで」

とへらず口を叩き、縫合した。

病院から帰った金俊平は李達玟がくるのを待った。柱時計に何度も目をやりながら、いまにも腰を上げて李達玟の家へ乗り込んでいきそうな気配だった。午後二時過ぎにようやく李達玟が訪ねてきた。腰を低くして頭を下げ、金俊平の機嫌をそこねまいと愛想笑いを浮かべた。

「遅《おそ》なってすんまへん。親っさんにどやされるのを覚悟できましてん。勘忍しとくなはれ」

四十二、三歳の李達玟は上目を使って金俊平の顔色をうかがいすりよってきた。

「金は持ってきたか」

仏頂面の金俊平は相手の出方を待った。

「それが利息だけ持ってきました」

「先月も利息を払《はろ》てないな。何の音沙汰《おとさた》もなしに、どういうつもりだ。わしを舐めてんのか」

「すんまへん。ついずぼらかましてしまいまして。今日は二カ月分の利息を持ってきてま。これで見逃しておくなはれ」

　ひたすら低姿勢になってこびへつらう李達玟を殴ることもできず、金俊平は渋い顔で利息を受け取った。

「それで元金はいつ返済するんじゃ」

「あと三カ月待っとくなはれ」

「三カ月……そしたら三カ月分の利息どないすんねん。手形割引は三カ月の利息を差し引いた金を渡すことになってる。利息がないんやったら、その利息分を追加して、もう一度証文を書き直せ」

　李達玟は金俊平の言うとおりに三カ月分の利息を上乗せした金額を証文に書き入れた。つまり利息に利息が加算されることになる。

「遅れるときは連絡くらいしろ。それが誠意っちゅうもんや。今度へたなことしたら、その腕をへし折るから、そのつもりでおれ」

金俊平に恫喝されて李達玟は「へえ」と頷いた。

李達玟が帰ったあと、金俊平はもう一人の男を待っていた。昨夜の嵐の中、畳に頭をこすりつけて今日中に必ず清算しますと哀願していた趙永生である。夕方になっても現れないので、どうしてくれよう、といらだっていた金俊平に、夕刊を読んでいた清子が、

「ちょっとあんた、えらいことやわ。この写真、趙さんとちがう」

と新聞の顔写真を指差した。見ると間違いなく趙永生の顔だった。

「それがどうした」

と金俊平が言った。

「自殺しはりました」

「なんやと」

字の読めない金俊平は清子から新聞を取って趙永生の顔写真を喰い入るように見つめ、

「わしの金を喰いやがって。勝手に死にさらせ」

と死者に鞭《むち》打つのだった。

趙永生の自殺は序の口であった。ある日、探偵ごっこをしていた近所の子供たちのうち二人が閉鎖された蒲鉾工場の裏の壊れた入口から中へ入った。薄暗い工場内をうろついていた二人の子供は好奇心に誘われて中二階へと上がった。天井の低い中二階は床と同じ高さの小

さな窓から射し込むわずかな光によって深い奥行きのある舞台のようになっている。二人の子供はここなら追ってくる探偵団に見つからないだろうと思った。そのときである。光の届かない部屋の片隅の暗がりから苦しそうな呻き声が聞こえたのだ。二人の子供はびっくりして逃げ腰になった。そして眼をこらして暗がりを透かして見ると、何かが蠢《うごめ》いていた。二人の子供は一目散に逃げだした。

このことが近所の子供たちに伝わり、今度はみんなで暗闇の中に蠢いている得体の知れないものの正体を突きとめることになった。一人が懐中電灯を持ち、五、六人の子供たちは怖いもの見たさで臆しながらも工場の中二階に上がって、暗闇の奥に懐中電灯を照らした。そして子供たちは、あっと驚いた。タオルで猿ぐつわされ、針金で後ろ手に縛られた女が倒れていた。一人の子供が階段を駆け降りて親に知らせに走った。間もなく国本のおかみさんがやってきた。猿ぐつわをはずすと、女は朝鮮語で訴え泣きだした。針金で縛られた手首がミミズ状にはれていた。四十くらいの女はかなり憔悴《しょうすい》していた。中二階に監禁されて五日になるという。国本のおかみさんは女を自分の家に連れて行き、みそ汁とキムチで簡単な食事をとらせた。それから少し落ち着いた女は事情を語りだした。

女は済州島から密航してきたのだった。その密航代を女の親戚が金俊平に頼んで立て替えてもらったのである。期限は一カ月だった。けれども一カ月がたっても密航代を清算できず、あと一カ月待ってほしいと頼みにきた女を金俊平は中二階に監禁して親戚に金を清算するまで女を解放しないと警告した。親戚の者は警察に訴えることもできたが、そうすると密航者の女は大村収容所に送られるおそれがあった。

女から話を聞いた国本のおかみさんは、

「アイゴ、アイゴ、あの俊平は人間じゃない。同じ済州島の人間をこんな目に遭わせるなんて」

と金俊平をののしり、抗議すると言いだした。女は抗議するのはやめてほしいと言った。いま抗議すると、あの恐ろしい男に何をされるかわからない。それより親戚の者と連絡をとって金をつくってくれるよう頼んでほしいと言うのだった。国本のおかみさんは女を一時かくまうことにして、親戚の者に連絡をとり、二日後に金を返済して、この件は無事解決をみた。しかし、気がおさまらないのは金俊平だった。金銭的には解決したが、噂を吹聴して回る国本のおかみさんに対して感情的なしこりを残していた。それからというもの酒に酔った金俊平は夜中に国本の家の前で聞くにたえない汚い言葉を吐いていた。たまりかねた国本のおかみさんが二階から金切り声で金俊平に応酬する。女房をさんざん誹謗《ひぼう》されて夫も黙っていられなくなり、金俊平にありとあらゆる罵詈雑言を吐くのだった。

「度胸があったら降りてこい！　勝負してやる！　女房のでかい尻に隠れやがって！」

相手をののしることにかけて朝鮮語ほど豊かな言葉はないだろう。相手の感情を掻きむしり、ときにはわれとわが身を引き裂くこともある。包丁を持って階段を駆け降りてきた国本は、興奮のあまり階段を一段踏みはずしてころげ落ち、握っていた包丁で自分の大腿部《だいたいぶ》を刺してしまった。ところが国本は金俊平に大腿部を刺されたという噂がひろがった。噂がひろがるにしたがって国本自身も金俊平に大腿部を刺されたと思い込むようになっていた。

金俊平の金にまつわる話はつきない。鶴橋に十人ほどの組員をかかえる小さな暴力団の中本組組長は金俊平から金を借り、その金を十日一割という高利の利息で又貸ししていた。十日一割の金を借りにくる人間は明日倒産するかもしれない中小、零細企業のおやじか、街の金融業者から借りまくってにっちもさっちもいかない地獄に堕《お》ちた連中である。そういう連中に承知の上で十日一割の金を貸し、取り立てに全力をあげる。本人から取れないのを前提に数枚の白紙委任状を取り、それを楯に債務者の親、兄弟、親戚はもとより、友人、知人、女房の姻戚《いんせき》関係をも洗いざらい追跡して取り立てるのである。そしてどうしても取り立てられない相手は殺害して山奥に埋めてしまうこともありうるのだった。金俊平はこうした金融暴力団に金を流していた。その最大の取り引き相手は今里新橋に組事務所を構えている「殺しの元山組」といわれる組長元吉男である。四年前まで金俊平の経営する蒲鉾工場に勤め、あの朝靄の中で金俊平を刺して二年半の刑に服して出所すると、すぐに小指をつめて金俊平にわびを入れた。そして金俊平から梅田一帯を縄張りにしている金本組組長、金昌佑を紹介された。金本組は全国制覇を狙う神戸の金城組の突撃隊であった。元吉男は金本組の下部組織となって今里に、構成員二十人の元山組を構え、この一年間に三つの大きな事件を起こしている。一つは真田山公園斬首《ざんしゅ》事件である。対立するミナミの渡辺組の組員を真田山公園に呼び出し、そこで大乱闘の末、渡辺組の幹部が日本刀で首をはねられ、その他に二人の組員が死亡、元山組も一人が死亡、三人が重軽傷を負った。二つ目は暁の襲撃事件である。午前五時頃、天王寺の通天閣近くに事務所を構える谷川組を襲い、同時に組長宅を襲ってピストルで組長と幹部を殺害した。三つ目は布施の新井組の事務所を襲い組員二人を殺害、四人に重軽傷を負わせた。これら三つの事件はすべて金本組の指令によるものだったが、事件以来、元山組は「殺しの元山組」といわれて暴力団の間で恐れられる存在になった。その組長である元吉男も金俊平の前ではおとなしかった。

「いまでも親っさんの声を聞いただけで、ぞっとする」

と元吉男は周囲の者にもらしていた。

一度肉体に刻印された恐怖は生涯にわたって消えることはないのである。

金俊平は元吉男を息子のように可愛がっていた。成漢も武も金俊平から見るとできそこないの息子だった。

「あいつは大親分になる」

と金俊平は高信義に自慢げに話していた。まるで親が実現できなかった夢を子に託しているような話しぶりだった。

失われた時をとりもどすことはできない。同じ時間を共有していながら、金俊平と成漢の向き合っている世界はまったくちがうのである。金俊平の日課は朝早くから薪を割り、その薪で飯を炊き、午後の睡眠のあと自転車に乗って債務者の家の周辺を徘徊《はいかい》し、その帰りに夕食のおかずを仕入れてくる。夜は晩酌をし、清子を抱いて眠る。しかし、衰えを知らない精力にもかげりがみえはじめていた。清子を抱いている最中になえてしまうことがあるのだった。そんなとき金俊平は肉体の衰えを感じずにはいられなかった。射精の量も勢いも衰えていた。人間の体は正直にできているのだと、つくづく思い知らされるのだった。その思いとはうらはらに成長していく息子の成漢を見ていると、何を考えているのか計り知れないのである。体つきはまだ細く、身長だけが伸びている発育盛りの成漢が、最近はこれ見よがしに柔道着を肩に担いで闊歩していた。道で出会っても平然としている。親に対する畏敬の念がまったくない。それどころか柔道着を肩に担いで闊歩している姿にはどこか挑発的なものが感じられるのだった。五十五歳の金俊平は、いまからでも子供をつくって自分の手で育てる考えを捨てていなかった。いまからでも遅くないと思っていた。その一縷《いちる》の望みに清子はいつまでたっても応えようとしないのだ。清子もすでに四十近くになっている。ある日、金俊平は清子を紹介してくれた真田吾平と居酒屋で飲みながらつい愚痴をこぼした。

「あいつはいつまでたっても子供を産まない。わしは男の子が欲しいんだ」

真田吾平には、いわば仲介役の手数料として大枚の金を支払っていた。そのこともあって金俊平はつい愚痴をこぼしたのである。

かなり酩酊していた真田吾平は、金俊平の不満をあげつらうように言った。

「あんたは何を考えてるんや。その歳で子供をつくってどないする。子供は二人もいるやないか。清子は子供のできん女やで。諦めるんやな」

「なんやと、清子は子供が産めんのか」

胸倉を摑まえられて詰問された真田吾平は、

「いや、五年も一緒にいて子供ができんのは、おかしいんちがうか言うてるんや」

と前言をひるがえして弁明するのだった。

しかし、真田吾平のひと言は金俊平の望みを打ち砕くものだった。言われてみれば、五年も一緒に暮らしていて子供ができないのは不自然であった。清子が月経の終わった女なら話は別だが、金俊平と暮らすようになったのは三十五歳の女盛りである。あることないことを吹聴して回り、金俊平の評判を落としている国本のくそ婆ぁは、つい先日、四十九歳で子供を出産している。国本のくそ婆ぁの肥沃な下腹部がねたましかった。

真田吾平と別れた金俊平は自転車に乗って憤懣やるかたない気持ちで帰宅した。帰宅してみると、清子は二階の部屋で茶菓子でお茶を飲みながら本を読んでいた。読み書きのできない金俊平は、それが自分に対する嫌味に映り、お茶と茶菓子を載せている座卓を蹴飛ばした。

「本なんか読みやがって。本を読む暇があったら子供を産め！　おまえは子供の産めん体か！」

面と向かって露骨に女が劣等感をいだいている秘密を糾弾されて清子は返す言葉を失った。それにもまして金俊平の恐ろしい形相に生きたここちがしなかった。

金俊平は家財道具をひっくり返し、押し入れに体当たりして暴れるのだった。清子は階段を駆け降り、素足で外へ逃げ出して朝鮮人長屋の路地に隠れた。清子を探し回る金俊平の姿が月に向かって吼える狼男のようだった。路地の暗闇に身をひそめて清子は手で口をふさいでいた。息苦しいほどの恐怖に叫びをあげそうになるのを抑制するためだった。

その夜を契機に酒に酔った金俊平の暴力がはじまった。清子に直接手を掛けるようなことはなかったが、二階の窓から家財道具や寝具を往来に投げ捨てたり、斧で柱を割ったり、怒声を張りあげて間接的な恐怖を与えるのである。そのたびに清子は路地の暗闇に身をこごめて震えていた。近所の者と疎遠だった清子をかくまってくれる家もなかった。行くあてもなく路地の暗闇でうずくまっている清子を英姫は二、三度目撃していた。そして見かねた英姫が清子を家にかくまったのである。この二、三年、金俊平は酒に酔っても英姫の家を襲っていない。清子と暮らしている手前、多少の遠慮があったのかもしれない。それに清子とはすこぶる順調な暮らしをしていたからであろう。

本妻が妾をかくまうというのも奇妙な話だが、同病相憐《あわ》れむ心情であった。

「もう、怖くて、怖くて、どうしてええのかわからへんのです」

体を震わせ嗚咽《おえつ》している清子の姿に英姫はかつての自分を思い出した。たぶん逃げることもできないだろう。かといってこの状態を続けることもできない。英姫は清子が自分の身替わりになっているような気がした。それは死ぬことよりつらい苦しい毎日である。

花子は清子をかくまっている母親に反発した。

「なんであんな女をかばうの。うちらの目と鼻の先に住んでる厚かましい女やないの。うちらが、どれだけ恥ずかしいつらい思いをしてきたか、あの女にはわからへんのや。天罰や」

自業自得《じごうじとく》だと言うのだった。

成漢はわれ関せずであった。父と母と妾と親子関係の長年にわたる確執にうんざりしていた。もう父を相手にしたくないと思っていた。成漢にとって金俊平は父というより朝鮮の精神風土の根っこに巣喰っている正体不明の鵺《ぬえ》のような存在だった。頭が猿、胴がたぬき、手足がとら、尾が蛇、声はとらつぐみに似ているといった不可解な怪物である。だがそれは乗り越えることのできない自己自身であり、どこまでいってもおのれの分身であるおのれが、またしてもおのれの分身を産みつづけるという無限級数的な陣痛にさいなまれるのだ。いったい自分は何者なのか？　父であり夫であり、男であり力の象徴であり、この世界に対する自己顕現の意志を暴力によってのみ貫徹できると信じているのだった。それ以外にどんな方法があるのか？

金俊平が酒に酔って帰宅する前に清子は英姫の家に逃げ込んでいた。清子の匂いをかぎ、清子を探し回っている金俊平が、そのうち英姫の家を襲ってくるのは時間の問題だった。英姫と花子はそのときに備えて、いつもの要領で二階の窓を開けたまま物干し場から隣家へ逃げる態勢を整えていた。もちろん逃げるときは清子も一緒である。清子のおかげで前と同じ生活にもどることになった花子は清子を憎んだ。憎んだが、考えてみると、清子と金俊平が暮らすようになったからこそ、その間、金俊平の暴力をまぬがれたのだ。どのみち同じだった。金俊平が存在する限り、その暴力から逃れることはできないのである。

そしてついに金俊平は英姫の家を襲ってきた。英姫と花子と清子はいち早く物干し場から屋根を伝って隣家へ逃れたが、ここで異変が起こったのである。成漢が金俊平を待ち構えていたのだ。表戸を蹴破って入った金俊平は逃げているにちがいないと思っていた成漢が目の前に立っていたので一瞬驚いた。そこに立っているのは脅えている小さな子供ではなかった。まだ未成熟な体格だったが、逃げることをやめ、金俊平の恐怖に打ち勝とうとして対決をも辞さない覚悟の成漢だった。この三、四年、道端ですれちがったり、遠くから眺めているだけだったが、こうしていま間近に向き合ってみると、成漢の内面に煮えたぎる殺意にも似た憎悪がひしひしと伝わってきた。

「きさま、勝負する気か！」

金俊平はいきなり成漢の胸倉を摑んだ。成漢は頭を下げ、必死に金俊平の体にしがみついた。巨木のような金俊平の体から発散しているむかつくような瘴気が成漢の鼻をついた。はじめて父の肉体に接触した成漢は、その異様な感触にとまどいを覚えた。肉と骨がぶつかり合う鈍い重い、そして粘着物のようにからみついて離れない名状し難い感情は、まるで深い愛情のこもった抱擁のようであった。成漢は金俊平を押しまくったが微動だにしなかった。つぎの瞬間、成漢は金俊平の膝で蹴り上げられ、肋骨《ろっこつ》に強い衝撃を受けて、たまらず蹲《うずくま》った。金俊平は追撃の手をゆるめなかった。成漢の髪を摑むと引きずり、表に投げ飛ばした。二、三回転して成漢は向かいの家の壁に激突した。「うむー」と呻き声をあげ、それでも成漢は立ち上がって金俊平に挑むのだった。

「きさまは平気で親を殺そうとする奴だ」

と金俊平が言った。

「ぼくにはあんたの血が流れてるからな！」

と成漢は応酬した。

「へらず口を叩きやがって。わしに歯向かったことを後悔させてやる！」

金俊平はふらついている成漢に強烈な頭突きを喰らわした。成漢は目の前が真っ暗になって卒倒した。

戸口から首だけをのぞかせて凄まじい父子喧嘩を見ていた高村のおかみさんと石原のおかみさんが、このままでは成漢が殺されるのではないかと思って仲裁に入った。

「成漢が死にます。いくらなんでも親が子供を殺していいという法はないはずです」

石原のおかみさんが気絶している成漢を抱き起こし、高村のおかみさんが金俊平の攻撃を阻止しようと立ちはだかった。

「こいつがわしを殺そうとしてるんだ！」

と金俊平が言った。

「とにかくこれ以上、むごい争いを見たくないです」

と石原のおかみさんが嫌悪をこめて言った。

近所の者がぞろぞろと集まってきた。顔面血だらけになって気を失っている凄惨な成漢の姿に顔をそむけながらも同情の声が聞こえた。息子を手にかけた金俊平も後味の悪い思いだった。集まってくる近所の者の視線を避けるように金俊平は家にもどった。気がついた成漢は悔し涙を流していた。

翌日、胸の痛みを訴える成漢を英姫と花子が生野にある同胞の綜合病院に連れて行った。診察の結果、鼻梁《びりよう》の骨と肋骨が二本折れ、急性肋膜炎《ろくまくえん》になっていた。自分の息子をも容赦しない金俊平の残忍さに、英姫と花子はいまさらのように慄然とした。

「ちょっと柔道習てるからいうて、お父《と》さんに歯向かうのがアホやねん。やくざでも怖がってるのに」

と花子は無謀な成漢をなじるのだった。

「このつぎは殺してやる」

あまりにも歴然としている力の差はいかんともし難く、成漢は無力感にとらわれていた。

「アホなこと言わんとき。親を殺してどないすんの」

「あいつは親とちがう。けだものや。花ちゃんはあいつを親と思てんのか」

そう言われると花子は顔を曇らせ、苦悩をたたえた。

「どんな人間でも親は親や。子供は親を選ぶことがでけへんのや」

「なんで子供は親を選ぶことがでけへんのや。あんな親はこっちから願い下げや。死ぬか生きるか、いつかもういっぺん勝負してやる」

負け惜しみの強い成漢は唇を嚙みしめた。それは金俊平に殴打された痛みに耐えているようだった。

廊下の待ち合い椅子に座って話していた成漢に看護婦が病室のベッドの用意ができたことを知らせにきた。病室は六人部屋だった。成漢のベッドは入口の右の一番手前だった。英姫と花子は看護婦から茶台の使い方やこまごまとした注意事項を説明された。

「ほな、あとでまたくるわ。急須と下着と身のまわり品を持ってくるわ」

と花子が言った。

「入院費はどないなるねん」

と成漢が訊いた。

「なんとかするさかい心配せんとき」

と英姫が笑顔で答えた。

成漢が肋骨を二本折って急性肋膜炎で入院したという噂はその日のうちにひろがった。噂を耳にした金俊平は反省したのか、その日から数日酒をやめて家に閉じ籠っていた。清子も逃げる必要はなかった。しかし清子は金俊平の顔色をうかがい、金俊平の一挙手一投足に神経をすりへらしていた。

　成漢は一カ月後に退院してきた。右の肋膜が癒着《ゆちゃく》し、ひきつっている感じがした。一カ月の入院で靴屋の店員は馘《くび》になった。幸い近くの工場でロクロの見習い工を募集していたのでさっそく応募して採用された。長屋の一階を潰して四台のロクロ機が置いてあるだけの零細企業である。四人のロクロ工員たちは細長い心棒を回転させて百分の一ミリの誤差を修正しながら小さなネジを作っていた。見習い工の成漢はとりあえず納品などの外回りの仕事をさせられた。二年制の洋裁学校で基本的な技術を修得した花子は近所の女性たちのスカートやワンピースを作っていたが、研究熱心で器用な花子はスーツをも手がけるようになっていた。英姫の酒商売はツケが多く、あまりかんばしくなかったが、辞めるよりは続けているほうが人の出入りも多く、何かとやりくりできるのだった。金俊平は相変わらず早朝の六時頃から薪を割り、自転車に乗って借金の取り立てをし、夕食のおかずを仕入れ、晩酌をして就寝するといった生活だった。ときたま高信義が訪ねてきて話し相手になっていた。高信義の商売は順調だった。律義な高信義は金俊平の恩義にむくいようと、わずかだが毎月一定の金額を返済していた。商売はしっかり者の女房にまかせ、最近は組織の地区委員になって地道な活動をしていた。高信義の要請に応じて金俊平はカンパなどもしていた。

成漢は学校の先輩に誘われ、いつしかデモに参加したりして、かなり過激な政治活動にのめり込んでいた。成長するにしたがって、成漢は近所の友達とのつき合いも疎遠になっていた。みんながそれぞれ別の道を歩みだしたのである。成漢はこの一年間に二度逮捕されているが、未成年者ということで釈放されていた。そのつど韓容仁が身元保証人になっていた。韓容仁は生野猪飼野《いかいの》の長屋に引っ越し、組織の活動からも遠のいて、ひたすら一獲千金の夢を追ってブローカーの世界を泳いでいたが、一つとして成功したためしがなかった。達弁家であることを自負し、それが災いしていた。自分の才覚を過信しており、汗にまみれて働くことをよしとしなかった。韓容仁にとって貧乏は一時的な仮の姿であった。何の根拠もなく、いつの日か大金がころがり込んでくると信じていた。地から湧いてくるのか、天から降ってくるのかしらないが、幻想を持った人間の過信ほどやっかいなものはない。

世の中はいまだ騒然とした雰囲気だったが、朝鮮人長屋は十年一日のごとく、ただ歳月に蝕《むしば》まれているだけのように思えた。それは朝鮮人長屋の者が着ている服装を見ればわかる。夏と冬のちがいはあっても十年前もいまも同じ服装をしていた。成漢は学生服の黒いズボンを年がら年中はいていたし、ひと財産儲けたはずの金俊平も冬になるとあの毛皮のコートに短靴をはき、坂本の長男は下駄の歯がすりへると蒲鉾に使う板を釘で打ちつけてはいていた。国本は終戦直後に進駐軍から払い下げになったセーターをいまでも着ている。近所のおかみさんたちの服装も十年前から同じである。

定時制高校を卒業した成漢は大学をあっさり諦めた。在日朝鮮人は一流大学を出たところで就職口は皆無であった。成漢の周囲には一流大学を出た友人が何人もいた。しかし、彼らは大学の研究室に残るか、親のホルモン屋を手伝うか、喫茶店のマスターになるのが関の山であった。在日朝鮮人の子弟たちはほとんどが定職を持てなかった。成漢が見習い工として勤めた工場も高校を卒業した翌年に倒産した。一度職を失うと、つぎの仕事がなかなか見つからなかった。やむを得ず日銭を稼ぐために土方仕事をしたりする。それも仕事があればの話である。

二十二歳になった花子に縁談が持ちこまれた。朝鮮人の親は子供をできるだけ早く結婚させようとする。英姫もその例にもれず、縁談を持ち込んできた相手と見合いさせ、一度の見合いで話を決めた。花子は花子で父との長い暗い確執から一日も早く逃れたいと思っていた。

婚礼の日、金俊平は表戸を閉めきって一人部屋で酒を飲んでいた。縫い物をしていた清子は何かが起きるのではないかと気が気ではなかった。金俊平は完全に無視されていたからである。当然といえば当然だが、父親としての面目は丸潰れであった。英姫の家には朝から婚礼を祝う大勢の人が出入りしていた。宴《うたげ》の笑い声が聞こえ、チャンゴ（朝鮮の鼓）の音に合わせて歌声が聞こえてくる。金俊平は腹に据えかねていたにちがいない。じつのところ英姫も金俊平が暴れだすのではないかと気をもんでいた。そして正午過ぎに迎えにきた新郎とともに花子が家をあとにしたとき、英姫はほっとした。婚礼の宴は深夜にまでおよんだが、その日は何ごともなく終わった。

金俊平は娘の婚礼に立ち会えなかったことを後悔していなかった。世間がどう思おうと金俊平の知ったことではないのだった。過ぎてゆく日々の中で、金俊平はおのれの生きざまを生きることだけに執着していた。人は何のために生きているのか、という問いそのものが金俊平にはたわごとのように思えるのだった。人は死ぬまで生きているにすぎない。それ以外にどんな理由があるのか？　人は生きるために身を売り、人を殺しもする。それこそが正当な理由だった。誰がこのわしを助けてくれる？　愛情の対象であるはずの子供が自分から遠い存在となってしまったいま、子供が自分を助けてくれる存在であるとは思えなかった。予想だにしていなかった成漢の反撃は、それを物語っていた。体に喰らいつき、渾身《こんしん》の力をこめて自分を倒そうとする成漢の肉体は、たとえ血肉を分けた父子であろうと、まったく別の肉体であった。別の感性、別の感情、別の性格、別の考えを持った別の人間である。だが、別の肉体であるはずの父子の関係は、蓋を開けてみるとその中に子供がおり、その蓋を開けてみると、またその中に子供がいるといった具合に開けても開けても子供の存在が金俊平の内部で入れ子構造になっているのだ。それとは逆に皮をむいてもむいても最後には何もない玉ネギのようなものでもある。

ときどき道端で成漢と出会うことがある。顔の骨格が変わり、細い目の底に飢餓《きが》感をたぎらせ、逞しくなっていた。そして最近では成漢が金俊平に対して威嚇的な態度をとるようになっている。前方から歩いてくる成漢は金俊平を避けようとせず、むしろ正面から体当たりでもしそうな勢いで向かってくるのだった。いつでも相手になってやるといった態度であった。何を考えているのかよくわからない。金俊平は自分の内部でしだいに大きく膨らんでいく得体の知れない子供という入れ子から自分自身が抜け出せなくなっているのに気付いた。『ぼくにはあんたの血が流れてるからな』あの瞬間から父子の関係は逆転したように思えるのだった。

金俊平は自転車のペダルをゆっくり漕ぎながら、市電通りに面したパチンコ屋の前に止まった。パチンコが流行りだした頃だが、客はほとんどが子供だった。パチンコ屋は子供の遊び場所だった。したがって売上げはたかだかしれていた。パチンコ屋の主人は四十四、五歳になる劉という中国人だった。以前は中国料理の店をやっていたが、パチンコが儲かるという人の口車に乗って中国料理店を止め、パチンコ屋に改装したのである。その際、金俊平から多額の金を借りている。その借金の利息が三カ月も溜まっているのだ。今日はその決着をつける日だった。

金俊平が店内に入ると店番をしていた劉の女房が顔色を変えた。三十台のパチンコ台に三、四人の子供と老人が一人興じていた。がらんとした店内には「お富さん」が空しく流れている。劉の女房が愛想笑いを浮かべ、もみ手をしながら、

「主人はちょっと出掛けております」

と言った。

「会う約束になってた。それなのに出掛けたのか」

「はい、急用ができまして」

「身内の誰かが死んだのか」

「え、ええ、従兄《いとこ》が亡くなりまして」

「従兄の家はどこだ。そこへ行って話をつける」

「それが、その、わたしにはわからんのです」

居留守を使っているのはみえみえだった。

「ええ加減なこと言うな」

金俊平はドアを開けて入り、階段を上がっていった。

「困ります。勝手に入られたら」

だが、金俊平は二階に上がっていた。部屋の襖《ふすま》を開けると、ビールを飲みながらテレビで力道山のプロレスを観戦していた劉が腰を浮かして後ずさりした。金俊平はテレビのスイッチを切り、劉の前にどっかと座って胡坐を組んだ。

「きさま、居留守なんか使いやがって。いつまでも逃げ通せると思ってるのか」

金俊平は劉が飲んでいたビール瓶を自分の頭に叩きつけて砕いた。その拍子に金俊平の口から入れ歯が飛び出した。すると金俊平が奇怪な顔になった。劉は息を呑んで、

「すんまへん。勘忍しとくなはれ」

と頭を畳にこすりつけた。借金を取りたてるときのいつもの光景であった。

「この書類に印鑑を押せ」

金俊平は二枚の書類を懐から取り出してひろげた。

「何の書類です？」

「この家の名義変更の書類や」

「それはちょっと待っとくなはれ」

突然、突きつけられた名義変更の書類に劉は狼狽した。

「あかん。どいつもこいつも、ちょっと待ってくれぬかしやがる。ちょっと待って、どないかなったためしがないいんじゃ」

「そない言いますが、あんまり急やさかい、ちょっと考えさせてください」

「考える時間は充分あったはずや。この書類に印を押したら、条件をつけてやる。パチンコ屋を止めて、前の中国料理店をやれ。改装費はわしが出してやる。そのかわり毎月、家賃をわしに払え。将来、余裕ができたら、この店をわしから買い取れ。これ以上ええ条件はないやろ」

言われてみると、にっちもさっちもいかない現状から判断して、金俊平の提示した条件は合理的に思えたが、店を奪られることに抵抗があった。劉は額に汗をにじませ判断に悩んでいた。部屋の入口に座って一部始終を見ていた劉の女房が進み出て、

「お父ちゃん、金さんの言わはるとおりにしよ。このままではどのみち店を手放さんならん」

真剣な表情で夫の決意をうながした。

「おまえは料理の腕がええそうやないか。店がはやったら、そのうちまた店を買いもどすこともできるはずや」

この言葉で劉は書類に印鑑を押した。

こうして取り上げた家屋が、いまでは十二軒ある。

警官の制服と学生服が夏ものから冬ものに変わっていた。十月である。それらの服装のせ

いか、厳しかった残暑が終わったと思うのだった。そして空の色は日一日と淡くなり、冷え込んできた。清子は洗濯物を干すために物干し場に上がったとき、周囲の景色がいままでとちがって見えた。変わるはずもない朝鮮人長屋の景色が、まるで蜃気楼《しんきろう》のようだった。清子は何度もまばたきをした。目に何か附着しているのではないかと手でこすった。足が浮いているようだった。記憶が遠のいていく。どうしたんだろう……と洗濯物を干そうとしたとき目の前が真っ暗になって倒れた。気が付くと、清子は布団に寝かされていた。

「どないしたんや。物干し場に倒れてたがな」

側に座っている金俊平の顔ははっきり見えた。

「貧血や思うわ。急に目の前が真っ暗になって」

「貧血か。女はやっかいやのう」

だが、その日から、清子は急に物忘れするようになった。市場へ買い物にきて、何を買いにきたのかわからなくなるのである。人の名前も忘れていた。掛かってきた電話を受け、金俊平を呼びにいきながら忘れているのだった。

「おまえは最近どないかしてるぞ。電話も受けっぱなし、おかずも煮込みっぱなしで鍋が真っ黒焦げや。手形や証文も、そこらに放ったらかして知らん顔や。どこにしまったかもわからん」

記憶がずたずたに寸断されている感じだった。話している途中、前後のつじつまが合わなくなるのである。言葉を失っていた。思い出そうとして思い出せないのだった。言葉を思い出したとたん、すーと消えてしまうのである。体の平衡感覚が崩れ、宙にふわふわと浮遊している感じだった。注意力を喚起すればするほど圧迫され、苦しくなるのである。精神的な、あるいは神経的な病だろうか。立ちくらみのようでもあり、それにしてはこの物忘れは度がすぎる。体の内部で何かの異変が発生しているのは明らかだった。清子はそのことを金俊平に訴えた。金俊平も清子のただならぬ様子を気にしていた。病院で診察してもらうことにしたが、十二月もおし詰まっていたので年が明けてから診《み》てもらうことになった。

正月も明けた六日、かつて金俊平が神経科に半年間入院したことのある大学病院で診察を受けることにした。天王寺にある大学病院へタクシーで行き、予約していた時間に診察が始まった。混雑している大学病院の診察は普通なら五分か十分程度だが、内科、神経科、レントゲン科、脳外科と四つの部署の診察を受け、二時間以上を費やした。その間、廊下の待ち合い椅子で待っていた金俊平は、診察時間が長すぎるので、何か重大な病気に冒されているにちがいないと胸騒ぎを覚えた。午前中の診察時間は終わり、廊下の待ち合い椅子には金俊平一人が残っていた。やがて脳外科室から看護婦につきそわれて清子が出てきた。思いなしか清子の目がどこか遠くを見つめているようで虚《うつ》ろだった。

清子につきそってきた看護婦が、

「ちょっと先生がご主人にお話があるそうです」

と言った。

気の抜けた意思のない傀儡《くぐつ》みたいに長椅子に座った清子を気にしながら、金俊平は看護婦のあとをついていった。

脳外科室に入ると、メガネをかけた五十歳くらいの医師が、金俊平に椅子をすすめた。そして椅子に腰をおろした金俊平に言った。

「奥さんは脳腫瘍《のうしゆよう》です」

「脳腫瘍？」

聞いたこともない病名である。

「つまり、頭の中にデキモノができています」

と医師はわかりやすく説明した。

「頭の中にデキモノができてる……」

金俊平は医師の言葉を反芻して、

「治るんですか？」

と訊いた。

医師はちょっとメガネに手をかけ、カルテに視線を移して少し首をかしげた。

「薬では治らない。頭を手術してデキモノを取るしかないのです」

頭を手術するとは頭を切って脳味噌の中のデキモノを取り除くということだろうか。金俊平には想像できない手術だった。

「手術をすれば治りますか？」

「うむ、それも治るとは断言できない。しかし、手術をしなければ、あと一カ月か長くて二カ月の命です」

なんということだろう。手術をしなければあと一カ月か二カ月の命とは。

「進行が早くなってますから、手術は一日でも早いほうがいいです」

要するに医師は先の短い命だから、一か八か手術に賭けてはどうかとすすめているのだろう、と金俊平は理解した。医師の話が本当なら、手術をするしかない。

「この手術にはご主人の同意が必要です」

と医師が言った。

「わかりました」

と金俊平は手術を諒承《りようしよう》した。

「それでは明日入院してください。入院してもう一度精密検査を行ないます。それから手術の日を決めます」

脳外科室から出てきた金俊平は、誰もいない待ち合い廊下の長椅子に一人ぼんやり座っている清子を眺めた。清子の体が急に小さく見えた。

22

清子は入院して三日間精密検査を受けたあと手術した。手術は七時間にもおよんだ。手術室から出てきた清子は丸坊主にされて包帯を巻かれ、血の気のない白い顔をして半ば口を開けたまま昏睡《こんすい》していた。看護婦と一緒に付き添い婦が何かと面倒をみていた。患者に必要な日常用品は付き添い婦が買いそろえていた。

「下着はわたしが洗います」

と付き添い婦が言った。

金俊平はただ見守っているだけだった。

手術後、金俊平は医師に呼ばれた。

「デキモノはかなり奥のほうにできていましたので、苦労しましたが、なんとか摘出しました」

「治りますか」

「後遺症は残ります」

金俊平は医師に質問するのをやめた。どのみち同じことではないかと思った。昏睡している清子をいつまで見ていても仕方ないので、あとを付き添い婦に頼んで帰宅することにした。帰りがけ事務局によると、保証金として二十万円用意するように言われた。金俊平はべらぼうな額だと思った。

帰宅した金俊平は一人で酒を飲みながら二人の甥と高信義に電話を入れて、清子が手術したことを伝えた。

一人で過ごす夜は長かった。清子のいない部屋は冷たく、なかなか眠れそうになかった。一升瓶を空にしているが頭は冴えていた。あいつの病気は治らないだろう。清子のむくんでふやけた白い顔がちらついた。金俊平は暖のない部屋で胡坐をかいて頭《こうべ》をたれたままいつまでも酒を飲んでいた。

翌日、金俊平は二十万円を持って自転車で大学病院に赴いた。事務局に二十万円の保証金を支払い、清子の個室に入ると高信義が見舞いにきていた。

「大変だったな」

と高信義はひとこと言った。

「まあ、仕方ない。誰もなりたくて病気になるわけじゃないからな」

付き添い婦が椅子をすすめ、お茶の用意をしてきた。

清子は意識を回復していたが、苦しそうに顔を歪めていた。看護婦が点滴の交換にやってきた。そのあとから担当医が様子を見に入ってきた。看護婦の記録している熱の推移を読み、脈を計って考え込むようにしていたが、

「四、五日もすれば落ち着くでしょう」

と言って医師は部屋を出た。

「奥さん大丈夫ですか。高です」

と清子に声を掛けてみたが、清子は虚ろな眼差しを向けるだけだった。金俊平や高信義が認識できないらしかった。

「もう誰もわからんのかな」

と金俊平が言った。

「そんなことはない。そのうちわかるようになるよ」

高信義は金俊平の不安を打ち消すように言った。

そこへ果物をたずさえた二人の甥が見舞いにきた。周囲をはばかるようにおずおずと入ってきてベッドに横臥している清子をちらと見て部屋の隅に立った。椅子が足りなかった。いまの段階で清子の容態について話すべきことは何もなかった。

「容態はどうですか」

と訊く金泰洙に、

「わからん」

と脚を組んで煙草をふかしていた金俊平がそっけない返事をした。

「おばさんが入院しているので、叔父さんは生活に不自由してないですか」

と金容洙が訊いた。

「大丈夫だ。それよりおまえの仕事はどうだ」

「はい、なんとか喰ってます」

甥たちとは年に二度の法事（チェサ）以外に会うことはほとんどない。その法事にも金俊平は顔を出さないことがある。人と会うのがわずらわしいからだ。とりたてて話すこともない四人は、三十分ほどで病室を出た。

金俊平と高信義は自転車だったが、二人の甥は電車できていたので病院前で別れた。

「わしの家で一杯飲むか」

と高信義は金俊平を誘った。

誰もいない家に帰ったところで時間をもてあますだけの金俊平は高信義の家に寄ることにした。

朝鮮市場は賑わっていた。肉屋の店頭にはゆでたての豚の頭が二つどっかと載せてあった。地べたに座って、その朝近海で獲れたばかりのサザエやアワビを売っている海女《あま》の前に立って物色していたが、

「入れ歯だからな」

と金俊平は諦めた。

高信義の店は朝鮮の絹から乾物にいたるまで、いろいろな物を売っている。高信義の女房の明実は客の応対に追われていた。嫁入りの年齢に達している長女が手伝っていた。夫の高信義がめったに訪れることのない金俊平をともなってきたので、

「アイゴ、ようこそ、こられました」

と客の応対を娘にまかせて金俊平を二階へ案内した。二階は六畳の間が三部屋ある。部屋に入ると民族学校の高校三年生になるニキビ面の次男が、

「アンニョンハシムニカ（今日は）」

と挨拶をして隣の部屋に移った。

その朝鮮語がよほど新鮮に聞こえたらしく、金俊平は思わずほほえんだ。

明実はドブロクの入った一升瓶と盛り沢山な朝鮮料理を運んできた。そして金俊平にドブロクをつぎながら、

「奥さんの具合はどうですか」

と訊いた。

「いまのところ、よくわからない。ま、なるようにしかならんでしょ」

金俊平は清子の病気についてあまり話したくない様子だった。明実も清子とは何かのとき に高信義と一緒に金俊平を訪ねたおり一度会っている。英姫と親しい明実は、そのとき複雑 な気持ちだった。そしてさまざまな噂を聴いているだけに、いまも複雑だった。もちろん英 姫の家族について聞くのはタブーである。花子の婚礼のときは高信義夫婦は参席したが、日 常的に英姫の家に立ち寄るのははばかられた。明実は二度酒をついで、男同士の話の邪魔を してはならないと思って店に降りて行った。

明実が店に降りて行くと、黙っていた金俊平が口を開いた。

「おまえにちょっと相談がある」

「相談？　なんの相談や」

金俊平はためらいがちに、どんぶり鉢に残っていたドブロクをぐっと飲んで言った。

「他の病気ならともかく、あいつがああいう病気になってしまったから、自分で何もできな くなると思う。わしも付きっきりであいつの面倒をみれるかどうかわからん。そこで付き添 い婦のような女がいればいいんだが」

「それやったら、付き添い婦を紹介してくれるとこに頼んだらええのとちがうか。病院もそこに頼んで付き添い婦にきてもろてるはずや」

金俊平は唇を歪めて言いにくそうに、

「そういうところの女じゃなく、普通の女にきてほしいんじゃ。できれば朝鮮の女がええ。通いではなく住み込みでな」

と言った。

「住み込みの朝鮮の女……そういうのはちょっとおらんのとちがうか」

と言いかけて高信義は金俊平の意図に気付いた。要するに清子の後釜になる女はいないかということである。それも子供の産める若い女が条件だろう。この相談にはうかつに乗れないと高信義は思った。

「わしには、そういう女のこころ当たりはまったくないなあ」

と高信義はとぼけた。

「そうか。ま、気にせんでくれ」

高信義のとぼけた生返事が気に入らなかったのか、金俊平は立ち上がった。

「もう帰るのか」

と高信義は言った。

「酒も飲んだことだし、帰る」

そう言って階段を降りて行く金俊平を高信義は追うようについてきた。

店にいた明実が、

「もうお帰りですか。久しぶりですから、夕食でもと思うてましたが」

と高信義を振り返った。

「ご馳走になった」

ゆっくりと歩幅を進めて外に出た金俊平の顔が陽の光を浴びて赤くなっていた。

「何か気に障ったことでも言うたの」

自転車に乗って去って行く金俊平の後ろ姿を見送りながら、明実は夫に訊いた。

「いいや、べつに気に障るようなことは言うてない」

だが、高信義は内心、気まずい思いをしていた。

清子が入院して一カ月もすると、近所のおかみさん連中の間であらぬ噂が囁かれていた。金を持って逃げたとか、別れたらしいとか、まことしやかな噂が囁かれていたが、国本の女房の情報がもっとも正確だった。英姫の家にこっそりやってきた国本の女房は台所の暗い通路で英姫に秘密めいた話でもするように言った。

「あの女は頭にデキモノができて手術したらしいわ。一時、酒に酔った俊平に毎晩追われてたやろ。そのときの恐ろしさが脳にきてデキモノができたいう話やわ。朝鮮の女はしょっちゅう亭主から暴力を振るわれてるさかい平気やけど、日本の女は神経が弱いさかい、すぐおかしなるのや。あの俊平にかかったら無理ないけどな」

国本の女房の話は推論にすぎないが、そう言われてみると、恐ろしさに耐えきれず頭にデキモノができても不思議はないと英姫は思った。英姫も一時期、金俊平に追われ追われて恐怖のあまり気が変になるのではないかと思ったことがある。あの恐怖は経験した者でないとわからない。英姫は清子に同情した。

金俊平は三、四日に一度、清子を見舞ったが、最近清子はようやく金俊平を確認できるようになった。けれども言葉はしゃべれなかった。もどかしげに唇を動かし、あ、あ、あ、と喉の奥から発する声が何かを訴えようとしているが、それが何であるかは読みとれなかった。そしてある日、偶然清子の頭の包帯を取り替える場面に立ち会った。担当医師の指示にしたがって看護婦が包帯をはずしていく。清子は瞼を閉じていた。はがしていく包帯の下から出てきた清子の頭部は見るも無残な姿だった。真半分に割られた頭蓋は額から右耳の後ろにそって、そのまま後頭部へと半円形に切断されていた。もちろん縫合されているわけだが、その生なましい縫合の傷跡が鳥の足跡のようだった。額が盛り上がり、そのぶん頬の肉がずり落ちている。まるでお岩みたいだった。

新しい包帯に取り替えた看護婦からカルテを受け取って記入し、

「左半分が麻痺してます。言語機能にも障害が残ってます。そのうち右手は使えるようになると思いますので、自分でトイレへ行けるようになるでしょう。ま、気長にやるしかないですな」

と医師は事務的な口調で述べて病室を出た。

清子は横になった。

「何か食べたい物はあるか」

と金俊平が訊くと清子はかぶりを振った。言葉を交わすこともできず、骸《むくろ》のように痩せ細った清子を十分ほど眺めて病院をあとにした。

帰り道、自転車を漕ぎながら金俊平は阿倍野《あべの》(天王寺)の街を散策した。金俊平にとって阿倍野は因縁の深い街だった。特に遊廓で出会った八重との思い出は、青い炎のようにいまでも金俊平の胸の底に残っていた。遊廓に通じる商店街を走っていると、暴れて店内を目茶苦茶に壊した店がまだ営業していたので懐かしくなって入ってみた。店内には四個の裸電球がぶらさがっており、天井や壁やテーブルの色がくすんでいて、客は一人もいなかった。白髪《しらが》のまじった猫背の主人が汚れた割烹着《かっぽうぎ》で手を拭きながら、

「何しま」

と無愛想に注文を訊いた。

「焼酎を一杯くれ」

と金俊平が言った。

厨房《ちゅうぼう》にさがって行った主人が焼酎をついだコップを持ってきた。主人はあのときと同じ人物だったが、金俊平のことをまったく覚えていないらしかった。それにしても自分と同じくらいの主人の老けようは何だろうと思った。金俊平は焼酎を一息であおると店を出た。一気に飲んだ焼酎が胸のあたりで灼けつきむせかえった。

家に帰って毛皮の半コートを脱いだときボタンが落ちた。金俊平は押し入れから裁縫箱を持ち出し、針の穴に糸を通そうとした。しかし針の穴が見えないのである。針の穴に焦点を合わせようと目に針を近づけたり離したりしてみたが、針の穴はぼんやりとしか見えない。針の穴に何度も糸を通そうと試みたが、しだいに目が疲れ、ついに諦めた。肉体の衰えを感じたことはない。だが、針の穴に糸を通せない金俊平は自分もあの居酒屋の主人と同じように老けているのだということを思いしらされた。

金俊平は近くのメガネ店へ赴き、老眼鏡のレンズを調製してもらった。そして調製してもらった老眼鏡で新聞を見せられて金俊平はショックを受けた。文字は読めないが、ぼんやりしていた文字の型がくっきりと浮き彫りされてはっきり見えた。金俊平は調製された老眼鏡を買って家に帰ると、針の穴に糸を通してみた。すると糸は苦もなく針の穴を通り抜けた。それから節くれだった太い指で毛皮の半コートにボタンつけをした。老眼鏡は細かい物を見るとき以外に使う必要はなかったので箪笥の引き出しにしまっておいたが、老眼鏡を使わねばならないということ自体、屈辱的であった。

日がな一日、何もすることがない。金俊平は二畳の間に腰掛けて通りを往来している影を眺めていた。一時間も観察していると、いろんな人間がいろんな表情をして歩いているのがわかる。息子の成漢が家の中をちらと見て通り過ぎた。その眼差しは影の中にいる金俊平の存在を無視していた。無視することで自分の存在を誇示しようとしているかのようであった。金俊平はときどき深酒をして内面の憤懣を吐き出そうとして暴発寸前になることがある。そんなとき金俊平は英姫の家の前を往ったり来たりしていた。以前なら英姫の家の表戸を蹴破っているはずだったが、成漢との凄まじい争いがあってから、金俊平はためらうようになっていた。表戸を蹴破って入ると、成漢が待ち構えているような気がするのだった。むろん成漢を叩きのめすのは簡単だった。しかしそれは自らの影と格闘しているように思えるのだった。成漢を見るたびにいつまでたってもすっきりしない憂鬱な気分に陥り、ストレスがたまるのである。

金俊平の家の前に一台の自家用車が止まって、中から一人の男が降りてきた。三百名の従業員をかかえている橋本精密工業の社長である。薄くなった頭髪をかきあげ、上衣のボタンをしめなおし、二畳の間に腰掛けている金俊平にお辞儀をして入ってきた。金俊平を訪ねてくるとき、社長の李宗万はいつも特級酒を三本たずさえていた。

「どうも遅くなってすみません」

三百名の従業員をかかえる社長だけあって、貫禄のある風貌《ふうぼう》をしていた。金俊平は渋い顔をしていたが、李宗万を二畳の間に上がらせた。利息が三日遅れているのだ。遅れるという断わりの電話はあったものの三日以上遅延すると、ことは面倒になるのを金俊平は知っていた。

「とりあえず今月分の利息を払っておきます」

と言って李宗万は懐から利息金の入った封筒を差し出した。利息は先払いになっている。利息金の入った封筒を受け取った金俊平は、

「商売はうまくいってるのか」

と訊いた。

「なんといいますか、うまくいってるのですが、うまくいかないのです」

うまくいっているのに、うまくいってないとはどういう意味なのか。まるで禅問答のような話である。金俊平は李宗万の詭弁《きべん》に乗せられまいと用心した。

「うまくいってるのに、うまくいってないとはどういう意味だ。わかるように説明しろ」

李宗万には三千万円の金を貸している。利息は月に九十万円入ってくる。金俊平にとって李宗万は最大の債務者であった。それだけに橋本精密工業の経営には重大な関心をよせていた。

「製品はよく売れていますので、経営上は黒字です。ところが製品が売れれば売れるほど資金難に陥るのです。一脚何十万円もする製品ですから、ほとんどがローンです。しかし銀行は在日朝鮮人のわたしにローンの取り扱いを認めようとしないのです。つまりわたしは自己資本でローンを扱うことになるのです。そんな金がどこにありますか。製品が売れれば売れるほど借金が増え、赤字になるというわけです」

「じゃあ売らなきゃいいだろう」

金俊平には何もわかってないといった調子で李宗万は嘆息した。

「そんなことをすれば生産の中止に追い込まれて、たちまち倒産します」

経営のなんたるかを知らない金俊平には理解できない話だった。

橋本精密工業は理髪店の椅子を製造販売しており、全国二位の生産高を誇っている会社だった。経営は順調で、銀行がローンの取り扱いを認めてくれさえすれば金俊平から高い利息の金を借りる必要もないのであった。しかし、銀行は在日外国人のローン取り扱いを認めようとはしないのである。

「ですから、わたしは日本に帰化しようか、どうしようか迷っています」

李宗万の意外な言葉に金俊平は在日朝鮮人の置かれている複雑な状況を知った。

「日本に帰化すると銀行はローンの取り扱いを認めてくれるのか」

金俊平は李宗万が持参してきた特級酒の一本の栓を抜いて二個のコップにつぎ、李宗万にすすめながら自分も飲んだ。

「それはわかりません。しかし日本に帰化すればわたしは朝鮮人ではなく日本人になりますから、銀行も考えてくれるかもしれません」

李宗万は金俊平からつがれたコップ酒を一口ふくんで言った。

「朝鮮人だろうと日本人だろうと生きていくことに変わりはない。会社を潰すより日本に帰化したほうがいいにきまってる。会社が倒産したら、誰がおまえを助けてくれる。誰も助けてはくれんさ」

「あなたのおっしゃるとおりです」

李宗万は神妙な顔付きをした。

「一つだけ言っておく。会社が倒産する前にわしの金を返すことだ。そうしないとおまえを殺す」

李宗万の顔色がみるみる蒼《あお》ざめていった。

クラクションが鳴っている。狭い道路に進入してきた大型貨物車が金俊平の家の前に止めている自家用車の発進をうながしているのだ。李宗万は腰を上げて挨拶もそこそこに自家用車にもどって発進させた。一人になった金俊平は李宗万に貸した金を取りもどす方法を考えていた。一度に返済させることはできないが、期限を切って何度かに分割させるしかないだろうと思った。だが、金という奴は突然行き詰まるのだ。それは明日かもしれないのだった。李宗万の家屋にはすでに二重、三重の根抵当権が設定されているだろう。三千万円の大金を取りもどすためには金俊平一人の手にあまる。迅速かつ強引に行動しなければならない。そのためには人手が必要だった。元山組にまかせてみるか、と金俊平は考えた。元山組に一任した場合、金俊平の取り分は債権の半分または三分の一くらいになるかもしれない。この際、いたしかたない。債権の取り立ては早い者勝ちである。もたもたしていると、事務机か錆びついた工作機械類を摑まされることになるのだ。

その日の夜、金俊平は李宗万が持参した特級酒を一本飲みあかし、残りの二本を持って元山組を訪ねた。今里新橋通りにある元山組事務所は金俊平の家から自転車で十分もあれば行ける。特級酒を一本空けている金俊平は多少酩酊していたが、足元はしっかりしていた。新橋通り商店街には二軒の映画館があり、買い物客や映画を観賞する客で賑わっていた。

元山組の事務所に着いた金俊平は自転車から降り、

「おーい、吉男！　おるか！」

と二階に向かって叫んだ。

その大声に、事務所にいた若衆が三、四人飛び出してきた。酒を二本下げて少し酔っている大男の年配者が立っていたので若衆の一人が、

「なんじゃ、われは！」

と脅すように体をそらして金俊平を見上げた。

「吉男はおるか。わしがきたと言え」

組長をまるで子供でもあつかうように呼び捨てにするので、別の若衆が、

「なんの用や」

と今度は冷静に訊いた。

そのとき元山組長が現れた。角刈り頭のいかつい顔と胸板の厚い体格は一段と逞しくなって貫禄があった。元吉男は金俊平を見るなり、

「親っさんでっか。ま、入っとくれなはれ」

と鄭重に案内した。

「殺しの元山組」といわれる組の長が鄭重にもてなすこの男は何者だろう、と若衆たちはい

ぶかった。

事務所の奥の応接室に通された金俊平はソファにどっかと腰を下ろして脚を組むと、持ってきた二本の特級酒をテーブルの上に置いた。

「気い使わせてすんまへん。おい、コップ二つ持ってこい。それから何か酒の肴を買うてこい」

組長の側にぴったりくっついてガードしていた若衆の一人が、

「へい」

と言って酒の肴を買いに出掛けた。

「明日からちょっと東京へ行く用事がおましたんや。今夜きてくれてよかったですわ」

「東京には何しに行くんや」

「ちょっとごたごたがおまして」

「そうか。ごたごたがあんのか。じつはわしも、おまえにちょっと頼みがあってきたんやが、このつぎにするか」

めったに頼みごとをしない金俊平の遠慮がちな言葉に元吉男は興味を持ったらしく、

「何の頼みです」

と訊いた。

そこで金俊平は李宗万の件を一部始終説明した。

「橋本精密工業の噂はわしも聞いてますわ。どこかの組がかんでたら面倒でっせ。すぐに調べま」

酒の肴を買いに行った若衆が鯛の塩焼きを二匹皿に載せて運んできた。元吉男はまだ独身だった。したがって事務所には女手がなかった。事務所にたむろしている十人前後の男たちはひと癖もふた癖もありそうな面構えをしていた。

酒を酌み交わしていた金俊平がおもむろに言った。

「やってくれるんやったら、わしには一千万でええ。あとはおまえの取り分や」

金俊平は懐から手形と証文を取り出してテーブルの上に並べた。五百万円の手形六通と李宗万が保証人になっている証文だった。

「この手形と証文はおまえに預ける。ただし二、三日中に一千万円をわしによこせ」

要するに三千万円の債権を三分の一の一千万円で買えというわけだ。守銭奴と恐れられている金俊平にしては思いきった条件を提示したといえる。元吉男にとって悪い話ではなかった。

「わかりました。一千万は東京から帰ってきてから親っさんに払います。あとはわしらにまかせとくなはれ」

昔から長話をしない金俊平は用件がすむと席を立った。

「あとは頼んだぞ。わしは夜はだいたい家におる」

そう言うと、玄関まで見送りにきた元吉男を振り返りもせずに、金俊平は自転車に乗って新橋通りをもどって行った。

幹部の一人が、

「組長、あのおやじは誰ですか」

と訊いた。

「金俊平いう化け物や。わしの知ってる限り、あの男ほど恐ろしい人間はおらん」

「ほんまでっか。ただのじじいにしか見えまへんけどな」

「あほんだら。おまえらが十人束になっても、あの男には勝てん」

元吉男は金俊平の後ろ姿を見つめながら、自分の刺した包丁の刃を握ったまま、棍棒で頭を殴られた記憶を思い起こしていた。仁王立ちになったその阿修羅のような姿は元吉男の脳裏にいまも深く刻まれていた。

元山組はただちに行動した。元山組の組員五、六人が金俊平から預かった手形と証文を持って橋本精密工業に乗り込み、社長の李宗万に、一カ月後の期限に手形決済できないときは不渡りにすると通告した。そしてもし不渡りになった場合は、全国の理髪店に販売した売掛金を差し押さえる権利を認める念書を取った。さらに元山組はその日から李宗万の屋敷の一室に常時二人の組員を泊まり込ませることにした。万一のときに備えて根抵当権を設定している債権者に対し元山組が居住権を主張するためであった。

翌日、李宗万が金俊平に泣きついてきた。

「あんまりやないですか、金さん。わたしは今日まで利息をちゃんと払ってきたじゃないですか。それなのに元山組が乗り込んできて無理難題の条件をつきつけてます。お願いします。どうかわたしを助けてください。わたしは十年身を粉《こ》にして会社をここまで大きくしてきたんです。何があっても倒産させるわけにはいきません。会社が倒産すれば三百人の社員が路頭に迷います。社員の家族を合わせれば千二、三百人が路頭に迷うことになるのです。お願いです。どうか千二、三百人の人間を助けてやってください」

李宗万は実際に涙を流して土下座した。しかし、金俊平はまったく同情しなかった。

「人間は一日に何回も考えが変わるもんや。もう少し様子を見よう思たけど、おまえが帰ったあと考えが変わった。だからわしが言うたやろ。倒産する前にわしの金は返せと。返さないときはおまえを殺すとな」

「それはまだ先の話じゃないですか。まだ倒産してないのに倒産させるつもりですか」

「先の話やない。おまえの会社はもうじき死ぬ。わしにそれがわからんと思てるのか。わしも二千万円損してる。せやけどカタはつけなあかん」

「そんな馬鹿な。一千万円でしたら、わたしは明日にでも都合つけます。もう一度考え直してください。考え直してくだされば、どんなことをしてでも明日中に一千万円都合つけます」

だが、泣こうと、哀願しようと、土下座しようと、金俊平には通じなかった。

「諦めろ。いったん極道と約束を交わしたからには、どうにもならん。極道と話をつけようとしたら二倍の金がいる。諦めて、あいつらに三千万円決済することや。それしか道はない」

「約束を破ったのはあんたじゃないですか。極道に手形と証文を売ったのはあんたじゃないですか」

土下座して泣きながら哀願していた李宗万が、今度は怒りに体を震わせた。

「勝手なことぬかすな。約束を守ってないのはおまえやないか。帰れ！　帰りやがれ！」

焼酎を飲んでいた金俊平は持っていたコップを台所に向かって投げつけた。コップは木っ端微塵《こ ぱ み じん》に砕けた。

橋本精密工業は三カ月後に倒産した。李宗万の屋敷を占拠していた元山組は第一根抵当権者である銀行とは債権の五分の一で、第二根抵当権者とは債権の十分の一で話をつけ、その直後、不動産会社に六千万円で転売した。その差額は四千万円だった。

秋晴れの日に清子は退院してきた。五カ月ぶりの帰宅である。金俊平は人目を避けるようにタクシーの中の清子を毛布にくるんで抱きかかえ、二階の部屋に寝かせた。清子の体は綿のように軽かった。もの言わぬ清子は虚ろな眼差しを天井にそそいでいるだけだった。意思表示したいときだけ、もどかしげに口を開き声を発するのだが、ろれつの回らない言葉はほとんど聞き取れなかった。発語の音声や眼の表情で清子の感情の動きや意思表示をくみとるしかなかった。医師はそのうち右手が使えるようになり、歩行も可能になるだろうと希望的観測を述べていたが、いつまでたっても右手の機能は回復しなかった。箸を使えない清子は自分で食事ができず、第三者の介護を必要とした。その役を今日から金俊平がせねばならなかった。

食事の内容は、漬け物、煮魚、みそ汁、卵焼きといった咀嚼しやすい物を選んで作った。牛や豚の内臓を強い香辛料で煮込んだ料理を好む金俊平のものとは別々に作ることになる。二度手間だったが、腕のいい蒲鉾職人だった金俊平は料理が得意で、それほど苦にならなかった。清子が健康なときも自分の食べる料理は自分で作っていた。日本の女には金俊平好みの朝鮮料理を作れなかったからでもある。もっとも金俊平好みのあの独特の料理は朝鮮の女にも作れなかっただろう。歯が抜けてから夏バテ防止のゲテモノ料理は作らなくなったが、相変わらず自己流の奇怪な薬膳料理を作っていた。

手もちぶさただった金俊平の日課は清子の帰宅でかなり忙しくなっていた。食事はできるだけ清子自身の手で食べさせようと箸をつかませたり、スプーンを使わせたりしたが、物を挟むことも汁をすくうこともできなかった。そのたびに金俊平は面倒になって食べさせた。だが、口の中に入れた食事をうまく咀嚼できずに、清子はよだれと一緒に口の端から食べ物や汁をだらだらとこぼすのである。

「呑み込むんや。なんで呑み込めんのや」

と金俊平は子供を叱るように言う。すると清子の表情が恐怖に引きつるのだった。手を貸すと上半身を起こして壁に背中をあずけて座ることはできるのだが、恐怖に脅えだすと体のバランスを崩して倒れてしまうのである。食事のたびに、いったい全体こいつの体はどうなってるんだ、といらいらした。

尿は一日に二、三度あり、便は一日に一回程度だった。はじめは清子をかかえて一階の便所に運び、幼児をおしっこさせるように金俊平は清子の両脚をかかえて用をたさせていたが、狭い便所の中で二人の大人が同時にしゃがみ込むのはかなり無理があった。そこで真鍮《しんちゅう》の洗面器を買ってきて、清子は横臥したまま用をたすことになった。いずれにしてもこれらの作業は精神的に疲れるのだった。そして週に一回は体を洗ってやらねばならない。

金俊平は釜に湯を沸かし、大きなアルミ製のタライに沸かした湯と水を入れて温度を調節し、湯の中に清子をつからせた。湯につかっているときの清子は気持ちよさそうな表情をしていた。子供を産んだことのない張りのあった白い体が、いまでは骨と皮だけのひからびた皺だらけの体になっていた。まるで六十歳か七十歳の老婆のようだった。生えてきた髪の毛は薄く、五、六センチ以上伸びなかった。金俊平は清子の骸のような体を洗いながら、こんなことがいつまで続くのかと考え込んでいた。

ある日、外出から帰った金俊平が二階の清子の部屋に入ると、異様な臭いがたちこめていた。清子はいつものように虚ろな眼差しで天井を見つめていた。金俊平は布団をまくし上げた。布団の中にこもっていた悪臭が放出し、部屋に充満した。金俊平は二部屋の窓を開け、尿と便の汚穢にまみれている清子の下半身をシーツでぬぐい、布団を持って階下に降りてセメント敷きの玄関に放り出した。それから大きな鍋に水を満たしてガスコンロで湯を沸かしにかかった。ガス代がもったいないと言って普段はめったに使ったことのないガスを緊急を要するこの場合、二、三年ぶりで使った。そして湯が沸くと水で温度を調節して清子の下半身を洗い、別の布団に寝かせた。さて、汚穢にまみれた布団は洗濯して使うべきか、それとも捨てるべきか考えあぐねていたが、やはり洗濯は手にあまる作業だったので捨てることにした。その夜、金俊平は布団を自転車の荷台に積み、近くの運河に捨てた。

自分では何一つできない清子に文句を言うこともできない。かといって、いつまた同じことが起きるかわからないので外出もままならないのだ。金俊平は清子の隣の部屋で独りコップ酒を飲んでいた。難破船から投げ出された二人が一枚の板にしがみついて大海原を漂流しているような感じだった。板にしがみついている清子が力つきて沈みかけようとしている。その清子を抱きかかえている金俊平も長い漂流の波間で力つきようとしている。どうすればいいのか。金俊平はこころの闇を彷徨《さまよ》っていた。いく重にも重なった深い闇の奥に燃えている地獄の炎が金俊平の肉体をめぐっている血をふつふつと煮えたぎらせている。人はいつか死ぬ。早いか遅いかの違いはあっても人は死の時を選ぶことはできない。死の苦しみにもがいている者を解き放つ方法は鬼神のような強い力である。酔いの回ってきた金俊平は自らが鬼神のような存在になることを願った。

金俊平は西成にいる甥の金容洙と奈良にいる甥の金泰洙に電話を入れた。眠っている夜中に電話で起こされた二人の甥は何ごとかと思った。

「明日、仕事が終わったあと必ずわしの家にこい。わかったな」

命令だった。何があったのか。何の用だろう。間違いを犯すようなことは何もしていないが、金俊平から呼び出された二人の甥は疑心暗鬼になって、その夜は眠れなかった。

翌日、仕事を終えた二人の甥がやってきた。二畳の間で酒を飲みながら二人がくるのを待っていた金俊平の前に立って、

「遅くなりました」

と兄の金容洙が挨拶した。弟の金泰洙は頭をぺこりと下げた。

「座れ」

と言われて二人の甥はへっぴり腰で二畳の間に座った。

金俊平は用意していた二個のコップに酒をつぎ、押し入れになっている階段の下の戸を閉めろ、と言った。金泰洙が戸を閉めた。それから金俊平は清子が退院してからの生活を語った。金俊平の話を聞いていた二人の甥の表情が硬くなっていた。自分たちに清子の面倒をみさせようとしているのではないかと思った。もし清子の面倒をみろ、と言われた場合、拒否できなかった。

「女を連れてこい。どんな女でもええ。この家に住んで清子の面倒をみてくれる女だ。体力がいるから若い女にこしたことはない」

二人の甥は金俊平の言っている意味が半分しかわからなかった。寝たきりの清子の面倒をみていると外出もままならない。したがって清子の面倒をみてくれる女を探してこいというわけだが、住み込みで若い女という条件が難問だった。なぜ住み込みで若い女でなければな

らないのか。金俊平の条件に合った女がどこにいるのか。二人の甥は返答に困った。そんな女はどこにもいないと断われれば、それではおまえたちが清子の面倒をみろと言われるだろう。二人の甥はイエスともノーとも言えず、金俊平からふっかけられた難問に対処できず苦渋に満ちた表情をしていた。

「はっきり返事しろ。いつまで黙ってる気だ!」

煮えきらない二人の甥の態度に金俊平は癇癪《かんしゃく》を起こして持っていたコップを二人に投げつけようとした。二人の甥は首をすぼめて畏縮した。

「叔父さんの苦労はわかりますけど、急にそんなこと言われても、そんな女がどこにいるのか、まったくこころ当たりがないです」

金容洙が畳の目を読みながらやっと答えた。

「だからどこかで探してこいと言うてるんや。それとも、そんな女はどこにもおらん言うのか。探しもせんと。探すのが面倒臭いのか。わしの言うことがきけんのか」

「いいえ、そうじゃないです。探してみます。探してみますが、そう簡単に見つかるかどうか……」

金俊平に曖昧な言葉は通じないのである。曖昧な言葉はかえって金俊平を激昂させる結果を招くだけだった。

「そうか。見つかるかどうかわからん言うのか。だったら明日からおまえたちがここへきて清子の面倒をみろ。わしはこの長屋の四軒先の家を買ってある。そこにわしは住む」

二人の甥のどちらかが、この長屋の四軒先の家に住みながら清子の面倒をみよ、というのであればまだしも、金俊平が家を出て、二人の甥のどちらかがこの家に住んで清子の面倒をみよ、というのはあまりにも自分勝手すぎる。それは二人の甥のどちらかに清子の面倒を押しつけて、自分は放棄することであった。無理難題もここまでくると、二人の甥はなにがなんでも、そういう女を必ず探してきますと言わざるを得なかった。そうしなければすべての責任を自分たちに負わされるからであった。そして不思議なことに金俊平の無理難題にもかかわらず、金俊平の苦労に責任を感じるのだった。

二人の甥は金俊平から金を借りていた。西成で養豚場を営んでいる金容洙は去年の夏、伝染病で二十頭のうち十五頭の豚を失い、新しい仔豚を購入する際に金俊平から金を借りた。金容洙の弟の金泰洙も牛の屠殺の仕事を辞めて奈良に引っ越し、そこでぶどう農園を営む際に金俊平から金を借りている。もちろん二人の甥は月々三分の利息を払っていた。三分の利息は街の金融業者の相場より安いというのが金俊平の口癖だった。

「おまえたちに誰が金を貸してくれる。街の金融業者から借りてみろ、月に五分から一割の利息を取られる。それも貸してくれればの話だが。おまえたちは甥だから安い利息で金を貸してるんだ。普通なら五分か六分で貸すところをおまえたちに三分で貸してるということは、わしは毎月二、三分の金を損してることになる。そこのところをわかってるのか」

現実には金俊平の言うとおりだった。二人の甥にとって叔父の金俊平は頼りになる力強い存在であった。

曖昧な返事は許されなかった。必ず条件に合う女を探してきますと断言しなければならなかった。

「必ず探してきます」

と金容洙は力のない声で答えた。

「一カ月以内に探してこい」

と金俊平が注文をつけた。

「はい」

と二人の甥は受諾するしかなかった。

金俊平の条件にかなった女を必ず探してきますと答えたものの、そんな女がどこにいるのか見当もつかない。金俊平の家を出た二人の甥は溜め息をついた。

「兄貴、あんな返事をしたけど、こころ当たりがあんのかいな」

三歳年下の金泰洙が心配そうに言った。

「あるわけないやろ。あるわけないけど、ああいう返事せんと、わしとおまえのどっちかがあの女の面倒をみやんならん。そんなことができるのか。それに断わったら金返せ言われて豚をみな殺されてしまう。おまえもただではすまん」

「どないしたらええねん」

「とにかく探すことや。どんな女でもええさかい、親父（朝鮮人は自分の父を亡くした場合、父の実兄か実弟が親父代わりになる）の条件に合《お》うた女を探すことや。乞食女でもええ」

と言って金容洙はふとある女を思い出した。

鶴橋で弟の金泰洙と別れた金容洙は西成の自宅近くで足を止めた。どぶ川を渡ると養豚場と隣り合わせになっている自宅がある。そのどぶ川に沿って数軒のバラック小屋が建っていた。不法建築物のバラック小屋は当局から、電気、水道、ガスを停められていたので、夜になるとくろぐろとつらなるゴミの山のように見えるのだった。中にはランプの灯りをつけている小屋もあったが、たいがいははやばやと就寝していた。その数軒のバラック小屋からもはみ出したような形で二、三十メートル離れた場所に小さな掘っ建て小屋がぽつんと建っている。金容洙は毎朝、どぶ川を挟んで建っているバラック小屋を何げなく眺めていたが、ぽつんと建っている掘っ建て小屋に注意を払ったことがない。ときたま道端で掘っ建て小屋に住んでいる女と子供に出会うことがあっても気にとめていなかった。身長は百五十六、七センチ、浅黒い鮫肌《さめはだ》をしている。少し出っ歯で頬が張り出し、太い濃い眉毛の下に大きな眼が飢えをしのいでいるかのように窪《くぼ》んでいた。少し頭の弱い七、八歳になる女の子を連れて歩いている。黄色い鼻水を垂らし、人前でも鼻水をずるずると飲み込んでいた。何をして生活しているのか誰にもわからなかった。天王寺界隈《かいわい》で立ちんぼをしているのではないかという噂だった。気にもとめていなかったその母子を、金容洙はふと思い出したのである。『明日にでも女に会ってみよう』金容洙はそう考えて、どぶ川の橋を渡った。

養豚場の仕事は朝が早い。腹を空かした豚の鳴き声がうるさくて餌を与えるのに追われた。その後、養豚場を洗い流し、つぎの餌の煮込みにかかりながら、女の掘っ建て小屋を逐一見張っていた。午前八時頃、ようやく女が七輪に火をおこすため外に現れた。金容洙はゴム製の前掛けをはずして手を洗い、ゴム長靴のまま橋を渡って女の掘っ建て小屋に近づいた。女はしゃがんだ姿勢で煙草をふかし、ウチワをあおいで七輪に風を送っていた。近づいてきた金容洙をちらと見てウチワをはたいている。

金容洙が声を掛けた。

「あのな、あんたにちょっと話があるんやけどな、聞いてくれへんか」

女は両腕をだらりと垂らし、億劫《おっくう》そうに立ち上がった。

「話って、何の話やの」

　道端ですれちがったときの女は浅黒い肌のせいか四十歳近くに見えたが、朝の光の中にいる女は三十過ぎぐらいにしか見えなかった。ずんぐりとした体型はいかにも丈夫そうであった。

「わしは怪しいもんやない。川の向かいで養豚場をやってる金本いうもんや」

　と自分の住まいを指差した。

　女は金容洙が養豚場を営んでいるのを知っているらしく、あまり警戒していない様子だった。

「立ち話もなんやし、十時にタバコ屋の隣の喫茶店で会うてくれへんか」

「何の話やの。こみ入った話かいな。うちはこみ入った話はいややで」

「いや、こみ入った話やない。お互いにええ話や」

「ええ話て、どんな話やの」

「喫茶店で話したいんや。それとも、あんたの部屋で話してもええけど」

　女は掘っ建て小屋に入られるのを嫌がった。金容洙はそれとなく掘っ建て小屋の内部を瞥見したが、三畳ほどの板間があるだけだった。

「十時に喫茶店に行ったらええねんやろ」

「そうや」

「なんや知らんけど、ほな十時に喫茶店に行くわ」

「そうか、おおきに。十時に待ってるさかい、必ずきてや」

金容洙は念を押して引き返した。

作業服から普段着に替えて、十時きっかりに金容洙は喫茶店に入って奥のテーブルに座った。五分後に女が子供を連れてやってきた。十時開店の喫茶店には三人以外に客はいなかった。三人はコーヒー、トースト、ゆで卵がセットになってるモーニングサービスを注文した。運ばれてきたモーニングサービスのコーヒーを飲み、煙草をふかしてから金容洙は切りだした。

「じつは東成にわしの叔父さんがいるんやけどな、ちょっと困ってるんや。何億いう財産を持ってるんやけど、一緒に住んでる女が寝たきりの病気でな、外出もできんありさまで、誰か面倒みてくれる人はおらんやろかと相談されてな。いろいろ考えてみたんやけど、ふとあんたを思い出してな。わしは毎朝あんたを見かけてるし、なんやしらんけどあんたに親しみを感じてたさかい、あんたなら相談に乗ってくれるんちがうやろか思て、今朝、思いきって声掛けてみたんや」

女は何かを期待していたわけではないが、しかし話の内容があまりにもちがいすぎるので失望の色を浮かべて体を椅子にあずけると脚を組み、

「何や、付き添い婦の話かいな。そんな話やったら付き添い婦を紹介してくれるとこへ行って相談したらええがな」

と言った。

「付き添い婦の話に聞こえるのも無理ないけど、付き添い婦の話とちがうんや。どない言うたらええかな。つまり……後妻になってくれへんかいうことや」

金俊平から後妻の話はひと言も出ていない。しかし、寝泊まりしながら清子の面倒をみて、そのうえ金俊平の性の相手になるような女といえば後妻を条件にするしか話の進めようがないのである。

「後妻て、奥さんがまだ生きてるのに、そこへ行って後妻になるわけ。そんな話聞いたことないわ」

垂れてくる鼻水がバターのようにべっとりついているトーストを女の子がかじっている。それを見ながら女は平気で煙草をふかしていた。金容洙は無神経な母親だと思った。その無神経さゆえに、この話に乗ってくるのではないかと期待した。

「いま一緒に住んでる女はあと二、三カ月の命や。二、三カ月我慢したら、あんたは何億という財産を持ってる叔父さんの後妻になれるんや。子供でも産んだら、財産はあんたのもんや」

かつて真田吾平が清子を口説いたときもそうだったが、いままた金容洙も同じような手口で女を口説いていた。しかも清子に比べると三畳一間の掘っ建て小屋に暮らしている女の生活は一段と厳しいはずであった。立ちんぼをしているという噂まである女の選択肢はそう多くあるはずがない。女の表情が迷っていた。自嘲的にやたらと煙草をふかし、ふてくされた態度で自己卑下しているようだった。この機会に人生の不運を奪回できるのかどうかを計算していた。金容洙が懐から五万円の入った封筒をテーブルの上に置いた。

「封筒に五万円入ってる。もしあんたが明日、叔父と会ってくれるなら、この五万円であんたの服と子供の服を買ってください」

女は店内に客がいないかを確かめた。カウンターの中の女将《おかみ》がテレビを観ている。そこへ二人の客が入ってきた。

「おばさん、モーニングちょうだい」

と一人の客が言ってカウンターの椅子に腰かけた。女はカウンターに座った二人の客の視線から封筒を隠すようにしながら、そっと取った。

「言うとくけど、このお金で服を買うて明日あんたの叔父さんに会うたからいうて、一緒に住むかどうかはわからへんで」

女は自己弁護するように言った。

「わかってる。あんたをどうこうしようというわけやない。その気になったら、住んだらええのや」

金を受け取ったのは、その意思があるということだった。いまの生活から抜け出したいということである。

「念のために聞いときたいんやけど、叔父さんに電話で明日行くことを知らせなあかんさかい聞くんやけど、あんたはいま何歳？」

「三十一歳」

金容洙が女をじっと見つめた。

「嘘や思たら定期見せたるわ」

女は布の巾着《きんちやく》式の袋から定期入れを取り出して見せた。津守の停留所から天王寺までのバスの定期券だったが、読み書きのできない金容洙は定期入れを少し離して眺め、

「老眼やさかい、よう見えんのや。名前は何て書いてあるねん」

と目を細めて老眼を装った。

「鳥谷定子」

「生まれはどこや」

「鹿児島」

女が不快そうにまた煙草をふかして脚を組み直した。

「身元調査してるわけやないけど、せめて名前と歳くらい知ってないと叔父さんに電話できんやろ。悪かったな」

女の機嫌をとりながら、

「ほな、明日の昼過ぎにあんたの家へ迎えに行くわ」

と金容洙は伝票を持って立った。

金容洙がレジで精算している間、女は子供の手を取って先に歩いていた。そのみすぼらしい恰好をしている母子の後を金容洙は距離をとってゆっくり歩いた。

23

いつもより早く起床して金容洙は豚の餌を煮込み、掃除してから奈良の弟の金泰洙に電話を入れて、昼過ぎに金俊平の家へくるように伝言した。

朝食のあと片づけをしていた金容洙の妻がたまりかねたように言った。

「あんな女を紹介してええの」

「ええも悪いもないがな。どんな女でもええさかい一カ月以内に連れてこい言うんやさかい、どないすんねん。他に適当な女がおるんか」

妻の気持ちもわからないではないが、背に腹はかえられない金容洙は、とにかく女を連れていくしかないと思っていた。

「もし叔父さんが、女を気に入らなかったらどないすんの。女が叔父さんを嫌がるかもしれないし」

「そのときはそのときや。気に入るかいらんかは、会うてみんとわからんやろ」

「叔父さんにはっきり断わったらよかったんや。あんたは叔父さんの前では何も言えんさかい、こんなことになるのや。こんな話、無理にきまってるのに」

「叔父さんに何か言えると思てんのか。ほな、おまえが叔父さんの前ではっきり言うてくれ。言えるのか」

むろん彼女も金俊平の前では何も言えなかった。夫婦して金俊平に何ひとつ言えないのが悔しいのである。

「それに、もし女を連れていかなんだら、わしらに災難がふりかかってくるんじゃ。わしら夫婦か、奈良の泰洙夫婦が叔父さんの近くに住んで寝たきりの女の面倒をみんならん。そんなことができるのか」

「なんでうちらがそんなことまでせんならんの。叔父さんはうちらを何や思てんねやろ。お金は借りてるけど、毎月利息もちゃんと払てるし、うちらは叔父さんの奴隷とちがうで」

考えれば考えるほど腹だたしくなってくる妻の永子は台所仕事をやめて部屋に座り込んだ。煮込んでいる豚の餌の臭いが漂っている。なれているはずの悪臭だが、今日はその悪臭にむかついた。子供のいない金容洙夫婦は口論になると、何か殺伐とした感情になるのだった。

台所仕事を放棄して部屋に座り込んでむくれている妻に手を焼きながら作業服を着替えた金容洙は、

「あとは頼むで。餌を煮込みすぎんように」

と言い残して家を出た。

どぶ川の橋を渡って掘っ建て小屋に行くと、女と子供は真新しい服装で待っていた。馬子にも衣装というが、昨日のみすぼらしい恰好に比べればまだしもましであった。ただ厚化粧をしている女の顔が異様に映った。石鹸の泡を塗りたくったような白い顔の中央に猛禽《もうきん》類のような黒い大きな眼が光っていた。笑うと真っ赤に塗った口紅の紅が出っ歯に付着していた。注意しようと思ったが彼女の自尊心を傷つけるのではないかと思ってやめた。人間だれしも自尊心を持っている。念入りに化粧した顔を注意するのは自尊心をはなはだしく傷つけることになる。女の微妙な領域である化粧について男が口をはさむのはさしひかえるべきだろうと思った。

女は昨日と様子がちがっていた。風呂敷包みを持っているところをみると、その気があるらしかった。

「あの、おつりやけど」

女は服を買って残った金を金容洙に返そうとした。

「取っといてくれ。叔父さんのお金や」

わざと鷹揚なところをみせて、金容洙は女をうながし、大通りに出てタクシーを拾った。

「タクシーに乗るのは久しぶりやわ」

と女が言った。

もの珍しそうに車窓から外の景色を眺めている子供が上衣の袖でしきりに鼻水をぬぐっている。買ったばかりの新しい上衣の袖がてかてかに光っていた。見かねた金容洙が、

「鼻をかむように教えたらどないや」

と言った。

「なんぼ教えてもあかんのです」

そして女は風呂敷の端で子供の鼻をぬぐうのだった。

タクシーは市電通りに沿って千日前に出ると今里に向かって一直線に走った。

「あんたは大阪にきて何年になるんや」

大阪弁の語尾に鹿児島弁特有の訛《なまり》を引いている女に訊いた。

「八年になるわ」

「八年……そしたらこの子は大阪で生まれたんかいな」

「そうです」

「ててごはどないしたんや」

「子供が生まれて病院で養生している間に、おらんようになって。うちら母子は捨てられた

んですわ」

「殺生《せっしょう》な男やな」

女の横顔をちらと見て、どこまでが本当の話か疑っていた。

金容洙はできるだけ近所の者に見られないようにタクシーを金俊平の玄関前に横づけして先に降り、母子の姿をかばうようにしながら家の中に入った。

二畳の間に金俊平と金泰洙が座って酒を飲んでいた。金泰洙は先にきていたのだ。その金泰洙は女と鼻水を垂らしている子供を見て、

「先にきてたのか」

と声を掛けた金容洙に返事もできなかった。セメント敷きの玄関に風呂敷包みを持った女と鼻水を垂らしてつっ立っている子供を金俊平はじろりと見つめた。女は一瞬伏し目になった。

「叔父さん、連れてきました」

と金容洙が挨拶した。それから金容洙は、

「いつまでもそんなとこに立ってやんと、まあ上がりなさい」

と女を部屋に上げた。

女はひかえめに伏し目のまま部屋の隅に座った。狭い二畳の間に四人の大人と一人の子供

が座ると互いに額をつき合わせるような形になった。

「鳥谷定子とその子供です」

と金容洙はあらためて定子を紹介した。

「よろしくお願いします」

と定子が小さな声で挨拶した。

金俊平は昨夜、金容洙から電話で定子の出身地と年齢を知らされていた。鼻水を垂らしている女の子が母親の背後に隠れるようにしている。

「子供は何歳や」

金俊平がはじめて口をきいた。

「七歳です」

と定子が答えた。

まるで年季奉公にでもきた女に質問しているみたいだった。そして事実、年季奉公と変わらないあつかい方だった。

「ここに住むことに決めたのか」

金俊平は威圧的なまなざしで定子を見つめた。

少し間を置いて定子が首をたてに振った。それまで口を閉ざしていた金泰洙が、

「それはよかった」

と顔をほころばせた。

大任を果たした金容洙も、

「よかった、よかった。悪いようにはせんさかい」

と喜んでいた。

「叔父さん、すしでも取りましょか」

と金泰洙が急にはしゃぎだした。

金容洙が家に電話を入れて妻の永子に報告している。

「市電通りを右に曲がって少し行ったらすし屋がある。おまえ自転車で行ってこい」

金俊平に指図された金泰洙は妙に浮き浮きしながら自転車を走らせた。そして、家を教えるためにすし屋の小僧と一緒に帰ってきた。丸い座卓を囲んで四人の大人と一人の子供が体を寄せ合ってすしを食べている姿は奇妙で不思議な光景であった。定子は手で口を隠しながらすしを食べていた。

「一杯どうです」

と金泰洙から酒をすすめられて、定子は金俊平を気にしてはにかみながら二口ほど飲んだ。箸をうまく使えない子供は手ですしをつまんで食べ、口の周りがご飯粒だらけになっていた。

それでもうまく食べられない子供はご飯粒をぼろぼろ落としていた。

「ゆきちゃん、もっとお行儀よう食べなさい」

知恵遅れのゆき子は母親に注意されても、ひたすらすしを丸ごと口に入れようと手のひらで押し込むのだった。

「子供だから、しょうがない」

金俊平の寛容な態度に二人の甥は内心驚いていた。

「すみません」

定子は媚びるような声で謝った。

別にこれといった会話があるわけではなかった。二人の甥は定子の過去や生活を詮索したくないと思っていた。彼女の過去や生活を詮索することで金俊平の感情を害するようなことにでもなればせっかくの苦労も水の泡である。それは二人の甥のあずかり知らぬことであった。二人の甥は二時間ほど世間話をしたあと金俊平の家を去った。

二人の甥が帰ると、定子は座卓の上のすしの容器を片づけ、あらたまった口調で、

「よろしくお願いします」

と言って頭を下げた。

「まあ、手間はかかるが、あいつの面倒をみてやってくれ」

と金俊平が言った。

それから金俊平は、

「子供をちょっと外で遊ばせなさい」

と言った。

定子は金俊平の意を察して、

「ゆきちゃん、おこづかいやるから、すぐそこの駄菓子屋に行って、お好み焼き食べておいで。ゆきちゃんはお好み焼きが好きやろ」

と子供を外へ追い出そうとした。

「お腹一杯や。お好み焼きはあとで食べる」

特上すしを一人前たいらげた子供に、すぐまたお好み焼きを食べさせようというのが無理だった。

「お好み焼きを食べておいで。お母ちゃんの言うことがきかれへんの。それから遠いとこ行ったらあかんで。お好み焼きを食べたら帰っておいで」

定子は嫌がるゆき子を無理矢理追い出して表戸の鍵を掛けた。そして座卓の脚をたたんで押し入れにしまい込み、ついでに布団を敷くと定子は服を脱いで横になった。脂肪のたっぷりついた腹がまるで妊婦のようにでっ張り、短い脚は内側に曲がっていた。大きな乳房が垂れ下がっている。その乳房を金俊平は鷲摑みにして乳首を吸った。定子が「あ」と声をもらした。金俊平はその声をふさぐように舌を定子の口の中に入れ、手で下半身をまさぐった。群生している恥毛の奥の湿地帯からねばねばした液が溢れてくる。浅黒いざらざらした肌が汗にまみれて腐った果物のような匂いを発散させていた。その匂いは性的な匂いでもあった。いわば全身から愛液を溢れさせているようであった。

金俊平の物が定子の湿地帯の奥に入っていくと、歯をくいしばっていた定子はたまらず呻き声をあげた。二階にいる清子を意識して呻き声をあげまいと歯をくいしばっていた定子だったが、いったん呻き声をあげた定子の感情は抑制がきかなかった。それどころか抑制していたぶん快楽が強い力で突き上げてきた。衰えを知らない金俊平の精力は若い定子の体をむさぼっていた。美形である必要はなかった。金俊平にとって必要なものは女の肉体であった。切れば痛みをともなって血の出る肉体の生なましさ、それ以外に何があるのか。肉休を病んだ清子は精神も病んでいるのだ。確かな手応えのある肉体こそ金俊平の望むところだった。

ゆき子が表戸を叩いている。母親を呼びながら叩いていた。そして応答がないので、ゆき子は不安になって泣きだした。その泣き声に定子はわれに返った。しかし、金俊平にしっかり卍型にされているうえに体が痺れている定子はしばらく動けなかった。やっと金俊平から解放されて定子は起き上がり、服を着て表戸を開けた。ゆき子の顔が涙と鼻水でぐじゃぐじやになっている。

「泣いたらあかん。なんで泣くの」

定子は周りを気にしながら厳しい表情でゆき子の腕を強く引いて家の中に入れ表戸を閉めた。

煙草をふかしていた金俊平が子供を叱っている定子に言った。

「わしとおまえはこの部屋で寝る。子供は二階に寝かせろ」

知恵遅れの子供を連れている定子は金俊平に気がねして、

「はい」

と頷いた。

金俊平は定子を二階に案内して裏の物干し場に面している部屋に寝たっきりの清子の様子を見せた。清子の視線がゆっくり移動して金俊平と定子を見上げた。頭の中央から右耳の後ろにかけて亀裂のように走っている縫い目を境に目の縁あたりが盛り上がっているお岩のような顔がうす気味悪かった。だが、定子は清子を見下すような眼差しで唇に笑みを浮かべた。

「柱にボタンがある。ボタンを押すと下のブザーが鳴る。そのときは二階にきて様子を見ろ。ろれつが回らないから言ってることはわからんが、だいたいのことは察しがつく。小便も大便もこの金盥《かなだらい》で受けるんや。小便は一日に二、三回ある。大便は一回くらいや。食事は手伝《てつど》うてやらんと、自分一人では食べられん。壁にもたれて座ることはできる」

一応清子の状態について説明した金俊平は清子に向かって、

「これからはこの女がおまえの世話をする。この女の言うことを聞くんや。わかったな」

と清子が理解したかどうかを表情で読みとろうとした。清子はただ定子を睨んでいるだけだった。

「うちのこと気に入らんのとちがいますか」

定子は清子を見下しながら当てつけのように言った。

「そんなことはどうでもええ」

言いつけたことだけを守り、余計なことに口出ししたり感情移入することを金俊平は許さないのだ。

中途半端な時間に出前のすしを食べたので夕食はどうするのだろうと思っていると、定子は金俊平からかまどに薪をくべて釜でご飯を炊くよう命じられた。

「ガスを使たらあかんのですか」

と定子が訊いた。

「かまどがあるし薪もあるのに、なんでガスを使うんや。無駄なことすんな。かんてき（七輪）にも火おこしとけ。わしは夕食の仕入れに行ってくる」

金俊平は自転車のハンドルに市場籠をぶらさげて鶴橋に出掛けた。

ガスの使用を禁止されて、定子は憮然とした。これでは掘っ建て小屋に住んでいるのと同じではないかと思った。金持ちだと聞かされてきてみたが、冷蔵庫も洗濯機もテレビもない。何もないのだ。表の玄関から裏の台所に通じる通路には薪が積んである。台所の棚に並べてある薬味やわけのわからぬ容器の中身を調べていた定子はぞっとした。丸焦げの猿の頭や蛇が入っていたのだ。定子は何も考えないことにした。自分がここへきたのは、あの掘っ建て小屋での乞食生活から抜け出すためである。たとえ何があろうと、あの掘っ建て小屋にはもどりたくなかった。いつか必ずこの家を、金俊平の財産を自分のものにしてみせる。自分はまだ若くて丈夫な体をしている。それがよりどころであった。

金俊平は四十分ほどで帰ってきた。市場籠には魚のあらや、豚の足や、野菜などもたっぷり入っていた。定子は金俊平に言われて清子の食事の用意をした。みそ汁、卵焼き、煮魚、漬け物などである。清子の食事と金俊平の食事の中身は別であった。金俊平は自分の食事は自分で作っていた。大きな鍋で魚の頭や牛のすじや鶏の骨を煮込み、大根、にんじん、にんにく、生姜、にら、唐辛子などをぶち込んでいく。あくを取り除きながら時間をかけて煮込むのである。定子には食べられそうになかった。定子は清子と同じものを食べたいと思った。だが、それはできなかった。出来上がったごった煮の鍋を座卓の上に置き、

「まあ食べてみろ。うまいから」

と金俊平からすすめられて、いやとは言えない定子はごった煮の料理を小鉢に取って一口食べた。そして驚いた。じつに美味なる料理だった。香辛料の味が強く、口の中が燃えるように熱かったが、渾然《こんぜん》一体になった味はまろやかであった。

「こんなおいしいもん食べたんはじめてやわ」

実際、定子が今日まで食べてきたものはこのごった煮の料理に比べると貧相で味けないものに思われた。ゆき子は平気で食べている。三人の額から汗が流れ、香辛料に刺激された胃袋が食欲を増していた。口を大きく開けて食べ物を放り込み、入れ歯をものともせずに咀嚼している金俊平の大食漢ぶりは定子の度胆《どぎも》を抜いた。とうてい五十八歳の人間には見えなかった。まるで野生のライオンが獲物に喰らいついているみたいだった。

「ほんまにおいしいものは高級料理屋にはない。自分で作ることや」

生命力に強く執着している金俊平は、生命の源泉である食に対して一家言を持っていた。

食事が終わって座卓を片づけたあと、定子は清子の食事を膳に載せて二階に運んだ。虚ろな眼で天井をぼんやり見つめていた清子は、定子が現れたとたん拒絶反応を示して顔をそむけた。定子はその清子の上半身を起こして壁にもたれさせ、前掛けをつけてやった。そしてご飯をつまんだ箸を口に運ぶと、清子は口を開こうとしなかった。

「なんで食べへんの。うちはあんたの面倒みるためにきたんやで。親っさんに頼まれて、ここに住んでくれ言われて、西成と奈良に住んでる二人の甥にも拝みたおされて、しょうがなしにきたんや。こんなこと誰がしてくれるの。あほらしい。うちに感謝したらどやの。そんな眼で睨まんと。ほんまに強情な女ごや。食べ、はよ食べんかいな」

定子はスプーンで固く閉ざしている歯をこじ開けてご飯を押し込んで、みそ汁を流し入れた。むせった清子は咳をして口の中の食べ物を吐いてしまった。

「ゆき子より始末におえんわ、この女ごは」

かたくなに拒絶する清子の頰を定子はぶった。

「なんやのその眼は。あんたが悪いんやろ。人の親切もわからんと。食べとうなかったら食べんでもええ。親っさんに言いつけたるさかい」

猛禽類のような黒い大きな定子の眼が清子を威嚇した。清子の目から涙がこぼれた。

「泣いてもあかん。嘘泣きなんかしたりして。あんたのことは親っさんからまかせられてるのや。うちのいうことが聞けんようやったら、何もしてやれへんで。オシッコもウンコも勝手にし。そのうちあんたは腐っていくわ」

悪意に満ちた讒謗《ざんぼう》に打ちひしがれて清子は倒れた。

「腹へってないんやな。腹へったら食べるようになるわ。ほんまに腹がへるいうことがどういうことか、あんたにはまだわからんのや。ほんまに腹へったら、ゴキブリでも食べるようになる。飢えはな、死ぬことより恐ろしいんや」

定子の言葉には実感がこもっていた。

もたれていた壁から斜に倒れてもがいている清子を定子は憎らしげに見つめ、お膳を持って階段を降りていった。そして台所で牛の胃袋の膜を手入れしていた金俊平に言った。

「いくら食べさせよう思ても、食べようとせえへんのやわ。どないしましょ」

メガネをかけて牛の胃袋の膜を手入れしていた金俊平は手を休めて立ち上がり、

「わしが持っていく」

と言った。

「あんじょう言うてやってください。うちの言うことなんか聞こうとしまへんのや」

金俊平はお膳を持って二階へ上がり、清子の部屋に入った。金俊平の後ろからついてきた定子が障子の陰に立った。

「なんで食べへんのや。定子はおまえの面倒をみるためにきたのに、定子の言うことが聞けんのか」

だが、金俊平をうらめしそうに見つめる清子の目から涙がとめどなく溢れてきた。

「定子、もういっぺん食べさせ」

障子の陰にいた定子がふたたび箸にご飯をつまんで清子の口に運んだ。清子は金俊平に脅えながら、かろうじて口を開け、ご飯を食べた。

清子の食事をすませて一階に降りてきた定子が畳にへたり込んで、

「疲れますわ。ほんまに」

と愚痴をこぼした。

「ごじゃごじゃ文句ぬかすな。いややったら、さっさと帰れ」

金俊平の怒気に定子は顔をこわばらせて、

「すんません」

と素直に謝るのだった。

わずか半日だが、定子は、短気な性格の金俊平に逆らわないようにするのが賢明であると思った。

二、三日もすると、定子の存在は近所の者に知れ渡っていた。肌の浅黒い大きな目のずんぐりした体型の女が玄関を掃除している姿を目撃して、はじめは何者だろうと思った。しかし、どうやら金俊平の家に住んでいることがわかって、近所のおかみさんたちはあきれていた。清子のときも近所の目を無視して平然とした態度にあきれていたが、一つ屋根の下に二人の妾が同居しているとはどういうことなのか理解できなかった。たまたま金俊平の家を訪れた高信義も、見知らぬ女に出迎えられたので家を間違えたのかと錯覚したほどである。金俊平の家に寄ったあと高信義は必ず英姫の家にも寄るのだが、

「いったいどうなってるんです……」

と英姫に訊いた。

「わたしにもわかりません。あの人に聞いてみたらどうです」

と英姫は皮肉をこめて答えた。

「そんなこと聞けるわけないでしょ。あんたは気にならんのですか」

「あの人が何人の女と暮らそうと、わたしにはもう関係ないです」

それは英姫の本音だった。できればこの醜悪な状態に終止符を打って、どこかへ引っ越したいと考えていた。

「前の女は寝たきりの病人だから、看護してくれる人が必要だとは思うが、どういったらいいのか、他にてだてはなかったのやろか」

そう考えると、高信義は新しい女の存在をあながち中傷できないのだった。半年以上清子の看病に拘束されて、金俊平がせっぱ詰まっていたのは確かであった。世間の常識を超えているが、「誰がわしを助けてくれる」というのが口癖だった金俊平の言葉をくつがえす論拠は世間の人々にはないのだ。金俊平の生き方をある物差しで計ることはできない。ときには

戦争をも容認してしまう常識という実体不明の倫理観ほどいい加減なご都合主義もないからである。

成漢はもうなれっこになっていた。またか、という感じだった。『もう少しましな女と住んだらどや』と思うのだった。久しぶりに嫁ぎ先から生まれて間もない赤ちゃんと一緒に実家へ遊びにきた花子は、

「みっとものうて、この辺よう歩かんわ。うちのひとの両親にも恥ずかしいて……」

と顔をしかめていた。

金のないときは友達を連れて英姫のところへ飲みにくる韓容仁もまったく同じことを言うのだった。

「恥さらしやで。同じ屋根の下に二人の女をかこうとは、どんな神経してるんやろ」

誰もかれもが金俊平の話でもちきりだった。しかし、人の噂も七十五日というが、時間とともに同じ屋根の下に二人の女をかこっている状態を不自然とはみなさなくなるのだった。それどころか寝たきりの清子を看病している定子に同情する声すらあった。ただ一つ屋根の下に二人の女がどんなふうに暮らしているのかという興味はつきなかった。

時代は移り変わり、世の中は好景気に沸いていたが、朝鮮人長屋だけはとり残されていた。相変わらずおかみさん連中は元気だったが、成長した子供たちは一人ずつ朝鮮人長屋から出

ていった。あれほど多くの子供たちがいつも一緒に遊んでいたのに、いまでは互いに顔を合わすこともない。朝早く仕事に出掛け、夜に帰ってくるからだ。変わりようのない生活の中で、ひたすら時をやり過ごしているかのようだった。鞄一つを下げて各地を渡り歩いていたいかさま賭博師の洪炳生も、弱小暴力団組長の尹尚根も姿を見せなくなった。彼らはどこでどうしているのか誰にもわからない。英姫の家に出入りしていた人々の輪郭にかげりがみえはじめている。みんな歳をとっているのだ。そんな中でただ一人、金俊平だけは特異な存在だった。衰えというものを知らない。

金俊平の家にきて二年後に、定子は女の児を出産した。男児を望んでいたが、それでも六十になろうとする金俊平にとって子供の誕生は人生の新しい出発点のように思えた。子供を出産した定子は、特に英姫を意識していた。それまで英姫に出会うと遠慮して家の中に入っていた定子が、出産してからはこれ見よがしに子供を抱いて近所を歩くようになった。駄菓子屋のお好み焼きを食べながら、居合わせた近所の者に、

「親っさんが、財産はおまえの産んだ子供にみんな譲ってやる言うてますねん」

と吹聴していた。

「よろしおまんなあ。なんせ金本の大将はこのあたりで一番の金持ちでっさかい」

と駄菓子屋のおかみさんは羨ましそうに言う。

「親っさんは読み書きがでけへんさかい、貸したお金をうちが全部管理してますねん」

あたかも金俊平の財産をすでに手中にしているかのように話していた。が実際のところ、定子はびた一文自由にできる金を持たされなかった。金俊平と一緒に暮らして二年になるが、金俊平と会う前日に甥の金容洙からもらったお金で新しい服を一着買ったきり、下着一枚買ってもらえなかった。食事のおかずもすべて金俊平が買ってくる。いっさいの無駄をはぶき、吝嗇《りんしょく》生活に徹している金俊平に何かをねだることはできなかった。あるとき定子はなにげなく、

「うちも着物の一着くらい欲しいわ」

と言った。

とたんに金俊平の怒声が飛んできた。

「何ぬかしてるんじゃ。着物を着てどこいくんや。男でもつくりにいくんか」

二の句がつげないのである。そしてたったひとこと「着物の一着くらい欲しい」と言っただけで、その夜、酒を飲んできた金俊平に暴力を振るわれた。恐ろしい体験だった。その恐ろしい金俊平の怒りを清子に振り向けさせることで定子は逃れようとする。わざとみそ汁をこぼしたり、オシッコをもらしたりさせて、自分がいかに苦労しているかを金俊平に訴えるのだった。その効果はてきめんだった。清子の看病で精神的に疲労困憊《こんぱい》した経験のある金俊

平は、悪戦苦闘している定子に同情せざるをえないのだった。金俊平と定子にとって清子は重荷以外の何ものでもなかったが、同時に清子という生ける屍《しかばね》は二人の駆け引きの道具でもあった。だが、子供ができたことで、その微妙なバランスが崩れていく。

女の児を出産して一年も過ぎた頃、共同水道で井戸端会議をしていた近所のおかみさんたちが、

「またできたんとちがう？」

と囁き合っていた。

普段でも定子のお腹は出っ張っていて妊娠しているように見えるのだが、そのお腹が単なる肥満の域を超えて日に日に膨張していくのだった。やがて定子の腹部は破裂しそうなほど大きくふくらみ、誰の目にも臨月の近いことがわかった。男児の出産を期待している金俊平は落ち着かなかった。柄にもなく定子の体に気を使い、無理をさせなかった。清子の看病もしゃがんでやるような排泄物《はいせつぶつ》の処理は金俊平が行なった。定子自身、男児を出産することで金俊平の気持ちを引きつけようと思っていた。

雨が降っていた。朝から降りはじめた雨は夜中になると激しさを増し、排水の悪い下水溝から雨水が溢れ、家の中にまで浸水してきた。就寝していた金俊平は背中に冷たいものを感じて目を覚ました。灯りをつけてみると、家の中に浸水してきた雨水が床を越えて畳が水び

たしになっていた。定子も異変に気付いて起き上がり、ひたひたと浸水してくる雨水にうろたえていた。金俊平が浸水の状況を確かめるために外に出てみると、近所の家々も床上浸水しているらしく大騒ぎしていた。いまさら水びたしになった畳を上げても仕方がなく、

「とにかく二階に避難しろ」

と金俊平は定子を二階に上げた。ところが急に定子がお腹をかかえて呻きだしたのである。陣痛が始まったのだ。よりによってこんなどしゃぶりの雨の夜に、それも床上浸水で近所が大騒ぎしているときに陣痛が始まるとはついてないと思いながら、金俊平もいささかあわてて産婆に電話を入れた。それからお湯を沸かしにかかった。幸いかまどの位置は床より高かったので薪をくべることはできたが、浸水の嵩《かさ》がこれ以上高くなると火は消えてお湯を沸かすことができなくなる。やむをえず金俊平はガスを使うことにした。ガスコンロをかまどの上に置き、釜でお湯を沸かしはじめた。

水嵩はなおも増えてくる。便所の汲み取り口から溢れ出た排泄物が浮遊している。いつもなら十五分くらいで到着するはずの産婆がなかなかこない。たぶんあたり一面が膝上まで水びたしになっている道なき道を歩いてくる産婆は難渋しているにちがいなかった。二階からは定子の呻き声が聞こえてくる。知恵遅れのゆき子が鼻水を垂らして階段の中ほどでぼんやり立っていた。

「お母《か》ちゃんをあんじょうみたり」

と金俊平が追い返そうとすると、

「オシッコ」

とゆき子が言った。

金俊平はいらだって、

「そこでやれ」

と言った。

ゆき子は金俊平に言われた通り階段にしゃがみ込んでオシッコをしていた。

子供の出産に立ち会うのははじめての経験である。六十二歳になって子供の出産に立ち会おうとは思ってもみないことだった。金俊平はなぜか歳をとったと思った。若いときは女が子供を産もうと産むまいと知ったことではなかったのだ。子供の出産に立ち会うのは軟弱になった証拠ではないのかと思った。

電話を入れて三十分後に、やっと産婆が到着した。

「水が膝までつかってるさかい歩きにくうて。それに真っ暗でっしゃろ。道がようわからんのですわ」

髪を男のように短く刈っている六十歳前後の産婆はしきりに愚痴っていた。

「こんなときに、えらいすんまへん」

と金俊平は感謝して産婆を二階に上げた。それから三時間後に子供が産まれた。階段に腰を下ろして待機していた金俊平の耳に赤ちゃんの産声が響いた。しかし、産声だけでは男か女かを判別できない。赤ちゃんを取り上げた産婆が、

「可愛い女の児やわ」

と言った。

その産婆のひとことを聞いた金俊平は生まれた赤ちゃんを見ようともせず階段を降りた。そしてかまどに腰掛けて一升瓶の焼酎をラッパ飲みした。赤ちゃんを無事に出産させて二階から降りてきた産婆を、金俊平は見送りもしなかった。

昨日まで男の児を産んでみせると意気軒昂だった定子は添い寝している女の児を無念そうに眺めていた。

隣の部屋で清子が言葉にならない言葉で呼んでいる。たぶん排泄をしたいのだろう。こんなときに人の苦労もわからず、排泄をしたいだけの清子が憎らしかった。定子は添い寝している赤ちゃんから離れて隣の部屋に行き、

「おまえみたいな奴は糞にまみれて死んでしまえ」

と清子の髪を引きずった。その反動で清子は尿をもらしてしまった。

雨は明け方近くに小降りになり、午前中に止んだ。大雨のあとの空はまるで悩みをふっきってさっぱりしたかのように晴ればれと澄み渡っていた。近所の中にはいち早く浸水に気付いて畳を上げた家もあったが、ほとんどは畳を濡らしてしまい、いたるところで畳を干している。二階建ての家は物干し場に畳を干し、平屋は屋根に干していた。金俊平も濡れた畳と尿をもらした清子の布団を物干し場に干した。

午後になると雨水はほぼ下水溝に吸収されて浸水は解消されたが、ぬかるみのいたるところに流された家具やゴミ箱や犬猫の死体が残っていて、そのあと片づけが大変だった。保健所の係員がきて各家庭に消毒液をまいていた。

こうして二人目の子供はどしゃぶりの雨と浸水騒ぎの中で生まれたが、女の児だったために金俊平の庇護《ひご》を受けることはできなかった。

床上浸水のために二階の清子の隣の部屋で子供を出産した定子が、そのままその部屋で養生しているうちに金俊平もその部屋で寝起きするようになった。定子がきた当初は清子をおもんぱかって狭い二畳の間を使っていたが、いまや清子の存在はなきに等しかった。知恵遅れのゆき子はいったん眠ると何があっても目を覚ますことはない。金俊平と定子の夜の営みは誰はばかることなく行なわれた。むしろ定子は以前にもまして大胆な姿態で金俊平にからみつき、悶え、隣の部屋の清子に聞こえよがしに呻き声をあげるのだった。いかに寝たきりの病人とはいえ植物人間ではない清子にとって、あからさまな二人の性交は刺激されるのに充分であった。昇りつめていく定子の呻き声が激しくなると隣の部屋の清子がわめくのである。というより鋭い奇声を発して二人の性交を牽制《けんせい》していた。すると定子は興醒めして金俊平を拒絶するのだった。

「あの女は焼きもち焼いてるんやわ。寝たきりの病人のくせに」

興醒めするのは定子だけではない。金俊平も白けて勃起《ぼっき》していた一物がなえてしまうのだった。性交を中断したときの空しさと体の奥にわだかまっている欲望を持てあまし、ふたたび続行しても濡れたマッチのようにうまく点火できないのだ。こういうことが何度か続き、結局金俊平と定子は一階の二畳の間にもどった。ゆき子は二階に寝かしておけばよかったが、下の二人の幼い子供は添い寝してやらねばならない。狭い二畳の間に二つの布団を敷くと身動きとれない状態になる。むろんどんなに狭い場所であろうと性交できないわけではないが、あまりに窮屈すぎる。

正月が近づいている。近所の各家庭では大掃除をやり、ぼろ家に門松やしめ縄を飾り、餅つきが始まっている。この時期になると年越しのための資金調達に金俊平の家へ多くの人たちが酒、果物、煙草、ハムなどを持って訪ねてくる。いわばお歳暮のようなものだが、それらの品々を定子はいちいち点検しながら手形や証文の書き換えに忙しかった。

大阪は除夜から元旦にかけて雪の降る年が多かったが、その年は雪も降らず小春日和のような元旦を迎えた。年末に大掃除をしたせいか、みすぼらしい長屋が多少清潔に見えた。門松やしめ縄が色どりをそえ、近所の子供たちも正月用に買った新しい服を着ていて、普段とはちがう風情《ふぜい》だった。

金俊平の家の二畳の間では家族がそろって定子の作ったおせち料理に舌鼓《したつづみ》を打っていた。鼻水を垂らしたゆき子は欲張っておせち料理を手で摑んで口の中一杯になるまで放り込もうとする。そのゆき子を金俊平と定子の間にできた三歳になる妙子が姉のようにたしなめていた。利発な妙子に金俊平はまんざらでもない顔をしていた。一家団欒《だんらん》のひとときだった。側に寝かせていた赤ちゃんの裕子が泣きだしたので、定子が抱いて母乳を飲ませようとしたときだった。二階から何かがころげ落ちてきて便所の壁に激突した。階段をころげ落ちてきたのは清子だった。壁に激突した清子は、しかし気絶していなかった。体がくの字にぐにゃりと曲がったまま清子は赤ちゃんを抱いてびっくり仰天している定子を睨んでいた。その眼には怨念がこもっているようだった。

「な、なんやの、ひとをびっくりさせて。あてつけに、うちの目の前で自殺しよう思たんちがう」

金俊平もあっけにとられていた。

いったいどのようにして階段まで這ってきたのか。そしてなぜ階段まで這ってきてころげ落ちたのか。意図的なのか偶然なのか、いずれにしても清子の行為には何か強い意志が働いているように思えた。

金俊平はやっかいな荷物でもかかえるように清子をかかえて二階に上がり、布団に寝かせようとした。しかし清子は金俊平の袖をしっかり摑んで離そうとしなかった。あれだけの勢いで階段をころげ落ちたので、体のあちこちに打撲傷があるのではないかと調べてみたが、不思議なことにケガはしていなかった。子供はよく階段からころげ落ちることがある。だが、あまりケガをしないのは抵抗しないからである。体の不自由な清子もそれと同じだった。

「どないして階段まで這ってきたんやろ」

身動きとれないはずの清子が階段まで這ってきた執念に定子は畏怖を覚えた。

「自分で便所に行きたかったんやろ」

と金俊平は言った。

「そやろか。自分で便所へ行けるわけないやんか。自分で便所へ行けるんやったら、こんな楽なことないわ。これからはうっかり二階に赤ちゃんを寝かしてられへんで」

定子は警戒心をつのらせて言った。

ときどき金を借りにくる来客に応対するために、二階の部屋に赤ちゃんを寝かせてゆき子と妙子に子守りをさせることがある。

「考えすぎじゃ」

金俊平は定子の危惧を一蹴したが、一抹の不安が残ったのも確かだった。

金俊平は酒を飲み続けていた。眼が据わり、いまにも暴れだしそうな気配である。定子はそんな金俊平と二畳の間に居座っていた。ゆき子も二階に寝かせるのは危ないと言って赤ちゃんを抱き、二人の子供を両脇にかかえて座っていた。いわば三人の子供は定子にとって栖のようなものだった。いかな金俊平でも幼い子供に暴力を振るうことはないだろうとたかをくくっていた。そしてその日は何事もなく無事に過ぎた。

元旦は自分たちの祖先への礼拝をすませて、二日目に二人の甥が金俊平の家へ年始回りにやってきた。金俊平は朝から飲んでいる。正月の挨拶にやってきた二人の甥の礼を受け、金俊平は定子の作ったおせち料理を肴に酒をすすめた。

「いただきます」

二人の甥は両手で酒を受けて飲んだ。

これといって話すこともなく、年始回りにきた二人の甥はとぎれとぎれに会話を交わしながら二時間ほど飲んでいたが、

「おばさんを見舞って帰ります」

と二階の清子の部屋に行った。

二人の甥が清子の様子をうかがいながら、

「気分はどうですか」

と声をかけた。

やつれて生ける屍のような清子はただ瞳孔を開いているだけだった。そこへかなり酔っている金俊平が入ってきた。座っている二人の甥を見下ろし、清子に目線を移して、

「こいつは、はよ楽になったほうがええ」

と言った。

愚直な二人の甥は何のことだか意味がわからず黙っていた。金俊平が体をゆらしながら舌先で入れ歯を出したり入れたりしている。少し赤味をおびた顔が不気味だった。不意に金俊平は新聞紙を清子の顔にかぶせ、体重をかけてどすんと座った。ベシャ！　と何かが潰れる音がして、「うおー」という断末魔の叫びがあがった。一瞬、目の前で起きた惨劇が何なのか二人の甥は理解できず、顔を引きつらせているだけだった。金俊平が腰を上げて一階へ降りていったあとも、二人の甥は茫然としていた。

新聞紙に血がにじんできた。兄の金容洙がおそるおそる震える手で新聞紙をめくってみると、清子の口と鼻から血が流れていたのだ。清子は死んではいなかった。目をむき、口を大

きく開けて呼吸していた。ヒー、ヒーと喉の奥が破れて、そこから空気がもれているようだった。弟の金泰洙がハンカチで清子の血をぬぐい、体をゆすって、

「おばさん、おばさん」

と低い声で呼びかけた。

だが、反応はなかった。ベシャ！　と何かが潰れる音がしたが、脳が潰れた音だろうか。頭蓋の縫い目からも血がにじんでいる。

「えらいこっちゃ。どないしょ」

と金泰洙が震えている。

「絶対、誰にも言うたらあかん。言うたらそれこそえらいこっちゃ」

と金容洙が口止めした。

正月の年始回りにきた二人の甥は、とんでもない事件に巻き込まれて狼狽していた。二人の甥は帰るに帰れず、隣の部屋に移って身じろぎもせずに、暗転したおぞましい劇の展開を見守るしかなかった。

金俊平は一階に降りていったきり上がってこない。定子も上がってこない。いったいどうなっているのか。金容洙が一階の様子を見に降りてみると、金俊平は酒を飲み続けており、定子は縫い物をしていた。眠っている赤ちゃんの側で妙子はおとなしくお手玉遊びをしてい

る。なぜ定子は縫い物をしているのだろう、と金容洙はいぶかしく思った。まるで何事もなかったかのように。

足音を忍ばせて階段を降りてきた金泰洙が、

「おばさんが死んでる」

と告げた。

酒を飲んでいる金俊平は微動だにしなかった。

定子は縫い物をやめて二階に上がり、清子の死を確認すると、その足で近くの老医師を呼びに行った。その冷静な素早い対応は動転している二人の甥とは対照的だった。間もなく定子は歩いて五分のところの病院から老医師をともなってきた。七十八歳になる老医師はおぼつかない足どりで階段を上がり、口を大きく開けて眼をむいている清子を診察した。

「いま息を引きとったとこです」

と言って定子は金泰洙を肘でつっ突いた。

「へえ、いま息を引きとったとこです。わしが見届けました」

と定子の言葉を追認した。

「そうか。まあ、寿命やわな。こんな病気でいままでよう生きてたわ」

わかったようなたわごとを述べて、老医師が、

「あとで死亡診断書を取りにきてんか」

こともなげに言って帰って行くと、そのあとを追うように、定子は「死亡診断書」を取りに家を出た。

定子のいない部屋で、金泰洙は兄の金容洙の判断を仰ぐように、

「これでええんかいな」

と訊いた。

「これでええのや」

と金容洙は答えた。

「せやけど、これは殺人やで」

「めっそうなこと、言うもんやない。おまえは親父（叔父）を刑務所に入れたいのか。そんなことになったら、金家はどないなる」

あくまで金家の面目を重んじる金容洙は弟を叱責した。頭が混乱している金泰洙は兄の言葉に従うしかなかった。

翌日、定子は老医師に書いてもらった死亡診断書を警察に提出してから葬儀屋に赴いた。一階の二畳の間に質素な祭壇を組み、表に忌中の紙を貼り、ちょうちんが一つ立てられた。わびしい葬儀であった。近所の人たちは、長い闘病生活の末に亡くなった清子の死を自然に

受け止めた。英姫と成漢には何の感慨もなかった。葬儀とは知らずに年始回りにやってきた高信義夫婦は驚いていた。

「いつ亡くなったんですか」

と高信義が訊いた。

「昨日亡くなりました」

と定子が答えた。

金俊平はこの三日間飲み続けている。

「どう言うてええのか、年始回りできたつもりが葬式とは……」

酔眼《すいがん》朦朧としている金俊平を見て高信義は清子の死による自棄《やけ》酒だと思った。祭壇には清子の小さな写真が飾られている。その写真を見て、高信義は同棲しだした頃の仲むつまじかった金俊平と清子を思い出し、『人間の運なんて、わからんもんや』とつくづく思うのだった。定子が産んだ二人目の赤ちゃんを見るのもはじめてである。高信義は女房の明実を先に帰らせて、自分は通夜に残ることにした。

金俊平の家を出た明実は英姫の家に寄った。英姫の家には五、六人の客が遊びにきていて正月らしい雰囲気だった。

「正月の挨拶に行ったら、葬式やったさかいびっくりした」

英姫を見るなり、明実は自分で自分の体に塩をまきながら言った。

「あの女も可哀相な女や」

英姫は言葉少なに同情した。

通夜に訪れる客はほとんどいない。告別式には二人の甥と高信義と近所の何人かが参列しただけである。若い坊さんの読経が終わって、霊柩車に清子の亡骸《なきがら》が運ばれた。そして一台のハイヤーに金俊平と二人の甥と高信義が乗って火葬場に向かった。

24

家の前で笠をかぶった雲水《うんすい》が托鉢《たくはつ》の鉄鉢を持って経文《きようもん》を唱えている。その雲水の影が表戸のすりガラスにぼんやり映っていた。二畳の間にいた金俊平には、雲水の唱える経文が清子の霊をとむらっているように聞こえた。陰《いん》にこもった低い声だった。金俊平は瞼を閉じて雲水の読経を聴きながら、わしは清子を殺したのだろうか、と反芻していた。生ける屍だった清子の苦しみを救うために、あえて決断したのだと自分にいい聞かせていた。だが、階段からころげ落ちた清子を抱きかかえて布団に寝かせようとしたとき、清子は袖をしっかりと摑んで離そうとしなかった。その感触がいつまでも腕に残っていた。金俊平は無意識に腕をさすり、その感触を払拭しようとした。最後の力をしぼって袖をしっかり摑んで離そうとしなかったあの怨念のような感触が、金俊平の殺意を惹起《じやつき》するきっかけになったのかもしれない。金俊平が自らの殺意を否定すればするほど、袖をしっかりと摑まれた感触が蘇るのだった。あの感触には金俊平に対する清子の想いと怨みと死の恐怖がこめられていたような気がする。

人は日々死に向かって歩んでいるのであり、死はすべての終わりである。金俊平と清子の関係も死という絶対の世界に隔絶されることで終わったのだ。金俊平はそう思い込もうとした。そう思い込もうとしたが、金俊平の暗い情念を彷徨う死者たちの面影がつぎからつぎへと重なり、死者たちは金俊平の胸の中で生き続けているのだった。

雲水の経文を唱える声が金俊平の耳の底でしだいに大きく反響し、ついには怒号のように聞こえた。

「うるさい!」

と金俊平は叫んだ。

台所にいた定子が小走りになって雲水の鉄鉢に何がしかの小銭を入れると、雲水は静かに立ち去った。

定子はこの家に住むのを嫌がった。清子が死んで二階の二部屋を使えるようになったにもかかわらず、二階で生活するのを忌避した。

「何も気にすることはない」

と言いながら、金俊平も内心あまりこの家に住みたくなかったのである。そこで以前から売りに出されていた同じ長屋で市電通りから三軒目の二階家を買うことにした。隣がアパートで、その隣は市電通りに面した「うどん屋」だった。同じ長屋だから家の造りはまったく同じである。大阪の長屋の構造は玄関が下水溝までぎりぎりに建っている。大阪の人間は庭を贅沢で無駄な空間と考えている。

芦屋《あしや》や帝塚山《てづかやま》の高級住宅地は別として、大阪の街には緑がほとんどない。風呂のある家はかなりの資産家だった。もとより金俊平は他の長屋と比べて、いま住んでいる長屋は贅沢な家屋だと思っていた。したがって今度購入した家屋を改築するのはきわめて異例のことだった。天井や柱を洗い、畳を換え、六畳ほどの広さの玄関に板間を造った。金俊平に言わせれば、贅沢とは分相応なことであって、分相応以上の贅沢は贅沢ではないのである。乗用車に乗っている連中を見ると、

「馬鹿もんが、金もないくせに」

と嘲笑した。

増築した板間には机と椅子を置き、電話を設置した。この板間が客に応対する場所で、同時に金俊平の寝起きする場所でもあった。板間にせんべい布団を敷いて寝るのが金俊平の健康法の一つであった。

買った家に移った金俊平は、それまで住んでいた家を貸すことにした。角家だから、ちょっとした商売に向いていた。表戸に貸家の貼り紙をしておくと、四、五日の間に三、四人が借りたいと言ってきた。じつは甥の金容洙もその家で何か商売をしたいと思っていたのだが、

金俊平があまりにも近くに住んでいるので考えた末、断念したのだった。

家を借りたのは姜斗万という男だった。頭の禿《は》げた丸顔で愛嬌のある男だった。十五歳の長女を筆頭に五人の子供がいる。女房は小柄だが、よく働くしっかり者であった。姜夫婦の望みは五人の子供を大学に行かせることだった。

「わしらは無学やけど、子供らには学問と技術を身につけさせてやりたいんや」

と言っていた。

だから姜夫婦はじつによく働いた。

借りた角家ではじめたのは豚肉の商売だった。蒸した肉や頭や豚足、ホルモン、その他に香辛料などを売っていた。朝鮮人に人気の高い蒸した豚肉やホルモンは森町か朝鮮市場へ行かなければ手に入らなかったので、その中間あたりに位置するこの場所は、周辺に居住している朝鮮人にとってきわめて便利だった。姜夫婦が豚肉とホルモンの商売をはじめてから英姫の酒商売も繁盛した。蒸した豚肉や豚足を買うと、朝鮮の男たちはつい酒を飲みたくなるからであった。姜夫婦の商売と英姫の商売は持ちつ持たれつの関係だった。

だが、この頃から英姫の体調がおもわしくなくなった。疲労と頭痛を訴え、たびたび寝込むようになった。無理を重ねてきた体にガタがきたのだろう、くらいに考えていた。ところがある日、大量の出血をした。医学の知識にとぼしい英姫は、止まったはずの月経が復活したのではあるまいかと内心動揺した。出血の際にさし込んでくる痛みやけだるい体調は月経によく似ていた。この歳になって月経が復活するとは考えにくいが、それ以外に別の原因があるだろうか？　他人には恥ずかしくて言えなかった。言えなかったが、この不可解な現象を突きとめる必要はあった。出血は一回きりだったが、体調は日ごとに悪化している。英姫は思いきって鶴橋にある有名な産婦人科を尋ねた。英姫を診察した六十二、三になる医師は何も言わなかった。ただ「息子さんに話がある」と言われた。家に帰ってきた英姫はそのことを成漢に伝えた。成漢はさっそく病院に行った。あまり深く考えていなかったが、息子に話があるというのは本人に直接話せない重大な疾患に冒されているということではないのか。何の話だろう？　と疑心暗鬼になっている成漢に、

「君のお母さんは子宮癌《がん》の末期だ」

と医師は言った。

「癌？」

成漢は癌という病名を聞いたのははじめてだった。だが、字面と発音から推してただの病名ではないと思った。

「あと二、三カ月の命だと思う。とにかく日赤病院で精密検査を受けさせなさい」

成漢は愕然《がくぜん》とした。癌という病名を知らない自分の無知もさることながら、あと二、三カ

月の命だと宣告されて、

「治る見込みはないんですか」

と詰め寄った。

「ない。手術も遅すぎる」

冷酷な言葉だった。せめて一縷の望みを託せるような言葉が欲しいと思ったが、医師は死刑判決を下した裁判官のような顔をしていた。

医師から日赤病院への紹介状をもらって病院を出た成漢は母にどう伝えればいいのかわからず、とぼとぼと歩いた。二、三カ月といえばすぐである。二、三カ月後に母はこの世にいないのか。成漢はこみあげてくる涙を抑えられなかった。鶴橋から上六方面に向かって坂道を上がっていく途中に日赤病院はある。産婦人科病棟から日赤病院の巨大な白亜の建物が見える。数年前まで日赤病院はアメリカ軍専用の病院だった。成漢は日赤病院の前を何度か通ったことがあるが、立派で大きすぎる白亜の建物は、貧乏人には近より難い威圧感があった。

一週間後、その日赤病院へ母を連れて診察に行った。受付の窓口で予約していることを告げ、産婦人科病院からの紹介状を提出した。

長い廊下の長椅子で順番を待っている患者たちは、疲労といらだちと不安の入りまじった血の気のない顔をしていた。成漢は何も説明しなかったし、母の英姫もあえて説明を求めようとしなかった。病院にいると、この世の中は病人だらけに思えるのだった。

　順番がきて英姫が診察を受けたあと成漢が呼ばれた。メガネをかけた四十代の医師がカルテに書き込みながら、

「末期の子宮癌や。あと二、三カ月の命やな。本人には好きなものを食べさせて、好きなことさせてやり」

　と産婦人科病院の医師とまったく同じことを言った。

　二人の医師の診断が一致した以上、英姫の身に起こっている現実を受け入れるほかなかった。

「うちの病棟には空いてる病室がないさかい、紹介状を書くから、梅田の緒方産婦人科病院に入院して放射線治療を受けるように。緒方産婦人科はええ病院や」

　しかし、いずれにしてもあと二、三カ月の命に変わりはないのだった。

　いったん帰宅した成漢はさっそく緒方産婦人科病院を訪れて紹介状を見せ、入院手続きをとった。ゴシック風の古い建物だが、幕末の名医の伝統を継承している由緒ある病院だった。問題は治療費である。一カ月の入院費は二十数万円になるという。ケミカルシューズの雑役をしている成漢の月収は一万五千円足らずだった。とうてい支払える額ではなかった。生活

保護を受けることも考えたが、情けない気がした。それに夫である金持ちの金俊平のことを役所は持ち出すにちがいない。何日も考えあぐねた末、成漢は父の金俊平と直談判《じかだんぱん》してみようと思った。父の金俊平とは凄まじい格闘をして以来、数年間口をきいたことがない。顔もほとんど合わせていなかった。その金俊平に母の病状を訴え、入院費の協力を依頼するのはきわめて危険だった。おそらく喧嘩になるだろう。よほど腹をくくって対応しなければならない。さまざまな確執があったとはいえ、あと二、三カ月の命しかない妻に対し、もしかして憐憫《れんびん》の情が湧くかもしれないという淡い期待を持ったのも事実である。死に対して人間は寛容になるものだ、と思った。

成漢は意を決して金俊平の家に赴いた。表戸を開けて入ると、板間に金俊平と子供を抱いた定子が座って果物を食べていた。玄関に入ってきた成漢を見るなり、金俊平も定子も食べていた口をぽかんと開けていた。あまりにも唐突だったからだ。

「話があります」

と言って成漢は靴を脱いで板間に座った。取っ組み合いの喧嘩をしたときの成漢はまだ高校生だったが、いまの成漢はひと回りもふた回りも成長した大人だった。声の調子も落ち着いている。

「何の話だ」

金俊平は鉄製の灰皿を手元に引きよせて煙草に火をつけ、胡坐を組み替えて成漢の正面を向いた。金俊平の精気がひしひしと伝わってくる。いまにも立ち上がって襲ってきそうな気がする。定子は子供を連れて二階へ避難した。

二人だけになった成漢は母の病状とその治療に必要な経費について説明した。

「あと二、三カ月の命です。死んでいくお袋を最後くらい面倒みてくれてもいいでしょ」

言いたいことは山ほどあったが、この場合、できるだけ感情を抑制して話したつもりだった。ところが成漢の説明を聞いていた金俊平の顔が険しくなり、突然、成漢の話を遮った。

「それがどうした。わしとあいつと何の関係がある。あいつが死のうと生きようとわしの知ったことか」

「あんたの嫁さんでしょ。この何十年間、どれだけ死ぬ思いをさせられてきたか。あんたはおれたちにびた一文使ったことがない。この際、治療費くらい出しても罰が当たらんでしょ」

感情を抑制していたつもりの成漢も、不実な金俊平の言葉につい大声を出して反発した。

「うるさい！　わしに因縁をつけにきたのか！」

金俊平は手元にあった鉄の灰皿を摑むと成漢めがけて投げつけた。座ったときから灰皿を投げてくるだろうと予測していた成漢はかわして立ち上がった。投げつけた灰皿をかわされていきり立った金俊平が成漢に組みついて頭突きを一発喰らわせた。だが、その頭突きもかわされた。二人は組みあったまま表戸に体当たりして外へ躍り出た。表戸はかしましいガラスの割れる音をたてて粉々に砕けた。往来の真ん中で金俊平と成漢は上になり下になりしていたが、ふたたび立ち上がって電信柱に向かって突進した。勢いづいた二人は電信柱に頭を同時に激突させるかにみえたが、間一髪のところで成漢は金俊平と入れ替わり、金俊平は後頭部をしたたかに打って脳震盪《のうしんとう》を起こして倒れた。金俊平に引きちぎられた成漢の服はぼろぼろになり、ベルトまで引きちぎられていた。大勢の野次馬に囲まれていた。近所の者は二階の窓から見物していた。成漢は足をふらつかせながら野次馬をかきわけて家に帰った。そして洗顔をして服を着替えると日本橋《にっぽんばし》の金物街に出掛けた。このまま引き下がる金俊平ではない。金俊平が必ず復讐にくるのはわかっていた。それに備えて成漢は登山用ナイフを買った。このつぎは刺しちがえてやる！　と腹に決めていた。

電信柱に後頭部を打って脳震盪を起こして倒れた金俊平は救急車で病院に運ばれ、三時間ほど安静にしたのち帰宅した。不覚だった。金俊平は力の衰えを感じた。まだ頭がぼーとしている。息子の成漢が二倍の大きさに見えた。『どうしてくれようか……』成漢は死にもの狂いでかかってくるだろう。あるいは手段を選ばないかもしれない。だが、このままでは腹の虫が治まらなかった。まだ頭がぼーとしていたが、金俊平は酒を飲み続けていた。酔いが回ってきた金俊平の顔がしだいに憎悪に燃えてきた。

『舐めやがって！　殺してやる……』

二階にいた定子は赤ちゃんを抱き、二人の子供に、

「お父《と》ちゃんがきたら、うちはこの物干し場から逃げるさかい。あんたらは残っとき。あんたらはまだ小さいさかいお父ちゃんは何もせえへん。泣いたらあかんで」

と言い聞かせていた。

夜が更けてくる。雲間に見え隠れする月が、これから起こるであろう出来事を垣間見《かいま》ようとしているかのようだった。酒を飲み続けていた金俊平がゆっくり立ち上がり、桜の棍棒をベルトの後ろに忍ばせて家を出た。十七文もある靴の足音が不気味に響いた。金俊平は英姫の家にくると無言で表戸を蹴破っていっきに闖入《ちんにゅう》した。

「出てこい！　きさまをひねり潰してやる！」

そして家の中のガラス戸や家具類を片っぱしから破壊しだした。

金俊平が表戸を蹴破って闖入してくると成漢は裏口から逃げて金俊平の家に走った。そして持っていたバットで金俊平の家の表戸を叩き割り、二階に上がって脅えている二人の子供に目もくれず障子をはじめ家具類を破壊し、押し入れから布団を引きずり出して窓から往来に投げ捨てた。二人は互いの家の破壊を競っていた。誰も仲裁に入る者はいなかった。警察

も父子喧嘩の仲裁に入るのを敬遠した。二つの家はめちゃめちゃになっていた。この争いは、その後、半月以上続いたのである。金俊平は身軽で素早い成漢をどうしても捉えることができず、夜も枕を高くして眠れなかった。というのも眠っていると突然、石を投げつけられて表戸のガラスを割られるからであった。英姫の家はもぬけの殻だった。英姫は当分友達にかくまわれ、成漢も家では寝ていなかった。夜中に突然どこからともなく襲ってきて表戸のガラスや二階の窓ガラスを割って逃げる、いわば成漢のゲリラ戦に金俊平はなす術がなかった。要は金俊平が英姫の家の攻撃をやめることだった。金俊平が英姫の家に対して攻撃をやめると、成漢のゲリラ戦もとまるのだった。成漢が金俊平の家を襲うとは考えてもみないことであった。それは金俊平がそれまで考えていた父子関係に対して意表を突き、その関係を崩壊させるものであった。

成漢は金俊平からの援助を断念した。もしかして死を目前にした母の英姫に最後の人間的な情をかけてくれるかもしれないと思ったのが間違いだった。成漢は英姫の治療費を捻出するために家を売ることにした。いま住んでいる家を売り、安い家に移ってその差額を治療費に当てることにした。英姫の治療は一日を争っていたので、成漢は一日中走り回って生野区猪飼野に家を見つけた。みすぼらしい平屋の五軒長屋だった。裏に運河があり、家の前には八角形の赤レンガの火葬場の煙突が聳《そび》え立っていた。治療費を捻出するためには贅沢をいってられなかった。それまで住んでいた家は裏の金海が買った。子沢山の金海は以前から二階家を欲しがっていたのだ。話が決まると、成漢はさっさと引っ越した。これで金俊平と顔を合わせることもないだろうと思った。

金俊平は毎朝六時に大きな斧で割っていた薪割りをやめた。薪割りをやめるとかまどでご飯を炊いたり湯を沸かしたりする燃料がなくなり、ガスを使うようになった。幼稚園に通いだした妙子が、テレビを観ていないと友達から馬鹿にされていじめられるのでテレビも買った。そして冷蔵庫も買わされた。これでやっと世間並みの電化製品がそろったことになる。使ってみると確かに便利ではあった。あれほど嫌っていたテレビを夕食後に家族と一緒に観たりする。そしてたまには笑うこともあったが、笑っている自分が自分でないような気がした。テレビは所詮、一時の慰みものでしかないと思うのだった。テレビから流れてくる情報は金俊平にとってほとんど無意味だった。

最近は晩酌のあと子供たちと一時間ほどテレビを眺め、それから板間に移って一人で酒を飲んでいた。酒を飲み続けている間、金俊平はさまざまな想念にとりつかれるのだった。ときどき過去と現在が入り乱れ、過去が現在になったり、現在が過去になったりする。酒が足りないときなど、

「清子、清子、酒を持ってこい」

と清子の名前をしきりに呼ぶのである。

酒を持ってきた定子が、

「清子はもう死んでるのに、何で清子の名前を呼ぶの。気色悪いわ」

と酒を置いて二階へ上がってしまう。

一人で飲んでいるときの金俊平は灯りがついているにもかかわらず真っ暗闇の深い地の底にいるように思えた。

英姫と成漢が引っ越したあと、金俊平はそこに住んでいる金海にこの家を譲ってほしいと話していた。

「何でこの家を買いたいんでっか」

日ごと夜ごと暴力を振るって破壊していた家をいまになってなぜ買い取りたいのか解《げ》せなかった。

「この家はあいつ（成漢）に残してやる」

と金俊平は真顔で言うのである。

「そら無理やで。成漢がこの家にもどってくるわけないがな」

誰が考えてもそう思うのは当然だった。しかし金俊平は金海が買った値段の二倍の金を支払うというのである。そこまで執着している金俊平がますます解せなかった。

「頭おかしなったんちがうか」

と近所の者が噂した。

「いや、この辺の長屋を全部買い取るつもりとちがうか」

と言う者もいた。

金俊平の執拗なまでの折衝と二倍の値段で買い取るという条件に金海も合意して家を売ることにした。金海にしてみれば願ってもないことだった。そして家を買い取った金俊平は全面的に改装した。薄汚れた長屋で新しく改装されたこの家だけが、とってつけたように目だった。だが、改装した家は空家のまま放置されていた。人の住まない家は早く朽ちていくというが、二年もすると改装されたにもかかわらず家は荒れ放題になっていた。金俊平は何かを待っているようだったが、何を待っているのか。金俊平の待っている者はもはやくることはないのだった。

秋も深まったある日、高信義が訪ねてきた。そして高信義の口から、英姫が亡くなったことを知らされた。享年六十七歳だった。それから花子が自殺したことも知らされた。初婚の相手とは離婚して子供を引き取り、その後、連れ子同士で再婚したが、夫のアル中に耐えきれず自殺にいたったという。同じ時間を共有しているはずの人生が、離ればなれになってしばらく時間がたってみると、まったくちがった人生を歩んでいた。成漢は英姫が亡くなる四カ月前に結婚していた。生きている間に結婚してほしいという英姫のたっての願いで結婚したという。もちろん愛のない結婚ではなかった。成漢は結婚の時期を早めたのだった。結局、金俊平と英姫の間にできた子供は成漢一人が生き残っているだけだった。その成漢もいまでは無関係だった。かりに成漢が死んだとしても、また逆に金俊平が死んだとしても、互いの葬儀に立ち会うことはないだろう。実際、金俊平は妻や子供たちの葬儀にも結婚式にも立ち会ったことがない。

金俊平はただ高信義の話を黙って聞いているだけだった。定子が酒を運んできた。三人目の子供を孕《はら》んでいる定子の大きなお腹を見て、高信義はこの先、幼い子供たちはどうなるのだろうと他人ごとながら心配せずにいられなかった。

今度こそはと期待して産んだ三人目の子供も女の児だった。男児には縁がないのかもしれないと金俊平は思った。

「うちの体はまだ子供が産めるで」

定子は悔しまぎれに言うのだった。

「うちは男の児が生まれるまで産むつもりやねん。親っさんもそう言うてるし」

定子は近所の者にも、そう強弁していた。

近所の者は何よりも金俊平の衰えをしらない精力に驚いていた。外見も五十代にしか見えない。銭湯の大鏡に映っている金俊平の体を見て、周囲の者は感嘆の声をあげていた。多少筋肉の衰えはあるものの、艶のある肌は若々しく、六十八歳には見えなかった。夏は半袖のシャツを着、冬は毛皮の半コートを着ている姿も十年来変わらない。近所の者は歳相応に変貌しているのに、金俊平はまるで不老長寿の秘薬でも飲んでいるかのように変わらないのだ。鋳物工場をやっている国本は金俊平より十歳も年下なのに頭髪が真っ白で猫背になっていて、金俊平より十歳年上に見えた。

二十八歳の歳の差がある定子と歩いていても何ら不自然ではなかった。もともと定子は老けてみられていたので四十になってもあまり変わらなかった。定子の肥沃《ひよく》な下腹部はまだまだ子供を産めそうだった。定子が四人の子供を連れて銭湯へ行く姿は、まるであひるの親子の行進を思わせた。新しい服を買ってもらったことのない定子の服やスカートはつぎはぎだらけだったが平気で着ていた。子供たちの服もつぎはぎだらけである。まるでルンペンの親子が歩いているようだった。

「金があるさかいボロを着てても誰もルンペンとは思わんけど、金のない奴がボロを着て歩いてみい、ルンペンあつかいされていじめられるがな。ちがうか」

呉本のおやじが言うと、石原のおかみさんが同意した。

「ほんまやわ。うちらがボロを着て歩いてたらルンペンに見られるけど、金さんの家のもんがボロを着て歩いてもルンペンとは思わんさかいな。なんせお金が腐るほどあるんやさかい。うちかてお金が腐るほどあったら、ボロを着ても平気やわ」

揶揄っているのか軽蔑しているのか、どちらともわからない混淆《こんこう》した感情を近所の者は抱いていた。守銭奴の金俊平が英姫の住んでいた家を買って改装しておきながら放置しているのも七不思議の一つだった。誰にも貸そうとしないのだ。二畳と四畳半の部屋に六人家族で暮らしている向かいの高村のおやじは、改装された家を見るたびに、

「もったいない話や」

とうらやましがっていた。

角家で豚肉とホルモンを売っている姜斗万が、家の横に積んである廃材を片づけたいと申し出たところ、

「だったら、おまえが出ていけ」

と言われて二の句がつげなかった。

いまでも金俊平は使いもしない廃材を拾ってきて堆く積み上げていくのである。

「何もやることないさかい、あんなことしてるんや」

姜斗万は諦めの心境だった。

いまや金俊平は変人あつかいされていた。

三人目の子供を産んでから二年後に、定子のお腹がふくらみはじめた。

「まだ産む気やわ。どういうつもりやろ」

日ごとにふくらんでいく定子のお腹に近所のおかみさんたちの好奇の目がそそがれていた。

「また女の児とちがうか」

「今度も女の児やったら、あの女は追い出されるで」

「それにしてもよう頑張るな。うちのおやじなんか、それこそ一年に一回あるかないかやわ」

噂が噂を呼び、金俊平の四人目の子供にみんなは注目していた。もちろんみんなは女の児の出産をひそかに期待していた。女の児が生まれることで起こるであろう事態を期待していたのである。ところがみんなの期待を裏切って定子は待望の男の児を出産した。

赤ちゃんを取り上げた産婆に呼ばれて金俊平は二階に上がった。定子が添い寝している生まれたばかりの赤ちゃんは両親のどちらに似ているのかわからないのに、

「旦那《だん》さんによう似てます」

と産婆に言われて、金俊平はつい顔をほころばせて照れていた。定子が誇らしげに金俊平を見た。

次女のときは大雨の中をわざわざきてくれた産婆を見送りもしなかった金俊平が、今日は帰りがけに御祝儀として一万円を包んで産婆を見送った。それから金俊平は二人の甥と高信義に男児の誕生を電話で伝えた。翌日、二人の甥と高信義がそれぞれ酒を持参して、男児出産を祝った。

「これであと取りもできたことやし、叔父さんも安心ですわ」

と金容洙が言った。

「息子のためにも長生きせんと」

金泰洙のお世辞に便乗して定子が言った。

「ほんまや。百歳まで生きてもらわんと困るわ。うちはまだ子供産めるで」

出っ歯を見せて定子は卑猥な笑い声をたてた。

なごやかな雰囲気だったが、高信義は何かが欠落していると思った。息子が誕生したのはめでたいが、金俊平の第一子は本妻の息子である成漢をさしおいて他にないはずであった。そのことは金俊平自身が一番よく承知しているはずだが、みんなと同じように意識的に忌避していた。修復不可能な成漢との関係を思うと、断念しているといったほうがいいだろう。それにしても金俊平の財産は亡くなった英姫の血のにじむような涙の結晶であるといっても過言ではないのだ。その間の事情を熟知している高信義は二人の甥のようにもろ手を揚げて男児の出産を祝う気にはなれなかった。成漢は英姫が亡くなったあと事業を興し、三年後に倒産して大阪を出奔したという噂だった。東京あたりにいると聞いているが定かではない。

酒を飲むと陰険になってくる金俊平も、さすがに今日は上機嫌だった。金俊平の様子を見ながら高信義は、歳をとって息子ができたことが、こんなにも嬉しいものなのかと不思議な気がした。生まれた息子が一人前の大人に成長するまで二十年の歳月を必要とする。六十九歳の高信義にとってこれからの二十年は気の遠くなる歳月だった。その気の遠くなるこれからの二十年の歳月を金俊平は生きながらえようと思っているのだろうか。

何はともあれ無事に男児を出産した定子は鼻高々だった。家族の写真を撮りたいという定子の希望を受け入れて、金俊平は写真撮影のために定子と子供たちに着物を買い与えた。定子が金俊平と一緒になってからはじめて買ってもらった着物であった。三つ揃《ぞろ》いの背広を着た大男の金俊平を先頭に、定子をはじめ着物を着た五人の子供たちが、今里新橋の商店街にある写真館まで蟻の行列みたいにぞろぞろと歩いて行くさまは七五三に間違えられるほどであった。

金俊平は生野に住んでいる儒学者に息子の名前を「龍一」とつけてもらった。和紙に毛筆で大書してもらった「龍一」という名前を壁に貼り、字面《じづら》が気に入ったらしく、その前で酒を飲みながらいつまでも見つめていた。

生後三カ月もすると、首が据わってきた龍一を金俊平は抱いて近所をよく散歩していた。ときたま事情を知らない朝鮮人の老女から、

「可愛いお孫さんだね」

と朝鮮語で言われると、

「いや、まあ、わしの息子です」

と照れながらも嬉しそうであった。

金俊平はどこへ行くにも龍一を連れて行った。家の中でも定子が母乳を飲ませているとき以外は金俊平が膝に乗せて子守りをしていた。飲み屋にも連れて行き、

「親父と息子が飲んでる姿はええもんやなあ」

と知り合いの者から言われて金俊平はまんざらでもなさそうな顔をして、その男に酒をおごったりした。龍一を抱いた金俊平は千鳥足で夜風に吹かれてここちよさそうに帰ってくるのだった。

息子が誕生して人が変わったように見えたが、実際は何一つ変わっていなかった。家族は厳しい吝嗇生活に拘束されていた。小学校に通うようになった妙子の給食代や学用品、さらには学費などの費用に対して、金俊平はいちいち文句をいいながら出しおしみするのである。定子は知恵遅れのゆき子を特殊学校に行かせたかったが今日まで言えずじまいだった。食事

の内容も同じである。すき焼きや鍋物は年に一、二度あるかないかであった。子供たちは日本人の一般的な食生活を知らなかった。目の中に入れても痛くないほど溺愛《できあい》している龍一にも、どこからかもらってきた古着を着せていた。女の子たちもみなそうだった。その点についていえば、じつにこまめであった。

ある日、妙子が学校から泣いて帰ってきた。学校で同級生や上級生にいじめられたのである。翌日、金俊平は校門の前で妙子の手をとって立ち、校門を出てくる生徒たちを一人一人無言で睨みつけた。巨漢の魁偉な金俊平の恐ろしい眼で睨まれた生徒たちは一様にすくみ、それ以来いじめられることはなかった。ただし友達ができなかった。ゆき子や妙子の背後には金俊平というとてつもない親がいたので、いじめられることはなかったが、友達ができないのである。友達のできない子供たちは、そのぶん姉妹の仲が良かった。お互いにかばい合い、姉は妹の面倒をよく見ていた。

子供の成長は早いものである。毎日接している自分の子供の成長にはそれほど気付かないが、他人の子供の成長には驚かされる。数年前、親もとを離れていた石原の次男が帰ってきたとき、道端で挨拶されて、この髭面の男は誰だろうと金俊平は思った。小学生頃のイメージしかない金俊平には、すでに三十歳を超している石原の次男がわからなかった。そういえば成漢も三十歳を超している。成漢とどこかで会ってもわからないのではないか、と思ったりした。

中学に進学した妙子のセーラー服姿を見て、金俊平はどきっとした。昨日まで子供だと思っていた妙子の体つきは大人に劣らないほど成長していた。体が大きいのは金俊平に似ていた。中学生になって急に大人びた妙子はどこかよそよそしく反抗的であった。そういう年頃なのかもしれないが、学校から帰宅しても金俊平を避け、あまり口をきこうとしないのである。龍一を抱いて散歩している金俊平に対して、

「りゅういちを抱いて外を歩いたりせんといて。みっともないわ」

と恥ずかしがるのだった。

「何がみっともないんや。息子を抱いて歩くのがなんでみっともないんじゃ」

「せやかて、うちらみんな孫や思われてるんやで。お父《と》ちゃんの子供や思われてないんや」

気性の激しいところも金俊平に似ている。

娘から祖父呼ばわりされて怒り心頭に発した金俊平が妙子に手をかけると、他の姉妹たちがいっせいに泣きだし、蜂の巣をつっ突いたような大騒動になるのだった。そんな夜は酒に酔った金俊平が定子をはじめ子供たちを一カ所に集めて出刃包丁を畳に突き立て、

「きさまらを一人ずつ料理して喰ってやる！」

と脅かすのである。子供たちは髪の毛が逆立つほどの恐怖を味わわされるのだったが、昔

とは事情がちがっていた。恐怖におののきながらも子供たちは年老いた金俊平の足元を見ていた。昔は本気で暴力を振るっていたが、七十歳を過ぎたいま、その気はなかった。ただ暴力で子供たちを服従させようとする性格は変わらなかった。

毎年冬になると、金俊平は保健所に行き、捕獲して処分した野良犬の関節を百頭分くらいもらってきた。そしてその犬の関節を鍋で三日三晩ぐつぐつと煮込むのである。はじめは灰《あ》汁《く》が泡立ち、すえた臭いを発散させるが、根気よく灰汁を取り除くと三日目頃に灰汁もなくなって黄色い透明な液体になる。その液体を一升瓶に詰めて一日にコップ一杯を飲んでいた。神経痛や腰痛の妙薬なのだそうだ。

この年も金俊平は板間の火鉢で十頭分くらいの犬の関節を鍋で煮込んでいた。室内の空気を入れ換えるために表戸の上段の小さな窓を開けて一晩中煮込んでいた。最近はなかなか寝つかれないので眠る前に酒を飲んでいたのだが、つい飲み過ぎてしまうのだった。その夜もかなりの酒を飲んでぐっすり眠り、そして朝目を覚まして便所へ行こうと上半身を起こそうとした。ところが下半身に力が入らないのである。上気したように顔がほてり、体が少し痺れていた。戦時中、疎開先の九州でふぐの胆を食べたとき舌先が少し痺れたが、その感覚とよく似ていた。食当たりしたのだろうか？　と思ったが、食当たりするような物を食べた覚えはなかった。何だろう？　と当惑しながら、金俊平は両腕で体を支えて起き上がろうとしたが駄目だった。いったい何が起きたのか理解できず頭が混乱して夢ではないのかと思った。そして何度も両腕で体を支えて起き上がろうとしたが、両脚はだらりと垂れたまま動かなかった。動転した金俊平は二階にいる定子を呼んだ。すると舌がもつれるのだった。

「定子！　定子！」

と定子を呼び続けた。まるで夢の中の誰もいない暗闇に向かって叫んでいるようだった。

間もなく定子が二階から降りてきて、

「何やの、大きな声だして」

と怪訝《けげん》な顔をした。

「何べん呼んだら聞こえるんや」

体の異変に気付きもしない定子に金俊平は腹だたしげに言った。

「どないしたん。何やの……」

金俊平は額に汗をかき、深刻な表情をしている。これほど深刻な表情をしている金俊平を見るのははじめてだった。顔が少し赤味をおびている。酔ってくると金俊平の顔は赤味をおびてくるので、定子はてっきりまだ酔いが醒めていないのだと思った。言葉も少し酔ったときと似ている。

「立たれへんのや」

「立たれへん……？」

定子も何のことかわからず眉をひそめた。

「脚が痺れて立たれへんのや。はよ救急車を呼べ」

そこまで言われて定子はやっとことの重大さに気付いた。定子はすぐに一一九番に電話して事情を説明し、救急車を依頼した。

「ちょっと手を貸してくれ。救急車がくる前に便所へいく」

定子がかかえると、金俊平は定子にしがみついてやっと起き上がった。けれども下半身に力が入らず自分の体重を支えることもできずにぶるぶる震えて一人では立てなかった。金俊平は定子の肩に掴まり、引きずられるようにして便所に入った。

「一人で立てる？　手ェ離すで」

定子が手を離すと、金俊平は必死に両脚をふんばって体のバランスを保ち、なんとか小用をたした。そして板間にもどったところへ救急車が到着した。

「どないしましたんや？」

到着した救急隊員の一人が訊いた。

「目を覚ましたら、両脚が麻痺してて立てませんのや」

定子が金俊平に代わって説明した。

「うむー、とにかく病院へ行って先生に診てもらおか」

二人の救急隊員が両側から金俊平をかかえて救急車に乗せた。定子は服を着替えて、とりあえず金俊平の下着類を持って付き添った。出勤を急ぐ勤め人たちが赤ランプを回転させている救急車をちらちらと眺めて足早に歩いて行く。表を掃除していた駄菓子屋のおばさんが何事かと救急車を見送っていた。

救急車は上六の日赤病院に直行した。かつて英姫が子宮癌の診察をしてもらった病院である。待機していた二人の看護婦が金俊平を外科の診察室に運んだ。

「ちょうど外科の先生が当直やったさかいよかったわ」

年配の看護婦が金俊平を安心させるように言って医師を呼びに行った。

メガネをかけた五十歳くらいの医師がやってきた。眠っているところを起こされたらしく洗顔した顔が少しむくんでいた。首を左右に回し、腰を伸ばしてひと呼吸してから、おもむろにベッドの上の金俊平を見た。定子は廊下に待たされていた。

医師は懐中電灯を照らし、瞼をつまんで瞳孔を開いて反応を確かめた。そして舌を出させ、脈を計った。それから金俊平の下半身をもむように触っていたが、

「レントゲンを撮ろか。たぶん多発性脳梗塞《のうこうそく》や」

と診断した。

そしてすぐにレントゲン室に移された。

まるで機械でもあつかうような医師の診察がいい加減に思えた。だが、金俊平は俎板の上の鯉と同じであった。すべてを医師にゆだねて指示に従うしかなかった。治るのだろうか？それが金俊平にとって最大の関心事であった。もし治らないときはどうなるのか。そう思うと金俊平の不安はつのるばかりだった。下半身が突然麻痺するとは夢想だにしていなかった出来事である。金俊平は生涯ではじめて恐怖を覚え背筋が寒くなるのを感じた。

レントゲン室に移された金俊平はレントゲン技師が出勤してくるまで待たされた。その間に医師は定子に金俊平の症状について説明していた。一般的に左脳か右脳の血管が詰まったり出血したりした場合、体の左半分または右半分が不随になるケースが多いのだが、多発性脳梗塞は脳のあちこちでほんの少し血管が詰まって、それがたまたま下半身麻痺につながったのである。

「要するに中風《ちゆうふう》ですわ。脳のあちこちでほんのちょっと血管が詰まってるさかい手術は難しいな。とにかくこれ以上進行せんように薬を飲んで様子を見ることですわ」

どうも説得力に欠ける説明だった。

「治るんでっか」

と定子が訊いた。

「わからん。たぶん難しいと思う。だから薬を飲んでこれ以上進行せんようにして、脚を鍛えることや。できるだけ歩く練習をするんや」

医師でさえリハビリに対する認識が稀薄だったのだから患者とその家族にいたってはリハビリについての認識などまったくなかった。医師の説明を聞いた定子は、その場で諦めていた。

レントゲン撮影をしたあとも医師の説明は同じだった。

「眠ってる間に、こんなことが起きるんでっか」

金俊平はまだ自分の体に起きたことが信じられないらしく医師の説明を求めた。

「よくあることや。眠ってる間に脳出血で死ぬ人もいる。あんたは運のええほうや。両手は使えるし、喋ることもできる」

医師にそう言われて金俊平は清子に比べてまだしもましだとは思った。しかし、だからといって下半身麻痺を容認できる気持ちにはなれなかったが、医師の口調から察して治る見込みはなさそうだった。なんという無責任さだろう。医師ははなから匙《さじ》を投げているのだ。不治の病と決めてかかっている。他に治療の方法はないのか。犬の関節の汁を飲んでいたのにくその役にも立たなかったし、その他の漢方薬も役に立たなかったのだ。すべては遅すぎる。

何もかも。金俊平は暗澹《あんたん》たる気持ちになった。清子の霊が乗り移ったのかもしれない。そうでなければ、眠っている間にこんなことが起きるわけはないのだ。清子のあの断末魔の叫びが金俊平の耳の底にこびりついていた。神や仏や悪霊を信じたことのない金俊平だったが、何かしら因果応報の恐ろしさを感じないではいられなかった。

金俊平は三日間入院して、あとは自宅療養のため退院した。薬を飲み、食事療法と歩く練習をするだけである。

退院当初は食塩を抜いた山菜料理を食べていた。定子の手を借りて立ち上がり、歩こうと努力した。しかし、自分で立ち上がれないのに、どうして歩く練習ができるのか。よちよち歩きの龍一がいまでは走っている。その姿を見るにつけ、歩けることの素晴らしさをつくづく思い知らされるのだった。

板間に一人寝ている金俊平は夜中の排尿に備えて側に尿瓶《しびん》を置いていた。朝になると、その尿瓶に溜まった尿を定子が便所に捨てていたが、ときたま妙子にいいつけると、

「いやや。お父《と》ちゃんのオシッコは臭いもん。ゲー出そうになるわ」

と妙子は露骨に拒否するのだった。姉の妙子にならって妹たちも手伝おうとはしない。

「おまえらそれでもわしの子供か」

いたわりの心がない子供たちの態度に情けなくなるが、妙子は追い打ちをかけるように、

「うちはおじいちゃんの子供やない」

とつっぱねるのだった。

「わしの子供やなかったら誰の子供や」

「そんなん知らん」

妙子は起き上がれない金俊平にわざと接近して口応えしていた。金俊平が腕を伸ばして妙子を摑まえようとすると、妙子は金俊平を翻弄《ほんろう》するようにさっと身をひるがえして逃げた。明らかに父親を愚弄していた。金俊平はそれまで味わったことのない屈辱感に体が震えた。

何かと不便な金俊平は定子に板間で一緒に寝るよう頼んだ。だが、定子は子供たちがまだ幼いことを理由に拒否した。二階で母親と子供たちが何かを企んでいるような気がする。金俊平にはそう思えてならなかった。何を企んでいるのか。自分の子供でありながら自分の子供でないような気がした。日本人の女との間につくった子供は所詮血のつながりが薄いのかもしれない。いまになって金俊平は日本人との間に子供をつくったことを後悔した。そして年老いて子供をつくったことをも後悔していた。金俊平の最大の誤算は、いつまでも健康で長生きできると確信していたことだった。その確信が一瞬に崩壊したいま、人生に終わりはないこと、ものごとは終わったところからまた何かが始まり、果てしのない煉獄を彷徨うことになることを実感していた。恐ろしいのは死の恐怖にあがきながら生きながらえることである。そしてそれは始まったばかりだった。

25

下半身の不自由は日常生活の一つひとつの所作に決定的な影響をもたらさずにはおかない。起きるという行為と歩くという行為の連続性がたち切られることで、金俊平の基本的な生活の行動半径はほとんどすべてを奪われることになる。それまで無意識に行なわれていた排泄行為が難行苦行を強いられるのである。立ち上がり、便所へ行くなにげない行為がいまや肉体的にも精神的にも苦痛だった。そのたびに定子の手を借りて脚を引きずり、便所にやっとの思いで立ち、あるいはしゃがむ。便所に手すりを付けて両手でその手すりをしっかり摑むことでかろうじて体のバランスを保てるが、その労力は心理的な抑圧となって排泄行為そのものを困難にさせるのである。

便所の外にいる定子が、

「まだかいな」

といらいらした意地の悪い声で急かせるのだった。ときには二階に上がってしまい、呼んでも降りてこないことがある。仕方なく金俊平は壁にへばりつき、あるいは這って床にもどったりする。そんなとき金俊平の脳裏に、終戦直後、二重、三重に襤褸をまとい、真っ黒な姿で近所を徘徊していたいざりの姿がちらついた。そしてそのいざりはある冬の夜、冷凍庫に保存されているマグロみたいに手足を硬直させて凍死していた。

金俊平は板間を這って机にしがみつき、椅子に座って姿勢を正した。椅子に座って姿勢を正している金俊平は中風を患っている病人には見えなかった。毅然とすることである。毅然として鷹揚に構えて相手に弱味を見せないことだ。金俊平はそう自分に言い聞かせた。椅子に座って姿勢を正している眼光鋭い金俊平の姿は一時的に定子と子供たちに畏怖をいだかせたが、下半身麻痺はいかんともし難く、二、三日もするとかえって無視されるのだった。定子は子供たちと一緒に食事をすませたあと、塩分を抜いた二種類の山菜とご飯を机の上に置いて、

「こぼさんと食べてや」

と言い残して子供たちと二階へ上がってテレビを観ていた。しばらくすると妙子が降りてきて、のろのろと食事をしている金俊平に、

「まだ食べてんのかいな。早よ食べてえや、あと片づけでけへんやろ」

と邪険にした。

金俊平はそのつど怒りに震えながらも妙子を叱る気力もうせていた。そのかわり二人の甥と高信義に電話を掛けて、体の不調と家族に虐待されている現状を訴えていた。

「悪いけど家にきて、定子と子供にあんじょう言うてくれ。あいつらはわしの言うことを何も聞こうとせんのや」

ほとんど涙声に近い声で訴えられると、二人の甥は看過できず家にやってきて、定子と子供たちに金俊平の面倒をみてくれるよう頼むのだった。二人の甥がこれないときは高信義がやってきて、こういうときこそ金俊平を大事にせなあかんのや、と人倫の道を説いた。二人の甥と高信義がいるときは神妙に耳を傾けるのだが、彼らが帰ると事態はかえって悪化するのである。

「いつうちが虐待したの。人聞きの悪いこと言わんといて。うちがこんなに苦労してるのもわからんと、わがままばっかし言うて。ええ加減にしてや。うちはあんたの召し使いとちがうねんで。あんたの子供を四人も産んでるんや。あんたはうちに何してくれた。毎日びくびくしながら暮らしてきただけや。十六年間であんたに買うてもろたのは、この安物の着物一着だけや。なんやの、こんな着物」

定子は押し入れの行李から取り出した着物を子供たちの目の前で引き裂いた。

二人の甥と高信義も毎回は金俊平の要請に応えられなかった。あがけばあがくほど金俊平は孤立していくのだった。それにしても定子の豹変《ひょうへん》ぶりは目にあまるものがある。金俊平がふと便所の天井裏に隠してある手提げ鞄を確認してみると、中に入っているはずの七通の預金通帳がなくなっていた。金俊平は心臓が止まるほど愕然とした。下半身麻痺になって動転し、便所の天井裏に隠して置いた七通の預金通帳のことをうっかり忘れているその隙に定子に奪われてしまったのだ。手形や証文は手提げ金庫に入れて押し入れにしまってあるが、預金通帳の隠し場所は知らないはずであった。いつどのようにして知ったのか。おそらく金俊平の留守の間に家探ししていたにちがいない。そして発見したにもかかわらず、そ知らぬふりをしていたのだ。

金俊平は押し入れの中にしまってある手提げ金庫を開けてみたが、手提げ金庫の手形や証文もなくなっていた。

「定子！　定子！　降りてこい！」

金俊平は押し入れの戸を叩き、柱に頭突きをして定子を威嚇した。

「何やの、わめいたりして！」

定子は二階のおどり場に立って金俊平を見下ろした。

「きさま、便所の天井裏に置いといた預金通帳をどないした」

柱に摑まってかろうじて立っている金俊平が歯ぎしりした。

「いまごろ何言うてるのん。あの預金通帳はみんな解約したわ」

「みんな解約しただと。解約した金はどないしたんじゃ。あの金はわしの金や」

「解約して他の銀行にうちの名義で預金してある。あのお金はうちのもんや」

「何ぬかしやがる！　この盗っ人！　警察に訴えてやる！　きさまを殺してやる！」

金俊平は渾身の力をこめて階段を一段一段這い上がっていった。そしておどり場に近づいたとき、定子に頭を蹴られて、金俊平はたわいもなく階段をずり落ちた。

「警察に訴えるんやったら訴えたらええねん。うちはあんたの子供を四人も産んでるんやで。弁護士も言うてたわ。警察は夫婦喧嘩の仲裁になんか入らんそうや。裁判してもええで。裁判したら十年かかるわ。うちは十年でも二十年でも裁判したる」

定子は事前に弁護士と相談し、金俊平の預金通帳を解約して他銀行の自分名義の口座に移したのだった。約一億三千万円を奪われたことになる。

「うちはこれから五人の子供を育てていかなあかんねん。あんたの財産はみんなうちと子供のもんや。誰にも文句いわせへんで」

開き直った定子の形相が金俊平の頭の中で黒い斑点となって凝固した。脳の血管が破れそうだった。これ以上定子の術策にはまってはならないと金俊平は思った。

「どうせあんたのことや。他にも預金通帳を隠してるやろ。必ず見つけ出したる」

定子に奪われた金は全体の三分の一程度だった。残りの金は三年前に高信義のすすめもあって総連系の銀行に預金通帳と印鑑ごと委託してあった。手形と証文はどのみち定子の手に負える代物ではなかった。その額は預金の額よりはるかに大きいが、極道や海千山千の相手から借金を取りたてられるのは泣く子も黙る金俊平のような人間でなければできないのである。その金俊平が身動きとれなくなったいま、定子の出る幕はないのだ。定子はそのことを充分承知していて、取りたてられそうな小口の借金をせっせと取りたてていた。しかし、金俊平が倒れたという噂は巷にひろがり、小口の債務者たちも借金を容易に返済しようとしなかった。ほとんどの相手に居留守を使われ、逆に恫喝される始末だった。定子は内心、金俊平がみんなからいかに恐れられていたかを実感した。

預金通帳の件で金俊平と大喧嘩をしてからの定子は急に派手になりだした。五人の子供を連れて百貨店へ行き、衣服や人形や玩具を買い、食べたいご馳走を食べて帰ってきた。いまや遠慮する者のいない定子は堰《せき》を切ったように金を使いだした。子供たちの買い物はもとより、自分の欲しい物をつぎつぎに買い漁り、部屋の中は衣装だらけになっていった。洋服箪笥、大きな冷蔵庫、大きなテレビ、洗濯機、などなど、電化製品をすべてそろえ、車の免許証を取得するために自動車学校にまで通いはじめた。金俊平はただ定子のなすがままに見ているだけだった。

いったん堰を切って溢れ出した欲望はとどまるところを知らない。それまで見たこともない大金を手にした定子は失った時を探し求めるかのように夜な夜な出歩くのだった。正午過ぎに起床し、食事は角のうどん屋からてんや物を取り寄せて間に合わせ、午後三時に開く銭湯の一番風呂に入って帰ってくると念入りに厚化粧をして夕闇が迫るころに家を出るのである。まるで夜の勤めに出掛けていく水商売の女と同じ時間のサイクルだった。家を出るとき定子は、

「夜はすしでも取って食べとき」

と言って妙子に金を渡した。

豪華なミンクのコートをはおり、舶来品のバッグをたずさえ、ハイヒールをはいて出掛ける。板間の椅子に金俊平が腰掛けているときは裏口から出て行くのだ。馬子にも衣装というが、年がら年中よれよれの同じ服を着ていた定子の様変わりした姿に、近所の人たちはいったい誰だろうと見まがうほどであった。表の市電通りに出た定子はタクシーを止めて颯爽とミナミの繁華街めざして走らせ、夜の魔窟《まくつ》の奥へと吸い込まれていった。

めくるめく歓楽街のネオンが徒花《あだばな》のように闇に咲いている。そのネオンの光を浴びた人々の表情からたちのぼってくる欲望が定子を刺激せずにはおかなかった。歓楽街にたちこめている性的な匂いに酔いしれて定子は心斎橋筋を散策した。ショーウインドウに溢れているさ

まざまな商品を眺めながら、定子は喫茶店に入ってコーヒーを飲んだ。一人で自由を満喫している気分はゴージャスだった。人々は快楽を求めており、快楽は人生に不可欠な潤滑油であると思った。若い恋人が他人の目をはばかることなく指をからませ楽しそうにおしゃべりをしている。あんなにしゃべることがあるのやろか？　と思いながら、定子は一度としてあのような時を過ごしたことがなかった。喫茶店でしばらく時間を潰した定子は煙草の火を消して立ち上がった。夜はまだ宵の口である。この長い冬の夜を過ごすために定子は歓楽街に出てきたのだ。

喫茶店を出た定子は宗右衛門町のほうへ歩いていった。キャバレー「富士」の前を通り過ぎ、キャバレー「美人座」を通り過ぎて宗右衛門町を一周する形でバーやクラブや料理店がひしめく通りを歩きながら、定子はふとホストクラブの前で足を止めた。そして定子は躊躇することなくホストクラブに入った。

「いらっしゃいませ」

正装したチーフが腰をかがめてうやうやしく頭を下げて定子を迎えた。深ぶかとした絨毯《じゆうたん》を踏みしめて、定子は案内されるままにテーブルに着いた。正面の舞台では四人編成のバンドが軽快な音楽を演奏している。薄暗い店内の天井や壁にミラーボールの光が星屑のように回転していた。何もかも豪勢だった。ゆったりとしたソファの座りごこちはあの息が詰まりそうな金俊平との生活を忘れさせる。

「どなたかご指名の方は」

とチーフが訊いた。

「いません」

「お客様は初めてでしょうか」

「そうです」

「わかりました。しばらくお待ちください」

チーフが下がって三、四分もすると、二十五、六になる若いホストが近づいてきて定子の前にひざまずき、

「はじめまして、タケルです」

と自己紹介をして頭を下げた。

「はじめまして」

定子はぎこちなく言った。

定子の横に座ったタケルは運ばれてきたヘネシーの封を切って水割を作り、

「これからもよろしくお願いします」

と言って乾杯した。

黒のスーツを巧みに着こなしている細身のタケルは長い髪を華奢《きゃしゃ》な手つきでかき上げ、熱い瞳で定子をじっと見つめながら話していた。若い男の熱い視線に定子は年がいもなく幻惑されるのだった。冬の長い夜のひとときの夢、幻にすぎない世界の中で、しかし定子は非日常的な時間に溺れていった。若い男をこれほど近くで見たことはなかった。いや、若い男にこれほど間近にまで迫られたことはなかった。若い男の甘美な体臭が定子の情欲に火を点けようとしている。気がつくと定子はタケルに手を握られていた。自分のひからびた手に比べて、なんという柔らかな手の感触だろう。タケルの柔らかい手から伝わってくる性的な感触は定子の体内をゆっくりとめぐっていく。

「踊りませんか」

とタケルは定子を誘った。

「うちはよう踊らんの。踊ったことがないの」

と定子は尻ごみした。

「大丈夫、ぼくがリードしてあげますから」

タケルは戸惑っている定子の手を取ってホールに誘導した。二、三組のカップルが踊っていた。タケルは腹の出た肥満気味の定子の腰に腕を回すと軽くステップを踏み、ホールの中央で抱き合ったまま足踏みでもするように体を揺らしていた。腰に回していたタケルの腕にしだいに力が入り、定子を強く抱きしめ、頬と頬をすり寄せ、いったん顔を離して定子の瞳に焦点を合わせるとふたたび顔を近づけてきて定子の唇を吸った。定子は失神しそうになってタケルの体にしがみついた。定子の口中にタケルの舌が深く深く押し入ってくる。周囲の目をはばかっていた定子だったが、タケルの巧みなキスにわれを忘れた。

席にもどると二人のホストが加わった。定子は三人のホストに囲まれ、酒をつがれるまま飲み、時間の過ぎるのも忘れて酔いしれていた。

何時にホストクラブを出たのか定子は覚えていない。勘定は十万円を超していたが高いとは思わなかった。生涯出会うことのなかった世界で、これほど濃密な時間を過ごせた代償としては安いとさえ思った。あれほど多くの人間が歩いていたのに、いまはまばらだった。まばゆいばかりのネオンも大半が消えている。方向のさだまらない定子は千鳥足でネオンの消えた宗右衛門町を歩きながら腕時計を見た。午前二時だった。金俊平の顔がちらついたが、かまうもんか、と思った。途中タコ焼きを買い、タクシーに乗って帰った。

近所の長屋は深い眠りの底に落ちて森閑としている。家は表も裏も鍵がかかっていた。定子は裏口に回って眠っている妙子を小声で呼んだ。何度か呼ぶと窓を開けて妙子が顔をのぞかせた。

「裏の戸、開けて」

と定子が頼んだ。

二階から降りてきて裏の戸を開けると、入ってきた定子は水道の水を杓《しゃく》で受けて飲んだ。

「酒臭い」

妙子は顔を歪めて二階へ上がった。そのとき板間で寝ていた金俊平の怒声が聞こえた。

「いま何時だと思ってる。どこをほっつき歩いてたんじゃ」

近所に聞こえるような大きな声だった。

「何時に帰ろうがうちの勝手やろ。これからうちは好きなようにするんや」

「なんだと、きさま！　わしの金で遊び呆けやがって」

「あんたのお金とちがう。うちのお金や。自分のお金を何に使おうと勝手やろ」

そして定子はわざと足音を鳴らして階段を昇っていった。酒に酔って深夜に帰宅した母親を批難するかのように妙子は布団を頭からかぶって横になった。

「タコ焼き食べ。ミナミのおいしいタコ焼きやで」

定子は妙子の機嫌をとろうとしてタコ焼きをすすめるのだった。

「いらん。うちは眠たいねん」

「そないいわんと食べてえな。お母《か》ちゃんはな、あんたに怒られると一番こたえるねん。お母ちゃんの気持ちもわかってえな。うちはあんたら四人を産んで、乞食みたいな恰好で十六年過ごしてきたんやで。みんなあんたらのためや。何べん逃げようと思うたかわからん。せやけど逃げてどないすんのん。逃げたら飢え死にせんならん。せやさかいうちはいままでじっと我慢してきたんやで。うちの気持ちもわかってえな。これからうちは自由になりたいんや。わかるやろ、妙子」

そう言うと定子は感きわまって泣きだし、妙子を抱きしめた。

母親のものぐさな態度が感染したように子供たちの日常生活もいつしか母親の時間のサイクルと重なっていた。正午過ぎまで寝ている定子は学校へ行く子供たちにパン代と牛乳代を持たせ、子供たちは朝食抜きで通学していたが、しだいに学校をさぼるようになった。昼過ぎまで寝ている定子はあえて子供たちを学校へ行かせようとしなかった。

忍びよる倦怠感《けんたいかん》と頽廃的《たいはいてき》な気分にひたりはじめた家族はものごとに対して無関心になり、何もしようとしなかった。定子が夜な夜な外出するようになってから家でご飯を炊いたことがない。てんや物を食べ、そうでないときは外食していた。子供たちもそのほうが気楽であった。金俊平の食事はほとんど顧《かえり》みられなかった。したがって金俊平もてんや物に頼るしかなかった。

ひところは裏口から入ってきた定子がそのうち鍵を開けて表から堂々と入ってきて寝ている金俊平を避けて台所へ抜ける通路を通って二階に上がる。酒臭い息を吐き、帰ってくると必ず杓で水道の水を飲んでいた。日ごとに帰宅時間が遅くなり、午前零時前に帰宅することはめったにない。金を湯水のように使い、男遊びをしているのは明らかだった。徹底した吝嗇生活を維持して貯め込んだ金を、おしげもなく男に貢《みつ》いでいると思うと、金俊平ははらわたの煮えくりかえる思いがした。しかし、打つ手がなかった。いったん狂いだした女の情念をいやす方法を金俊平は思いつかないのである。怒りと憎悪が増幅していくばかりであった。

掃除をしない家は埃《ほこり》だらけで全体に蜘蛛《くも》の巣を張りめぐらしたような感じだった。

「妙子、たまには掃除くらいしろ」

と言うと、

「何でうちが掃除せんならんの。いやや」

と暗に母親の定子にさせれば、とほのめかすのである。そして子供たちは一日中二階でお菓子をかじりながらテレビを観ていた。テレビさえ観ていれば母親がいようといまいと関係ないのだった。

訪れる人のいない家は陰気でじめじめしていて黴臭《かびくさ》い臭《にお》いに包まれている。改装した当時は長屋で一番新しい家屋だったのに、いまでは柱や天井や壁に黒い染みができ、畳に穴が開いていた。どちらかというと清潔好きの金俊平にとって黒ずんでいく家は何かが音もなく崩壊しているように思えるのだった。自分自身が内部から腐っていくように思われた。

ある日、定子は一晩家を空けた。どんなに遅くても必ず帰宅していた定子が家を空けたのである。そして翌日の夕方頃に帰宅した定子は平然として二階へ上がっていった。二階に上がった定子は敷きっぱなしの布団にごろりと横臥して、そのまま眠ってしまった。目を覚ましたのは翌日の夕方だった。二十四時間眠っていたことになる。起床した定子は洗顔もせずに妙子に言ってすしを取り寄せ、腹ごしらえをした。そして近所の美容院でパーマをかけ、服を着替えてタクシーでミナミに出るとサウナに入って体をリフレッシュして夜の歓楽街に出た。定子の行動半径はかなりひろがっていた。ホストクラブ、バー、スナック、オカマバー、行きつけの料理店、すし屋など、定子はいまやミナミ界隈ではちょっとした金持ちの未亡人として通っていた。相手の男も三、四人いる。定子は最初に入ったホストクラブのタケルを囲っていた。タケルに甘えられると定子はタケルの欲しい物を何でも買い与えた。服、靴、腕時計、そして最近、車まで買い与えた。

一晩家を空けた定子は、その後、頻繁に家を空けるようになり、ときには二、三日帰ってこないことがある。いかに体が不自由で無抵抗な金俊平も、このままでは家庭が崩壊するのではないかという危機感をいだいた。すでに家庭は崩壊していたが、それでも金俊平は定子を追い出すことができなかった。その最大の理由は子供たちのことであった。五人の子供の面倒を誰がみるのか。ことここに至って金俊平は子供たちの将来を懸念せずにいられなかった。定子が子供を捨てて家を出た場合、金俊平亡きあと子供たちは路頭に迷うことになる。いくら金と財産があっても、子供たちにそれらを管理する能力はない。おそらくみんなに寄ってたかってむしられてしまうにちがいないのだ。すでにその兆候が表れていた。こちらから取り立てに行かない限り、貸した金の利息を支払おうとする者はいなかった。電話で催促してものれんに腕押しだった。貸家も同じである。あちこちにある十三軒の貸家の家賃を収めようとする者はいないのだ。同じ長屋の角家で豚肉店を営んでいる姜斗万でさえ家賃を収めようとしなかった。蒲鉾工場の跡を高木という男に貸したが、そこで印刷工場をしている高木は不景気だからという理由で家賃を収めないのである。不景気だから家賃を収めなくてもよいという法律はない。いずれにしても金俊平は完全に無視されていた。このように貸家を管理する者もいないのである。

金俊平は考えた末、二人の甥と高信義に相談を持ちかけた。つまり定子と話し合って妥協したいというのである。その仲介役を二人の甥と高信義に頼んだ。頼まれた二人の甥と高信義は翌日やってきた。定子は昨夜から家を空けていた。椅子に座っている金俊平を囲んで、二人の甥と高信義はこの重い課題をどう処理すべきかに頭を悩ませていた。一時間ほど議論をしたが、これといった名案はない。みんなは深い溜め息をついた。一人の女の反乱に対して男はなんと無力なことか。

屋よりひどい」

「とにかく」

と金俊平は言葉を選びながら言った。

「家事と子供の面倒をみることや。子供は半年以上学校に行ってない。洗濯機があるのに洗濯もしない。掃除機があるのに掃除もしない。見てくれ、部屋中はゴミと埃だらけや。豚小屋よりひどい」

金俊平の口から嘆息がもれた。

「あいつは昨日も帰ってこなかった。今日も帰ってこんやろ」

二人の甥は定子に対して許し難い感情を持っていたが、この問題は金俊平と何度も電話で話し合い、結局今日にいたっているのである。

思案に思案を重ねていた高信義が切りだした。

「こないしたらどうです。念書を作るんです。こっちの条件を提示して、相手の条件をも提示させるんですわ。そしてどの条件ならお互いに呑めるのか話を詰めて、作成した念書にわしらが立会人になって合意させるんや。もし念書の条件を破ったときは、子供と一緒に家を出てもらう。ただし金は渡さない。金はその前に女が取ってまっさかい」

それ以上の知恵が浮かばない以上、高信義の意見にそって念書の作成にとりかかった。あれやこれや、ない知恵を絞ってようやく次のような案がまとまった。

一、家事と子供の面倒をみること。
一、子供を学校に通わせること。
一、午前零時までに帰宅すること。
一、外泊のときは連絡し、場所を明らかにすること。
一、小遣いは月に十万円未満にすること。
一、金俊平の介護をすること。但し介護料として一日三千円支払う。

以上が念書の内容である。入籍はしていないが四人の子供を産んでいる夫婦同然の間で、このような念書を交わさねばならないとは馬鹿げているが、内容にいたっては滑稽ですらあった。「午前零時までに帰宅すること」「外泊のときは連絡し、場所を明らかにすること」などは男遊びを容認するようなものである。実際、金俊平にとって念書の内容はあまりに情けなく、いちじるしく自尊心を傷つけられるものであった。しかし、二人の甥と高信義の強い説得に応じざるを得なかった。

「他人には見せられへんわ、かっこ悪うて」

甥の立場である金容洙にとっても屈辱的な念書であった。

「しゃあない。とりあえずこれで家事をしてくれて子供らが学校へ行けるようになったら、いまよりはましになるやろ」

と金泰洙が言った。

現状が少しでも改善されれば、甥の負担もそれだけ軽くなるわけだ。定子との話し合いは定子がいなければできない。外泊して帰ってくると、定子はいつも翌日の夕方まで寝ている。その間に二人の甥と高信義に連絡をとってきてもらうことにした。

三人が帰ったあと、一人になった金俊平は念書の内容を何度も反芻しながら耐え難い屈辱に耐えていた。中風で倒れたときは動転したが、それは序の口であった。事態がこのような泥沼状態になるとは想像もしていなかった。

人間の心は一日に何度も変わるものだが、それにしても人間の心の奥にひそんでいる恐ろしさを金俊平は思い知らされていた。最後の最後までわからないのが人生である。そうだとすれば、この先、金俊平に新たな試練が待ち受けていないと誰がいえようか。明日何が起きようと、もはや驚くにあたらないのだった。金俊平は定子を殺して自分も死ぬことを考えていた。しかし、この体で定子を殺せるだろうか。もし殺しそこねたときは定子に殺されるかもしれない。それを考えると実行する勇気がなかった。

体が不自由になって体力の衰えた金俊平は自分自身に臆病になっていた。何よりもこの状態で生き長らえて真綿で首を絞められるようにじわじわと忍び寄ってくる死を待ち続けるのが恐ろしかった。十人、二十人の極道を相手に闘っていた頃の金俊平は死の恐怖に脅えたりはしなかった。死を考えたこともない。死は瞬間的なものであると思っていた。確かに死は瞬間的なものである。だが、死に至る道のりは長く、苦悩は果てしない。その苦悩の果てに大きな口を開けて死という暗黒の世界が待っているのだ。どういう死に方をするかは人によってちがうが、「人間は死んだらしまいや」とは金俊平のいい種である。その終わりの時を生き続けている金俊平にとって死はあまりにも空しすぎるのだった。誰がわしを葬ってくれるのか？　残酷な時が鋭利な刃物のように金俊平を切り刻んでいく。

念書を拒否した定子はまるでみんなから公認でもされたように外泊していた。念書に合意させられなかった二人の甥と高信義は逆にみくびられ、彼らの助言や勧告を定子は鼻先で笑っていた。何かにつけて電話を掛ける金俊平の泣きごとに、二人の甥と高信義はつき合いきれなくなっていた。あいつは昨日から外泊して、まだ帰ってこない。いったい何人の男と寝ているのか見当もつかない。おまえがあんな淫売女を連れてきたおかげで、わしの人生はめちゃくちゃだ。いまになって金俊平は定子を連れてきた甥の金容洙を批難するのだった。そして近くの家を提供するから引っ越してきて面倒をみてくれと哀願するのである。

しかし、それはできない相談だった。金俊平の性格を知り尽くしている金容洙は、かりに金俊平の近くに引っ越して面倒をみたとしても、おそらく問題は何一つ解決しないだろうと思っていた。それどころか今度は金容洙の家族が巻き込まれて収拾がつかなくなるのはわかっていた。それは金泰洙も同じだった。この問題に関しては誰もが敬遠していた。

その日は朝から下痢気味で体の調子がおもわしくなかった。食当たりするようなものを食べた覚えはないのに、這いながら便所へ三度も入っている。腕の力だけをたよりに麻痺した下半身の均衡をとってしゃがもうとして、ややもすると体のバランスを崩すことがある。実際、金俊平は便所にしゃがむとき、何度か前のめりになったり、後ろへひっくり返ったりしている。そのつど金俊平はひっくり返ったカブト虫のように手足をもがいていた。

下痢は神経からきているのかもしれないと思った。中風になってからというもの、神経の休まる日がなかった。寝ても覚めても悪夢の連続だった。麻痺した下半身は痩せ細り、あの鋼鉄のような胸や腕の肉も落ち、いまでは自分の体重を支えることさえ困難だった。

金俊平は四度目の下痢に見舞われ、体を反転させて両腕を立て便所に向かって必死に這った。だが這っても這っても前進しないのである。急流のように下腹部をめざしてくる液状の糞便をくい止めるために、金俊平は歯をくいしばって全神経を肛門に集中させていた。這っているのか下痢をくい止めているのか、どちらともわからない激しい葛藤に悶えながら、つぎの瞬間、金俊平は一種のエクスタシーの状態に陥った。肛門の筋肉が弛《ゆる》み、全身の力が抜け、失禁と脱糞による汚穢にまみれて茫然自失していた。

ちょうどそのとき外泊していた定子が帰ってきて部屋に入るなり、

「うわっ、なんやの、この臭い」

と顔をしかめて叫んだ。

金俊平は虚ろな眼で定子を見上げ、

「ちょっと手を貸してくれ」

と腕を伸ばした。

金俊平は巨大なハンマーで打ち砕かれたような恰好をしていた。

「触らんといて！　汚い！　臭《く》そうて息でけへんわ」

定子は手で鼻と口をふさぎ、金俊平をまたいで二階へ上がろうとした。その定子の足を金俊平が摑んだ。足を摑まれた定子は柱にしがみついて金俊平から逃れようとした。

「何すんのん！　離して！」

定子は片方の足で金俊平を蹴ったが、金俊平は最後の力をふりしぼって定子を引き倒そうとした。

「殺してやる！　この淫売！　わしの金で好き放題しやがって。わしをここまでコケにしやがって。きさまは何回殺してもあきたらん奴や」

汚穢にまみれた金俊平の体がぬるぬるしている。

「妙子！　妙子！」

と定子が二階にいる妙子を呼んだ。そして階段を降りてきた妙子に、

「あそこにある棒持っておいで」

と指示した。

母親に指示された妙子は金俊平を避けて板間に行くと、桜の棍棒を取って母親に手渡した。この桜の棍棒は昔から金俊平が片ときも離さずに持っている護身用の武器である。その桜の棍棒を持った定子は足を摑んでいる金俊平の腕を叩いた。だが、金俊平は定子の足を離そうとしなかった。定子は何度も何度も金俊平の腕を殴打した。どうやら骨が折れたらしく、金俊平の腕がだらりと垂れた。ようやく金俊平の腕から逃れた定子は、激情にかられて金俊平を殴打し続けた。頭、肩、腕、そして脚の脛《すね》をめった打ちにした。さすがの金俊平も痛みに耐えかねて呻き声をあげた。

あまりの凄まじい光景に、

「お母《か》ちゃん、もうやめとき！」

と妙子が止めた。

髪をふり乱し、肩で息をしながら、憎悪に燃えた眼で、定子はめった打ちにされてもがい

ている金俊平を睨んだ。

「死にぞこないが。うちを舐めたらあかんで！」

ドスのきいた男のような声だった。

定子は二階に上がり、押し入れから旅行カバンを二つ出し、衣類やバッグや靴を詰め込むと、知恵遅れのゆき子の手を取った。

「妙子、お母ちゃんはゆき子を連れて家を出るけど、少しの間、辛抱しとき。すぐに連れにくるさかい。何かあったら、ここに電話し。この電話番号は誰にも言うたらあかんで。それから、あんたにお金渡しとく。これだけあったら当分は大丈夫や。無駄使いしたらあかんで。ほな、気いつけや。すぐに連れにくるさかい」

妙子は「うん」と頷いた。あとの三人の子供はテレビに釘づけになっていて、一階で何が起きたのか知らなかった。

一階に降りてみると、金俊平は電話のところまで這っていた。定子は金俊平を睨みつけて表戸を開け放し出て行った。

「もし、もし……」

金俊平はいまにも死にそうなか細いかすれた声で高信義に電話を入れた。

「わしや。すぐにきてくれ。あいつに棒で殴られて腕と脚の骨を折られた。甥にも電話をしてくれ」

そう言って電話を切った。それから汚物にまみれた体を震わせて、机に顔を伏せると声をあげて牛のように号泣した。悔恨、恥辱、汚辱、憎しみと無力感と怨み、ありとあらゆる感情と悲哀が金俊平の胸を引き裂いた。死ねるものなら死にたいと思った。どうして死ねないのか。死ぬ力も残っていないのかと思うとわれながら情けなかった。

御幸森に住んでいる高信義は自転車を漕いで二十分ほどでやってきた。棒で殴られて腕と脚の骨を折られたという金俊平の言葉を半信半疑で聞き、二人の甥に電話連絡をしてやってきたのだ。そして家に入った高信義は汚物の悪臭に息が詰まった。机に顔を伏せていた金俊平は高信義を見るなり、

「う、う、う……」

と嗚咽した。

額から血を流し、左眼と頬に黒い痣をつくっていた。汚物にまみれたズボンが半分ずり落ち、定子と争ったときに飛び出したと思われる入れ歯のない口をもぐもぐさせて鼻水を垂らし、目に一杯涙を溜めていた。高信義はこれほど無残な人間の姿を見るのははじめてだった。同情すると同時に定子に対する怒りがこみあげてきた。腕と脚を調べてみると折れてはいなかった。しかし、ひびが入っているようだった。

高信義は金俊平をかかえて裏の水洗い場へ行き、裸にして石鹼で体を洗ってやった。それから衣類を取りに二階へ上がると、テレビを観ていた四人の子供たちがいっせいに振り向いた。子供たちの眼はまるで四匹の猫の眼のようだった。その眼には何か敵意のようなものが感じられた。部屋の中には定子の衣類と子供たちの衣類が散乱していた。押し入れと整理簞笥の中から金俊平の下着とシャツとズボンを見つけたが、いずれもほころびていた。新しい下着やシャツやズボンを買えばいいものを、ここまで節約して貯め込んだ金を定子に湯水のように使われているのだ。いったいここまで何のために吝嗇生活をしなければならなかったのか、高信義には理解できなかった。

衣服を着替えた金俊平は少し落ち着きをとりもどし、板間の布団に横になった。その間、高信義は汚物にまみれた衣服を捨て、畳や板間に付着した汚物を拭き取った。それでも部屋にこもった悪臭は消えなかった。

そうこうしているうちに二人の甥がやってきた。二人の甥は部屋に入るなり悪臭を嗅《か》いで顔をしかめたが、板間の隅で横になっている金俊平を見てひと安心した。しかし、背中を向けていた金俊平が寝返りをうってこちらに向いたとき、その凄惨な顔に二人の甥は息を吞んだ。

「大変やったんや。俊平の腕と脚の骨にひびが入ってると思う。傷の手当てもせなあかんし、二人で医者を呼んできてくれへんか。容洙は中道に接骨院があるさかい、そこの先生を呼んできてくれ。泰洙は今里の吉岡外科病院の先生に事情を話して呼んできてくれ」

二人の甥は自転車に乗って、それぞれ中道と今里に走った。普通、接骨院の先生や外科の医師はなかなか往診してくれない。それで二人の甥は手間どったが、なかば強引に往診してもらった。

最初に到着したのは接骨院の先生である。金俊平の頭や顔の傷を診て、これは自分の専門外であると思い、腕と脚を診察した。

「うむ、ひびが入ってるな。丈夫な骨してるさかい心配ない。湿布をしてあまり動かさんことや。ちょっと時間かかるけど、そのうち骨が固まるやろ」

楽観的な接骨院の先生の診断にみんなはほっと胸をなでおろした。

「あとで湿布薬を取りにきてんか。薬を調合しとくさかい。ほな、お大事に」

診察をおえた接骨院の先生はさっさと帰って行った。接骨院の先生と入れ替わりに外科の医師が到着した。

「どないしたんや。外科医が往診すんのははじめてやで」

もったいぶった口調で外科医を権威づけようとする。そして金俊平を診察したが、外科医はひびの入っている腕と脚にも興味を示した。

「石膏《せっこう》で固める必要はないけど湿布をして包帯を巻いて固定しとかなあかんな。頭の傷は縫ったほうがええな。そのほうが治りが早い。麻酔もせんならんし、ここでは縫合は無理やさかい、やっぱり病院へ連れていこか」

と言う。

医師の判断には逆らえず、みんなは金俊平を自転車の荷台に乗せて病院まで運ぶことにした。そして頭の傷を五針縫い、ついでに湿布薬をもらってきた。そのため金容洙は接骨院へ断わりに行かねばならなかった。

「えらい文句言われたわ。それやったら最初から外科医一人にきてもろたらええのや言うて……」

ともあれ金俊平の治療は無事に済んだが、さてこれからどうしたものかと三人は顔を見合わせた。家を出て行った定子はともかく、傷を負った金俊平と四人の子供たちの面倒を誰がみるのか。誰もそんな余裕はない。といってこのまま見放すわけにもいかず困りはてていた。

三人は帰りたいのだが帰れないのだった。この切迫した状況を解決するための糸口を見出すまで帰れそうもなかった。三人のうち誰かが腰を上げるのを待っていたが、傷ついた金俊平を残して帰るのにうしろめたさを感じていた。しばらく沈黙が続いたあと、

「とにかく、こうなったら……」

と金容洙が重い口を開いた。

「成漢を呼びもどすしかない」

するとと高信義が雷にでも打たれたように膝を叩いて、

「そうや、わしもそう考えてたんや。なんやかんや言うたかて、成漢は俊平の嫡子や。成漢はもう三十六、七歳になってるさかい立派な大人や。成漢に帰ってきてもろたら、すべてが解決する」

忘れ物をしていた大事な荷物を思い出したかのように、三人の顔に陽がさしてきた。この絶望的な状況を打開する最後の切り札である成漢を呼びもどせば、あとは自分たちの出る幕はないと思った。だが、金俊平は複雑な表情をしていた。息子の成漢とは十四、五年会っていない。死闘をくり返し、自分を憎んでいる成漢がはたしてもどってきて自分の面倒をみてくれるだろうか。父子とはいえ、二人の間には厳しい人間関係がからんでいる。英姫、花子、武など、すでに死者となった者たちだが、死者だからこそぬぐえない怨念が成漢の胸の奥に重くのしかかっているにちがいなかった。そればかりか、清子や定子、そして異母兄妹との関係もからんでいるはずである。成長した成漢に老いさらばえた姿を見せるのは苦痛だった。

しかし、他に方法があるだろうか？

「成漢がもどってきてくれたら、言うことはないけど、いまどこに住んでるんやろ？」

と金泰洙が言った。

「東京でタクシー運転手をやってるいう噂聞いたことがある」

持病の喘息《ぜんそく》が出たらしく金容洙はポケットから吸入器を取り出して吸い込んだ。

「区役所に問い合わせたら、住所はわかるはずや。明日にでも、わしが生野区役所に行って訊いてみる。外人登録係で調べたらすぐにわかると思う」

成漢の住所を調べる役を高信義が買って出た。生野区役所は高信義の家から近いからであった。三人は金俊平の心情をよそに、成漢を呼びもどすための相談を進めていた。手紙で事情を説明したほうがいいのか、電話を掛けて説得したほうがいいのか、それとも三人の中の誰かが直接会って話し合ったほうがいいのか、議論は分かれたが、結局電報を打つことにした。電報を打って意表を突くことが、この場合、成漢を動かす手段としてもっとも適しているという意見で一致した。

「叔父さん、成漢がもどってきてくれたらひと安心ですわ。わしらはもう歳やさかい、若いもんに頼るしかないです。いままでのことは水に流して、成漢がもどってくるよう叔父さんからも言うてください」

金容洙がそう言うと、憔悴しきっている金俊平は、

「あいつはきてくれるやろか」

と不安そうに言った。

「きてくれる。あんたの息子だから」

と高信義は金俊平の不安を払拭した。

だが、金俊平の不安は尽きない。家を出て行った息子がまたもどってきて殴打されるのではないかと恐れた。三人のうち誰か一人が残って何日か家に泊まってくれないだろうかと思ったが、口に出せなかった。あまりにもみじめであり、あまりにも弱気な自分をこれ以上晒したくなかった。

三人が帰ったあと、金俊平は人生の長い夜を過ごさねばならなかった。むし暑い夏の夜、寝ぐるしい夏の夜、眠れぬ夜の終わりなき始まりだった。この人生はいつ終わるのか。終わったところからまた何かが始まるのだ。灯りを消した部屋で、金俊平はぼんやりした意識の中でもの思いにふけっていた。何もかも漠然としている。明確なものは何一つない。部屋の四隅がゆらゆらと揺れていた。壁に無数の小さな穴が開き、そこから得体のしれない虫が這い出してきた。それらの虫は四方にひろがり、金俊平を包囲するようにしながら進んでくる。耳元でざわざわと虫の這う音がする。足や腕にたかってくる虫の触覚に金俊平の背筋が凍りついた。体のあちこちを虫に嚙まれて痺れるような痛みが走った。耳の穴や鼻の穴や眼の中に侵入しようとする虫を金俊平は必死に払った。『タ・ス・ケ・テ・ク・レ……』と叫んだが声にならなかった。感覚のない下半身は虫に喰い荒らされるがままになっていた。砂のような血がぼろぼろとこぼれてくる。金俊平の眼の端を隊列を組んだ虫が行進していた。生きたまま虫に喰い殺されるのだと思うと発狂しそうだった。虫に内臓を喰いちぎられているのがわかる。『オ・ソ・ロ・シ・イ……』と金俊平は呻いた。

夢から覚めた金俊平は失禁していた。

26

冷房のきいた新幹線からプラットホームに降りると、体の内部から汗がじわーと噴き出してきた。《スグコラレタシ》という従兄の金容洙から電報を受け取ったのは昨日である。突然の電報を受けて、何があったのだろう？　と成漢は考えたが、とにかく大阪へ行くことにしたのだ。大阪の土を踏むのは三十歳のとき事業に失敗して出奔してから七年ぶりである。雑踏の中の大阪弁が懐かしいというより、むしろ違和感を覚えた。中央改札口を出て地下鉄に乗って難波《なんば》で降りると金容洙の家までタクシーを利用した。

どぶ川の手前でタクシーから降りて小さな橋を渡った。灼熱《しやくねつ》の太陽が照りつけるどぶ川の腐ったゴミから悪臭がたち昇っている。どこからともなく豚の餌を煮込んでいる吐き気をもよおす臭いがあたり一面に漂っている。定子が住んでいた掘っ建て小屋には別の人間がいた。小屋の中から出てきた上半身裸の男が伸び放題の髪の毛を掻きむしって大きな欠伸《あくび》をすると、どぶ川に向かって放尿した。

金容洙の家に近づくと檻の中のシェパードが牙をむいて吠えたてた。犬の吠えたてる声に、養豚場から金容洙の妻の永子が出てきてつっ立っている成漢を見た。そして少し驚いた表情になって、

「成漢……ようきたね」

と言って夫の金容洙を呼びに家の中に駆けて入った。間もなく金容洙が現れ、

「ようきてくれた。まあ家の中に入れ」

と言って、吠えたてる犬を黙らせようと側にあった箒《ほうき》の柄で檻の中の犬を突いたが、犬はますます興奮して吠えるのだった。

従兄の家を訪れたのは何年前になるだろう。子供の頃、英姫に連れられて一度法事にきたことがある。それ以来だから二十五、六年ぶりかもしれない。家に入ると二間しかない奥の部屋に布団が敷いてあった。

「体の具合が悪うてな。寝たり起きたりの生活や。仕事はあいつにまかせっきりや」

子供のいない金容洙夫婦はどこか寂しそうであった。成漢が座ると、小柄で痩せた永子が麦茶を運んできた。扇風機のなま暖かい風が汗ばんだ肌を撫《な》でていく。成漢は出された麦茶を一口飲んだ。

「タクシーに乗ってるそうやな」

「ええ……」

と成漢はなま返事をした。

「タクシーやったら収入は悪うないやろ」

「なんとか食っていける程度です」

「子供は何人や」

「二人です」

「四人家族が食っていけたらええがな」

世間話をしながら金容洙はさぐりを入れているようだった。成漢は成漢で電報を打ってよこした理由を知りたがった。しかし、いつまでたっても本題に入ろうとしない金容洙に痺れをきらせて、

「何かあったんですか、電報なんか打ったりして」

と訊いた。

「それやがな。じつはな……」

と金容洙は金俊平が多発性脳梗塞で下半身麻痺になってから今日までのいきさつを一部始終語った。黙って聞いていた成漢はおもむろに煙草をふかして厳しい顔になった。

「そういうわけで、おまえに頼るしかないんや。家を借りてる連中も、金を借りてる連中も、

みんな知らん顔や。おまえがもどってきて整理してくれ。親父の財産はみんなおまえのもんや。このままやと、みんな他人に奪られてしまう。わしも何度か家賃を取りにいったり、利息を取りにいったりしたけど、あかん。息子のおまえに対してやったら、みんなしらをきることはでけへん。おまえしかおらんのや、この問題を解決できるのは」

あの怪物の親父が中風になったあげく腕と脚の骨にひびが入るほど定子に殴打されるとは信じ難い話だった。そして念書の話にいたっては滑稽を通り越して笑うに笑えないおどろおどろしい男女の深淵《しんえん》を垣間見る思いがした。復讐とエゴの化身となった定子の行為には女たちの情念がのり移っているような気がする。

金容洙が高信義と弟の金泰洙に電話を入れている。

「いまここに成漢がきてるんや。これから親父の家に行くさかい、きてくれへんか」

なんの意思表示をもしていない成漢を金俊平に会いに行くものと決めこんで、電話を切った金容洙は腰を上げた。

台所にいた永子が、

「ご飯の用意をしてるんやけど……」

と言った。

「ご飯は親父との話が済んでからや」

痩せ細った小柄な永子はどこかおどおどしている。子供を産めなかった後ろめたさが無意識にそうさせるのだ。夫婦のどちらに問題があるのかわからないが、たぶん病院で検査を受けたことはないのだろう。子供ができないのは女のせいであると決めつけているのが金容洙の世代である。また女もそう思っているのだ。

きたときと同じように檻の中の犬が牙をむいて吠えたてた。

外に出るとうだるような暑さとむかつく悪臭で成漢は息苦しくなるほどだった。数羽の鴉《からす》がどぶ川に投げ捨てられたゴミを漁っている。その鴉の群れに金容洙が石を投げつけたが、鴉は平気だった。

「朝と夕方には何十羽もやってきて、うるそうてかなわん。ときどき豚の餌を狙って豚小屋にまで入ってくるさかいな。どあつかましい鴉どもや」

憎々しげに鴉の群れを見やって金容洙は橋を渡った。成漢は会いたくない気持ちと、大阪へきた以上、一度会ってみようという気持ちが交錯していた。金容洙の話がどこまで本当なのか、そのことも確かめたい。

背中をかがめてがに股で歩いている金容洙の姿は年齢以上に老けて見える。お互い厳しい労働にたずさわっているだけに、成漢は長年養豚場を営んできた従兄の姿が哀れに映るのだった。従兄弟という関係は一つの偶然でしかないが、その関係が累々と続く不思議は、いまこうして金俊平のもとへ引きずられていく眼に見えない絆の因果律を思わずにはいられなかった。血は水より濃いというが、金容洙の後ろ姿は金俊平にそっくりだった。そのことは成漢にもいえるのである。この共通のつながりを否定することはできなかった。

照りつける太陽の熱にアスファルトが波うっている。市電通りに出た金容洙は暑さにたまりかねたようにタクシーを拾った。

「タクシーは冷房がきいてるさかいええわ。今里のほうへ行ってんか」

金容洙はハンカチで首筋や腋《わき》の下の汗をぬぐい、ひと息ついた。タクシーは市電の線路に沿って走り、右手に南海髙島屋と歌舞伎座《かぶきざ》を見やりながら今里方面をめざした。

「この市電も廃止になって、この道路の上に高速道路ができるそうや」

変貌していく街、しかしとり残される地域もある。タクシーが鶴橋あたりにさしかかった。鶴橋は成漢にとって馴染《なじ》みの深い街だが、十数年前とまったく変わっていなかった。そして大成通りに着き、タクシーから降りた成漢はまるでタイムスリップしたかのようにあたりを見渡した。角のうどん屋は子供の頃と同じたたずまいで営業していた。路地に一歩踏み込んだ成漢の頭の中が録画ビデオの巻きもどしのように回転した。なんという錯覚だろう。あれほど多くの子供たちが遊んでいた路地は閑散として古ぼけた家屋が昔のままに残っていた。路地にはもう子供たちは一人もいなかった。見なれた家から出てきたのは腰の曲がった老女だった。老女は成漢をちらと見て、そそくさと家の中へ隠れるように入った。

金容洙が金俊平の家の表戸を開けて入り、成漢を手で招いた。成漢はゆっくり玄関に入った。板間の机の前の椅子に金俊平が座っていた。その足元に座っていた皺だらけの顔の高信義が成漢を見上げた。そして板間を占拠していたのは四人の子供だった。スリップ姿でグラマーな肢体を晒して腹這いに寝そべってマンガ本を読んでいるのは十五、六歳になる妙子だった。妙子は金俊平に似て、並みの女性より大きな体格をしていた。成漢はスリップ姿の妙子に一瞬どきっとした。普通なら人前でスリップ姿のまま寝そべったりしないものだが、妙子にはまるで羞恥心がなかった。玄関に入ってきた成漢をちらと瞥見しただけで、またマンガ本を読んでいる。その妙子の側に二人の妹と四歳になる龍一が兎《うさぎ》みたいな眼をして座っていた。

成漢が板間に座ると、

「いやあ、ようきてくれた。これで俊平も安心や」

と高信義が満面の笑みを浮かべ皺だらけの顔をさらに皺くちゃにして喜んだ。

少し赤ら顔の金俊平を見て、成漢は酒が入っているのかな、と思ったが、そうではなく、多発性脳梗塞で倒れて以来、金俊平の顔は少し赤味をおびているのだ。

七年ぶりに再会した金俊平は成長した成漢を感慨深げに見つめ、

「脚がな、思うように立てんのや」

と訴えかけるように机に手をつき、下半身を震わせながらやっとの思いで立ってみせた。しかし長くは立っていられなかった。

「虫が這ってきても怖いねん」

成漢の同情を買おうとするかのように金俊平は切実な声で言った。そのときである。妙子の側にいた四歳になる龍一が走ってきて、小さな足で金俊平を蹴飛ばし、

「おまえなんか死んでしまえ！」

と罵声を浴びせると、成漢をはじめ高信義と金容洙を見回して、何か文句あるか、といわんばかりの顔をした。大人たちはただ唖然としていた。蹴飛ばされた金俊平は、

「わかった、わかった、姉ちゃんらと遊んどき」

と言って龍一の頭を撫でるのだった。

マンガ本を読んでいた妙子がようやく体を起こして、

「お父ちゃん、腹へったわ」

と空腹を訴えた。

すると金俊平は、

「うどん屋へ行って、何か食べとき」

と千円札を妙子に手渡した。金俊平から千円札を受け取った妙子は妹弟たちを引きつれてスリップ姿のままうどん屋へ出掛けた。

何か殺伐とした光景だった。二畳の間の畳にはむしったような穴が開き、部屋の中はゴミだらけだった。

「これ見てみい。豚小屋と同じや。もっとひどい。誰も掃除せえへんさかいな」

金俊平の顔は苦渋に満ちていた。手のほどこしようもない状態になにもかも投げ出していた。成漢は底しれぬ深い穴の中をのぞいているような気がした。むし暑い部屋の中の湿った空気が汗ばんでいる成漢の首筋にべっとりまとわりついている。沼に首までどっぷりつかっている感じだった。

そこへ金泰洙が入ってきた。板間に座っている成漢を見て驚いたように、

「おお、帰ってきたか」

と問題が一気に解決でもしたような口ぶりだった。

「叔父さん、これでもう何も心配ないですわ」

と磊落《らいらく》に言った。

「そうや、これでもう心配ない。これからはすべて成漢にまかせて、成漢に面倒みてもらうことですわ。叔父さんが動けんようになってから、みんな馬鹿にして、家賃も利息も払わん

二人の甥と高信義は大きな溜め息をついて落胆した。黙っていた成漢がはじめて口を開いた。

「あほらしなって聞いてられんわ。従兄《にい》さん、こんなことのために、わざわざぼくを呼んだんですか。どれだけ財産あるのかしらんけど、いまさらぼくの出る幕はないですよ。家族にびた一文使ったことのない財産を、いまさらぼくが当てにしてると思ってるんですか。いままであんたは好き勝手に生きてきたんだから、泣きごとなんかいわんと、あの世まで金を持って行くか、どぶにでも捨てたらええねん。へどが出るわ」

そう言うと成漢はさっと腰を上げて靴をはいた。

「ちょっと待ちいな、成漢。親父は強がり言うてるんや。腹の中ではおまえに全部まかせて面倒みてもらいたいんや。そのくらいのことわかるやろ。親が子供にすぐ頭下げられるか」

「頭を下げようと下げまいと、ぼくには関係ないですわ」

冷淡な捨て台詞《ぜりふ》を残して成漢は外に出た。

「チャネ（あんた）、チャネ（あんた）……」

と成漢を呼び止める金俊平の声を振り切って成漢は大股で歩いた。内臓の隅々から汗が一気に噴き出してきた。うどん屋の角を曲がったとき、店から出てきた四人の子供たちと出くわした。成漢とは異母兄弟《きょうだい》妹になる子供たちである。四人の子供たちの視線を背中に感じながら、成漢は振り返りもせずに鶴橋駅に向かって歩度を早めた。

あと味の悪い再会だった。こんなことなら大阪へくるんじゃなかったと後悔した。まるで海に溺れている者を見放して、自分一人だけ船で逃げていくような後ろめたさを覚えた。どだい無理なのだ、あの親父と暮らすのは、と成漢は自分に言い聞かせた。誰の罪でもない、親父の罪なのだ。その罪をおれが引き受けねばならない道理でもあるというのか。異母兄弟妹の四人の子供たちに罪はないが、それも運命のなせる業《わざ》なのだ。立つことさえおぼつかない哀れな金俊平の姿に成漢は同情しなかった。ただ外へ出たとき、背後で「チャネ（あんた）、チャネ（あんた）……」と呼んでいた金俊平の他人行儀な言葉使いが、なぜか不憫《ふびん》に思えた。遠慮して実の息子の名前を呼べない金俊平の心境を察することはできた。そのことがやりきれなく悲しかった。そしてもう二度と会うことはないだろうと思った。

鶴橋駅の表の改札口は、その後、増え続ける乗降客とは関係なくほとんど変わっていない。そのため狭い駅構内は大勢の乗降客で混雑している。成漢は新大阪駅までの切符を買い、混雑した雑踏の中へ消えていった。

成漢を呼びもどすことに失敗した二人の甥と高信義は最後の切り札を失って匙を投げた。

「なんで成漢に全部まかせる言わなんだんです。そうすれば成漢も考えたはずです」

いまさら何を言ってもあとの祭りだが、ことここに至ってなお強欲な金俊平の気持ちを計りかねて金容洙は愚痴った。

「かりに全部まかせる言うても、あいつはもどってこん」

と金俊平は諦め顔で言った。

「なんでそんなことが言えますねん」

自分から断わるようなことを言っておきながら、あいつはもどってこんとはいい訳のように聞こえた。

「わしやったらもどってこん。せやさかい、あいつももどってこんのや」

ということは金俊平ははじめから当てにしていなかったのだ。二人の甥と高信義たちが空騒ぎしていたことになる。所詮は金俊平の問題であった。二人の甥と高信義は最善を尽くしたが、介入できる範囲はたかだかしれているのだ。それに三人には三人の生活があり人生がある。金俊平の問題にかかりっきりになれないのはわかりきっていた。あとはなりゆきにまかせるしかなかった。このなりゆきは風のようなものだった。今日東の風が吹いていたかと思えば明日は北の風が吹き、ときには暴風雨になることもある。事態は何一つ改善される見通しもなく、時間だけが過ぎてゆく。ゆき子を連れて家出した定子からは、その後、何の音沙汰もない。もっとも、そのほうが金俊平には助かった。定子がふたたびもどってきて暴力を振るわないとも限らないからだった。

子供たちは休学してから半年以上になろうとしている。毎日あきもせずに二階でテレビを観ているが、ときどき妙子が外出していた。金俊平は直感的に妙子は母親と会っているのではないかと思った。外出から帰宅したときの妙子の父親を小馬鹿にしたような横着な態度から、母親の定子に何かを吹き込まれているのではないかと思われるのだった。夜中に家中のいたるところを探し回り、最近では、

「お父ちゃん、預金通帳とはんこはどこにあんの」

と脅迫まがいの言葉を吐くのだった。いまにも襲ってきそうな目付きで睨むのである。金俊平はぞっとした。十五歳の妙子は身長百六十五センチあり、体格は定子よりはるかに大きかった。このままでいけば、いつか母親を真似て妙子に殴打される可能性があると金俊平は危機感をつのらせた。

妙子の行動はしだいに悪夢の再現を予感させるようになってきた。パーマをかけ、化粧をして真っ赤な口紅を塗り、定子が残していった服を着、ハイヒールをはいて外出するようになった。

「子供のくせに、そんな恰好をして歩くな！」

と叱ると、

「ほっといて！　うちの勝手やろ！」

と喰ってかかるのだ。

帰宅時間も日に日に遅くなり、ときには酔っているときもあった。男ができたのではないかと勘ぐりたくなるのだった。明らかに定子の行動と軌を一にしていた。もはや時間の猶予はなかった。金俊平は最後の決断を迫られていた。金俊平は二日ほど冷静にもの思いにふけっていた。思考を集中させて何かの結論を引き出そうとしていた。そして金俊平は高信義に電話を入れた。

「相談したいことがある。忙しいと思うが、すぐにきてくれ」

いつもとはちがう声だった。まるでこの世からおさらばするような言い方に高信義は自転車を飛ばして駆けつけた。金俊平は灯りもつけずに椅子に座ってぼんやりしていた。力尽きた感じだった。

「また何かあったのか……？」

と訊いて、高信義は部屋の灯りをつけた。

骨太で人一倍骨格の大きい金俊平の疲労困憊した姿は見るに堪えかねた。かつてのあの精《せい》悍《かん》な顔がいまでは老いさらばえて左瞼が垂れ下がり、顔の原形が崩れていた。金俊平は最近の妙子の行動を詳細に語った。

「うむー、妙子は母親と同じようなことはせんと思うが……」

高信義は腕組みして、内心しないとも限らないと思った。

「どっちにしろ、もうこれ以上、この生活を続けることはできん。わしは北朝鮮に帰ろう思う」

「えっ、北朝鮮に……ほんまかいな」

想像だにしていなかったあまりの唐突な話に高信義は絶句した。しかし、考えてみると金俊平の選択は正しいかもしれないと思った。北朝鮮系の組織である総連の地区委員として長年にわたって地道に活動してきた高信義は、金俊平が決断する前に、なぜ自分が気付かなかったのかを恥じた。金俊平と北朝鮮とを結びつけるものは何もない。政治や社会にまったく無関心な金俊平に北朝鮮の話をしたこともない。したがって金俊平に北朝鮮への帰国をすすめることなど考えてもみなかった。唐突といえば唐突だが、切羽詰まった金俊平は考えに考えた末、北朝鮮への帰国を決断したのだろう。一九七二年七月四日の南北共同声明は、祖国統一の可能性を示唆している。その一年後に帰国することの意義は大きい、と高信義は金俊平の決断を政治的にも評価した。

「北朝鮮は病人や子供の面倒をみてくれるというが、本当か」

と金俊平が訊いた。

「ほんまや。共和国は社会主義やさかい、住宅、病気の治療、子供の学校はみんな無料や。

よう決心した。わしも気付かなかった。一年前に南北共同声明が発表されてから祖国統一も現実味をおびてきている。近い将来、祖国は必ず統一されると思う。いまの状態では子供たちはろくに勉強もできない。あんたがいなくなったあと、子供たちはどうなる？　せやけど共和国に帰ったら、偉大な金日成首領の懐に抱かれて、あんたも子供も幸せになれるはずや。もっと早く気付けばよかったのに、わしはアホやさかい目先のことしか考えられなかったんや」

高信義は心底、金俊平の決断を喜んでいた。

「不安はあるけど、おまえがそう言うんやったら間違いないやろ。忙しいと思うけど手続きをどうしたらええのか調べてくれ。おまえの言うとおりにする」

「わかった。明日にでも本部へ行って、手続きを聞いてくる」

その夜、高信義は共和国について知っている限りの情報を金俊平に話して聞かせた。金俊平は黙って高信義の話を傾聴していた。

翌日、本部へ行って帰国手続きを調べた高信義が金俊平の家にやってきた。金俊平は高信義を待ちかねていた。

高信義の話によると、今年の帰国船は十月中旬が最後で、つぎの帰国船は来年の春になるとのことだった。十月中旬までには二カ月しかなかったが、つぎの帰国船の春までは待てなかった。春までに何が起きるかわからないからである。金俊平はすぐに手続きをしてほしいと頼んだ。

「それから……」

と高信義は少し気がひけるように言った。

「帰国する者はみんな寄付してるそうや。共和国は社会主義やさかい、財産を持って帰っても、あんまり意味がないのや。住むとこも病院も学校もただやし、金の使い道がないいう話や。せやさかい帰国するんやったら寄付して帰国したほうが、帰ってからの待遇もええそうや。どないする？」

「わかった。おまえの言うとおりにする」

金俊平から全面的に信頼されて高信義は感激した。

「あんたとは長いつき合いやし、恩義もある。たいしたことはできんけど、わしのできることは何でもする。共和国に帰ったら、きっと幸せになれる」

こうして高信義はあわただしく帰国の手続きを取り、寄付の目録にしたがって品物の購入に奔走した。寄付の目録はつぎのようなものだった。ドイツ製二色刷り自動製版機五台、自家用車五台、一トン貨物車五台、その他、金俊平個人としてセイコーの自動巻きの腕時計百個、衣類や靴類、それに多少の日本円などである。この時点まで二人の甥には知らされなかった。知らせると二人の甥が猛反対すると思われたからだ。二人の甥に帰国の旨を知らせたのは、すべての準備が整ってからであった。二人の甥は気でもちがったのだろうかと驚愕したが、実際問題として金俊平の帰国に賛同するしかなかった。

貸家と貸した金の回収は諦め、金俊平の住んでいた家と成漢のために買って空家のままになっている家を叩き売った。目録は金俊平の全財産とほぼ見合っていた。

妙子は帰国を拒否して母親の元へ行き、帰国者は金俊平と三人の子供たちとなった。

帰国船が停泊している新潟へ出発する前日、二人の甥と高信義と寄付を受けた組織の幹部数人が集まって歓送会を開いた。組織の幹部の一人が代表して挨拶した。その挨拶の中で幹部は、大きな寄付をした金俊平の民族的愛国心を称《たた》え、偉大な金日成首領に導かれて人民とともに幸せになれることを約束した。幹部のきまりきった紋切り型の演説は金俊平の気質に合わないものだったが、金俊平は何かをやり遂げたあとのように穏やかな表情をしていた。不思議なことに、あれほど金銭に執着していた金俊平が全財産を放棄してしまうと、未練というものがなくなっていた。金俊平は高信義の言葉を信じ、祖国を信じるほかなかったのである。全財産と引き換えに自分と三人の子供の将来を祖国に託したのだ。

翌日の早朝、いったん帰宅した二人の甥が家族を連れて見送りにやってきた。子供のいない金容洙は妻の永子をともなってきた。金泰洙は妻と三人の子供を連れてきた。金泰洙の三人の子供たちは大人になっていた。金俊平は金泰洙の子供たちとは一、二度しか会っていない。金俊平の子供と金泰洙の子供が会うのは今日がはじめてである。

高信義も妻と一緒に見送りにきていた。

組織からは一人の幹部と二人の若い活動家がやってきた。二人の若い活動家は不自由な金俊平を新潟の帰国船に乗船させるまで付き添ってくれることになっていた。

「写真を撮っておこう」

と言って高信義が金俊平の親族を並ばせて写真を撮った。

「国へ帰ったら、勉強するんやで」

高信義に頭を撫でられた次女の裕子は涙を浮かべていた。裕子は最後まで帰国をいやがったが、二人の妹弟を残して妙子のように家を出られなかった。

活動家の一人が二台のタクシーを金俊平の家の前まで案内してきた。一台目のタクシーに金俊平の家族が、二台目のタクシーに二人の活動家が乗った。

「達者でな。向こうへ行ったら、国がすべての面倒をみてくれる。何の心配もいらん。祖国が統一したら、また会えるはずや」

窓に顔を近づけていた高信義の目から大粒の涙がこぼれていた。

「叔父さん、便りをください」

二人の甥とその妻たちも涙を流していた。

赤味をおびた金俊平の顔がわなわなと震えていた。

突然、幹部がすっとん狂な声で万歳を三唱した。だが、幹部以外の者は万歳を唱えなかった。そして金俊平の乗ったタクシーが去って行くと、

「これでよかったのかもしれん」

と金容洙が自分を納得させるように呟いた。

金泰洙が低く垂れこめた空を見上げて、

「雨かな……帰ってもうひと仕事せんならん」

と言った。

「わしも帰ったら豚の餌を煮込まんならん。ほな、先に行きます」

金容洙は高信義に別れを告げ、弟の金泰洙の家族と一緒に鶴橋駅に向かって歩きだした。

高信義は自転車の荷台に妻を乗せてペダルを強く踏み込むと市電通りを渡って一条通りを走って行った。呆気《あっけ》ない別れだった。

カーラジオが午後十一時を告げた。これからが今日一日の最後の追い込み時間である。この時間に乗客の選択を誤ると、今日のノルマの達成は難しくなるのだ。

成漢は新宿区役所通りと交差している靖国《やすくに》通りの信号前で待機していた。タクシー乗り場には十人ほどの客が並んでおり、ポーターが走ってくるタクシーをしきりに呼び込もうとしている。だが、ほとんどのタクシーはポーターを無視してタクシー乗り場に入ろうとしない。タクシー乗り場に並んでいる客は近場が多いからだ。成漢は横断歩道を渡ってくる通行人の一人ひとりの顔を注意深く観察していた。特にサラリーマン風の男の年齢や顔つきや服装から会社での地位や懐具合や、近距離か遠距離かを判断していた。タクシー運転手を十年以上続けていると七割くらいの確率で当たる。

一人の中年男が手を上げた。容姿から判断して部課長クラスだった。石油ショック以後、しばらくしてマイホームブームが始まった。その頃、郊外にマイホームを買い求めたサラリーマンが現在部課長クラスになっている。靖国通りのこの信号から乗る客の五割近くは外苑《がいえん》から高速道路に乗って船橋、幕張方面に帰る客が多い。成漢はすかさず手を上げた中年男の前にタクシーを停めてドアをさっと開けた。後部シートに乗った客は、

「悪いけど、赤坂まで行ってくれ」

と言った。

誤算だった。自宅はたぶん千葉方面と思われるが、赤坂でまだ飲むつもりらしい。いったん乗せた客を断わって降ろすわけにもいかず、成漢は黙って車を発進させた。この時間帯の赤坂には遠距離の客が多い。赤坂の山王《さんのう》通りで客を降ろした成漢は気をとり直してふたたび遠距離の客を狙って車をゆっくり流した。

火事で焼けただれたホテル・ニュージャパンの前で一人の中年男を乗せた。行き先は駒込《こまごめ》だった。ついてないと思いながら成漢はダッシュした。ピークを迎えるのは午前零時前後である。そのピークの時間に迫りつつあった。駒込の閑静な住宅街で客を降ろした成漢は池袋を通過して新宿に向かった。池袋にはあまりいい客がいないのだ。新宿に着くと成漢のテリトリーである先程の場所で待機しようと思ったが、すでに他の車に占拠されていた。仕方なく成漢は歌舞伎町の中へ入った。いったん歌舞伎町の

中へ入ると、なかなか抜け出せなくなるので中へ入るのを敬遠していたのだが、案の定車の渋滞に巻き込まれて身動きがとれなくなった。時間は刻々と過ぎていく。何度も前のタクシーに客を拾われて焦った。客とのタイミングが合わないのだ。百万燭《しょっ》光《こう》のイルミネーションに輝く夜の魔窟が人々を呑み込み、吐き出している。帰宅を急ぐホステスたちの腰のあたりを、酔眼朦朧とした中年男が両腕をだらりと垂らしていつまでも眺めていた。ポン引きが通り過ぎる男たちに声を掛けてしきりに誘っている。

歌舞伎町を一周して風林会館前の赤信号で停車したとき、すし屋から出てきた二人の女と一人の男が乗ってきた。二人の女を両腕にかかえた男は上機嫌だった。酒臭い匂いを発散させながら、二人の女を送って厚木まで行ってくれという。成漢は頭の中でさっとメーター料金を計算して走り出した。中野で一人目の女を降ろし、二人目の女を阿佐谷《あさがや》へ送る途中、男が女を口説きだした。

「駄目よ、お母さんが病気だから」

と女が拒否した。

「一時間だけつき合え」

男は強引に女を誘おうとする。

「駄目、今日は奥さんのところへ帰りなさい」

女は駄々をこねている子供に言い聞かせるように男をなだめていた。

「女房とは半年以上、ご無沙汰している。女房とはやりたくねえんだよ」

成漢は男と女が近くのホテルにしけ込むのではないかと気が気ではなかった。こういうことはよくあるのだ。遠距離の客を乗せて、今日のノルマはこれで達成できると思ったのもつかの間、途中でホテルにしけ込まれて振り出しにもどされてしまうのだ。成漢は後部シートの男女のやりとりに聞き耳をたてながら走行していた。男の強引な誘いにもかかわらず女は強硬に拒否して、

「運転手さん、ここで停めてちょうだい」

と言った。

車を停めると、女は自分でドアを開け、男を振り切って降りた。

「くそったれ！　腐れ貝が……」

男はののしり、シートに体を埋《うず》めて、

「厚木インターに出たところで起こしてくれ」

と言って横になった。

成漢は渋谷までもどって高速道路に乗ると猛スピードで厚木インターをめざした。スピードが闇を切り裂き、擦過する風の音と地鳴りの轟音《ごうおん》が成漢の後頭部を突き抜け

ていく。前方を疾走している車輛のテールランプとの距離を計り、追い越す。緊張感でハンドルを握っている手のひらが汗ばんでいる。金縛り状態の成漢は闇に瞳を凝らし、ひたすら厚木インターをめざした。

乗客を降ろした成漢は売上げを計算してみた。売上げはノルマを充分に達成していたが、いま一度渋谷か新宿にもどって仕事を続けようかどうしようか迷いながら走行していた。しかし、体の疲労が限界に達していて、これ以上仕事を続けるのは危険だと判断して帰庫した。

翌日は明け番である。夕方に起床した成漢は座卓の前に座ってテレビをボーッと見ていた。いつものことだが、なかなか回復しない疲労に体をあずけて、妻の節子が運んできたビールを飲みながら肴をつまんでいた。このあと、夕食までもうひと眠りするのだ。二人の子供は勤めからまだ帰宅していなかった。

「ビールをもう一本くれ」

と成漢が言った。

「そんなに飲んで大丈夫?」

最近、飲みすぎる成漢の体調を心配しながらも節子はビールを持ってきた。そしてA新聞の夕刊を開いて言った。

「あなた、この記事はあなたのお父さんのことじゃないの……？」

節子は開いた新聞の片隅の記事を指差した。記事の見出しは「まぶたの母捜して」――思い慕る北朝鮮の三姉弟とあり、三姉弟の写真が載っていた。

《十年前、朝鮮民主主義人民共和国（北朝鮮）に帰国する時、別れた日本人の母を捜し続けている三姉弟がいる。帰国後、間もなく父は病死してしまい、母親への思いはつのる一方だ。

この三人は、現在、咸鏡道利原郡塩城里に住む金裕子さん（二三）、貞子さん（十八）姉妹と弟の龍一さん（十五）。

裕子さんの夫・宋遼元さんからこのほど、A新聞社に寄せられた手紙によると、三人の母は鳥谷定子さん（推定六〇）という。鹿児島県出身らしく、大阪市東成区大成通り二丁目で夫の金俊平さんらと生活していた。一九七三年十月、金さん一家が北朝鮮に帰国する際、定子さんは長女ゆき子さん（三二）と次女妙子さん（二五）の二人を連れて、日本に残った、という。「京都へ行って生活する」といっていたが、その後、まったく消息がつかめない。俊平さんは、当時まだ十二歳だった裕子さんら幼い三人を連れて帰国。ところが間もなく病気となり三年間の入院生活の後、死亡した。

成長した裕子さんと貞子さんは同じレンガ工場で働いている。宋さんと結婚した裕子さんはすでに母親となっている。十歳前後で母と生別、父と死別した三姉弟の悲しみは消えず、日本にいる母と二人の姉に会いたいという思いは強まる一方だ。日朝間に国交はなく、母捜しに来日することもできないだけに「往来できない現実がうらめしくてなりません」と、訴えている》

記事を読み終えた成漢に、

「あなたのお父さんのことでしょ……」

と節子は意外な記事に驚いている様子だった。

「間違いない。親父のことや」

成漢は新聞の写真を喰い入るようにじっと見つめた。二人の姉妹は金俊平によく似ており、眉毛の太い目もとや厚い唇の龍一は母親の定子に似ていた。

「二人の姉妹は親父に似てる。男の児は母親の定子に似てる」

と成漢は言った。

三人は半袖のシャツ姿をしている。咸鏡道といえば咸鏡山脈と中国側の長白山脈がつらなるもっとも北に位置する地域であり、冬は厳しい寒さに見舞われる。全財産を寄付して帰国した金俊平の家族は平壌に居住しているものとばかり思っていたが、もっとも北に位置する地域に住まわされていたのだ。成漢はなぜか腹だたしく思った。

「新聞記事でお父さんの消息を知らされるやなんて、わからんもんやわ」

節子は人生の因果関係の不思議さに思いをはせるような表情で台所へさがっていった。

成漢はビールを自分でついで飲み、テレビをぼんやり見ていた。

金俊平が亡くなった噂は大阪にいる節子の兄姉から聞いていた。しかし、いつ亡くなったのかは判然としない。二人の従兄とも電報を受け、大阪へ行って会ったきり音信不通になっている。噂では二人の従兄も亡くなったと聞いている。高信義も亡くなっていた。みんなこの世から去っているのだ。残っているのはおぼろげな記憶だけである。成漢にとって身内と呼べるのは二人の子供くらいなものである。だからといって親兄弟、親戚のいない身を寂しいと思ったことはない。

だが、新聞の写真を見て、成漢は別の感情に動かされるのだった。北朝鮮には成漢の身内が六人いる。姉の春美の長男は高校一年のとき祖国の建設に参加したいと言って第一船で帰国している。すでに結婚して三人の子供がいるとのことだった。自殺した姉の花子の二人の子供も北朝鮮に帰国している。みんな幼い頃に帰国しているため消息がわからないのである。そして偶然、新聞記事で金俊平とその子供の消息を知ったわけだが、みんな同じ北朝鮮に暮らしていながら、お互いの関係を知らないのだ。そのことが成漢を考えさせるのだった。日本に暮らしていた身内同士が音信不通だったのだから、お互いに顔もわからない北朝鮮にいる身内同士を引き合わせたところで、どうなるわけでもあるまい、といえばそれまでである。ただ北朝鮮にいる兄弟姉妹たちには何のしがらみもない。成漢が引きずっていたしがらみは成漢が断ち切らねばならない問題だった。成漢の子供も北朝鮮にいる子供も成漢の世代が引きずっていたしがらみとは関係がないのである。

成漢はいま一度、新聞の写真を見た。鮮明度の悪い新聞の写真だが、見れば見るほど二人の姉妹は金俊平に似ていた。龍一は定子に似ている。朝鮮人と日本人の血が混じっている三人だが、成漢の子供とも似ているのだった。そうだとすると、姉の春美と花子の子供たちもみんな似ているのだ。この不思議さは理屈を超えていた。数日が過ぎ、仕事にかまけて成漢は新聞記事のことを忘れていた。相変わらず明け番は夕方に起床してテレビを見ながらビールを飲み、そのあと一、二時間仮眠をとって家族と夕食をしてまたビールを飲みながら夜遅くまでテレビを見ているといった生活のパターンだった。そんなある日、一通の手紙が舞い込んできた。A新聞社からの手紙だった。開封して読んでみると、つぎのようなことが書かれてあった。

「失礼をも顧みず、突然のお手紙をお出しして申しわけありません。

先日（一九八四年五月二日）付の当社の夕刊に、北朝鮮（朝鮮民主主義人民共和国）の咸鏡道に暮らしておられる三人姉弟の記事を掲載しました。読まれておられるかどうかわかりませんので、念のため、その時の記事のコピーを同封しておきました。この三人姉弟は子供の頃、父親（金俊平氏のことです）に連れられて北朝鮮に帰国したのですが、三年後、父親は亡くなり、この十年、朝鮮語を話せない幼い三姉弟は苦労を重ねて暮らしてきました。施設に入れられ、各地を転々として、五年前に咸鏡道で暮らすようになったそうです。そして年上の裕子はレンガ工場で知り合った宋さんと結婚して子供をもうけました。しかし、日本にいる母親が恋しく、夫の宋さんが当社に手紙を寄せて三姉弟の母親を捜してほしいと頼まれ記事を掲載した次第です。その後、当社は独自に三姉弟の母親である鳥谷定子と二人の姉の行方を捜してみたのですが、いまにいたるも捜し当てることができません。ただ鳥谷定子を捜している過程で金俊平氏のご子息であると思われるあなたが東京でタクシー運転手をしておられることが判明し、その旨を北朝鮮の三姉弟に伝えますと、ぜひお会いしたいと言ってこられました。僭越《せんえつ》とは思いましたが、あなたの意思を確かめるべくお手紙を送付いたしました。もし、あなたさまが北朝鮮へ行かれる意思がございましたら、当社としましても協力を惜しむものではありません」

　帰国した親・兄弟姉妹を訪ねて北朝鮮を訪問した在日同胞は大勢いるし、そうした彼らからさまざまな情報も聞いている。中には行方不明になっている者や政治犯として囚《とら》われの身となって獄につながれている者もいると聞く。それらの情報がどこまで正確なのかは別として、在日同胞にとって北朝鮮が楽園でなかったのは確かであろう。ましてや朝鮮人と日本人の混血である三姉弟の苦労は察するにあまりある。手紙を読んだ成漢は複雑な心境だった。北朝鮮を訪問して三姉弟と会ったところでどうなるものでもないのだった。人はそれぞれの運命を生きるしかない。金俊平が北朝鮮に帰国したのも自らの運命を生きたのだ。

　成漢はA新聞社の手紙に対する返事を保留していた。現実の問題として北朝鮮を訪問する場合、それなりの費用を必要とした。なぜなら、手ぶらで北朝鮮を訪問するわけにはいかないからだ。その日暮らしの成漢には、その費用を工面する当てがなかった。しかし、それは理由の一つにすぎない。成漢を憂鬱にさせているのは肉親という因果関係である。断ち切ったはずの絆が、どこまでも鎖のように連綿とつながっている肉親という因果関係だった。自分自身でもなければ他者でもない、この不可解な因果律を愛と呼べるのだろうか？　それでもなお体の一部を分かち合っている相似性を否定することはできないのだった。なぜあのときおれはもう少し話を聞かなかったのか。かりに大阪へもどらないまでも、話を聞くことはできたはずだ。「チャネ（あんた）、チャネ（あんた）……」と呼び止める金俊平の声を無視して去った成漢は自分を冷酷な人間だと思った。その冷酷さは、もっとも嫌悪していた金俊平の性格ではなかったのか。すでに残り少ない無残な人生を生きている金俊平を見捨てたのは正しかったのか。それとも復讐だったのか。夜遅くまでビールを飲みながらテレビを見ていた成漢は、側に寝ている二人の子供たちの寝顔を見やって、兎のような眼をしていた腹ちがいの四人の子供たちを思い出した。

その日、成漢は午前三時に早ばやと仕事を切り上げ、帰庫しようと甲州街道を走っていた。深夜の甲州街道を走っている車はほとんどがタクシーである。都心に向かう空車は信号が青に変わると、いっせいに猛ダッシュする。だが、仕事を切り上げて帰庫しようとしていた成漢は速度を落として走行していた。大型貨物車が成漢の車を追い越していく。遠ざかっていく大型貨物車のテールランプをぼんやり眺めていたとき、「チャネ（あんた）、チャネ（あんた）……」という金俊平の弱々しい声が聞こえた。成漢思わず後部シートを振り返ると、背後には茫漠《ぼうばく》とした黒い闇がひろがっていた。

は気をとり直してハンドルを握りしめ、もうひとふんばり仕事をしようと前方を見すえてアクセルを踏み込んだ。

参考資料

『大正大阪スラム、もうひとつの近代史』
（「在阪朝鮮人の渡航過程――朝鮮・済洲島との関連で――」杉原達　新評論）
『昭和の歴史』4　江口圭一著　小学館
『昭和の歴史』5　藤原　彰著　小学館
『朝鮮を知る事典』平凡社

解　説——主人公の性格創造と超越性

金石範《キムソクポム》

一

単行本『血と骨』が刊行されて三年余が経ったが、それを読み終った時の衝撃はいまも鮮やかに蘇ってくる。

「……『在日文学』の一角が崩れたな」

「一角じゃない、がたがただよ」

詩人の金時鐘と歩きながら交した会話の一コマ。話の受け手は私で、がたがたにしたものは、梁石日『血と骨』（幻冬舎）を指す。がたがたというのは一つの比喩、それだけの衝撃を与えて私を打ちのめしたことの謂《いい》である。

（「梁石日『血と骨』の衝撃」金石範、読売新聞夕刊、一九九八年五月十一日）

この新聞に書いた文章の冒頭の部分の短い引用だけでも、当時の私の気持ちが端的に表れている。

因みに、本論に直接関係することではないが、批評などによく見られる「在日文学」――在日朝鮮人文学の枠を超えて日本文学のなかに……云々といったような表現について一言《いちげん》をいえば、在日朝鮮人文学の枠は狭くレベルも低いというニュアンスが、かつては明らかにそうだったが、いまもそれはあるのか。ここで論ずる余裕がないのでやめるが、在日朝鮮人文学の傑作は日本（語）文学の傑作であって、枠を超えるも何もないのである。『血と骨』は在日朝鮮人文学の傑作であり、同時に日本語文学の傑作である。

『血と骨』は当時、センセーショナルなほど、広く論議され、高い評価を得た作品だが、ただ波静かだったのは、純文学の世界である。私は「文学」の上に「純」を持ってくるのがいやで、大衆文学と純文学の、それこそ枠を超えてよりすぐれた文学として成立しないものかと考えているのだが、やはりこの境界線は固いようだ。勿論、私は読み捨てのティッシュペーパー並みの大衆文学をよしとするものではない。巷間に氾濫しているその類のものは最初から文学ではないのである。私は「大衆」であれ「純」であれ、文学として共通する文学性を指しているのであって（何をもって文学性とするかの論は措《お》いて）、『血と骨』はまさにそのような作品であり、ベストセラーだと騒がれる読み物、エンターテイメントではない。

在日朝鮮人文学は大方、日本の純文学——私小説の影響を深く受けてその傘下で、亜流として成長したとすれば、梁石日はそうではない。そこから外れていた。その作品には自分や家族たち、周辺の事柄を取扱いながらも、私小説的な発想や方法が見られない。それが梁石日の作品の虚構性を支えるのであって、私はそれを評価する。

『血と骨』は何年間かかけて発想し、醱酵させ、集中して書き上げたものではない。これは梁石日の半生、あるいは六十年の生涯を費して書かれたというべきもので、その意味では極めて人生的な作品である。

梁石日の第一作は『文芸展望』（一九七八年七月、二二号）に発表されたオムニバス形式の「狂躁曲」（ちくま文庫版では『タクシー狂躁曲』一九八七年）だが、この作品はそれまでの在日朝鮮人作家たちの作品とは異質の即物的で、しかも事実性に絡み取られない衝撃的な、ほとんど散文詩といってもよい文体の作品だった。賞の話をするのもいやだが、この作品を際立たせるために、そしてまったく文壇的でない作品故に不可能なことを比喩的にいうなら、

「狂躁曲」はこの第一作で芥川賞、あるいはそれに準ずるものになってもおかしくない作品なのである。「狂躁曲」から二十年、この恐ろしい混沌と緊張が形と内容を変えて、『血と骨』に直結しているのであり、すでにこの第一作執筆の当時から、梁石日は『血と骨』の形を抱いて、悶々と苦闘していたと見るべきだろう。

『血と骨』は登場人物たちの視点が計算されていないとか、文章もかなり粗いところがあるが、小説の半分は無意識の所産だと見る私は、このほとんど計算されていない勢いに乗って、他の良質の部分が無意識から吸い上げられるというメカニズムを感じる。『血と骨』の場合は、この粗雑に見えるところに留意して一旦立ち止まると、作者も意識しない素晴らしい文学的効果が失われかねない性質のもので、細々と気を使っていたら、この傑出した作品は生まれなかった可能性がある。この作品は欠点を超え、その欠点が作品を成功させる力を生み出しているとすれば、不思議な因果というべきか。勿論、角を矯《た》めて牛を殺すようなことなく、充分に意識下の鉱脈を吸い上げるポンプ役を失わぬようにしながら、欠点を克服できるのにこしたことはない。しかし、これは本質的な問題ではない。

二

『血と骨』は父と子の凄絶な対立、葛藤の物語である。

在日朝鮮人社会での父子の対立、葛藤は通過儀礼のように、自殺した金鶴泳《きんかくえい》や李恢成《りかいせい》その他の作家の主なテーマになってきたが、『血と骨』における化け物的人物、父金俊平の性格創造と、地獄の果てに至るまでのつねに殺気を孕《はら》んだ対立、そして周辺と家族たちを次々と破滅の淵へと巻きこんで行く、業ともいうべき運命的な動きを追いながら、日本社会の底辺に生きる在日朝鮮人の生活をこれほどまで書いた小説はなかった。

先年亡くなった在日朝鮮人文学の先達である金達寿をはじめ、他の「在日」作家が書いてきた「在日」の底辺の生活はおしなべて文学的に濾過されていて、いわば、〝上澄み〟的であるといえる。どぶろくもろとも醱酵《はっこう》するものをひっくり返したような混沌の真実がなかった。全然なかったのではないが梁石日の作品の登場で、そういった状況が見えてきたのである。たとえば、『族譜の果て』、『夜を賭けて』、『子宮の中の子守歌』などの作品を見ると、無頼漢、やくざ、外れ者、売春婦等々、いままで純文学の影響もあって、在日朝鮮人文学から疎外されていたような汚濁の底にうごめく裸の人間像が、梁石日の作品を介して在日朝鮮人文学に登場するようになった。

〝上澄み〟的なものが悪いというのではないが、ややもすれば、そしてそれが慢性的になって、大事なものを取りこぼしてしまうことがあるのであって、その場合の〝上澄み〟は本質的なものではなくなり、形骸化に至るものでもある。

小説の主な舞台である大阪の生野、東成などは朝鮮人密集地域であり、それも一九二〇年代から出稼ぎ労働力として移住してきた済州島出身者が多く住んでいて、金俊平を含む登場人物のほとんどがそこの住人である。私は戦後も長らく大阪にいたが、しかし金俊平のような人物は見たことがなく想像を絶する存在であり、〝モデル〟になっている実父と作者の関係が、どれほど凄惨なものだったことか。ようやく六十歳近くになってこれだけの一千四百枚に及ぶ作品を書き得た作者の強靭な意志と精神力は驚嘆の他ない。思うに、私の周辺にも小さな金俊平が多くいたのであり、金俊平は凝縮した巨大な典型といえるだろう。その意味では在日朝鮮人文学はこれまで〝金俊平〟を創造し得なかった。

ここで金俊平の〝性格〟の創造で一言すれば、『血と骨』は一般に父をモデルにした小説との評があるが、たしかに作者のそれらしき父は存在していたのであるから、モデルの下地になっているのは間違いない。しかし金俊平は大きなフィクションの産物であることを見逃してはならない。一つの大きな性格の創造であって、この創造によって、後述するようにその人物のなかに超越性が生まれ、作品に神話性をもたらすに至ったのである。

一時はかまぼこ職人をしていた二メートル近い巨体、げてもの食いで人の三倍もの食欲、情欲の化身、つねにベルトの後ろに差しこんだ桜の棍棒、やくざとやり合う場合の刃除けのさらしを巻いた背中にぐるぐる巻きつける鉄の鎖を、何十年間着用し続けた古毛皮の半コートのポケットに忍ばせ、相手がどてっ腹に突き刺した匕首の刃を素手で摑んで引き抜きながら、棍棒で相手の頭を叩き潰す男。ケンカ相手の耳を嚙みちぎって呑みこんでしまう男。毎日大酒を飲んで家族を虐待し、家財道具を破壊して外へ放り出して荒れ狂う。長屋の二階に妻や小学生の兄妹がいるのに、階下で毎日白昼から新しい妾を連れこんで声を上げながらの同衾。「血は母より、骨は父より受け継ぐ」、「おまえはわしの骨」だと叫びながら、その肉親に一片の愛情もなく、後日かまぼこ工場の経営で巨万の富を得ながら、家族にはビタ一文を使わず、妻の英姫を病死させる徹底した自己中心主義。どす黒い凶暴な感情のかたまりの存在。

彼が信じるのはただ自己の肉体であり、それがかもす暴力で周囲を恐怖に陥《おとしい》れる。読み書きもできず、何ものもない彼に神の配慮か運命か、並外れの肉体が与えられた。彼が実感できるのはただ暴力を孕んだ肉体だけである。

彼には「国家や祖国という概念などない」のは、それが実感できないイデオロギーだからだろう。しかし「生まれた故郷である済州島に対する思いはある」のは、それはせめてもの実感できることだからだ。実感できるもの、肉体とカネ。他者を信じず、他者を内部に入れない岩の孤独。社会関係でそのような人間が破滅しないのが不思議だが、破滅はついに老いて病み、肉体の凋落《ちょうらく》とともにやって来る。

この男の対極にあるのが女主人公である妻の英姫。済州島では女が働き手で、海女《あま》や農作業の労働力の主体をなして経済権を握り、男は附随的な役割しか果たせない生活風土がある。その一方で、儒教的制度のもとでの、男尊女卑。済州島の男は〝ぐうたら〟ということだが、二人の子連れで逃亡を企てて放浪しながら、あくなき夫の追跡と恐怖の呪縛のなかで、悲惨極まる生活を凜として生きる女主人公の姿は済州島女の典型であり、その存在なしにこの小説は成立しなかっただろう。

かつて在日朝鮮人にとって仕事といえば、まずは土方、その他の肉体労働の他にはなかった。肉体が資本であり、力であるのは金俊平だけではない。金俊平は伝説上の怪物ではなく、れっきとした日本帝国の植民地支配の所産の破型的な象徴である。

たとえば日本帝国権力を背にして猛威を振《ふる》った朝鮮人特高や、朝鮮総督府などの自民族を足蹴にして立った朝鮮人官吏などの存在を比べれば、その植民地性がはっきりするだろう。

金俊平の存在は植民地性故に、本来あるべき民族的抵抗とか労働争議とかのイデオロギーから切れている。切れた分が、巨大な凶器と化した肉体の暴力となって、帝国権力ではなく周辺の、もっともいたいけな家族たちへ向かう。まさにイデオロギーの変形である。帝国主義所産の暴力がかもす肉体の爆発が本来なら日本帝国へ向けられて然るべきなのに、運命の悪意がそれをねじ曲げる。帝国への無意識の復讐が、家族へ、家族が帝国の身代りに。読み方によっては『血と骨』は日本帝国への激しい批判と取れぬこともないだろう。これは決して深読みではない。

イデオロギーは被植民地性の謂である。金俊平が意識しなくとも、それは被支配の流民として蒙古斑のように刻印されているものだ。こうして金俊平のかかわり知らぬことながら、あるいは無関心を装って逃げながら、彼は極めてイデオロギッシュな存在としての位置を作中に占める。

三

この底辺を生きる植民地的人物が、作品に一種の神話性をただよわせて存在するのは、なぜか。これが文学の不思議であり、作品が作者の意識しないところで、文学的真実の結実を伝えてくれる。

私は『血と骨』を読み終って、運命劇、ギリシャ悲劇を読んだような気がしたものだった。それは時空間を遠く隔てたそこに類似性を見てのことでは決してない。

「オイディプス」劇で、運命の悪意ともいうべきアポロンの神託により、父とは知らずに、偶然事から父を殺してテバイの王位を継いだオイディプスが、こんどはその妻の王妃を生みの母とも知らずに妻とする。息子とは知らずに新しい王を夫とした王妃はその子を生む。夫によって新しい夫を生み、子によって新しい子を生む。当事者の何も知らぬ「過ち」の結果が恐ろしい悲劇の結末を迎えることになる。

運命劇には人間の力では何ともならぬ超越的な力の存在があって、それが神の予言であり、運命となる。人間の自由、自らの運命を知らぬ故の知らぬあいだだけの自由は、やりきれない話だが、その運命の苛酷な結末の必然性のもとにある。

この場合、神話性といっても、金俊平が何か神聖をそなえた人物というわけではない。兇悪な極道にすぎないのだ。金俊平はその屹立した肉体の偉大さ故に立つ人間であり、生の軌跡は嘔吐を催すばかりに醜悪で、書評などに見られたいささかセンチメンタルな表現の〝大人物〟であるどころか、警察権力にも弱く、極めて卑小な人間であって、その最期はギリシャ悲劇のような悲しみや美的感情をともなうカタルシスをもたらすものではない。それであって、この運命的な物語は、その残酷な結末が美醜をこえてカタルシスの代行をする。

ここで運命的というのは、一人一人の人間が家族のだれ一人として自分の意志ではなく、見えない大きな力で仕方のない方向へ、強い必然性によって生かされているということだが、その家族たちの辿る運命の渦の中心に金俊平がある。楽しい小説ではなく、読んで悲しい小説なのだが、悲しみを感じないのは、悲しむ余裕を与えないからだろう。ここでは、『夜を賭けて』の笑い、哄笑がない。

私がこの作品に運命劇を読むのは、主人公自身における超越性といったものの故である。超越的なものは、運命劇では神またはそのようなものであるが、この作品に神またはそのようなものは存在しない。とすると、運命劇は成立し得ないのではないか。この作品に神がなくても、運命劇として成立させているのは、運命的なものの必然性の動きと重なりであり、それとの関係での金俊平に見られる超越性である。

運命劇は人間と人間を超越したものとの関係、人間が自分を超越した運命的な力との関係で絡み合い、葛藤が生まれる。『血と骨』の超越性には、ギリシャ悲劇のように神託とか他に耳に聞こえる啓示的なもの、眼に見えるものなど何もない。金俊平と彼を超越するものとの関係は何か。金俊平自身のなかで、もう一つの金俊平——超越性と関係する。金俊平自身の力ではどうにもならない、彼を支配する力が彼のなかに同時に存在するのではないか。

「ギリシャ悲劇の神は地上ならぬ天上に存在するのだろうが、金俊平の場合は彼自身のなかに超越的なものとして、業として存在している。彼自身が〝金俊平〟であり、〝神〟である。この神は神性、神聖なるものとまったく関係がない。彼自身を超えるもの。その超越的なもの——運命、自然、日本帝国の影——が金俊平の暴力となる。そして性格そのものが一つの運命を作って行くように、金俊平の性格と肉体が超越的な運命に取り込まれて自ら運命の一部を形作りながら、破局の結末へ向って進行する……」（「金石範『血と骨』の神話性」三国連太郎・梁石日『風狂に生きる』所収。岩波書店）

この神ならぬ超越的な力もついには老い、病によって滅亡へと向う。ラストで、父が心進まぬ子を呼び寄せて和解を求めるのだが、その時、父金俊平は息子に名前ではなく、「チャネ」と呼びかける。「あんた」、「君」、「貴君」など、どれも日本語ではぴたりとしないが、要するに他人行儀の呼び方であって、目上の者が年下の者に対して、いささかの距離をおいた親しみ、時には「おまえ」ではないが半敬称の距離をおいた突き放しであって、いずれにしても父が子にする言葉ではない。この「チャネ」で呼びかける場面は痛ましい。そこには敗北者の恐怖と卑屈、羞恥と哀願がある。

その父金俊平が病身で北朝鮮へ「帰国」して、三年後に死亡。それから十年が経ったある一日、東京でハンドルを握りながらたまたま過去を回想するタクシードライバーの登場する場面はせめてもの救いである。死者の、父の葬儀のように、いや劇の終焉を告げるナレーターのように。

物理的ともいえる力学的な必然性によって起こり、必然を追う物語。その間の必然性をつなぐ恐ろしい緊張と密度。これはひとえに金俊平の性格創造によるものだ。

これが『血と骨』に私が見る、必然と自分のはざまに揺れる運命劇のメカニズムであり、劇は一つの全体小説の宇宙のなかで進行した。

――作家

＊二〇〇一年四月刊文庫『血と骨(下)』より転載

この作品は二〇〇一年四月幻冬舎文庫に所収されたものです。

幻冬舎文庫

●最新刊
東京でひっそりスピリチュアル
桜井識子

明治神宮の神様が伝えたいアドバイスとは？　酉の市が秘めるすごいパワーってどんなもの？　神様とおはなしできる著者が大都会東京の神社仏閣で直接聞いた開運のコツ。参拝が10倍楽しめる！

●最新刊
外科医、島へ
泣くな研修医6
中山祐次郎

東京でなら助かる命が、ここでは助からない――。半年の任期で離島の診療所に派遣された雨野隆治は、島の医療の現実に直面し、己の未熟さを思い知る。現役外科医による人気シリーズ第六弾。

●最新刊
神奈川県警「ヲタク」担当　細川春菜6
万年筆の悪魔
鳴神響一

凶器は万年筆。被害者が突っ伏していた机上にはペン先の壊れた高級万年筆。傍らには『ＣＡＳＥＲＴＡ』という文字に×印のメモ。謎めく殺人事件を捜査する春菜たちが突き止めた犯人とは……？

●最新刊
空にピース
藤岡陽子

公立小学校に新しく赴任したひかりは衝撃を受ける。ウサギをいじめて楽しそうなマーク、ボロボロの身なりで給食の時間だけ現れる大河、日本語が読めないグエン。新米教師の奮闘が光る感動作。

●最新刊
ミス・パーフェクトが行く！
横関　大

真波莉子はキャリア官僚。「その問題、私が解決いたします」が口癖の人呼んでミス・パーフェクト。ある日、総理大臣の隠し子だとバレて霞が関を去ることになるが。痛快爽快！　世直しエンタメ。

[新装版《しんそうばん》] 血《ち》と骨《ほね》(下)

梁石日《ヤン・ソギル》

令和6年1月15日　初版発行

発行人――石原正康
編集人――高部真人
発行所――株式会社幻冬舎
〒151-0051東京都渋谷区千駄ヶ谷4-9-7
電話　03(5411)6222(営業)
　　　03(5411)6211(編集)
公式HP　https://www.gentosha.co.jp/
印刷・製本―中央精版印刷株式会社
装丁者――高橋雅之

幻冬舎文庫

ISBN978-4-344-43353-3　C0193　や-3-27

この本に関するご意見・ご感想は、下記アンケートフォームからお寄せください。
https://www.gentosha.co.jp/e/